लेखक के बारे में

लेखक व पत्रकार, सांस्कृतिक टिप्पणीकार मैल्कम ग्लैडवेल का जन्म 1963 में इंग्लैण्ड में हुआ था। वे ग्रामीण ओंटारियो में पले-बढ़े और 1984 में युनिवर्सिटी ऑफ़ टोरंटो से इतिहास में स्नातक की डिग्री हासिल की। 1987 से 1996 तक वे *वॉशिंगटन पोस्ट* में रिपोर्टर रहे जहाँ उन्होंने बिज़नेस और विज्ञान से संबंधित रिपोर्टिंग की। फिर वे इसी अख़बार में न्यू यॉर्क सिटी के ब्यूरो चीफ़ बन गए। वे *द न्यू यॉर्कर* पत्रिका में 1996 से स्टाफ़ राइटर हैं। 2005 में उनका नाम *टाइम* पत्रिका के 100 सर्वाधिक प्रभावशाली लोगों में शामिल किया गया।

इससे पहले उन्होंने दो और पुस्तकें लिखीं - *द टिपिंग पॉइंट : हाउ लिटिल थिंग्स कैन मेक अ बिग डिफ़रेंस* तथा *ब्लिंक : द पावर ऑफ़ थिंकिंग विदाउट थिंकिंग।* दोनों ही *न्यू यॉर्क टाइम्स* की नंबर वन बेस्टसेलर्स हैं।

आउटलायर्स

सफलताओं की अनोखी कहानी
जो आपने कभी नहीं सुनी होगी

मैल्कम ग्लैडवेल

अनुवाद : डॉ. सुधीर दीक्षित

MANJUL

मंजुल पब्लिशिंग हाउस

MANJUL

मंजुल पब्लिशिंग हाउस

कॉरपोरेट एवं संपादकीय कार्यालय

• द्वितीय तल, उषा प्रीत कॉम्प्लेक्स, 42 मालवीय नगर, भोपाल-462 003

विक्रय एवं विपणन कार्यालय

• सी-16, सेक्टर 3, नोएडा, उत्तर प्रदेश, 201301

वेबसाइट : www.manjulindia.com

वितरण केन्द्र

अहमदाबाद, बेंगलुरू, कोच्चि, कोलकाता, चेन्नई,
हैदराबाद, मुम्बई, नई दिल्ली, पुणे

मैल्कम ग्लैडवेल द्वारा लिखित मूल अंग्रेजी पुस्तक
आउटलायर्स का हिन्दी अनुवाद

Outliers - The Story of Success by Malcom Gladwell – Hindi edition

यह हिन्दी संस्करण 2015 में पहली बार प्रकाशित
11वीं आवृत्ति 2026

ISBN 978-81-8322-620-2

अनुवाद : डॉ. सुधीर दीक्षित

मुद्रण व जिल्दसाज़ी : रेप्रो इंडिया लिमिटेड

डेज़ी के लिए

विषय-सूची

आउटलायर्स

प्रस्तावना

रोज़ेटो की गुत्थी

**"ये लोग बुढ़ापे की वजह से मर रहे थे।
बस यही बात है।"**

आउटलायर का अर्थ

1: ऐसी चीज़, जो किसी मुख्य या संबद्ध समूह से दूर स्थित होती है या अलग तरह से वर्गीकृत होती है

2: एक सांख्यिकीय अवलोकन, जो सैंपल समूह के दूसरे लोगों से उल्लेखनीय व महत्त्वपूर्ण रूप से अलग होता है

1.

रोज़ेटो वैलफ़ोर्तोर इतालवी प्रांत फ़ॉजिया की एपेनाइन पहाड़ियों में रोम के सौ मील दक्षिण-पूर्व में है। मध्ययुगीन ग्रामों की शैली वाले इस कस्बे के बीच में एक केंद्रीय चौक है, जिसके चारों ओर यह बसा हुआ है। चौक के सामने पलात्सो मार्शेसेल है। यह सैगीज़ परिवार का महल है, जो कभी इस इलाक़े के बड़े ज़मींदार थे। एक तरफ़ का मेहराबदार रास्ता चर्च की ओर जाता है, जिसका नाम है द मैडोना डेल कार्मीने - अवर लेडी ऑफ़ माउंट कार्मीने। पत्थर की सँकरी सीढ़ियाँ पहाड़ी पर ऊपर जाती हैं, जिनके दोनों तरफ़ लाल खपरैल की छत वाले पत्थर के दो मंज़िला मकान हैं।

सदियों से रोज़ेटो के *बाशिंदे* पहाड़ियों में संगमरमर की खदानों में या नीचे की सीढ़ीदार घाटी में खेती कर रहे हैं। वे हर सुबह पहाड़ी पर चार-पाँच मील नीचे चलकर जाते हैं और फिर रात को पहाड़ी चढ़ने की वही लंबी यात्रा दोहराते हैं। जीवन मुश्किल था। कस्बे के लोग बमुश्किल शिक्षित थे और बहुत ही ग़रीब थे। उनके आर्थिक हालात बेहतर होने की

ज़्यादा उम्मीद नहीं थी, जब तक कि उन्नीसवीं सदी के अंत में रोज़ेटो तक यह बात नहीं पहुँची कि समुद्र के पार अमेरिका अवसरों से भरा देश है।

जनवरी 1882 में ग्यारह रोज़ेटोवासियों का समूह – दस पुरुष और एक लड़का – न्यू यॉर्क की ओर चल दिए। अमेरिका में पहली रात वे मैनहैटन के लिटिल इटली में मलबेरी स्ट्रीट की सराय के फ़र्श पर सोए। फिर उन्होंने पश्चिम दिशा में कूच किया। अंततः उन्हें नब्बे मील दूर पेनसिल्वेनिया के बांगोर कस्बे के क़रीब एक स्लेट खदान में काम मिल गया। अगले ही साल पंद्रह और रोज़ेटोवासी इटली से अमेरिका पहुँच गए। इस समूह के कई सदस्य भी बांगोर जाकर अपने हमवतनों के साथ स्लेट खदान में काम करने लगे। इन अप्रवासियों ने भी अमेरिका की सुनहरी संभावनाओं की जानकारी अपने गाँव रोज़ेटो में भेजी। नतीजा यह हुआ कि जल्द ही रोज़ेटोवासियों के समूह एक के बाद एक बोरिया-बिस्तर बाँधकर पेनसिल्वेनिया की ओर चल पड़े, जब तक कि अप्रवासियों की छोटी धारा बाढ़ में नहीं बदल गई। 1894 में लगभग 1,200 रोज़ेटोवासियों ने अमेरिका जाने के लिए पासपोर्ट बनवाया और अपने पुराने गाँव की सड़कें सूनी छोड़ गए।

अमेरिका में रोज़ेटोवासी एक पथरीली पहाड़ी पर ज़मीन ख़रीदने लगे, जो एक सीधे ढाल वाले, गड्ढेदार चारपहिया वाहन मार्ग से बांगोर से जुड़ी थी। उन्होंने पहाड़ी पर जाने वाली सँकरी सड़कों के दोनों ओर पत्थर के दोमंज़िला मकान पास-पास बनाए, जिन पर स्लेट की छतें थीं। उन्होंने एक चर्च बनाया और इसका नाम अवर लेडी ऑफ़ माउंट कार्मल रखा। यह चर्च जिस मुख्य सड़क पर थी, उसका नाम उन्होंने गैरीबाल्डी एवेन्यू रखा, जो इतालवी एकीकरण के महान नायक थे। शुरुआत में उन्होंने अपने कस्बे को न्यू इटली कहा। लेकिन जल्द ही उन्होंने इसका नाम बदलकर रोज़ेटो कर दिया, जो सही भी था, क्योंकि वे सभी कमोबेश इटली के छोटे गाँव रोज़ेटो से आए थे।

1896 में फ़ादर पस्क्वाले दि निस्को नामक प्रगतिशील युवा पादरी ने अवर लेडी ऑफ़ माउंट कार्मल की कमान सँभाली। दि निस्को ने आध्यात्मिक समुदाय बनाए और उत्सव आयोजित किए। उन्होंने कस्बे के बाशिंदों को सलाह दी कि वे अपने घरों के पीछे के लंबे अहातों की ज़मीन साफ़ करें और वहाँ प्याज, सेम, आलू, खरबूज तथा फलों के पेड़ लगाएँ। उन्होंने लोगों को बीज और कंद दिए। कस्बा सक्रिय हो गया। रोज़ेटो के लोग घर के आँगन में सुअर पालने लगे और अंगूर उगाकर घर पर मदिरा बनाने लगे। जल्द

ही वहाँ स्कूल, पार्क, कॉन्वेंट और क़ब्रिस्तान भी बन गया। गैरीबाल्डी एवेन्यू के आस-पास छोटी दुकानें, बेकरियाँ, रेस्तराँ और बार भी खुल गए। एक दर्जन से ज़्यादा फ़ैक्ट्रियाँ शुरू हो गईं और पोशाक उद्योग के लिए ब्लाउज़ बनाने लगीं। पड़ोसी बांगोर कस्बे में वेल्श और ब्रिटिश अप्रवासियों का बाहुल्य था। उसका अगला कस्बा मूलतः जर्मन था। उस युग में ब्रिटेन, जर्मनी और इटली के बीच झगड़े चलते रहते थे। इसका अर्थ यह था कि रोज़ेटो में बाहरी लोगों के लिए कोई जगह नहीं थी और यह कठोरता से सिर्फ़ इटली से आने वाले रोज़ेटोवासियों के लिए था। अगर आप 1900 के बाद के पहले कुछ दशकों में रोज़ेटो, पेनसिल्वेनिया की सड़कों पर जाते, तो आपको सिर्फ़ इतालवी भाषा ही सुनाई देती और वह भी दक्षिणी फ़ॉजियन लहज़े की भाषा, जो इटली के रोज़ेटो में बोली जाती थी। पेनसिल्वेनिया में रोज़ेटो एक छोटा सा, आत्मनिर्भर संसार था - जिसके बारे में इसके आस-पास के लोगों को ज़्यादा कुछ पता नहीं था - और यदि स्टुअर्ट वुल्फ़ बीच में नहीं आते, तो यह अज्ञात ही बना रहता।

वुल्फ़ एक चिकित्सक थे। वे ओक्लाहोमा युनिवर्सिटी के मेडिकल स्कूल में पढ़ाते थे और पाचन तथा आमाशय के विशेषज्ञ थे। गर्मियों की छुट्टियाँ वे पेनसिल्वेनिया के एक खेत में गुज़ारते थे, जो रोज़ेटो से ज़्यादा दूर नहीं था। हालाँकि इससे ज़्यादा फ़र्क़ नहीं पड़ता था, क्योंकि रोज़ेटो का संसार खुद में ही इतना डूबा था कि अगले कस्बे में रहने पर भी शायद आप इसके बारे में ज़्यादा नहीं जान पाते। वुल्फ़ ने बरसों बाद एक साक्षात्कार में बताया, “गर्मियों में एक बार जब हम वहाँ गए - यह शायद 1950 के दशक के अंत की बात थी - तो मुझे स्थानीय मेडिकल सोसायटी में व्याख्यान देने के लिए आमंत्रित किया गया। व्याख्यान ख़त्म होने पर एक स्थानीय डॉक्टर ने मुझे बियर के लिए आमंत्रित किया। बियर पीते समय उन्होंने कहा, ‘आप जानते हैं, मैं सत्रह साल से इस पेशे में हूँ। मेरे पास हर जगह से मरीज़ आते हैं, लेकिन रोज़ेटो का कोई मरीज़ नहीं आता। वहाँ का पैंसठ साल से कम उम्र वाला कोई मरीज़ मेरे पास आज तक हृदय रोग की शिकायत लेकर नहीं आया।’”

वुल्फ़ हैरान रह गए। यह 1950 का दशक था। तब कोलेस्ट्रॉल घटाने वाली दवाएँ और हृदय रोग की रोकथाम के कारगर उपाय नहीं आए थे। उस वक़्त हार्ट अटैक अमेरिका में महामारी बन चुका था। यह पैंसठ साल की कम उम्र वाले पुरुषों की मृत्यु का प्रमुख कारण था। सहज बोध के

अनुसार यह असंभव था कि कोई व्यक्ति डॉक्टर हो और उसका हृदय रोग से पाला न पड़े।

वुल्फ़ ने इस अनोखी बात की तहक़ीक़ात करने का निर्णय लिया। उन्होंने ओक्लाहोमा के अपने कुछ विद्यार्थियों और सहकर्मियों का समर्थन जुटाया। उन्होंने कस्बे के निवासियों के मृत्यु प्रमाणपत्र इकट्ठे किए और ज़्यादा से ज़्यादा अतीत में गए। उन्होंने डॉक्टरों के रिकॉर्ड्स का विश्लेषण किया। उन्होंने चिकित्सकीय इतिहास छाने और पारिवारिक वंशावलियाँ बनाईं। वुल्फ़ ने कहा, "हम व्यस्त हो गए। हमने एक प्रारंभिक अध्ययन करने का फ़ैसला किया। हमने यह काम 1961 में शुरू किया। मेयर ने कहा, 'मेरी सभी बहनें आपकी मदद करेंगी।' उनकी चार बहनें थीं। उन्होंने कहा, 'आप कस्बे के सभा कक्ष का इस्तेमाल कर सकते हैं।' मैंने पूछा, 'आप सभा कहाँ करेंगे?' उन्होंने जवाब दिया, 'देखिए, हम कुछ समय तक सभाएँ करेंगे ही नहीं।' महिलाएँ हमारे लिए लंच लाती थीं। हमारे पास छोटे बूथ थे, जहाँ हम ख़ून के सैंपल ले सकते थे और ईसीजी कर सकते थे। हम वहाँ चार सप्ताह रहे। फिर मैंने अधिकारियों से बात की। उन्होंने गर्मियों में हमें पूरा स्कूल दे दिया। हमने रोज़ेटो के सभी बाशिंदों को परीक्षण के लिए आमंत्रित किया।"

परिणाम आश्चर्यजनक थे। रोज़ेटो में पचपन साल से कम उम्र वाला एक भी व्यक्ति हार्ट अटैक से नहीं मरा था। और तो और, किसी में हृदय रोग का कोई लक्षण भी नज़र नहीं आता था। रोज़ेटो में पैंसठ साल से ज़्यादा के पुरुषों में हृदय रोग के लक्षण रहते थे, लेकिन उनकी भी मृत्यु दर अमेरिका की तुलना में लगभग आधी थी। दरअसल रोज़ेटो में सभी कारणों से होने वाली मृत्यु दर सामान्य से 30-35 प्रतिशत कम थी।

वुल्फ़ ने ओक्लाहोमा के अपने मित्र जॉन ब्रन की मदद ली, जो समाजविज्ञानी थे। ब्रन ने कहा, "मैंने चिकित्सा विद्यार्थियों और समाजविज्ञान के स्नातक विद्यार्थियों को साक्षात्कार लेने भेजा। उन्होंने रोज़ेटो में घर-घर जाकर इक्कीस साल से बड़े हर व्यक्ति से बातचीत की।" यह सब पचास साल से ज़्यादा पहले हुआ था, लेकिन निष्कर्ष बताते समय ब्रन की आवाज़ में आश्चर्य का भाव अब भी मौजूद था। "कोई आत्महत्या नहीं, कोई शराबख़ोरी नहीं, नशीले पदार्थों का सेवन नहीं और अपराध भी बहुत कम। एक भी व्यक्ति सरकारी सहायता यानी समाज कल्याण निधि पर निर्भर नहीं था। फिर हमने पेप्टिक अल्सरों पर नज़र डाली। उनमें से किसी को पेप्टिक अल्सर भी नहीं था। ये लोग बुढ़ापे की वजह से मर रहे थे। बस यही बात है।"

वुल्फ़ के पेशे में रोज़ेटो जैसी जगह के लिए एक नाम था - एक ऐसी जगह जो रोज़मर्रा के अनुभव के बाहर स्थित थी, जहाँ सामान्य नियम लागू नहीं होते थे। रोज़ेटो एक *आउटलायर* था।

2.

वुल्फ़ का पहला विचार यह था कि यह सब रोज़ेटो के लोगों के खान-पान के कारण होगा। वे इटली से अपने साथ खान-पान की कुछ ऐसी आदतें लाए होंगे, जिनकी बदौलत वे बाक़ी अमेरिकियों से ज़्यादा स्वस्थ थे। लेकिन जल्द ही उन्हें अहसास हो गया कि यह सच नहीं था। रोज़ेटोवासी इटली में जैतून के स्वास्थ्यवर्धक तेल का इस्तेमाल करते थे, जबकि अमेरिका में वे सुअर की चर्बी से खाना पकाते थे। इटली में पिज़्ज़ा पतला होता था, जिसमें नमक और तेल की परत के अलावा टमाटर, छोटी मछली या प्याज भी रहता था। पेनसिल्वेनिया में पिज़्ज़ा ब्रेड के आटे से बनता था, जिसमें सब्ज़ियाँ नहीं रहती थीं, बल्कि मसालेदार गोश्त, पेपेरोनी, मछली, सुअर की रान और कई बार तो अंडे भी रहते थे। इटली में मेवेदार बिस्कुट और मिठाइयाँ क्रिसमस व ईस्टर के वक़्त ही खाई जाती थीं; रोज़ेटो में वे साल भर खाई जाती थीं। जब वुल्फ़ ने आहार-विशेषज्ञों से रोज़ेटोवासियों की खान-पान की आदतों का विश्लेषण कराया, तो उन्हें यह पता चला कि उनकी कैलोरियों का काफ़ी बड़ा 41 प्रतिशत हिस्सा वसा से प्राप्त होता था। यह ऐसा कस्बा भी नहीं था, जहाँ लोग सुबह जल्दी उठकर योग करते हों और छह मील तक तेज़ दौड़ लगाते हों। पेनसिल्वेनिया के रोज़ेटोवासी भारी धूम्रपान करते थे और कई तो मोटापे से परेशान भी थे।

यदि आहार और व्यायाम कारण नहीं थे, तो फिर आनुवांशिकी हो सकती है? रोज़ेटोवासी इटली के उसी इलाक़े में रहने वाले निकटता से गुँथे समूह थे और वुल्फ़ का अगला विचार यह था कि कहीं वे किसी ख़ास मज़बूत प्रजाति के तो नहीं थे, जो उन्हें रोगों से सुरक्षित रखती हो। इसलिए उन्होंने रोज़ेटोवासियों के ऐसे रिश्तेदारों को खोजा, जो अमेरिका के दूसरे हिस्सों में रहते थे। वे यह देखना चाहते थे कि क्या वे भी उतने ही सेहतमंद थे, जितने पेनसिल्वेनिया में रहने वाले उनके रिश्तेदार थे। वे नहीं थे।

फिर उन्होंने उस इलाक़े का अवलोकन किया, जहाँ रोज़ेटो के लोग रहते थे। क्या यह संभव था कि पूर्वी पेनसिल्वेनिया की पहाड़ियों में रहने

की वजह से उनका स्वास्थ्य इतना अच्छा था? रोज़ेटो के सबसे क़रीबी दो कस्बों में से एक था बांगोर, जो पहाड़ी से बस नीचे ही था और दूसरा था नज़ारेथ, जो कुछ मील दूर था। इन दोनों का आकार तक़रीबन रोज़ेटो जितना ही था और दोनों में उसी तरह के मेहनती यूरोपीय अप्रवासी रहते थे। वुल्फ़ ने दोनों कस्बों के चिकित्सकीय रिकॉर्ड छान डाले। नज़ारेथ और बांगोर में पैंसठ साल से ऊपर हृदय रोग की मृत्यु दर रोज़ेटो से तीन गुनी थी। एक और रास्ता बंद हो गया।

तब वुल्फ़ को यह अहसास होने लगा कि रोज़ेटो का रहस्य आहार, व्यायाम, आनुवांशिकी या स्थान नहीं था। *यह तो रोज़ेटो खुद था।* जब ब्रन और वुल्फ़ कस्बे में चारों तरफ़ घूमे, तो उन्हें अपना उत्तर मिल गया था। उन्होंने देखा कि रोज़ेटो के लोग मेल-मिलाप के लिए एक-दूसरे के घर बहुत जाते थे, सड़क पर भी इतालवी में बातचीत करने के लिए रुकते थे और अपने आँगन में एक दूसरे के लिए खाना पकाते थे। उन्होंने विस्तृत पारिवारिक कुटुंबों के बारे में जाना, जो कस्बे के सामाजिक तंत्र की बुनियाद थे। उन्होंने देखा कि कई घरों में तो एक ही छत के नीचे तीन पीढ़ियाँ रहती थीं और दादा-दादी को बहुत सम्मान दिया जाता था। वे अवर लेडी ऑफ़ माउंट कार्मल की प्रार्थना में गए और उन्होंने चर्च के एकीकरण व शांतिदायक प्रभाव को देखा। दो हज़ार से भी कम लोगों के कस्बे में उन्हें बाईस सामाजिक संगठन मिले। उन्होंने समुदाय के ख़ास तौर पर समतावादी लोकाचार भी देखे, जो संपन्न लोगों को सफलता की शान झाड़ने से हतोत्साहित करते थे और असफल लोगों की असफलताओं को भूलने में उनकी मदद करते थे।

दक्षिणी इटली की *मूल* संस्कृति को पूर्वी पेनसिल्वेनिया की पहाड़ियों में लाकर रोज़ेटोवासियों ने एक शक्तिशाली, सुरक्षात्मक सामाजिक तंत्र बना दिया था। यही सामाजिक तंत्र उन्हें आधुनिक संसार के दबावों से बचाता था। रोज़ेटोवासी इसलिए स्वस्थ थे, क्योंकि वे रोज़ेटो *से आए* थे, क्योंकि उन्होंने पहाड़ियों में बसे छोटे कस्बे में अपने लिए एक अलग संसार बना लिया था।

"मुझे रोज़ेटो की पहली यात्रा याद है। मैंने तीन पीढ़ियों के संयुक्त पारिवारिक भोज देखे, सारी बेकरियाँ देखीं, सड़क पर आते-जाते लोग देखे, एक-दूसरे से बात करने के लिए अपने पोर्च में बैठे लोग देखे, ब्लाउज़ मिल देखीं, जहाँ महिलाएँ दिन में काम करती थीं, जबकि पुरुष स्लेट खदानों में काम करते थे," ब्रन ने कहा। "यह जादुई था।"

जब ब्रन और वुल्फ़ ने चिकित्सक समुदाय के सामने पहली बार अपने निष्कर्ष बताए, तो आप कल्पना कर सकते हैं कि साथी डॉक्टरों ने उनकी बात को कितने संदेह से लिया होगा। सम्मेलनों में उनके साथी डॉक्टर जटिल चार्टों में आँकड़ों की लंबी क़तारें पेश कर रहे थे और बता रहे थे कि इस तरह का जीन या उस तरह की दैहिक प्रक्रिया ज़िम्मेदार होती है, जबकि ब्रन और वुल्फ़ इस बारे में बात कर रहे थे कि सड़क पर एक दूसरे से बात करने और तीन पीढ़ियों के एक छत के नीचे रहने के रहस्यमय और जादुई लाभ होते हैं। उस समय की पारंपरिक बुद्धिमत्ता कहती थी कि लंबे समय तक जीना काफ़ी हद तक इस बात पर निर्भर करता था कि हम कौन थे - यानी यह हमारे जीन्स पर निर्भर करता था। यह हमारे निर्णयों पर निर्भर करता था - हमने क्या खाने का चुनाव किया, कितना व्यायाम करने का चुनाव किया और हमने कितने प्रभावी चिकित्सकों से इलाज कराने का चुनाव किया। कोई भी *समुदाय* के संदर्भ में स्वास्थ्य के बारे में सोचने का आदी नहीं था।

वुल्फ़ और ब्रन को चिकित्सक समुदाय को इस बात के लिए राज़ी करना था कि वे स्वास्थ्य और हार्ट अटैक के बारे में एक बिलकुल नए दृष्टिकोण से सोचें : उन्हें इन लोगों को यह अहसास कराना था कि अगर वे सिर्फ़ निजी निर्णयों या कार्यों का एकाकी अध्ययन करेंगे, तो वे कभी नहीं समझ पाएँगे कि कोई व्यक्ति स्वस्थ क्यों है। उन्हें व्यक्ति से *परे* देखना होगा। उन्हें उस संस्कृति को समझना होगा, जिसका वह व्यक्ति हिस्सा है। उन्हें देखना होगा कि उस व्यक्ति के मित्र तथा परिवार वाले कौन हैं और उनके परिवार किस कस्बे से आए हैं। उन्हें इस विचार की क़द्र करनी होगी कि हम जिस संसार में रहते हैं और जिन लोगों से खुद को घेरे रहते हैं, उनका इस बात पर गहरा असर पड़ता है कि हम कौन हैं।

आउटलायर्स में मैं सफलता की समझ के लिए भी वही करना चाहता हूँ, जो स्टीवर्ट वुल्फ़ ने स्वास्थ्य की समझ के लिए किया था।

खंड एक

अवसर

1

मैथ्यू प्रभाव

"जिसके पास है, उस हर व्यक्ति को दिया जाएगा और वह समृद्ध बनेगा। लेकिन जिसके पास नहीं है, उसके पास जो है, वह भी उससे ले लिया जाएगा।"

– मैथ्यू 25:29

1.

मई 2007 में वसंत के एक सुहावने दिन मेडिसिन हैट टाइगर्स और वैंकुवर जाएंट्स ब्रिटिश कोलंबिया के वैंकुवर में मेमोरियल कप हॉकी चैंपियनशिप का मैच खेल रहे थे। टाइगर्स और जाएंट्स दोनों ही कैनेडा की हॉकी लीग की सर्वश्रेष्ठ टीमों में से हैं, जो संसार में जूनियर हॉकी लीग की सबसे अच्छी मिसाल है। खेल जगत के ये भावी सितारे सत्रह से उन्नीस साल के बीच के लड़के थे, जो बचपन से ही स्केटिंग करते हुए पक यानी गेंद को शूट कर रहे थे।

इस मैच का प्रसारण कैनेडा के राष्ट्रीय टेलीविज़न पर किया गया। वैंकुवर की सड़कों के खंभों पर मेमोरियल कप के ध्वज लटकाए गए। मैदान खचाखच भरा था। बर्फ़ पर एक लंबा लाल गलीचा बिछाया गया और उद्घोषक ने मैच के उच्चाधिकारियों का परिचय दिया। ब्रिटिश कोलंबिया के मुखिया गॉर्डन कैंपबेल सबसे पहले आए। फिर भारी करतल ध्वनि के बीच चलकर आए गॉर्डी होव, जो इस खेल के दिग्गजों में से एक हैं। उद्घोषक ने कहा, "देवियों और सज्जनो, मि. हॉकी को देखें!"

अगले साठ मिनट तक दोनों टीमों ने जोशीली, आक्रामक हॉकी खेली। वैंकुवर ने पहले गोल किया, जब दूसरे हाफ़ की शुरुआत में मारिया ब्लिज़नाक ने रिबाउंड पर गोल दागा। दूसरे हाफ़ के उत्तरार्ध में मेडिसिन हैट टीम के स्कोरिंग लीडर डैरेन हेल्म ने वैंकुवर के गोलची टाइसन सैक्सस्मिथ के पार

एक दनदनाता शॉट मारा। वैंकुवर ने तीसरे हाफ़ में मैच का निर्णायक गोल दागा। इसके बाद जब मेडिसिन हैट ने हताशा में अपना गोलची बदल दिया, तो वैंकुवर ने तीसरा गोल भी दाग़ दिया और जीत पर मोहर लगा ली।

मैच के बाद खिलाड़ी, उनके परिवार और देश भर के खेल पत्रकार विजेता टीम के लॉकर रूम में इकट्‌ठे हुए। हवा में सिगार का धुआँ, शैंपेन की बू और पसीने से सने कपड़ों की गंध भरी थी। दीवार पर हाथ से लिखा एक बैनर लगा था : "संघर्ष को अंगीकार करो।" कमरे के बीच में जाएंट के कोच डॉन हे की आँखें नम थीं। उन्होंने कहा, "मुझे इन लड़कों पर बहुत नाज़ है। ज़रा लॉकर रूम को देखें तो सही। एक भी लड़का ऐसा नहीं है, जो पूरे दिल से न खेला हो।"

कैनेडा में हॉकी योग्यता-प्रधान होती है। कैनेडा के हज़ारों लड़के किंडरगार्टन जाने से भी पहले "नौसिखिया" स्तर पर हॉकी खेलना शुरू करते हैं। इसके बाद हर आयु वर्ग के लिए लीग होती है। हर लीग स्तर पर खिलाड़ियों को छाँटा जाता है और उनका मूल्यांकन किया जाता है। सबसे योग्य खिलाड़ियों को छाँटकर उन्हें अगले स्तर के लिए प्रशिक्षित किया जाता है। जब तक खिलाड़ी किशोर वय के बीच में पहुँचते हैं, सबसे अच्छे खिलाड़ियों को पिरामिड के शिखर पर एक उच्चवर्गीय लीग में भेजा जाता है, जिसे मेजर जूनियर ए कहा जाता है। और अगर आपकी मेजर जूनियर ए टीम मेमोरियल कप के लिए खेलती है, तो इसका मतलब है कि आप पिरामिड के शिखर पर हैं।

ज़्यादातर खेलों में भावी सितारे कमोबेश इसी तरह चुने जाते हैं। फुटबॉल के क्षेत्र में यूरोप और साउथ अमेरिका में भी ऐसे ही चुनाव किया जाता है और ऑलंपिक के खिलाड़ी भी इसी तरह चुने जाते हैं। वैसे देखा जाए, तो लगभग इसी तरह शास्त्रीय संगीत का संसार अपने भावी उत्कृष्ट संगीतज्ञों को चुनता है या बैले का संसार अपनी भावी बैले नर्तकियों को चुनता है या हमारा कुलीन शिक्षा तंत्र अपने भावी वैज्ञानिकों व बुद्धिजीवियों को चुनता है।

आप जुगाड़ या रिश्वत के दम पर मेजर जूनियर ए हॉकी टीम में नहीं पहुँच सकते। इससे कोई फ़र्क़ नहीं पड़ता कि आपके माता-पिता कौन हैं या आपके दादा-नाना कौन थे या आपका परिवार किस व्यवसाय में है। इस बात से भी कोई फ़र्क़ नहीं पड़ता कि आप कैनेडा के सबसे उत्तरी प्रांत के सबसे दूरस्थ कोने में रहते हैं। यदि आपमें योग्यता है, तो हॉकी स्काउट्स

और प्रतिभा खोजियों का विशाल नेटवर्क आपको खोज लेगा और अगर आप उस योग्यता को निखारने की मेहनत करना चाहते हैं, तो यह तंत्र आपको पुरस्कार देगा। हॉकी में सफलता *व्यक्तिगत योग्यता* पर आधारित होती है - और ये दोनों ही शब्द महत्त्वपूर्ण हैं। खिलाड़ियों का आकलन किसी दूसरे के नहीं, उनके खुद के प्रदर्शन के आधार पर किया जाता है और यह आकलन किसी अनियंत्रित तथ्य के आधार पर नहीं, बल्कि योग्यता के आधार पर किया जाता है।

क्या सचमुच?

2.

यह पुस्तक आउटलायर्स यानी असाधारण लोगों के बारे में है। यह उन स्त्री-पुरुषों के बारे में है, जो साधारण से परे चीज़ें करते हैं। आगे आने वाले अध्यायों में मैं आपका परिचय कई प्रकार के आउटलायर्स से कराऊँगा : जीनियस, शक्तिशाली उद्योगपति, रॉक स्टार और सॉफ़्टवेअर प्रोग्रामर। हम एक उल्लेखनीय वकील के भेद जानेंगे। हम देखेंगे कि कौन सी चीज़ सर्वश्रेष्ठ पायलटों को उन पायलटों से अलग करती है, जो हवाई जहाज़ों को दुर्घटनाग्रस्त कर देते हैं। हम यह भी पता लगाएँगे कि एशिया के लोग गणित में इतने अच्छे क्यों होते हैं। और हमारे बीच के उल्लेखनीय लोगों - योग्य, प्रतिभाशाली और प्रेरित करने वालों - के जीवन की जाँच करते समय मैं यह दलील पेश करूँगा कि हम सफलता को जिस अर्थ में लेते हैं, उसमें हम गंभीर रूप से ग़लत हैं।

सफल लोगों के बारे में हम हमेशा कौन सा सवाल पूछते हैं? हम यह जानना चाहते हैं कि वे *कैसे* हैं - उनका व्यक्तित्व कैसा है या वे कितने बुद्धिमान हैं, या उनकी जीवनशैली कैसी है या वे किन ख़ास योग्यताओं के साथ पैदा हुए हैं। फिर हम यह मान लेते हैं कि उस व्यक्ति के निजी गुणों की बदौलत ही वह शिखर पर पहुँचा है।

हर साल अरबपति/उद्यमी/रॉक स्टार/मशहूर हस्ती की आत्मकथाओं में कहानी हमेशा एक जैसी होती है : हमारा हीरो विपरीत परिस्थितियों में पैदा होता है और अपने हौसले तथा योग्यता के दम पर महानता तक का रास्ता खुद जूझते हुए बनाता है। बाइबल में जोसफ़ के भाइयों ने उसे गुलाम के रूप में बेच दिया था, लेकिन बाद में अपने हुनर और ज्ञान की बदौलत वह

फराओ का दायाँ हाथ बन जाता है। होरेशियो एल्जर के उन्नीसवीं सदी के मशहूर उपन्यासों में ग़रीब लड़के साहस और सक्रियता के तालमेल से अमीरी तक ऊपर उठते हैं। जेब बुश ने एक बार कहा था, “मैं सोचता हूँ कि कुल मिलाकर इससे नुक़सान हुआ है।” उनका मतलब था कि उनके कारोबारी करियर के लिए यह नुक़सान की बात थी कि वे एक अमेरिकी राष्ट्रपति के बेटे, एक अमेरिकी राष्ट्रपति के भाई और एक दौलतमंद वॉल स्ट्रीट बैंकर तथा अमेरिकी सीनेटर के पोते थे। जब वे फ्लोरिडा के गवर्नर पद का चुनाव लड़ रहे थे, तो उन्होंने बार-बार ख़ुद को “स्व-निर्मित इंसान” कहा। हम सफलता को निजी प्रयासों के साथ कितनी गहराई से जोड़कर देखते हैं, इस बात का सबूत यह है कि इस वर्णन पर बहुत कम लोगों ने प्रतिक्रिया की।

“अपने सिर उठाएँ,” रॉबर्ट विनथ्रॉप ने कई वर्ष पहले अमेरिकी स्वाधीनता के महान नायक बेंजामिन फ्रैंकलिन की प्रतिमा के अनावरण समारोह में दर्शकों से कहा था, “और उस व्यक्ति की प्रतिमा देखें, जो शून्य से ऊपर उठे थे, जिनकी प्रगति में परवरिश या संरक्षण का कोई योगदान नहीं था, जिन्हें शुरुआती शिक्षा के वे लाभ नहीं मिले थे जो आपके लिए खुले हैं – सौ गुना ज़्यादा खुले हैं, जिन्होंने ऐसे कारोबारों में बहुत नीचे के काम किए, जिनमें उन्हें पहलेपहल नौकरी पर रखा गया था, लेकिन आगे चलकर वे शहंशाहों के सामने खड़े हो सकते थे और उन्होंने अपनी मृत्यु के बाद एक ऐसा नाम छोड़ा, जिसे संसार कभी नहीं भूल पाएगा।”

आउटलायर्स में मैं आपको विश्वास दिलाना चाहता हूँ कि सफलता की इस तरह की व्यक्तिगत व्याख्याएँ काम नहीं करती हैं। लोग शून्य से ऊपर नहीं उठते हैं। परवरिश और संरक्षण का हमारी प्रगति में कुछ न कुछ योगदान होता है। जो लोग शहंशाहों के सामने खड़े होते हैं, उन्हें देखकर ऐसा लग सकता है, मानो यह सब उन्होंने ख़ुद किया हो। लेकिन वास्तव में, वे हमेशा छिपे हुए लाभों, असाधारण अवसरों और सांस्कृतिक विरासतों से लाभान्वित होते हैं, जो उन्हें उस तरह सीखने, कड़ी मेहनत करने और संसार को समझने का मौक़ा देते हैं, जिस तरह बाक़ी लोग नहीं कर सकते। इससे फ़र्क़ पड़ता है कि हम कहाँ और कब बड़े हुए। हम जिस संस्कृति का हिस्सा होते हैं और हमारे पूर्वजों द्वारा हमें जो विरासत सौंपी जाती है, वह हमारी उपलब्धि के साँचों को ऐसे मायनों में आकार देती है, जिनकी हम कल्पना भी नहीं कर सकते। दूसरे शब्दों में, यह पूछना ही काफ़ी नहीं है कि सफल लोग कैसे होते हैं। यह पूछना भी ज़रूरी है कि वे कहाँ *से* आए

हैं, क्योंकि इसी तरह हम यह गुत्थी सुलझा सकते हैं कि कौन सफल होता है और कौन नहीं होता।

जीवविज्ञानी अक्सर किसी तंत्र के “पर्यावरण” की बात करते हैं : जंगल का सबसे बड़ा बलूत का पेड़ सबसे ऊँचा सिर्फ़ इसलिए नहीं होता, क्योंकि यह सबसे मज़बूत बीज से उगा था; यह सबसे ऊँचा इसलिए भी होता है, क्योंकि किसी दूसरे पेड़ ने इसकी धूप को नहीं रोका, इसके आस-पास की मिट्टी गहरी और उपजाऊ थी, किसी ख़रगोश ने इसे शुरुआती अवस्था में नहीं खाया और बड़े होने से पहले इसे किसी लकड़हारे ने नहीं काटा। हम सभी जानते हैं कि सफल लोग मज़बूत बीजों से उत्पन्न होते हैं। लेकिन क्या हम उस धूप के बारे में पर्याप्त जानते हैं, जिसने उन्हें गर्मी दी, उस मिट्टी के बारे में जिसमें उन्होंने अपनी जड़ें जमाईं और उन ख़रगोशों तथा लकड़हारों के बारे में, जिनसे वे ख़ुशक़िस्मती से बच गए? यह पुस्तक ऊँचे पेड़ों के बारे में नहीं है। यह पुस्तक तो जंगलों के बारे में है - और शुरुआत करने के लिए हॉकी एक अच्छी जगह है, क्योंकि हॉकी जगत में कौन शिखर पर पहुँचता है, इसकी व्याख्या अनुमान से बहुत ज़्यादा रोचक और जटिल है। वास्तव में, यह बहुत विचित्र है।

3.

यहाँ 2007 की मेडिसिन हैट टाइगर्स की खिलाड़ी नामावली दी जा रही है। ग़ौर से देखकर पता लगाएँ कि क्या आपको इसमें कोई अजीब बात दिखती है।

क्र.	नाम	स्थान	एल/आर	क़द	वज़न	जन्मतिथि	गृहनगर
9	ब्रेनन बोस्क	सी	आर	5'8"	173	14 फ़रवरी, 1988	मार्टन्सविल, एसके
11	स्कॉट वैस्डेन	सी	आर	6'1"	188	4 जनवरी, 1988	वेस्टबैंक, बीसी
12	कोल्टन ग्रांट	एलडब्ल्यू	एल	5'9"	177	20 मार्च, 1989	स्टैंडर्ड, एबी
14	डैरन हेल्म	एलडब्ल्यू	एल	6'	182	21 जनवरी, 1987	सेंट एंड्रयूज़, एमबी

क्र.	नाम	स्थान	एल/आर	क़द	वज़न	जन्मतिथि	गृहनगर
15	डेरेक डॉर्सेट	आर डब्ल्यू	एल	5'11"	178	20 दिसंबर, 1986	किंडर्सली, एसके
16	डेन टॉड	सी	आर	5'10"	173	10 जनवरी, 1987	रेड डियर, एबी
17	टाइलर स्विस्टन	आर डब्ल्यू	आर	5'11"	185	15 जनवरी, 1988	कॉचरेन, एबी
19	मैट लॉरी	सी	आर	6'	186	2 मार्च, 1988	नीपावा, एमबी
20	केविन अंडरशूट	एल डब्ल्यू	एल	6'	178	12 अप्रैल, 1987	मेडिसिन हैट, एबी
21	जेरिड सॉअर	आर डब्ल्यू	आर	5'10"	196	12 सितंबर, 1987	मेडिसिन हैट, एबी
22	टाइलर एनिस	सी	एल	5'9"	160	6 अक्टूबर, 1989	एडमॉन्टन, एबी
23	जॉर्डन हिकमॉट	सी	आर	6'	183	11 अप्रैल, 1990	मिशन, बीसी
25	जैकब रम्पेल	आर डब्ल्यू	आर	5'8"	166	27 जनवरी, 1987	ह्नसियारोवस, एसएलओ
28	ब्रेटन कैमरॉन	सी	आर	5'11"	168	26 जनवरी, 1989	डिड्सबरी, एबी
36	क्रिस स्टीवन्स	एल डब्ल्यू	एल	5'10"	197	20 अगस्त, 1986	डॉसन क्रीक, बीसी
3	गॉर्ड बाल्डविन	डी	एल	6'5"	205	1 मार्च, 1987	विनीपेग, एमबी
4	डेविड स्क्लेम्को	डी	एल	6'1"	195	7 मई, 1987	एडमॉन्टन, एबी
5	ट्रेवर ग्लास	डी	एल	6'	190	22 जनवरी, 1988	कॉचरेन, एबी
10	क्रिस रसेल	डी	एल	5'10"	177	2 मई, 1987	कैरोलिन, एबी
18	माइकल सॉअर	डी	आर	6'3"	205	7 अगस्त, 1987	सार्टेल, एमएन

क्र.	नाम	स्थान	एल/आर	क़द	वज़न	जन्मतिथि	गृहनगर
24	मार्क इशरवुड	डी	आर	6'	183	31 जनवरी, 1989	एबट्सफ़ोर्ड, बीसी
27	शेन ब्राउन	डी	एल	6'1"	198	20 फ़रवरी, 1989	स्टोनी प्लेन, एबी
29	जॉर्डन बेंडफ़ील्ड	डी	आर	6'3"	230	9 फ़रवरी, 1988	लेडक, एबी
31	र्यान होलफ़ील्ड	जी	एल	5'11"	166	29 जून, 1989	लेरॉय, एसके
33	मैट कीटली	जी	आर	6'2"	189	27 अप्रैल, 1986	मेडिसिन हैट, एबी

क्या आपने इसे देखा? क्या आपको कुछ विचित्र दिखा? यदि नहीं, तो भी अफ़सोस न करें, क्योंकि हॉकी जगत में इसे कई सालों तक कोई भी नहीं देख पाया था। 1980 के दशक के मध्य तक किसी को यह बात पता नहीं थी, जब तक कि रॉजर बार्न्सली नामक एक कैनेडाई मनोवैज्ञानिक ने तुलनात्मक उम्र के लक्षण की ओर सबसे पहले ध्यान आकर्षित नहीं किया।

बार्न्सली दक्षिण अल्बर्टा में लेथब्रिज ब्रॉन्कोज़ का हॉकी मैच देखने गए थे। यह टीम उसी मेजर जूनियर ए लीग में खेली थी, जिसमें वैंकुवर जाएंट्स और मेडिसिन हैट टाइगर्स खेली थीं। वे वहाँ अपनी पत्नी पॉला और अपने दो बेटों के साथ गए थे। मैच संबंधी विवरण पढ़ते समय उनकी पत्नी ने खिलाड़ियों की वैसी ही सूची देखी, जैसी आपने ऊपर देखी थी।

"रॉजर," उन्होंने कहा, "आप जानते हैं, ये लड़के कब पैदा हुए थे?"

बार्न्सली ने कहा, "हाँ। वे सभी सोलह और बीस के बीच के हैं, इसलिए वे साठ के दशक के अंत में पैदा हुए होंगे।"

"नहीं, नहीं," पॉला ने कहा। "कौन से *महीने* में।"

ब्रान्सली बताते हैं, "मैंने सोचा कि वह बावली हो गई है। लेकिन जब मैंने उस नामावली को देखा, तो उसकी कही बात अचानक मेरी आँखों के सामने स्पष्ट हो गई। किसी कारण से वहाँ जनवरी, फ़रवरी और मार्च में पैदा हुए खिलाड़ियों की तादाद बहुत ज़्यादा और अविश्वसनीय थी।"

उस रात जब ब्रान्सली घर लौटे, तो उन्होंने ज़्यादा से ज़्यादा पेशेवर हॉकी खिलाड़ियों की जन्मतिथियाँ देखीं। हर जगह उन्हें वही बात नज़र आई। इसके बाद बार्न्सली, उनकी पत्नी और ए.एच. थॉमसन नामक सहकर्मी ने ऑन्टेरियो जूनियर हॉकी लीग के हर खिलाड़ी के आँकड़े एकत्रित किए। हर बार वही कहानी मिली। सबसे ज़्यादा खिलाड़ी जनवरी में पैदा हुए थे और बाक़ी महीनों से अंतर ज़बर्दस्त था। दूसरा सबसे आम जन्म माह? फ़रवरी। तीसरा? मार्च। बार्न्सली ने पाया कि ऑन्टेरियो जूनियर हॉकी लीग में जो खिलाड़ी खेल रहे थे, उनमें जनवरी में पैदा हुए खिलाड़ियों की संख्या नवंबर में पैदा हुए खिलाड़ियों से लगभग साढ़े पाँच गुना थी। उन्होंने ग्यारह साल और तेरह साल की ऑल-स्टार टीमों की भी तहक़ीक़ात की - वे युवा खिलाड़ी, जिन्हें कुलीन यात्री दलों के लिए चुना गया था। वही कहानी। उन्होंने नैशनल हॉकी लीग की संरचना देखी। वही कहानी। ब्रान्सली ने जितनी ज़्यादा छानबीन की, उन्हें उतना ही ज़्यादा यक़ीन होने लगा कि वे जो देख रहे थे, वह कोई संयोगवश हुई घटना नहीं, बल्कि कैनेडाई हॉकी का लौह नियम था : हॉकी खिलाड़ियों के किसी भी कुलीन समूह में - जो सर्वश्रेष्ठ में सर्वश्रेष्ठ होते हैं - 40 प्रतिशत खिलाड़ी जनवरी और मार्च के बीच पैदा होंगे, 30 प्रतिशत अप्रैल से जून के बीच, 20 प्रतिशत जुलाई और सितंबर के बीच और 10 प्रतिशत अक्टूबर और दिसंबर के बीच में।

"मनोविज्ञान के इतने वर्षों में मैंने कभी इतना बड़ा प्रभाव नहीं देखा," ब्रान्सली कहते हैं। "आपको किसी सांख्यिकीय विश्लेषण करने की ज़रूरत ही नहीं है। आप तो बस इसे देखकर ही समझ जाते हैं।"

मेडिसिन हैट की नामावली को दोबारा देखें। क्या अब यह आपको नज़र आता है? टीम के पच्चीस में से सत्रह खिलाड़ी जनवरी, फ़रवरी, मार्च या अप्रैल में पैदा हुए थे?

यहाँ मेमोरियल कप फ़ाइनल के पहले दो गोलों की रनिंग कमेंट्री दी जा रही है। फ़र्क़ यह है कि मैंने खिलाड़ियों के नाम की जगह उनके जन्मदिन दे दिए हैं। अब यह कैनेडाई जूनियर हॉकी की चैंपियनशिप जैसा नहीं लगता है। यह तो मकर, कुंभ और मीन राशि के किशोरों का अजीब सा खेल दस्तूर लगता है।

11 मार्च टाइगर्स नेट के एक ओर से शुरू करता है और फिर अपने टीम के 4 जनवरी को थमा देता है, जो 22 जनवरी वाले को पास देता है, जो

इसे वापस 12 मार्च वाले के पास भेज देता है, जो टाइगर के गोलकीपर 27 अप्रैल पर सीधा निशाना दागता है। 27 अप्रैल शॉट रोक लेता है, लेकिन वैंकुवर का 6 मार्च इसे रिबाउंड पर वापस अंदर डाल देता है। वह गोल कर देता है! मेडिसिन हैट के दो रक्षक 8 फ़रवरी और 14 फ़रवरी पक को रोकने के लिए गोता लगाते हैं, जबकि 10 जनवरी असहाय अंदाज़ में देखता है। 6 मार्च स्कोर कर लेता है!

आइए अब दूसरे हाफ़ में चलते हैं।

मेडिसिन हैट की बारी। टाइगर्स के स्कोरिंग लीडर 21 जनवरी बर्फ़ के दाएँ सिरे पर तेज़ी से आता है। वह रुकता है और गोल-गोल घूमता है, वैंकुवर के रक्षक 15 फ़रवरी से बचता है। फिर 21 जनवरी पक को कुशलता से अपने साथी 20 दिसंबर को पास दे देता है - वाह! वह वहाँ क्या कर रहा है? - जो तेज़ी से भागते रक्षक 17 मई से पीछा छुड़ाता है और मैदान के पार 21 जनवरी को पास दे देता है। 21 जनवरी गोल मार देता है! वैंकुवर का रक्षक 12 मार्च तेज़ी से गोता लगाकर शॉट रोकने की कोशिश करता है। वैंकुवर का गोलची 19 मार्च असहाय गोता लगाता है। 21 जनवरी स्कोर कर लेता है! वह विजयी अंदाज़ में अपने दोनों हाथ उठा देता है। उसकी टीम का साथी 2 मई ख़ुशी से उसकी पीठ पर सवार हो जाता है।

4

इसका कारण बहुत आसान है। इसका ज्योतिष विद्या से कोई लेना-देना नहीं है, न ही साल के शुरुआती तीन महीनों में कोई जादुई बात है। बात बस यह है कि कैनेडा की आयु-वर्ग लीग हॉकी में पात्रता तिथि 1 जनवरी है। जो लड़का 2 जनवरी को दस साल का होता है, वह उस लड़के के साथ खेलेगा, जो उस साल के अंत तक दस का नहीं होगा - और किशोर वय से पहले बारह महीने का अंतर शारीरिक परिपक्वता में भारी फ़र्क़ डाल सकता है।

कैनेडा संसार में हॉकी का सबसे ज़्यादा दीवाना देश है। यहाँ कोच खिलाड़ियों को नौ-दस साल की उम्र में यात्री "प्रतिनिधि" दलों - ऑल-स्टार टीमों - के लिए चुनने लगते हैं। ज़ाहिर है, उस उम्र में इस बात की ज़्यादा संभावना रहती है कि वे ज़्यादा बड़े और ज़्यादा समझदार खिलाड़ियों को योग्य मानेंगे, जिन्हें परिपक्वता के अत्यंत महत्त्वपूर्ण अतिरिक्त महीनों का लाभ मिला था।

और जब किसी खिलाड़ी को प्रतिनिधि दल के लिए चुन लिया जाता है, उसके बाद क्या होता है? उसे बेहतर कोचिंग मिलती है, उसे टीम में बेहतर साथी मिलते हैं और वह एक सीज़न में 50-75 मैच खेलता है, जबकि "घरेलू" लीग में पीछे छूटने वाले लोग सिर्फ़ 20 मैच ही खेल पाते हैं। इस तरह प्रतिनिधि दल का खिलाड़ी न चुने गए खिलाड़ियों से दो-तीन गुना ज़्यादा अभ्यास कर लेता है। शुरुआत में उसके पास नैसर्गिक खेल योग्यता का उतना ज़्यादा लाभ नहीं होता। शुरुआत में तो उसके पास बस यह लाभ होता है कि वह थोड़ा ज़्यादा बड़ा होता है। लेकिन जब उसे बेहतर कोचिंग और इतने सारे अतिरिक्त अभ्यास का लाभ मिलता है, तो तेरह-चौदह साल की उम्र में वह वाक़ई बेहतर बन जाता है, इसलिए उसके मेजर जूनियर ए लीग और वहाँ से बड़ी लीगों में दाख़िल होने की ज़्यादा संभावना होती है।*

बार्न्सली का तर्क है कि आयु संबंधी इस तरह के अप्रत्यक्ष भेदभाव हर उस जगह मौजूद रहते हैं, जहाँ ये तीन चीज़ें होती हैं : चयन, विभाजन और अलग अनुभव। यदि आप कम उम्र में यह निर्णय लेते हैं कि कौन अच्छा है और कौन अच्छा नहीं है; यदि आप "प्रतिभाशाली" और "प्रतिभाहीन" को अलग-अलग कर देते हैं; और यदि आप "प्रतिभाशाली" को श्रेष्ठ अनुभव प्रदान करते हैं, तो आप अंततः पात्रता तिथि के सबसे क़रीब पैदा हुए लोगों के छोटे समूह को भारी लाभ पहुँचा रहे हैं।

---

*जिस तरह से कैनेडा वाले हॉकी खिलाड़ियों को चुनते हैं, वह उस बात का सुंदर उदाहरण है, जिसे समाजविज्ञानियों ने "खुद पूरी होने वाली भविष्यवाणी" का मशहूर नाम दिया है - एक ऐसी स्थिति जहाँ "शुरुआत में एक झूठी परिभाषा... एक नया व्यवहार उत्पन्न करती है, जो मूलतः झूठी धारणा को अंततः सच बना देता है।" कैनेडा वाले इस झूठी परिभाषा से शुरू करते हैं कि नौ-दस साल के सर्वश्रेष्ठ हॉकी खिलाड़ी कौन हैं। वे हर साल बस सबसे बड़े खिलाड़ियों को चुनते रहते हैं। लेकिन जिस तरह वे उन "ऑल-स्टार्स" के साथ पेश आते हैं, उससे अंत में उनका मूल झूठा निर्णय सही नज़र आता है। जैसा मर्टन ने कहा है, "खुद पूरी होने वाली भविष्यवाणी की यह सच नज़र आने वाली पुष्टि ग़लती को जारी रखती है। क्योंकि भविष्यवक्ता वास्तविक घटनाओं को प्रमाण के रूप में पेश करेगा कि वह शुरू से ही सही था।"

अमेरिका में फुटबॉल और बास्केटबॉल में चुनाव इतने ज़्यादा नाटकीय तरीके से नहीं होता है। इस वजह से शारीरिक दृष्टि से थोड़ा छोटा बच्चा भी इन खेलों में अपने ज़्यादा परिपक्व साथियों जितना खेल सकता है।* लेकिन बेसबॉल में जो चयन किया जाता है, वह कैनेडा जैसे तरीके से ही किया जाता है। अमेरिका में लगभग सारी ग़ैर-स्कूली बेसबॉल लीग्स की पात्रता तिथि 31 जुलाई है। परिणाम यह होता है कि मुख्य लीग के ज़्यादातर खिलाड़ी किसी दूसरे महीने के बजाय अगस्त में सबसे ज़्यादा पैदा होते हैं। (संख्याएँ उल्लेखनीय हैं : 2005 में मेजर लीग बेसबॉल खेलने वाले अमेरिकियों में से 505 अगस्त में पैदा हुए थे, जबकि जुलाई में केवल 313 ही पैदा हुए थे।)

यूरोपीय फुटबॉल का चयन भी हॉकी और बेसबॉल की तरह ही होता है - और इस खेल में भी जन्मतिथि का वितरण भारी तरीके से एकपक्षीय होता है। इंग्लैंड में वैधता तिथि 1 सितंबर है और 1990 के दशक में एक समय ऐसा था, जब फुटबॉल एसोसिएशन की प्रीमियर लीग में सितंबर और नवंबर के बीच पैदा हुए 288 खिलाड़ी खेल रहे थे, जबकि जून से अगस्त के बीच पैदा हुए केवल 136 खिलाड़ी ही थे। अंतरराष्ट्रीय फुटबॉल में अंतिम तिथि 1 अगस्त थी और हाल ही के एक विश्व चैंपियनशिप टूर्नामेंट में 1 अगस्त के बाद वाले तीन महीनों में पैदा हुए 135 खिलाड़ी खेल रहे थे, जबकि मई, जून और जुलाई में पैदा होने वाले खिलाड़ियों की संख्या सिर्फ़ 22 थी। आज अंतरराष्ट्रीय जूनियर सॉकर की अंतिम तिथि 1 जनवरी है। 2007 में चेकोस्लोवाकिया नैशनल जूनियर सॉकर टीम की नामावली सूची पर नज़र डालें, जो जूनियर वर्ल्ड कप के फ़ाइनल में पहुँची थी।

यह लीजिए एक बार फिर :

---

*किसी अमेरिकी शहर में शारीरिक दृष्टि से अपरिपक्व बच्चा किसी भी वर्ष तुलनात्मक रूप से बड़े बच्चे के मुक़ाबले ज़्यादा घंटे बास्केटबॉल खेल सकता है, क्योंकि वहाँ बहुत सारे बास्केटबॉल कोर्ट्स हैं और बहुत सारे लोग खेलने के इच्छुक होते हैं। यह आइस हॉकी जैसा नहीं है, जहाँ आपको रिंक यानी बर्फ़ के मैदान की ज़रूरत होती है। बास्केटबॉल को इसकी आसान पहुँच और सर्वव्यापकता बचाती है।

क्र.	खिलाड़ी	जन्म तिथि	स्थान
1	मार्सल जेकव	1 जनवरी, 1988	एमएफ़
2	लुडेक फ्राइड्रिक	3 जनवरी, 1987	जीके
3	पेट्र जैंडा	5 जनवरी, 1987	एमएफ़
4	जैकब डोहनालेक	12 जनवरी, 1988	डीएफ़
5	जैकब मेयर्स	26 जनवरी, 1987	एमएफ़
6	माइकल हेल्ड	27 जनवरी, 1987	डीएफ़
7	मैरेक स्ट्रेस्टिक	1 फ़रवरी, 1987	एफ़डब्ल्यू
8	जिरी वैलेंटा	14 फ़रवरी, 1988	एमएफ़
9	जैन सिम्युनेक	20 फ़रवरी, 1987	डीएफ़
10	टॉमस ओक्लेस्टेक	21 फ़रवरी, 1987	एमएफ़
11	लुबोस कैलाउडा	21 फ़रवरी, 1987	एमएफ़
12	रैडेक पेट्र	24 फ़रवरी, 1987	जीके
13	ओन्द्रेज माजुक	15 मार्च, 1989	डीएफ़
14	ओन्द्रेज कुडेला	26 मार्च, 1987	एमएफ़
15	मारेक सुकी	29 मार्च, 1988	डीएफ़
16	मार्टिन फेनिन	16 अप्रैल, 1987	एफ़डब्ल्यू
17	टॉमस पेकहार्ट	26 मई, 1989	एफ़डब्ल्यू
18	ल्यूकास क्यूबन	22 जून, 1987	डीएफ़
19	टॉमस सिह्लर	24 जून, 1987	डीएफ़
20	टॉमस फ़्राइस्टैक	18 अगस्त, 1987	जीके
21	टॉमस मिकोला	26 सितंबर, 1988	एमएफ़

बेहतर होता कि राष्ट्रीय टीम के चयन के वक़्त चेकोस्लोवाकिया के फ़ुटबॉल कोच गर्मियों के मध्य के बाद पैदा हुए हर खिलाड़ी से कह देते कि वे अपना बोरिया-बिस्तर बाँधकर घर चले जाएँ।

ज़ाहिर है, हॉकी और फ़ुटबॉल जैसे खेलों में कुछ चुनिंदा लोग ही हिस्सा लेते हैं। लेकिन ठीक यही पूर्वाग्रह शिक्षा जैसे ज़्यादा महत्त्वपूर्ण क्षेत्रों में

भी नज़र आता है। जिन माता-पिताओं का कोई बच्चा कैलेंडर वर्ष के अंत में पैदा होता है, वे अक्सर किंडरगार्टन शुरू कराने से पहले अपने बच्चे को पीछे रोकना चाहते हैं : पाँच साल के बच्चे के लिए यह मुश्किल होता है कि वह कई महीने पहले पैदा हुए बच्चे की बराबरी कर सके। लेकिन अधिकतर माता-पिता यह सोचते हैं कि किंडरगार्टन में बच्चे को जिस नुक़सान का सामना करना पड़ता है, वह आगे चलकर ख़त्म हो जाता है। *लेकिन यह नहीं होता।* यहाँ भी हॉकी जैसा ही मामला है। साल के शुरुआती हिस्से में पैदा हुए बच्चे को साल के अंत में पैदा हुए बच्चे पर जो शुरुआती छोटी बढ़त हासिल होती है, वह हमेशा क़ायम रहती है। यह उन बच्चों को उपलब्धि और अनुपलब्धि, प्रोत्साहन और हतोत्साह के साँचों में ढाल देती है, जो बरसों तक चलते रहते हैं।

हाल ही में दो अर्थशास्त्रियों - केली बेदा और एलिज़ाबेथ डुई - ने जन्म के महीनों और ट्रेंड्स इन इंटरनैशनल मैथेमेटिक्स ऐंड साइंस स्टडी या टिम्स (हर चार साल बाद संसार के कई देशों में होने वाले बच्चों के गणित और विज्ञान के टेस्ट) के स्कोर के आपसी संबंधों का अवलोकन किया। उन्होंने पाया कि चौथे ग्रेड में ज़्यादा बड़े बच्चों ने छोटे बच्चों के मुक़ाबले चार से बारह परसेंटाइल पॉइंट्स बेहतर प्रदर्शन किया। जैसा डुई कहती हैं, यह काफ़ी "बड़ा प्रभाव है।" इसका अर्थ है कि यदि आप बौद्धिक रूप से समान चौथे ग्रेड वाले दो बच्चों को लें, जिनके जन्मदिन अंतिम तिथियों के दोनों छोरों पर हों, तो संभवतः ज़्यादा बड़ा विद्यार्थी 80वें परसेंटाइल में स्कोर करेगा, जबकि छोटा विद्यार्थी 68वें परसेंटाइल में स्कोर करेगा। यही इस बात में फ़र्क़ कर सकता है कि उसे किसी बहुत अच्छे पाठ्यक्रम में प्रवेश मिलेगा या नहीं।

"यह खेल जैसा ही है," डुई ने कहा था। "हम बचपन में जल्दी ही योग्यता के हिसाब से समूह बना लेते हैं। हम उच्च श्रेणी के पठन समूह बनाते हैं और उच्च श्रेणी के गणित समूह भी। अगर हम छोटे बच्चों यानी किंडरगार्टन और फ़र्स्ट ग्रेड को देखें, तो हम पाते हैं कि वहाँ बहुत जल्दी ही शिक्षक परिपक्वता को योग्यता समझने की ग़लती कर बैठते हैं। और वे ज़्यादा बड़े बच्चों को उच्च श्रेणी के समूह में रख देते हैं, जहाँ वे बेहतर योग्यताएँ सीखते हैं; चूँकि वे ज़्यादा ऊँचे समूहों में हैं, इसलिए अगले साल वे और भी बेहतर प्रदर्शन करते हैं। और उसके अगले साल भी यही चीज़ होती है और वे पहले से भी बेहतर प्रदर्शन करते हैं। यह सिर्फ़ एक देश में

नहीं होता - डेनमार्क। उनकी एक राष्ट्रीय नीति है, जहाँ दस साल की उम्र तक योग्यता समूहीकरण नहीं किया जाता है।" डेनमार्क विद्यार्थियों को चुनने से पहले तब तक इंतज़ार करता है, जब तक कि आयु संबंधी परिपक्वता के अंतर संतुलित नहीं हो जाते।

डुई और बेदा ने वही विश्लेषण बाद में किया, लेकिन इस बार उन्होंने कॉलेज के विद्यार्थियों का अध्ययन किया। उनका निष्कर्ष क्या था? अमेरिका में चार साल के कॉलेजों में - हायर सेकेंडरी के बाद शिक्षा के सर्वोच्च वर्ग में - कक्षा में सबसे छोटे विद्यार्थियों का प्रतिनिधित्व लगभग 11.6 प्रतिशत कम होता है। परिपक्वता का यह शुरुआती फ़र्क़ समय के साथ कम नहीं होता; यह तो आगे भी जारी रहता है। और हज़ारों विद्यार्थियों के मामले में यही शुरुआती फ़र्क़ कॉलेज जाने - और मध्य वर्ग में पहुँचने - या न पहुँचने के बीच का फ़र्क़ होता है।*

"मेरा मतलब है, यह मूर्खतापूर्ण है," डुई कहती हैं। "यह विचित्र है कि शिक्षा जैसे महत्त्वपूर्ण क्षेत्रों में अंतिम तिथियों का हमारा एकपक्षीय चुनाव ऐसे दीर्घकालीन प्रभाव उत्पन्न कर रहा है और किसी को भी उनकी परवाह नहीं है।"

5.

पल भर के लिए सोचें कि हॉकी और शुरुआती जन्मदिन की कहानी सफलता के बारे में क्या बताती है।

यह हमें बताती है कि सर्वश्रेष्ठ और सबसे प्रतिभाशाली लोगों के शिखर तक प्रयासरहित तरीके से पहुँचने की धारणा बहुत सतही है। हाँ, जो हॉकी खिलाड़ी पेशेवर स्तर तक पहुँचते हैं, वे आपसे या मुझसे ज़्यादा गुणी होते हैं। लेकिन उन्हें एक बहुत सौभाग्यशाली शुरुआत भी मिली थी, एक ऐसा

---

*तुलनात्मक उम्र से और भी सामाजिक घटनाओं का संबंध जोड़ा जा सकता है। उदाहरण के तौर पर, बार्न्सली और दो सहकर्मियों ने एक बार पाया कि जो विद्यार्थी आत्महत्या का प्रयास करते हैं, उनके स्कूल के साल के दूसरे आधे हिस्से में पैदा होने की ज़्यादा संभावना होती है। उनका स्पष्टीकरण यह है कि स्कूल में कमज़ोर प्रदर्शन डिप्रेशन की ओर ले जा सकता है। लेकिन तुलनात्मक उम्र और आत्महत्या के बीच संबंध उतना ज़्यादा नहीं है, जितना कि जन्म की तारीख़ और खेल में सफलता का है।

अवसर जिसके वे न तो पात्र थे, न ही जिसे उन्होंने अर्जित किया था। और उस अवसर ने उनकी सफलता में बहुत महत्त्वपूर्ण भूमिका निभाई।

समाजविज्ञानी रॉबर्ट मर्टन ने इस लक्षण को "मैथ्यू प्रभाव" कहा है, जो गॉस्पेल ऑफ़ मैथ्यू की न्यू टेस्टामेंट की अवधारणा से लिया गया है : "जिसके पास है, उस हर व्यक्ति को दिया जाएगा और उसके पास समृद्धि होगी। लेकिन जिसके पास नहीं है, उसके पास जो है, वह भी उससे ले लिया जाएगा।" दूसरे शब्दों में, जो लोग सफल हैं, उन्हें भावी सफलता की ओर ले जाने वाले विशेष अवसर मिलने की ज़्यादा संभावना होती है। यह सबसे अमीर लोग होते हैं, जिन्हें सबसे ज़्यादा कर लाभ मिलते हैं। यह सबसे अच्छे विद्यार्थी होते हैं, जिन्हें सर्वश्रेष्ठ शिक्षण और सर्वाधिक ध्यान मिलता है। और यह नौ-दस साल के सबसे बड़े बच्चे होते हैं, जिन्हें कोचिंग और अभ्यास के सबसे ज़्यादा अवसर मिलते हैं। सफलता उसका परिणाम है, जिसे समाजविज्ञानी "संचयी लाभ" कहते हैं। पेशेवर हॉकी खिलाड़ी अपने साथियों की तुलना में थोड़ी बेहतर शुरुआत करता है। और यह छोटा सा अंतर उस अवसर की ओर ले जाता है, जो उस अंतर को ज़्यादा बड़ा बना देता है और इसके बाद यह बढ़त एक अन्य अवसर की ओर ले जाती है, जो उस शुरुआती छोटे अंतर को और भी बड़ा बना देता है - और यह सिलसिला तब तक चलता रहता है, जब तक कि हॉकी खिलाड़ी वास्तविक आउटलायर नहीं बन जाता। लेकिन ध्यान रखें, उसने आउटलायर के रूप में शुरुआत नहीं की थी; उसने तो बस थोड़े बेहतर के रूप में शुरुआत की थी।

हॉकी के उदाहरण का दूसरा निहितार्थ यह है कि हम लोगों को आगे बढ़ाने वाले जो तंत्र बनाते हैं, वे ख़ास कार्यकुशल नहीं होते हैं। हम सोचते हैं कि ऑल स्टार लीग्स और प्रतिभा खोज कार्यक्रमों के लिए बच्चों को जल्दी से जल्दी चुनने से यह लाभ होगा कि कोई योग्यता दरारों से नहीं फिसल पाएगी। लेकिन चेकोस्लोवाकिया रिपब्लिक की फुटबॉल टीम की नामावली को एक बार फिर देखें। वहाँ जुलाई, अक्टूबर, नवंबर या दिसंबर में पैदा हुआ कोई खिलाड़ी नहीं है और अगस्त व सितंबर में पैदा हुआ केवल एक-एक खिलाड़ी है। साल के उत्तरार्ध में पैदा हुए लोग हताश हो चुके हैं, नज़रअंदाज़ किए जा चुके हैं या खेल से बाहर धकाए जा चुके हैं। *चेकोस्लोवाकिया के लगभग आधे खिलाड़ियों की योग्यता बर्बाद हो जाती है।*

अगर आप ऐसे चेक खिलाड़ी हों, जो दुर्भाग्य से साल के अंतिम हिस्से में पैदा हुए हों, तो आप क्या कर सकते हैं? आप फुटबॉल नहीं खेल

सकते। तंत्र और परिस्थितियाँ आपके ख़िलाफ़ हैं। आप सोचेंगे, आप शायद वह दूसरा खेल खेल सकते हैं, जिसके चेक लोग दीवाने हैं – हॉकी। लेकिन ठहरें। (मेरे ख़्याल से आप समझ गए होंगे कि अब मैं आगे क्या बताने वाला हूँ।) यहाँ 2007 की चेक जूनियर हॉकी टीम की नामावली है, जो विश्व चैंपियनशिप्स में पाँचवें स्थान पर आई थी।

बेहतर होगा कि साल की आख़िरी तिमाही में पैदा हुए लोग हॉकी भी छोड़ दें।

क्र.	खिलाड़ी	जन्म तिथि	स्थान
1	डेविड क्वेटन	3 जनवरी, 1988	फ़ॉरवर्ड
2	जिरी सुकी	3 जनवरी, 1988	रक्षक
3	माइकल कोलार्ज	12 जनवरी, 1987	रक्षक
4	जैकब वोज़्टा	8 फ़रवरी, 1987	रक्षक
5	जैकब किंडल	10 फ़रवरी, 1987	रक्षक
6	माइकल फ्रोलिक	17 फ़रवरी, 1989	फ़ॉरवर्ड
7	मार्टिन हैंजल	20 फ़रवरी, 1987	फ़ॉरवर्ड
8	टॉमस स्वोबोडा	24 फ़रवरी, 1987	फ़ॉरवर्ड
9	जैकब सर्नी	5 मार्च, 1987	फ़ॉरवर्ड
10	टॉमस कुडेल्का	10 मार्च, 1987	रक्षक
11	जैरोस्लाव बार्टन	26 मार्च, 1987	रक्षक
12	एच.ओ. पॉज़िविल	22 अप्रैल, 1987	रक्षक
13	डेनियल रैकोस	25 मई, 1987	फ़ॉरवर्ड
14	डेविड कुचेज़्डा	12 जून, 1987	फ़ॉरवर्ड
15	व्लादिमीर सोबोट्का	2 जुलाई, 1987	फ़ॉरवर्ड
16	जैकब कोवर	19 जुलाई, 1988	गोलकीपर
17	ल्यूकास वैनटक	20 जुलाई, 1987	फ़ॉरवर्ड
18	जैकब वोरासेक	15 अगस्त, 1989	फ़ॉरवर्ड
19	टॉकस पॉस्पिसिल	25 अगस्त, 1987	फ़ॉरवर्ड
20	ओन्द्रेज़ पैवेलेक	31 अगस्त, 1987	गोलकीपर
21	टॉमस काना	29 नवंबर, 1987	फ़ॉरवर्ड
22	माइकल रेपिक	31 दिसंबर, 1988	फ़ॉरवर्ड

हम सफलता के बारे में जिस तरह सोचते हैं, क्या आप उस दृष्टिकोण के परिणाम देख सकते हैं? चूँकि हम सफलता को निहायत व्यक्तिगत बना देते हैं, इसलिए हम बाक़ी लोगों को शिखर तक ऊपर उठाने के अवसर खो देते हैं। हम ऐसे नियम बनाते हैं, जो उपलब्धि को कुंठित कर देते हैं। हम समय से पहले ही लोगों को असफल मानकर ख़ारिज कर देते हैं। हम सफल होने वाले लोगों के प्रति बहुत ज़्यादा श्रद्धा रखते हैं और असफल होने वाले लोगों के प्रति बहुत ज़्यादा अवज्ञा भाव रखते हैं। और सबसे बड़ी बात, हम कुछ ज़्यादा ही निष्क्रिय हो जाते हैं। हम इस बात को नज़रअंदाज़ कर देते हैं कि हम सभी - और "हम" से मेरा मतलब पूरे समाज से है - यह तय करने में बहुत बड़ी भूमिका निभाते हैं कि कौन सफल होता है और कौन नहीं होता।

यदि हम चाहें, तो इस बात को स्वीकार कर सकते हैं कि पात्रता तिथियाँ मायने रखती हैं। इस समस्या से उबरने के लिए हम दो-तीन हॉकी लीग बना सकते हैं, जो जन्म माह के आधार पर विभाजित हों। खिलाड़ियों को अलग-अलग मैदानों में विकसित होने दें और इसके बाद ही ऑल-स्टार टीमों का चुनाव करें। यदि चेकोस्लोवाकिया और कैनेडा के साल के अंत में पैदा हुए सभी खिलाड़ियों को वाजिब अवसर मिले, तो चेक और कैनेडाई राष्ट्रीय टीमों के पास अचानक दोगुने खिलाड़ी हो जाएँगे, जिनमें से वे अपने सर्वश्रेष्ठ खिलाड़ियों को चुन सकती हैं।

यही स्कूलों में भी किया जा सकता है। प्राथमिक और माध्यमिक स्कूल जनवरी से अप्रैल तक पैदा हुए विद्यार्थियों को एक कक्षा में रख सकते हैं, मई से अगस्त तक पैदा हुए विद्यार्थियों को दूसरी कक्षा में और सितंबर से दिसंबर तक पैदा हुए विद्यार्थियों को तीसरी कक्षा में। इस तरह से विद्यार्थियों को उतनी ही परिपक्वता वाले विद्यार्थियों के साथ सीखने और प्रतिस्पर्धा करने का अवसर मिलेगा। माना कि प्रशासकीय दृष्टि से यह थोड़ा ज़्यादा जटिल होगा, लेकिन ज़रूरी नहीं है कि इसमें ज़्यादा पैसा ख़र्च हो। अलबत्ता इससे उन लोगों को समान अवसर मिल जाएगा, जिन्हें शैक्षणिक तंत्र ने बहुत नुक़सान पहुँचाया है, हालाँकि इसमें उनका कोई दोष नहीं है। हम आसानी से उपलब्धि की मशीन को नियंत्रित कर सकते हैं, दूसरे शब्दों में - केवल खेल में ही नहीं, बल्कि जैसा हम देखेंगे, दूसरे अधिक महत्त्वपूर्ण क्षेत्रों में भी। लेकिन हम ऐसा नहीं करते हैं। क्यों? क्योंकि हम इस विचार पर अड़े रहते हैं कि सफलता सिर्फ़ व्यक्तिगत योग्यता का मामला है और जिस संसार में

हम सभी बड़े होते हैं तथा हम समाज के रूप में जो नियम बनाते हैं, वे ज़रा भी मायने नहीं रखते हैं।

6.

मेमोरियल कप फ़ाइनल के पहले मेडिसिन हैट टाइगर्स के एक खिलाड़ी के पिता गोर्ड वास्डेन एक कोने में खड़े-खड़े अपने बेटे स्कॉट के बारे में बातें कर रहे थे। वे मेडिसिन हैट की बेसबॉल कैप और काला मेडिसिन हैट पहने थे। "जब वह चार-पाँच साल का था," वास्डेन ने बताया, "तो उसका छोटा भाई वॉकर में था और वह उसके हाथ में एक हॉकी स्टिक थमा देता था। वे दोनों किचन में सुबह से रात तक हॉकी खेलते रहते थे। स्कॉट में हमेशा हॉकी के प्रति जोश और जुनून था। वह माइनर लीग के पूरे हॉकी करियर में प्रतिनिधि हॉकी खेला है। उसने हमेशा ट्रिपल ए टीमों में जगह बनाई। 13 से 15 साल के हॉकी खिलाड़ी के रूप में बैंटम स्तर पर वह हमेशा (शीर्ष) प्रतिनिधि टीम में खेला।" वास्डेन स्पष्ट रूप से घबरा रहे थे : उनका बेटा अपनी ज़िंदगी का सबसे बड़ा मैच खेलने वाला था। "आज वह जहाँ है, उसके लिए उसे बहुत कड़ी मेहनत करनी पड़ी है। मुझे उस पर बहुत नाज़ है।"

ये सर्वोच्च स्तर पर सफलता पाने के आवश्यक तत्व हैं : जोश, योग्यता और कड़ी मेहनत। लेकिन एक और तत्व भी है। वास्डेन को सबसे पहले यह अहसास कब हुआ कि उनका बेटा कुछ ख़ास था? "आप जानते हैं, वह हमेशा अपनी उम्र के हिसाब से ज़्यादा बड़ा दिखता था। वह शक्तिशाली था और उसमें शुरुआती उम्र से ही गोल स्कोर करने का कौशल था। और वह हमेशा अपनी उम्र के लड़कों में अलग दिखता था, अपनी टीम का कप्तान..."

अपनी उम्र के हिसाब से बड़ा? ज़ाहिर है, वह था। स्कॉट वास्डेन का जन्म 4 जनवरी को हुआ था, जो हॉकी खिलाड़ी के लिहाज़ से सबसे आदर्श जन्मदिन से मात्र तीन दिन दूर था। वह ख़ुशक़िस्मत था। अगर कैनेडाई हॉकी की पात्रता तिथि जनवरी के बजाय साल के अंत में होती, तो हो सकता है कि वह बर्फ़ पर हॉकी खेलने के बजाय दर्शकदीर्घा से मेमोरियल कप चैंपियनशिप देख रहा होता।

2

10,000 घंटे का नियम

“हैम्बर्ग में हमें आठ घंटे तक संगीत बजाना पड़ता था।”

1.

1971 में मिशिगन युनिवर्सिटी ने अपना नया कंप्यूटर सेंटर खोला। यह ऐन आर्बर के बील एवेन्यू की एक बिलकुल नई इमारत में खुला, जिसमें ईंट की भूरी बाहरी दीवारें और गहरे रंग के काँच का सामने वाला हिस्सा था। जैसा एक प्रोफ़ेसर बताते हैं, विश्वविद्यालय के विशाल मेनफ्रेम कंप्यूटर एक बड़े से हॉल में रखे थे और *“2001: अ स्पेस ओडिसी* नामक फ़िल्म के आख़िरी दृश्यों” की याद दिला रहे थे। पास में दर्जनों कीपंच मशीनें रखी थीं - जो उन दिनों कंप्यूटर टर्मिनल्स का काम करती थीं। 1971 में यह अत्याधुनिक था। मिशिगन युनिवर्सिटी के पास संसार के सबसे आधुनिक कंप्यूटर साइंस प्रोग्राम्स में से एक था। इस कंप्यूटर सेंटर में हज़ारों विद्यार्थी उस सफ़ेद कक्ष से गुज़रे, जिनमें सबसे मशहूर था बिल जॉय नामक एक बेढंगा किशोर।

जिस साल कंप्यूटर सेंटर खुला, जॉय उसी साल मिशिगन युनिवर्सिटी में आए थे। उनकी उम्र सोलह साल थी। वे लंबे और बहुत दुबले थे। उनके बाल बिखरे रहते थे। डेट्रॉयट के बाहर नॉर्थ फ़ार्मिंगटन हाई स्कूल में उनकी क्लास ने विदाई पार्टी में उन्हें “सबसे पढ़ाकू विद्यार्थी” का ख़िताब दिया था, जिसका मतलब यह था कि वे “डेटिंग न करने वाले पढ़ाकू” थे। उन्होंने संभवतः जीवविज्ञानी या गणितज्ञ बनने के बारे में सोचा था। लेकिन फ़र्स्ट इयर के अंत में वे कंप्यूटर सेंटर में पहुँच गए - और उस पर उनका दिल आ गया।

उसी पल से कंप्यूटर सेंटर उनका जीवन बन गया। जब भी मौक़ा मिलता था, वे प्रोग्रामिंग करने लगते थे। जॉय को एक कंप्यूटर साइंस प्रोफ़ेसर के अधीन सवैतनिक काम मिल गया। इसका मतलब यह था कि वे पूरी

गर्मियों में प्रोग्रामिंग कर सकते थे। 1975 में उन्होंने बर्कले की कैलिफ़ोर्निया युनिवर्सिटी में ग्रेजुएट स्कूल में नाम लिखा लिया। वहाँ वे कंप्यूटर सॉफ़्टवेअर जगत में और भी ज़्यादा गहराई तक डूब गए। पीएचडी की मौखिक परीक्षा के दौरान उन्होंने एक बहुत जटिल एलगोरिदम फटाफट बना दिया। जैसा उनके एक प्रशंसक ने लिखा है, इससे "उनके परीक्षक इतने हैरान रह गए कि बाद में उनमें से एक ने इस अनुभव की तुलना 'ईसामसीह के अपने बड़ों को हक्का-बक्का करने वाली' घटना से की।"

प्रोग्रामर्स के छोटे समूह के साथ मिलकर काम करते हुए जॉय ने यूनिक्स को दोबारा लिखने का काम किया; यूनिक्स एक सॉफ़्टवेअर सिस्टम था, जिसे एटीएंडटी ने मेनफ़्रेम कंप्यूटर के लिए तैयार किया था। जॉय का संस्करण बहुत अच्छा था। दरअसल यह इतना अच्छा था कि यह ऐसा ऑपरेटिंग सिस्टम बन गया - और अब भी बना हुआ है - जिस पर संसार के करोड़ों कंप्यूटर चलते हैं। "यदि आप अपने मैक को कोड देखने वाले अजीब मोड में पहुँचा दें," जॉय कहते हैं, "तो मैं वे चीज़ें देखता हूँ, जो मैंने पच्चीस साल पहले टाइप की थीं।" और क्या आप जानते हैं, उस सॉफ़्टवेअर का ज़्यादातर हिस्सा किसने लिखा, जो आपको इंटरनेट तक पहुँचाता है? बिल जॉय ने।

बर्कले से स्नातक होने के बाद जॉय ने सिलिकॉन वैली में सन माइक्रोसिस्टम्स नामक कंपनी की सह-स्थापना की, जो कंप्यूटर क्रांति के सबसे महत्त्वपूर्ण खिलाड़ियों में से एक थी। वहाँ उन्होंने एक और कंप्यूटर भाषा - जावा - को दोबारा लिखा, जिससे उनकी शोहरत में चार चाँद लग गए। सिलिकॉन वैली के अंदरूनी लोगों के बीच जॉय का नाम भी उतनी ही श्रद्धा से लिया जाता है, जितना कि माइक्रोसॉफ़्ट के बिल गेट्स का। उन्हें कई बार इंटरनेट का एडिसन कहा जाता है। जैसा येल के कंप्यूटर वैज्ञानिक डेविड गैलेंटर कहते हैं, "बिल जॉय कंप्यूटिंग के आधुनिक इतिहास में सबसे प्रभावी लोगों में से एक हैं।"

बिल जॉय की प्रतिभा की कहानी कई बार बताई जा चुकी है और सबक़ हमेशा वही रहता है। यह एक ऐसा संसार था, जो सबसे योग्यता-प्रधान था। कंप्यूटर प्रोग्रामिंग में पुराने दोस्तों का नेटवर्क मदद नहीं करता था, जहाँ आप पैसों या संबंधों के कारण आगे निकल जाएँ। यह एक व्यापक खुला क्षेत्र था, जिसमें सभी प्रतिभागियों का आकलन सिर्फ़ उनकी योग्यता और उनकी उपलब्धियों के आधार पर किया जाता था। यह एक ऐसा संसार था, जहाँ

सर्वश्रेष्ठ इंसान जीतते थे और जॉय स्पष्टतः सर्वश्रेष्ठ इंसानों में से एक थे।

अगर हमने अभी-अभी हॉकी और सॉकर खिलाड़ियों पर नज़र नहीं डाली होती, तो घटनाओं के इस संस्करण को स्वीकार करना ज़्यादा आसान होता। उनका क्षेत्र भी विशुद्ध योग्यता-प्रधान माना जाता था। लेकिन जैसा हमने देखा, यह नहीं था। यह एक कहानी थी कि किसी ख़ास क्षेत्र में आउटलायर्स योग्यता, अवसर और पूरी तरह से एकपक्षीय लाभ के तालमेल के ज़रिये अपने ऊँचे दर्जे तक कैसे पहुँचे।

क्या यह संभव है कि ख़ास अवसरों का यही सिलसिला असल संसार में भी उतनी ही अच्छी तरह काम करता है? आइए, बिल जॉय की कहानी पर लौटकर इसका पता लगाते हैं।

2.

लगभग एक पीढ़ी से संसार के मनोवैज्ञानिक इस सवाल पर जोशोखरोश से बहस कर रहे हैं, जिसे हममें से ज़्यादातर लोगों ने बरसों पहले से तय मान लिया है। सवाल यह है : क्या नैसर्गिक प्रतिभा जैसी कोई चीज़ होती है? स्पष्ट जवाब है - हाँ। जनवरी में पैदा हुआ हर हॉकी खिलाड़ी अंत में पेशेवर स्तर पर नहीं खेलता है। केवल कुछ लोग ही ऐसा कर पाते हैं - जिनमें इसकी आंतरिक प्रतिभा होती है। उपलब्धि प्रतिभा और तैयारी का मिलन है। इस दृष्टिकोण के साथ समस्या यह है कि मनोवैज्ञानिक प्रतिभाशाली लोगों के करियर को जितने ज़्यादा ग़ौर से देखते हैं, नैसर्गिक प्रतिभा की भूमिका उतनी ही कम नज़र आती है और तैयारी की भूमिका उतनी ही ज़्यादा नज़र आती है।

प्रतिभा की बहस में पहला प्रमाण वह अध्ययन है, जिसे बर्लिन की एलीट अकैडमी ऑफ़ म्यूज़िक में मनोवैज्ञानिक के. एंडर्स एरिकसन ने अपने दो सहकर्मियों के साथ 1990 के दशक में किया था। अकादमी के प्रोफ़ेसरों की मदद से उन्होंने स्कूल के वायलिन वादकों को तीन समूहों में बाँटा। पहले समूह में सितारे थे, ऐसे विद्यार्थी जिनमें विश्व स्तरीय एकल वादक बनने की संभावना थी। दूसरी श्रेणी में उन्हें रखा गया, जिन्हें सिर्फ़ “अच्छा” माना गया। तीसरी श्रेणी में वे विद्यार्थी थे, जिनके कभी पेशेवर स्तर पर वादन करने की संभावना नहीं थी और जो सरकारी स्कूलों में संगीत के शिक्षक बनना चाहते थे। फिर सभी वायलिन वादकों से एक ही सवाल पूछा गया : जब

से आपने पहली बार वायलिन उठाया, तब से अपने पूरे करियर में आपने कितने घंटे अभ्यास किया?

तीनों समूहों में से प्रत्येक ने तक़रीबन एक ही उम्र से वायलिन बजाना शुरू किया था - लगभग पाँच साल की उम्र से। उन पहले चंद सालों में हर एक ने कमोबेश समान अभ्यास किया था, हर सप्ताह लगभग दो-तीन घंटे। लेकिन जब विद्यार्थी आठ साल की उम्र तक पहुँचे, तो असली फ़र्क़ नज़र आने लगे। जो विद्यार्थी अपनी क्लास में अंततः सर्वश्रेष्ठ बने, वे हर एक से ज़्यादा अभ्यास करने लगे : नौ साल की उम्र तक हर सप्ताह छह घंटे, बारह साल की उम्र तक हर सप्ताह आठ घंटे, चौदह साल की उम्र तक हर सप्ताह सोलह घंटे और यह अवधि बढ़ती गई। बारह साल की उम्र तक आते-आते वे एक सप्ताह में तीस घंटों से भी ज़्यादा अभ्यास कर रहे थे, यानी बेहतर बनने के इरादे से उद्देश्यपूर्ण ढंग से और एकल मानसिकता के साथ अपने वाद्ययंत्र बजा रहे थे। दरअसल, बीस साल की उम्र तक सभी उत्कृष्ट वायलिन वादकों ने कुल मिलाकर दस हज़ार घंटों का अभ्यास कर लिया था। इसके विपरीत, सिर्फ़ अच्छे विद्यार्थियों का अभ्यास कुल आठ हज़ार घंटे था और भावी संगीत शिक्षकों ने तो बस चार हज़ार घंटों से थोड़ा ज़्यादा ही अभ्यास किया था।

फिर एरिकसन और उनके सहकर्मियों ने शौकिया पियानो वादकों और पेशेवर पियानो वादकों की तुलना की। वही बात सामने आई। शौकिया पियानो वादकों ने बचपन में एक सप्ताह में तीन घंटे से ज़्यादा अभ्यास कभी नहीं किया और बीस साल की उम्र तक उनका कुल अभ्यास सिर्फ़ दो हज़ार घंटों का ही था। दूसरी ओर, पेशेवर पियानो वादकों ने हर साल अपने अभ्यास के समय को निरंतर बढ़ाया और बीस साल की उम्र तक वायलिन वादकों की तरह ही वे भी दस हज़ार घंटों तक पहुँच गए।

एरिकसन के अध्ययन के बारे में आश्चर्यजनक बात यह है कि वे और उनके सहकर्मी "नैसर्गिक प्रतिभाशाली" लोगों को नहीं खोज पाए। उन्हें एक भी ऐसा संगीतकार नहीं मिला, जो अपने समकक्षों से बहुत कम अभ्यास करके प्रयासहीन तरीके से उड़ते हुए शिखर पर पहुँचा हो। न ही उन्हें ऐसे "कोल्हू के बैल" मिले, जो हर एक से ज़्यादा कड़ी मेहनत करने के बावजूद शिखर पर न पहुँच पाए हों। उनके शोध से यह पता चलता है कि जब किसी संगीतकार में किसी शीर्ष संगीत स्कूल में प्रवेश पाने लायक़ प्रतिभा होती है, तो इसके बाद जो चीज़ एक संगीतकार को दूसरे से अलग करती

है, वह यह है कि वह कितनी कड़ी मेहनत करता है। यही मूल बात है। और शीर्षस्थ लोग बाक़ी सबसे ज़्यादा मेहनत ही नहीं करते हैं। वे बहुत, *बहुत ज़्यादा* कड़ी मेहनत करते हैं।

किसी जटिल काम में उत्कृष्टता हासिल करने के लिए अभ्यास का एक अत्यंत महत्त्वपूर्ण न्यूनतम स्तर होता है। यह बात विशेषज्ञों के अध्ययनों में बारंबार सामने आती है। दरअसल शोधकर्ता इस बात पर सहमत हो चुके हैं कि सच्ची विशेषज्ञता की जादुई संख्या कितनी है : दस हज़ार घंटे।

न्यूरोलॉजिस्ट डेनियल लेविटिन लिखते हैं, "ऐसे अध्ययनों से यह तस्वीर उभरकर सामने आती है कि किसी विश्व स्तरीय विशेषज्ञ बनने लायक़ महारत को हासिल करने के लिए दस हज़ार घंटों का अभ्यास ज़रूरी होता है - किसी भी चीज़ में। संगीतकारों, बास्केटबॉल खिलाड़ियों, उपन्यासकारों, आइस स्केटर्स, पियानोवादकों, शतरंज के खिलाड़ियों, शातिर अपराधियों और अन्य लोगों के तमाम अध्ययनों में यह आँकड़ा बार-बार सामने आता है। ज़ाहिर है, इन अध्ययनों में यह नहीं बताया गया है कि कुछ लोग बाक़ी की तुलना में अपने अभ्यास से ज़्यादा ग्रहण क्यों करते हैं। लेकिन किसी को भी एक भी ऐसा प्रकरण नहीं मिला, जिसमें सच्ची विश्व स्तरीय विशेषज्ञता इससे कम समय में हासिल की गई हो। ऐसा लगता है कि मस्तिष्क को उन सारी चीज़ों को आत्मसात करने में इतना लंबा समय लगता है, जिनकी ज़रूरत सच्ची महारत हासिल करने के लिए होती है।"

यह उन लोगों के बारे में भी सच है, जिन्हें हम जन्मजात प्रतिभा का धनी मानते हैं। मिसाल के तौर पर, मोज़ार्ट के बारे में मशहूर है कि वे छह साल की उम्र में ही संगीत की रचनाएँ करने लगे थे। लेकिन मनोवैज्ञानिक माइकल होव अपनी पुस्तक *जीनियस एक्सप्लेन्ड* में लिखते हैं,

> परिपक्व संगीतकारों की कसौटी पर देखें, तो मोज़ार्ट की शुरुआती कृतियाँ असाधारण नहीं थीं। शुरुआती कृतियाँ संभवतः उनके पिता ने लिखी थीं और इस प्रक्रिया में उनमें सुधार हुआ था। मोज़ार्ट की बचपन की कई रचनाएँ, जैसे पियानो और ऑर्केस्ट्रा के लिए लिखे उनके पहले सात कन्सर्टोज़, काफ़ी हद तक दूसरे संगीतकारों की रचनाओं के रूपांतरण मात्र हैं। उन कन्सर्टोज़ में से सिर्फ़ एक में मोज़ार्ट का मौलिक संगीत है। यही कन्सर्टो वह सबसे शुरुआती रचना है, जिसे अब मास्टरपीस माना जाता है (नंबर 9, के. 271)। दिलचस्प बात यह है कि उन्होंने इस कन्सर्टो का सृजन

> तब तक नहीं किया, जब तक कि वे इक्कीस साल के नहीं हो गए थे : तब तक मोज़ार्ट को कन्सर्टोज़ की रचना करते-करते दस साल हो चुके थे।

संगीत आलोचक हैरॉल्ड स्कोनबर्ग इससे भी आगे जाते हैं : वे दावा करते हैं कि मोज़ार्ट "देर से विकसित हुए" थे, क्योंकि उनकी महानतम रचनाएँ तब तक नहीं आईं, जब तक कि उन्होंने बीस साल तक संगीत का सृजन नहीं कर लिया।

शतरंज में ग्रैंडमास्टर बनने के लिए भी लगभग दस साल का समय लगता है। (केवल मशहूर बॉबी फ़िशर ही इससे कम समय में उत्कृष्ट स्तर पर पहुँचे थे : उन्हें नौ साल का समय लगा था।) और दस साल का क्या मतलब है? देखिए, यह लगभग वह समय है, जिसमें आप दस हज़ार घंटों का कठोर अभ्यास करते हैं। दस हज़ार घंटे महानता की जादुई संख्या है।

इससे चेक और कैनेडाई राष्ट्रीय खेल टीमों की नामावली के रहस्य का खुलासा हो जाता है। उन टीमों में 1 सितंबर के बाद पैदा हुए खिलाड़ी नगण्य थे, जो हैरानी की बात है। आप सोचेंगे कि चेकोस्लोवॉकिया में हॉकी या फुटबॉल के क्षेत्र में सितंबर के बाद भी ऐसे बच्चे पैदा हुए होंगे, जो इन क्षेत्रों में जन्मजात प्रतिभा के धनी होंगे। इन देर से पैदा हुए बच्चों में इतनी प्रतिभा होनी चाहिए कि वे अपनी जन्मतिथि के बावजूद आगे चलकर शीर्ष स्तर पर पहुँच जाएँ।

लेकिन एरिकसन और प्रतिभा के वर्चस्व के ख़िलाफ़ तर्क देने वाले लोगों को इस बात से कोई हैरानी नहीं होती है। बाद में पैदा हुए जन्मजात प्रतिभा के धनी खिलाड़ियों को आठ साल की उम्र में ऑल-स्टार टीम में इसलिए नहीं चुना जाता है, क्योंकि तब वे बहुत ज़्यादा छोटे होते हैं। इसलिए उन्हें अतिरिक्त अभ्यास का अवसर नहीं मिल पाता है। और अतिरिक्त अभ्यास किए बिना वह तब तक दस हज़ार घंटे पूरे नहीं कर सकता, जब पेशेवर हॉकी टीमें खिलाड़ियों की तलाश में निकलती हैं। दस हज़ार घंटे के अभ्यास के बिना वह किसी तरह उन योग्यताओं में माहिर नहीं हो सकता, जिनकी ज़रूरत शीर्ष स्तर पर खेलने के लिए होती है। यहाँ तक कि मोज़ार्ट भी - जो सार्वकालिक महानतम जन्मजात प्रतिभा के धनी थे - तब तक अपनी लय में नहीं आ पाए, जब तक कि उन्होंने दस हज़ार घंटों की मेहनत नहीं कर ली। अभ्यास वह चीज़ नहीं है, जिसे आप बेहतर होने के बाद करें। यह तो वह चीज़ है, जिसे करने से ही आप बेहतर बनते हैं।

ज़ाहिर है, दस हज़ार घंटों के बारे में एक और दिलचस्प बात यह है कि दस हज़ार घंटे *बहुत लंबा* समय होता है। किसी बच्चे के लिए केवल अपने दम पर इतना सारा अभ्यास करना लगभग असंभव है। आपके पास ऐसे माता-पिता होने चाहिए, जो आपको प्रोत्साहित करते हों और आपका समर्थन करते हों। इसके अलावा, आपको ग़रीब नहीं होना चाहिए, क्योंकि अगर रोज़ी-रोटी के लिए आपको पार्ट-टाइम नौकरी करनी पड़ी, तो पर्याप्त अभ्यास के लिए समय ही नहीं बचेगा। वास्तव में, ज़्यादातर लोग इस संख्या तक तभी पहुँच सकते हैं, जब वे किसी तरह की ख़ास योजना या कार्यक्रम में शामिल हो जाएँ - जैसे हॉकी ऑल-स्टार टीम - या अगर उन्हें कोई ऐसा असाधारण अवसर मिल जाए, जो उन्हें इतने घंटे तक मेहनत करने का मौक़ा दे।

3.

अब बिल जॉय की ओर लौटते हैं। यह 1971 का समय है। वे सोलह साल के लंबे और अटपटे लड़के हैं। उनमें गणित की प्रतिभा है। वे उस तरह के विद्यार्थी हैं, जिन्हें एमआईटी, कैल्टेक और वॉटरलू युनिवर्सिटी जैसी शिक्षण संस्थाएँ सैकड़ों की तादाद में आकर्षित करती हैं। "जब बिल छोटा था, तब भी वह हर चीज़ के बारे में सब कुछ जानना चाहता था, हालाँकि उसकी उम्र इतनी कम थी कि उसे उस चीज़ के बारे में पता भी नहीं होना चाहिए था," उनके पिता विलियम कहते हैं। "हम कई बार जवाब दे देते थे। और जब हम जवाब नहीं दे पाते थे, तो हम उसे पुस्तक थमा देते थे।" जब कॉलेज में आवेदन करने का समय आया, तो जॉय को स्कॉलैस्टिक एप्टिट्यूड टेस्ट के गणित खंड में आदर्श स्कोर मिला। वे सामान्य अंदाज़ में कहते हैं, "यह ख़ास मुश्किल नहीं था। दोबारा जाँच करने के लिए पर्याप्त समय था।"

उनके पास नैसर्गिक प्रतिभा टनों में है। लेकिन यही एकमात्र बात नहीं है। यह कभी नहीं होती। उनके विकास की कुंजी तो यह है कि वे बील एवेन्यू की उस साधारण इमारत में पहुँच गए।

1970 के दशक की शुरुआत में, यानी जब जॉय प्रोग्रामिंग के बारे में सीख रहे थे, तब कंप्यूटर किसी कमरे जितने बड़े होते थे। एक अकेली मशीन (जिसमें हो सकता है कि उससे भी कम शक्ति और स्मृति हो, जितनी कि अब आपके माइक्रोवेव में होती है) की लागत दस लाख डॉलर से भी ज़्यादा

हो सकती थी - और यह 1970 के डॉलरों की बात है। कंप्यूटर दुर्लभ थे। अगर आपको कंप्यूटर मिल भी जाए, तब भी उस तक पहुँच हासिल करना मुश्किल था। अगर किसी तरह आप पहुँच हासिल कर भी लें, तो उस पर समय किराए पर लेने में भारी दौलत चाहिए होती थी।

इतना ही नहीं, तब प्रोग्रामिंग असाधारण रूप से धीमी और थकाने वाली प्रक्रिया थी। यह वह युग था, जब कंप्यूटर प्रोग्राम कार्डबोर्ड पंच कार्ड का इस्तेमाल करके बनाए जाते थे। कीपंच मशीन का इस्तेमाल करके कार्ड पर कोड की हर लाइन छापी जाती थी। किसी जटिल प्रोग्राम में सैकड़ों, या हज़ारों भी, कार्ड लग सकते थे। एक बार जब प्रोग्राम तैयार हो जाता था, तो आप उपलब्ध मेनफ्रेम कंप्यूटर तक जाते थे और ऑपरेटर को अपने काड्र्स का ढेर थमा देते थे। चूँकि कंप्यूटर उस वक़्त एक बार में केवल एक ही काम कर पाता था, इसलिए ऑपरेटर आपके प्रोग्राम के लिए एक अपॉइंटमेंट देता था। आपके आगे लाइन में कितने लोग हैं, यह मायने रखता था, क्योंकि इसी पर यह निर्भर था कि आपको कार्ड कुछ घंटों में वापस मिलेंगे या एक दिन बाद। और अगर आपने अपने प्रोग्राम में एक भी ग़लती कर दी - टाइपिंग की ग़लती भी - तो आपको कार्ड वापस लेने होते थे, ग़लती खोजनी होती थी और पूरी प्रक्रिया दोबारा करनी होती थी।

ऐसी परिस्थितियों में प्रोग्रामिंग विशेषज्ञ बनना बेहद मुश्किल था। निश्चित रूप से बीस-पच्चीस साल की उम्र तक विशेषज्ञ बनना लगभग असंभव था। जब आप कंप्यूटर कक्ष में बिताए गए घंटों में से केवल कुछ ही मिनट "प्रोग्रामिंग" कर सकें, तो आप दस हज़ार घंटों का अभ्यास कैसे कर सकते हैं? उस युग के एक कंप्यूटर वैज्ञानिक ने कहा है, "काड्र्स के साथ प्रोग्रामिंग करने पर आप प्रोग्रामिंग नहीं सीखते थे। इससे तो आप धैर्य और प्रूफ़रीडिंग सीखते थे।"

1960 के दशक के मध्य में प्रोग्रामिंग की इस समस्या का तोड़ निकला। तब तक कंप्यूटर इतने शक्तिशाली बन चुके थे कि एक बार में एक से ज़्यादा "अपॉइंटमेंट्स" को सँभाल सकें। कंप्यूटर वैज्ञानिकों को अहसास हुआ कि यदि कंप्यूटर के ऑपरेटिंग सिस्टम को दोबारा लिख दिया जाए, तो एक ही समय में कई लोग उस पर काम कर सकते हैं; इस तरह कंप्यूटर को एक ही समय में सैकड़ों काम सँभालने के लिए प्रशिक्षित किया जा सकता है। इसका यह अर्थ था कि अब प्रोग्रामर्स को अपने कंप्यूटर काड्र्स के ढेर ऑपरेटर को थमाने की ज़रूरत नहीं थी। अब दर्जनों टर्मिनल्स को एक फ़ोन लाइन

से मेनफ़्रेम कंप्यूटर से जोड़ा जा सकता था और बहुत से लोग साथ-साथ - ऑनलाइन - काम कर सकते थे।

यहाँ उस दौर का एक इतिहास टाइम-शेयरिंग (एक ही केंद्रीय कंप्यूटर का कई लोगों द्वारा एक ही समय में उपयोग) के आगमन का वर्णन करता है :

> यह सिर्फ़ एक क्रांति ही नहीं थी। यह तो एक अवतार था। ऑपरेटर को, कार्ड के ढेर को, लंबे इंतज़ार को भूल जाएँ। टाइम-शेयरिंग में आप अपने टेलीटाइप पर बैठकर कुछ कमांड टाइप करते थे और जवाब तुरंत मिल जाता था। टाइम-शेयरिंग इंटरएक्टिव थी : एक प्रोग्राम आपसे कुछ पूछता था, आपके जवाब का इंतज़ार करता था और जवाब मिलने पर आपको परिणाम दिखा देता था, सब कुछ "तुरंत।"

यहीं पर मिशिगन का उल्लेख आता है, क्योंकि मिशिगन टाइम-शेयरिंग की अवधारणा को अपनाने वाली संसार की पहली युनिवर्सिटीज़ में से एक थी। 1967 तक सिस्टम का एक प्रोटोटाइप बन गया था और चल रहा था। 1970 के दशक की शुरुआत तक मिशिगन में माहौल इतना अच्छा हो गया कि कंप्यूटर सेंटर में सौ लोग एक साथ प्रोग्रामिंग कर सकें। "साठ के दशक के अंत में और सत्तर के दशक की शुरुआत में, मेरे ख़्याल में मिशिगन जैसी कोई दूसरी जगह नहीं थी," माइक अलैक्ज़ेंडर ने कहा था, जो मिशिगन में कंप्यूटर सिस्टम के प्रवर्तक थे। "शायद एमआईटी। शायद कारनेगी मेलन। शायद डार्टमाउथ। मैं नहीं सोचता कि और कोई हो सकता है।"

इसी अवसर ने बिल जॉय का स्वागत किया, जब वे 1971 की पतझड़ में एन आर्बर कैंपस पहुँचे। उन्होंने मिशिगन को कंप्यूटरों की वजह से नहीं चुना था। वे हाई स्कूल में कंप्यूटरों पर कभी नहीं बैठे थे। उनकी रुचि तो गणित और इंजीनियरिंग में थी। लेकिन जब कॉलेज के पहले ही साल प्रोग्रामिंग के कीड़े ने उन्हें काटा, तो उन्होंने सबसे सुखद संयोग से खुद को ऐसी चुनिंदा जगह पर पाया, जहाँ एक सत्रह साल का लड़का मनचाही प्रोग्रामिंग कर सकता था।

"क्या आप जानते हैं कि कंप्यूटिंग कार्ड्स और टाइम-शेयरिंग में कितना फ़र्क़ होता है?" जॉय कहते हैं। "यह डाक से शतरंज खेलने और स्पीड चेस के बीच का फ़र्क़ है।" प्रोग्रामिंग अब कुंठित करने वाला अनुभव

नहीं रह गई थी। अब तो यह *मज़ेदार* बन गई थी।

"मैं नॉर्थ कैंपस में रहता था और कंप्यूटर सेंटर भी नॉर्थ कैंपस में ही था," जॉय ने आगे कहा। "मैं वहाँ कितना समय बिताता था? ओह, बहुत सारा समय। सेंटर चौबीसों घंटे खुला रहता था। मैं वहाँ सारी रात रुका रहता था और अक्सर सुबह ही हॉस्टल लौटता था। उन सालों में मैं जितना समय कक्षाओं में बिताता था, उससे ज़्यादा कंप्यूटर सेंटर में बिता रहा था। वहाँ हम सबको लगातार यह बुरा सपना आता था कि कहीं हम यह न भूल जाएँ कि हमें क्लास में जाना है। या यही न भूल जाएँ कि हम कॉलेज में पढ़ते हैं।

"चुनौती यह थी कि उन्होंने सभी विद्यार्थियों के अकाउंट में निश्चित राशि का समय डाला था और वह समय ख़त्म हो जाता था। साइन करते समय आपको लिखना पड़ता था कि आप कंप्यूटर पर कितना समय बिताना चाहते हैं। मान लें कि वे आपको एक घंटे का समय देते थे। आपको बस इतना ही मिलता था। लेकिन किसी ने इस बात पर ग़ौर किया कि अगर आप 'टाइम इक्वल्स' लिखकर एक अक्षर लिख दें, जैसे टी बराबर के, तो आपके अकाउंट का समय कम नहीं होता था," उन्होंने कहा और इसे याद करके हँस पड़े। "यह सॉफ़्टवेयर की त्रुटि या बग था, जिसकी बदौलत आप टी बराबर के टाइप करके वहाँ अनंत काल तक बैठे रह सकते थे।"

ज़रा उन अवसरों के सिलसिले को देखें, जो बिल जॉय की राह में आए थे। चूँकि वे संयोग से मिशिगन युनिवर्सिटी जैसे दूरदर्शी कॉलेज में पढ़ने गए थे, इसलिए वे पंच कार्ड्स के बजाय टाइम-शेयरिंग सिस्टम पर अभ्यास कर सकते थे। चूँकि मिशिगन के सिस्टम में संयोग से एक त्रुटि रह गई थी, इसलिए वे जितने समय तक चाहें प्रोग्रामिंग कर सकते थे। चूँकि विश्वविद्यालय चौबीसों घंटे कंप्यूटर सेंटर खुला रखने के लिए पैसे ख़र्च करने को तैयार था, इसलिए वे वहाँ रात भर प्रोग्रामिंग कर सकते थे। और चूँकि वे इतने ज़्यादा घंटे अभ्यास कर सकते थे, इसलिए जब उनके सामने संयोग से यूनिक्स को दोबारा लिखने का अवसर पेश किया गया, तो वे इस चुनौती पर खरे उतरे। बिल जॉय प्रतिभाशाली थे। वे सीखना चाहते थे। यह उनकी सफलता का एक बड़ा हिस्सा था। लेकिन वे विशेषज्ञ बन सकें, इससे पहले उन्हें यह सीखने का अवसर मिलना ज़रूरी था कि विशेषज्ञ कैसे बना जाता है।

"मिशिगन में मैं शायद हर दिन आठ-दस घंटे प्रोग्रामिंग कर रहा था," उन्होंने कहा। "जब मैं बर्कले पहुँचा, तब तक यह हालत हो गई थी कि मैं

इसे दिन-रात कर रहा था। मेरे घर पर एक टर्मिनल था। मैं सुबह दो-तीन बजे तक जागता रहता था, पुरानी फ़िल्में देखता रहता था और प्रोग्रामिंग करता रहता था। कई बार मैं कीबोर्ड पर ही सो जाता था" - उन्होंने नक़ल करके बताया कि उनका सिर कीबोर्ड पर गिर जाता था - "और आप जानते हैं कि किस तरह कुंजी अंत तक जाती है और इसके बाद बीप, बीप, बीप की आवाज़ करने लगती है? जब यह तीन बार हो जाता था, तो बिस्तर पर जाना ज़रूरी हो जाता था। बर्कले पहुँचने तक भी मैं तुलनात्मक रूप से अक्षम था। मैं वहाँ अपने दूसरे वर्ष में प्रवीण हो गया। तब मैंने वे प्रोग्राम लिखे, जो आज भी चल रहे हैं, तीस साल बाद भी।" उन्होंने अपने दिमाग़ में हिसाब लगाने के लिए एक पल लिया - जिसमें बिल जॉय जैसे व्यक्ति को ज़्यादा समय नहीं लगता है। 1971 में मिशिगन। कॉलेज में दूसरे साल तक गंभीरता से प्रोग्रामिंग प्रारंभ। गर्मियों को जोड़ दें, फिर बर्कले में उनके पहले साल के दिन-रात जोड़ दें। "तो, तो, शायद... दस हज़ार घंटे?" उन्होंने आख़िरकार कहा। "यह सही है।"

4.

क्या दस हज़ार घंटे का नियम सफलता का आम नियम है? अगर हम हर बेहद सफल व्यक्ति की सतह के नीचे खुरचें, तो क्या हमें मिशिगन कंप्यूटर सेंटर या हॉकी ऑल-स्टार टीम जैसी ही बात हमेशा मिलेगी - अभ्यास के लिए किसी तरह का ख़ास अवसर?

आइए, दो उदाहरणों से इस अवधारणा की जाँच करते हैं। सरलता की ख़ातिर हम जाने-पहचाने नाम चुनते हैं : बीटल्स, जो सबसे मशहूर रॉक बैंड्स में से एक है; और बिल गेट्स, जो संसार के सबसे अमीर व्यक्तियों में से एक हैं।

बीटल्स - जॉन लेनन, पॉल मैककार्टनी, जॉर्ज हैरिसन और रिंगो स्टार - फ़रवरी 1964 में अमेरिका आए और उन्होंने अमेरिकी संगीत परिदृश्य पर तथाकथित ब्रिटिश आक्रमण प्रारंभ किया। इससे हिट रिकॉर्ड्स का ऐसा सिलसिला शुरू हुआ, जिसने लोकप्रिय संगीत का हुलिया ही बदल दिया।

हमारे उद्देश्य से बीटल्स के बारे में पहली रोचक बात यह है कि वे जब अमेरिका पहुँचे, उससे पहले वे कितने समय से एक साथ थे। लेनन और मैककार्टनी ने सबसे पहले 1957 में मिलकर बजाना शुरू किया था,

यानी अमेरिका में क़दम रखने के सात साल पहले। (वैसे उनकी स्थापना और संभवतः उनकी महानतम कलात्मक उपलब्धियों - *सर्जेन्ट पेपर्स लोनली हार्ट्स क्लब बैंड और द बीटल्स* (वाइट एलबम) - के बीच जो समय लगा, वह दस साल था।) और अगर आप तैयारी के उन लंबे वर्षों को ज़्यादा क़रीब से देखें, तो आपको एक ऐसा अनुभव मिलेगा, जो हॉकी खिलाड़ियों, बिल जॉय और विश्व स्तरीय वायलिन वादकों की पृष्ठभूमि में बहुत जाना-पहचाना लगता है। 1960 में जब वे संघर्षरत हाई स्कूल रॉक बैंड थे, तब उन्हें हैम्बर्ग, जर्मनी में वादन के लिए आमंत्रित किया गया।

"उन दिनों हैम्बर्ग में रॉक-ऐंड-रोल म्यूज़िक क्लब्स नहीं थे। तब तो वहाँ स्ट्रिप क्लब्स थे," फ़िलिप नॉर्मन कहते हैं, जिन्होंने बीटल्स की जीवनी *शाउट!* लिखी थी। "ब्रूनो नाम के एक क्लब मालिक थे, जो मूलतः व्यापार मेले के शोमैन थे। उनके मन में विचार आया कि वे विभिन्न क्लबों में बजाने के लिए रॉक ग्रुप्स को लाएँ। उनके पास यह फ़ॉर्मूला था। यह एक विशाल नॉन-स्टॉप शो होता था, जो घंटों तक चलता रहता था, जबकि इस दौरान बहुत सारे लोग लड़खड़ाते हुए अंदर आते थे और बहुत सारे लोग लड़खड़ाते हुए बाहर जाते थे। और पास से गुज़रने वालों को आकर्षित करके अंदर खींचने के लिए बैंड सारे समय बजते रहते थे। किसी अमेरिकी रेड-लाइट इलाक़े में इसे नॉन-स्टॉप स्ट्रिपटीज़ कहा जाएगा।

"हैम्बर्ग में जो बैंड बजते थे, उनमें से कई लिवरपूल के थे," नॉर्मन कहते थे। "यह एक संयोग था। ब्रूनो बैंड्स की तलाश में लंदन गए। लेकिन संयोग से सोहो में लिवरपूल के एक उद्यमी से उनकी मुलाक़ात हो गई, जो विशुद्ध संयोग से उस वक़्त लंदन में था। और उस उद्यमी ने वहाँ कुछ बैंड भिजवाने की व्यवस्था की। इस तरह से संबंध स्थापित हुआ। और अंततः बीटल्स ने न सिर्फ़ ब्रूनो, बल्कि दूसरे क्लब मालिकों के साथ भी संबंध बनाया। वे वहाँ बार-बार गए, क्योंकि वहाँ उन्हें बहुत सी शराब और जमकर सेक्स मिलता था।"

और हैम्बर्ग के बारे में इतना ख़ास क्या था? ऐसी बात नहीं थी कि वहाँ अच्छा भुगतान मिलता हो। वहाँ नहीं मिलता था। या ध्वनि उपकरण ज़बर्दस्त हों। वे नहीं थे। या श्रोता अभिजात्य और क़द्रदान हों? वे क़तई नहीं थे। ख़ास बात तो यह थी कि वहाँ बैंड को लंबे समय तक संगीत बजाने के लिए मजबूर होना पड़ा।

बीटल्स के छिन्न-भिन्न होने के बाद एक इंटरव्यू में जॉन लेनन इंद्रा नामक एक हैम्बर्ग स्ट्रिप क्लब में बैंड के प्रदर्शन के बारे में बताते हैं :

> हम बेहतर बन गए और हममें ज़्यादा आत्मविश्वास आ गया। यह तो होना ही था, क्योंकि हमें सारी रात बजाने का इतना ज़्यादा अनुभव हो रहा था। विदेशी होने से भी मदद मिली। उन्हें रिझाने के लिए हमें और ज़्यादा मेहनत से कोशिश करनी होती थी, इसमें पूरा दिल लगाना पड़ता था।
>
> लिवरपूल में हमने सिर्फ़ एक घंटे के ही कार्यक्रम किए थे और हम बस अपने सर्वश्रेष्ठ गीत पेश करते थे। हर कार्यक्रम में हम वही गीत दोहराते रहते थे। हैम्बर्ग में हमें आठ घंटे तक लगातार बजाना पड़ता था, इसलिए हमें मजबूरन एक नई तरह की वादन शैली खोजनी पड़ी।

आठ घंटे?

बीटल्स के तत्कालीन ड्रमर पीट बेस्ट कहते हैं : "एक बार जब ख़बर फैली कि हम शो करने वाले हैं, तो क्लब उन्हें आयोजित करने लगे। हम सप्ताह में सातों रात बजाते थे। पहले तो हम बिना रुके साढ़े बारह बजे रात तक बजाते थे, जब क्लब बंद होता था, लेकिन जब हमारी प्रतिभा में निखार आया, तो ज़्यादातर रातों को श्रोता दो बजे तक रुकने लगे।"

सप्ताह में सातों दिन?

1960 और 1962 के बीच बीटल्स पाँच बार हैम्बर्ग गए। पहली यात्रा में उन्होंने 106 रात कार्यक्रम पेश किए, एक रात में पाँच घंटे या उससे ज़्यादा। दूसरी यात्रा में उन्होंने 92 कार्यक्रम दिए। तीसरी यात्रा में उन्होंने 48 बार वादन किया, यानी मंच पर कुल 172 घंटे। नवंबर-दिसंबर 1962 में अपनी आख़िरी दो हैम्बर्ग यात्राओं में उन्होंने 90 घंटे के संगीत-कार्यक्रम दिए। कुल मिलाकर उन्होंने लगभग डेढ़ साल में 270 रातों तक वादन किया। जब तक उन्हें 1964 में सफलता का पहला स्वाद मिला, तब तक वे लगभग 1,200 लाइव प्रदर्शन कर चुके थे। आप जानते हैं, यह कितनी असाधारण बात है? आज के ज़्यादातर बैंड तो अपने पूरे करियर में भी बारह सौ प्रदर्शन नहीं करते हैं। हैम्बर्ग परीक्षा उन चीज़ों में से एक है, जिन्होंने बीटल्स को दूसरों से अलग किया और असाधारण बनाया।

"जब वे वहाँ गए थे, तो मंच पर क़तई अच्छे नहीं थे, लेकिन जब वे लौटे, तो बहुत अच्छे बनकर लौटे," नॉर्मन ने आगे कहा। "उन्होंने सिर्फ़

स्टैमिना ही नहीं सीखा। उन्हें बहुत सारी धुनें सीखनी पड़ीं - जिस भी चीज़ के बारे में आप सोच सकते हों, उसके कवर वर्ज़न्स; सिर्फ़ रॉक ऐंड रोल ही नहीं, बल्कि थोड़ा जैज़ भी। इससे पहले वे मंच पर क़तई अनुशासित नहीं थे। लेकिन जब वे लौटे, तो उनका वादन बाक़ी सबसे अलग लग रहा था। यह भी उनकी शोहरत का एक कारण था।"

5.

अब हम बिल गेट्स के इतिहास पर नज़र डालते हैं। उनकी कहानी कमोबेश बीटल्स जितनी ही जानी-पहचानी है। प्रतिभाशाली और युवा गणितज्ञ कंप्यूटर प्रोग्रामिंग को खोजता है। हार्वर्ड की पढ़ाई अधूरी छोड़ देता है। अपने दोस्तों के साथ मिलकर माइक्रोसॉफ़्ट नामक एक छोटी कंप्यूटर कंपनी शुरू करता है। विशुद्ध प्रतिभा, महत्त्वाकांक्षा और हिम्मत के दम पर इसे सॉफ़्टवेअर जगत की दिग्गज कंपनी बना देता है। यह व्यापक रूपरेखा है। आइए, थोड़ी गहराई में छानबीन करते हैं।

गेट्स के पिता सिएटल के दौलतमंद वकील थे और उनकी माँ एक समृद्ध बैंकर की बेटी थीं। बचपन से ही बिल प्रतिभाशाली थे और पाठ्यपुस्तकों से जल्दी ही ऊब जाते थे, इसलिए उनके पिता ने सातवें ग्रेड में उन्हें सरकारी स्कूल से निकालकर लेकसाइड में भेज दिया। लेकसाइड वह प्राइवेट स्कूल था, जिसमें सिएटल के कुलीन परिवारों के बच्चे पढ़ते थे। यहाँ गेट्स के दूसरे साल में स्कूल ने एक कंप्यूटर क्लब शुरू किया।

"स्कूल में द मदर्स क्लब हर साल फुटकर सामानों की बिक्री आयोजित करता था और हमेशा यह सवाल रहता था कि यह पैसा कहाँ लगाया जाए," गेट्स याद करते हैं। "कुछ समर प्रोग्राम में लगाया जाता था, जिसमें शहर के ग़रीब बच्चे कैम्पस में आते थे। कुछ टीचर्स के लिए लगाया जाता था। उस साल, उन्होंने तीन हज़ार डॉलर एक छोटे कमरे में कंप्यूटर टर्मिनल लगवाने में लगाए, जिस पर हमने बाद में कब्ज़ा कर लिया। यह एक आश्चर्यजनक चीज़ थी।"

ज़ाहिर है, यह एक "आश्चर्यजनक चीज़" थी, क्योंकि यह 1968 में हुई थी। 1960 के दशक में तो ज़्यादातर *कॉलेजों* में कंप्यूटर क्लब नहीं होते थे। इससे भी उल्लेखनीय बात यह थी कि लेकसाइड ने किस तरह का कंप्यूटर ख़रीदा। स्कूल ने अपने विद्यार्थियों को कष्टकारी कंप्यूटर-कार्ड

सिस्टम के ज़रिये प्रोग्रामिंग नहीं सिखाई, जैसा कि 1960 के दशक में बाक़ी सभी कर रहे थे। इसके बजाय लेकसाइड ने एएसआर-33 टेलीटाइप नामक टाइम-शेयरिंग टर्मिनल लगवाया, जिसकी सीधी कड़ी सिएटल के मेनफ़्रेम कंप्यूटर से जुड़ी थी। “टाइम-शेयरिंग का विचार 1965 में पहली बार आया था,” गेट्स ने कहा। “लेकसाइड में कोई बहुत दूर तक सोच रहा था।” बिल जॉय को 1971 में कॉलेज में अपने पहले साल टाइम-शेयरिंग सिस्टम पर प्रोग्रामिंग सीखने का असाधारण, शुरुआती अवसर मिला था। बिल गेट्स को *1968 में आठवें ग्रेड में ही* असली प्रोग्रामिंग करने का अवसर मिल गया था।

उसके बाद से तो गेट्स मानो हर समय कंप्यूटर कक्ष में ही रहते थे। वे और कुछ दूसरे विद्यार्थी अपने दम पर सीखने लगे कि इस नई अजीब मशीन का इस्तेमाल कैसे करना है। ज़ाहिर है, एएसआर जिस मेनफ़्रेम कंप्यूटर से जुड़ा था, उस पर समय ख़रीदना महँगा काम था - लेकसाइड जैसे संपन्न स्कूल के लिए भी। कुछ समय में ही मदर्स क्लब के लगाए 3,000 डॉलर ख़त्म हो गए। अभिभावकों ने और पैसे इकट्ठे किए। विद्यार्थियों ने उन्हें भी ख़र्च कर डाला। उसी समय वॉशिंगटन युनिवर्सिटी के प्रोग्रामर्स ने कंप्यूटर सेंटर कॉरपोरेशन (या सी-क्यूब्ड) नामक संस्थान बनाया, जो स्थानीय कंपनियों को कंप्यूटर समय लीज़ पर देता था। क़िस्मत की बात, फ़र्म के संस्थापकों में से एक मोनिक रोना थे, जिनका बेटा लेकसाइड में गेट्स से एक क्लास आगे पढ़ता था। रोना ने सोचा, अगर वे लेकसाइड कंप्यूटर क्लब को प्रोग्रामिंग का मुफ़्त समय दे दें, तो क्या वे लोग वीकएंड्स पर कंपनी के सॉफ़्टवेअर प्रोग्राम्स की जाँच करना पसंद करेंगे? हाँ, हाँ, क्यों नहीं! स्कूल के बाद गेट्स सी-क्यूब्ड ऑफ़िस जाने वाली बस पकड़ते थे और रात तक लंबी प्रोग्रामिंग करते रहते थे।

अंततः सी-क्यूब्ड दिवालिया हो गई। इसके बाद गेट्स और उनके दोस्त वॉशिंगटन युनिवर्सिटी के कंप्यूटर केंद्र के आस-पास मँडराने लगे। कुछ ही समय में वे आईएसआई (इन्फ़ॉर्मेशन साइंसेस, इंक.) नामक कंपनी से चिपक गए, जो कंपनी के पेरोल को स्वचालित करने वाला सॉफ़्टवेअर पर काम करने के बदले में उन्हें मुफ़्त कंप्यूटर समय देने को तैयार हो गई। 1971 में सात महीने की अवधि में गेट्स और उनके साथियों ने आईएसआई मेनफ़्रेम पर 1,575 घंटों का समय गुज़ारा, जो औसतन हर दिन आठ घंटे होता है।

“यह मेरा जुनून था,” गेट्स अपने हाई स्कूल के शुरुआती वर्षों के

बारे में कहते हैं। "मैं खेल के समय को छोड़ देता था। मैं वहाँ रात भर रहता था। हम वीकएंड्स पर भी प्रोग्रामिंग करते रहते थे। शायद ही कोई सप्ताह ऐसा गुज़रता था, जब हम बीस-तीस घंटे मेहनत न करते हों। एक बार पॉल एलन और मैं मुश्किल में पड़ गए, क्योंकि हमने कई पासवर्ड चुरा लिए थे और सिस्टम को क्रैश कर दिया था। हमें बाहर निकाल दिया गया। मुझे पूरी गर्मियों में कंप्यूटर का इस्तेमाल करने का मौक़ा नहीं मिला। यह तब की बात थी, जब मैं पंद्रह-सोलह साल का था। फिर मुझे पता चला कि पॉल को वॉशिंगटन युनिवर्सिटी में एक मुफ़्त कंप्यूटर मिल गया है। वहाँ मेडिकल सेंटर और भौतिकी विभाग में कंप्यूटर थे। उनमें चौबीस घंटे कंप्यूटर समय उपलब्ध था, लेकिन शिथिलता के दौर की वजह से वे रात को तीन बजे से सुबह छह तक कभी कोई काम नहीं करते थे।" गेट्स हँसे। "मैं रात को सोने जाता था, लेकिन कुछ समय बाद निकल पड़ता था। मैं अपने घर से वॉशिंगटन युनिवर्सिटी तक पैदल जाता था। या फिर बस पकड़ लेता था। इसीलिए मैं हमेशा वॉशिंगटन युनिवर्सिटी के प्रति इतना उदार रहा हूँ, क्योंकि उन्होंने मुझे इतना सारा कंप्यूटर समय चुराने दिया।" (बरसों बाद गेट्स की माँ ने बताया, "हमें इस बात पर हमेशा हैरत होती थी कि सुबह उसे उठाने में इतनी मुश्किल क्यों आती है।")

आईएसआई के एक संस्थापक बड पेम्ब्रोक को टेक्नोलॉजी कंपनी टीआरडब्ल्यू से एक फ़ोन आया। टीआरडब्ल्यू ने उसी समय साउथ वॉशिंगटन स्टेट के वृहदाकार बॉनविल पावर स्टेशन में एक कंप्यूटर सिस्टम लगाने के अनुबंध पर हस्ताक्षर किए थे। टीआरडब्ल्यू को पावर स्टेशन के ख़ास सॉफ़्टवेअर से परिचित प्रोग्रामर्स की सख़्त ज़रूरत थी। कंप्यूटर क्रांति के उन शुरुआती दिनों में ऐसे अनुभवी प्रोग्रामर्स मिलना मुश्किल था। लेकिन पेम्ब्रोक को पता था कि उन्हें किसे फ़ोन करना चाहिए : लेकसाइड हाई स्कूल के उन्हीं लड़कों को, जो आईएसआई के मेनफ़्रेम पर हज़ारों घंटे प्रोग्रामिंग कर रहे थे। उस समय गेट्स सीनियर इयर में थे और किसी तरह उन्होंने अपने शिक्षकों को राज़ी कर लिया कि वे एक स्वतंत्र स्टडी प्रोजेक्ट के रूप में उन्हें बॉनविले जाकर काम करने दें। वहाँ उन्होंने पूरे वसंत में कोड लिखे। उनके काम का निरीक्षण जॉन नॉर्टन कर रहे थे और गेट्स कहते हैं कि उन्होंने उन्हें प्रोग्रामिंग के बारे में बहुत कुछ सिखाया।

आठवें ग्रेड से हाई स्कूल के अंत तक के वे पाँच साल बिल गेट्स के लिए हैम्बर्ग जैसे थे। किसी भी दृष्टिकोण से देखें, उनके सामने बिल जॉय

से भी ज़्यादा असाधारण अवसर पेश किए गए।

अवसर नंबर एक यह था कि गेट्स को लेकसाइड भेजा गया। 1968 में संसार में कितने हाई स्कूलों में टाइम-शेयरिंग सिस्टम लगे थे? अवसर नंबर दो यह था कि लेकसाइड की माताओं के पास स्कूल की कंप्यूटर फ़ीस देने के लिए पर्याप्त पैसा था। नंबर तीन यह था कि जब पैसा ख़त्म हो गया, तो एक अभिभावक सी-क्यूब्ड में काम करता था, जिसे वीकएंड्स पर अपने कोड की जाँच करने के लिए किसी व्यक्ति की ज़रूरत थी और जिसे परवाह नहीं थी कि वीकएंड वीकनाइट्स में बदल जाते थे। अवसर नंबर चार यह था कि गेट्स को संयोग से आईएसआई के बारे में पता चल गया और आईएसआई को संयोग से अपने पेरोल सॉफ़्टवेअर पर काम करने के लिए किसी प्रोग्रामर की ज़रूरत थी। नंबर पाँच यह था कि गेट्स वॉशिंगटन युनिवर्सिटी से इतना ही दूर रहते थे कि वहाँ पैदल जा सकते थे। नंबर छह यह था कि युनिवर्सिटी का कंप्यूटर सुबह तीन से छह के बीच ख़ाली रहता था। नंबर सात यह था कि टीआरडब्ल्यू ने संयोग से बड पेम्ब्रोक को फ़ोन किया। नंबर आठ यह था कि उस ख़ास समस्या के लिए पेम्ब्रोक जिन सबसे अच्छे प्रोग्रामर्स को जानते थे, वे संयोग से हाई स्कूल के दो विद्यार्थी थे। और नंबर नौ यह था कि लेकसाइड इन विद्यार्थियों को वसंत में मीलों दूर भेजने के लिए राज़ी हो गया।

और इन सारे अवसरों में कौन सी बात आम थी? इन्होंने बिल गेट्स को अभ्यास करने का अतिरिक्त समय दिया। जब गेट्स ने अपनी सॉफ़्टवेअर कंपनी शुरू करने के लिए फ़र्स्ट इयर के बाद हारवर्ड की पढ़ाई छोड़ी, तब तक वे सात वर्षों से लगभग अनवरत प्रोग्रामिंग कर रहे थे। वे दस हज़ार घंटों से *बहुत आगे* निकल चुके थे। संसार में कितने किशोरों को गेट्स जैसा अनुभव मिला था? “अगर संसार में ऐसे पचास भी हों, तो मैं स्तब्ध हो जाऊँगा,” उन्होंने कहा। “हमने सी-क्यूब्ड का काम किया, पेरोल का काम किया, फिर टीआरडब्ल्यू - ये सारी चीज़ें एक साथ जुड़ गईं। कम उम्र में ही मुझे सॉफ़्टवेअर बनाने का बेहतर अनुभव मिला, जो मैं सोचता हूँ उस दौर में किसी को भी नहीं मिला था, और यह सब घटनाओं की अविश्वसनीय रूप से सौभाग्यशाली श्रृंखला की वजह से हुआ।”

6.

अगर हम हॉकी खिलाड़ियों, बीटल्स, बिल जॉय और बिल गेट्स की कहानियों को एक साथ मिलाकर देखें, तो मेरे ख़्याल से हमें सफलता की राह की ज़्यादा पूर्ण तस्वीर दिखती है। इस बात से इंकार नहीं किया जा सकता कि जॉय, गेट्स और बीटल्स बेहद प्रतिभाशाली हैं। लेनन और मैककार्टनी के पास उस तरह की संगीत प्रतिभा है, जो एक पीढ़ी में एक ही बार आती है और हमें यह नहीं भूलना चाहिए कि बिल जॉय का दिमाग़ इतना तेज़ था कि वे अपने प्रोफ़ेसरों को चकित करने वाला बहुत जटिल एलगोरिदम फटाफट बना सकते थे। यह बात बिलकुल स्पष्ट है।

लेकिन उनके इतिहास को जो चीज़ सचमुच अलग करती है, वह उनकी असाधारण प्रतिभा नहीं, बल्कि उनके असाधारण अवसर हैं। सबसे आकस्मिक कारणों से बीटल्स को हैम्बर्ग में संगीत कार्यक्रम देने के लिए आमंत्रित किया गया। हैम्बर्ग के बिना बीटल्स का मार्ग भिन्न हो सकता था। हमारे साक्षात्कार की शुरुआत में बिल गेट्स ने कहा, "मैं बहुत ख़ुशक़िस्मत था।" इसका यह अर्थ नहीं है कि वे प्रतिभाशाली या असाधारण उद्यमी नहीं हैं। इसका तो बस यह मतलब है कि वे समझते हैं कि 1968 में लेकसाइड में पढ़ना कितने अविश्वसनीय सौभाग्य की बात थी।

अब तक हमने जो आउटलायर्स देखे हैं, उन सभी को किसी न किसी तरह के असाधारण अवसरों का लाभ मिला था। ऐसे सौभाग्यशाली अवसर सॉफ़्टवेअर अरबपतियों, रॉक बैंड्स और स्टार खिलाड़ियों के मामले में अपवाद नज़र नहीं आते। वे तो परंपरा जैसे नज़र आते हैं।

आइए मैं आपको छिपे अवसरों का एक अंतिम उदाहरण देता हूँ, जिससे आउटलायर्स को लाभ मिलता है। हम एक और कैलेंडर विश्लेषण करते हैं, जैसा हमने पिछले अध्याय में हॉकी खिलाड़ियों के प्रकरण में किया था। इस बार हम जन्म के महीनों पर नहीं, बल्कि जन्म के वर्षों पर नज़र डालते हैं। मानव इतिहास के 75 सबसे अमीर लोगों की नीचे दी गई सूची को ग़ौर से देखें। हर व्यक्ति की नेट वर्थ की गणना वर्तमान अमेरिकी डॉलर में की गई है। जैसा आप देख सकते हैं, इसमें पिछली सदियों के राजा-रानी और फ़राओ भी शामिल हैं, साथ ही वॉरेन बफ़े और कार्लोस स्लिम जैसे समकालीन अरबपति भी सम्मिलित हैं।

क्र.	नाम	संपत्ति अरबों में (अमेरिकी डॉलर)	मूल देश	कंपनी या संपत्ति का स्रोत
1	जॉन डी. रॉकेफ़ेलर	318.3	अमेरिका	स्टैंडर्ड ऑइल
2	एंड्रयू कारनेगी	298.3	स्कॉटलैंड	कारनेगी स्टील कंपनी
3	रूस के निकोलस द्वितीय	253.5	रूस	हाउस ऑफ़ रोमानोव
4	विलियम हेनरी वांडरबिल्ट	231.6	अमेरिका	शिकागो, बर्लिंगटन और क्विन्सी रेलरोड
5	उस्मान अली ख़ान, आसफ़ जहाँ सप्तम	210.8	हैदराबाद	राजशाही
6	एंड्रयू डब्ल्यू. मेलन	188.8	अमेरिका	गल्फ़ ऑइल
7	हेनरी फ़ोर्ड	188.1	अमेरिका	फ़ोर्ड मोटर कंपनी
8	मार्कस लिसिनियस क्रैसस	169.8	रोमन रिपब्लिक	रोमन सीनेट
9	बासिल द्वितीय	169.4	बाइज़ेंटाइन एम्पायर	राजशाही
10	कॉर्नेलियस वांडरबिल्ट	167.4	अमेरिका	न्यू यॉर्क ऐंड हार्लेम रेलरोड
11	अलानस र्‍यूफ़स	166.9	इंग्लैंड	निवेश
12	अमेनोफ़िस तृतीय	155.2	प्राचीन मिस्त्र	फ़राओ
13	विलियम डी वॉरेन, फ़र्स्ट अर्ल ऑफ़ सरे	153.6	इंग्लैंड	अर्ल ऑफ़ सरे
14	इंग्लैंड के विलियम द्वितीय	151.7	इंग्लैंड	राजशाही
15	एलिज़ाबेथ प्रथम	142.9	इंग्लैंड	हाउस ऑफ़ ट्यूडर
16	जॉन डी. रॉकेफ़ेलर जूनियर	141.4	अमेरिका	स्टैंडर्ड ऑइल
17	सैम वॉल्टन	128.0	अमेरिका	वॉल-मार्ट
18	जॉन जैकब एस्टर	115.0	जर्मनी	अमेरिकन फ़र कंपनी
19	ओडो ऑफ़ बेयूक्स	110.2	इंग्लैंड	राजशाही

क्र.	नाम	संपत्ति अरबों में (अमेरिकी डॉलर)	मूल देश	कंपनी या संपत्ति का स्रोत
20	स्टीफ़न जिरार्ड	99.5	फ्रांस	अमेरिका का पहला बैंक
21	क्लियोपेट्रा	95.8	प्राचीन मिस्र	प्टोलेमेइक विरासत
22	स्टीफ़न वैन रेनसेलेअर तृतीय	88.8	अमेरिका	रेनसेलेएर्सविक एस्टेट
23	रिचर्ड बी. मेलन	86.3	अमेरिका	गल्फ़ ऑइल
24	अलैक्ज़ेंडर टर्नी स्टीवर्ट	84.7	आयरलैंड	लॉन्ग आईलैंड रेल रोड
25	विलियम बैकहाउस एस्टर जूनियर	84.7	अमेरिका	विरासत
26	डॉन साइमन इतुर्बी पैटिनो	81.2	बोलिविया	हुआनुनी टिन ख़ान
27	सुल्तान हसनअल बोल्किया	80.7	ब्रूनेई	क्राल
28	फ्रेडरिक वेयरहैयूज़र	80.4	जर्मनी	वेयरहैयूज़र कॉरपोरेशन
29	मोज़ेस टेलर	79.3	अमेरिका	सिटीबैंक
30	विन्सेंट एस्टर	73.9	अमेरिका	विरासत
31	कार्लोस स्लिम हेलू	72.4	मेक्सिको	टेलमैक्स
32	टी.वी. सुंग	67.8	चीन	सेंट्रल बैंक ऑफ़ चाइना
33	जे गोल्ड	67.1	अमेरिका	यूनियन पैसिफ़िक
34	मार्शल फ़ील्ड	66.3	अमेरिका	मार्शल फ़ील्ड ऐंड कंपनी
35	जॉर्ज एफ़. बेकर	63.6	अमेरिका	सेंट्रल रेलरोड ऑफ़ न्यू जर्सी
36	हेट्टी ग्रीन	58.8	अमेरिका	सीबोर्ड नैशनल बैंक
37	बिल गेट्स	58.0	अमेरिका	माइक्रोसॉफ़्ट
38	लॉरेंस जोसफ़ एलिसन	58.0	अमेरिका	ओरेकल कॉरपोरेशन
39	रिचर्ड आर्कराइट	56.2	इंग्लैंड	डरवेंट वैली मिल्स
40	मुकेश अंबानी	55.8	भारत	रिलायंस इंडस्ट्रीज़
41	वॉरेन बफ़े	52.4	अमेरिका	बर्कशायर हैथअवे

क्र.	नाम	संपत्ति अरबों में (अमेरिकी डॉलर)	मूल देश	कंपनी या संपत्ति का स्रोत
42	लक्ष्मी मित्तल	51.0	भारत	मित्तल स्टील कंपनी
43	जे. पॉल गैटी	50.1	अमेरिका	गैटी ऑइल कंपनी
44	जेम्स जी. फ़ेयर	47.2	अमेरिका	कनसॉलिडेटेड वर्जीनिया माइनिंग कंपनी
45	विलियम वेटमैन	46.1	अमेरिका	मर्क ऐंड कंपनी
46	रसेल सेज	45.1	अमेरिका	वेस्टर्न यूनियन
47	जॉन ब्लेयर	45.1	अमेरिका	यूनियन पैसिफ़िक
48	अनिल अंबानी	45.0	भारत	रिलायंस कम्युनिकेशन्स
49	लीलैंड स्टैनफ़र्ड	44.9	अमेरिका	सेंट्रल पैसिफ़िक रेलरोड
50	हॉवर्ड ह्यूज जूनियर	43.4	अमेरिका	ह्यूज टूल कंपनी, ह्यूज एयरक्राफ्ट कंपनी, सुम्मा कॉरपोरेशन, टीडब्ल्यूए
51	साइरस कर्टिस	43.2	अमेरिका	कर्टिस पब्लिशिंग कंपनी
52	जॉन इंस्ले ब्लेयर	42.4	अमेरिका	डेलावेयर, लैकावान्ना और वेस्टर्न रेलरोड
53	एडवर्ड हेनरी हैरिमैन	40.9	अमेरिका	यूनियन पैसिफ़िक रेलरोड
54	हेनरी एच. रॉजर्स	40.9	अमेरिका	स्टैंडर्ड ऑइल कंपनी
55	पॉल एलन	40.0	अमेरिका	माइक्रोसॉफ़्ट, वल्कन इंक.
56	जॉन क्लूज़	40.0	जर्मनी	मेट्रोपॉलिटन ब्रॉडकास्टिंग कंपनी
57	जे. पी. मॉर्गन	39.8	अमेरिका	जनरल इलेक्ट्रिक, यूएस स्टील
58	ओलिवर एच. पेन	38.8	अमेरिका	स्टैंडर्ड ऑइल कंपनी
59	योशिकाकी सुतसुमी	38.1	जापान	सीबू कॉरपोरेशन
60	हेनरी क्ले फ्रिक	37.7	अमेरिका	कारनेगी स्टील कंपनी
61	जॉन जेकब एस्टर चतुर्थ	37.0	अमेरिका	विरासत

क्र.	नाम	संपत्ति अरबों में (अमेरिकी डॉलर)	मूल देश	कंपनी या संपत्ति का स्रोत
62	जॉर्ज पुलमैन	35.6	अमेरिका	पुलमैन कंपनी
63	कॉलिस पॉटर हंटिंगटन	34.6	अमेरिका	सेंट्रल पैसिफ़िक रेलरोड
64	पीटर एरेल ब्राउन वाइडनर	33.4	अमेरिका	अमेरिकन टोबेको कंपनी
65	फ़िलिप डैनफ़ोर्थ आर्मर	33.4	अमेरिका	आर्मर रेफ़्रिजरेटर लाइन
66	विलियम एस. ओ. ब्रायन	33.3	अमेरिका	कन्सॉलिडेटेड वर्जीनिया माइनिंग कंपनी
67	इंग्वार काम्परेड	33.0	स्वीडन	आइकिया
68	के. पी. सिंह	32.9	भारत	डीएलएफ़ युनिवर्सिल लिमिटेड
69	जेम्स सी. फ्लड	32.5	अमेरिका	कनसॉलिडेटेड वर्जीनिया माइनिंग कंपनी
70	लाई का-शिंग	32.0	चीन	हचिसन व्हैमपोआ लिमिटेड
71	एंथनी एन. ब्रैडी	31.7	अमेरिका	ब्रुकलिन रैपिड ट्रांज़िट
72	एलियास हैस्केट डर्बी	31.4	अमेरिका	शिपिंग
73	मार्क हॉपकिन्स	30.9	अमेरिका	सेंट्रल पैसिफ़िक रेलरोड
74	एडवर्ड क्लार्क	30.2	अमेरिका	सिंगर सुइंग मशीन
75	प्रिंस अल-वईद बिन तलाल	29.5	सऊदी अरब	किंगडम होल्डिंग कंपनी

क्या आप जानते हैं कि इस सूची में रोचक बात क्या है? इन पचहत्तर नामों में से चौदह वे अमेरिकी हैं, जो आश्चर्यजनक रूप से उन्नीसवीं सदी के मध्य में एक दूसरे से नौ साल के भीतर पैदा हुए। इस बारे में पल भर सोचें। इतिहासकार क्लियोपेट्रा और फ़राओ से शुरू करते हुए मानव इतिहास में साल दर साल चलते हैं, असाधारण दौलत के प्रमाण के लिए संसार के हर कोने की तलाश करते हैं और अंत में उन्हें जो नाम मिलते हैं, उनमें से लगभग 20 प्रतिशत एक ही देश के एक ही पीढ़ी के होते हैं।

यहाँ उन अमेरिकियों और उनके जन्म वर्षों की सूची है :

1. जॉन डी. रॉकेफ़ेलर, 1839
2. एंड्र्यू कारनेगी, 1835
28. फ़्रेडरिक वेयरहैयूज़र, 1834
33. जे गोल्ड, 1836
34. मार्शल फ़ील्ड, 1834
35. जॉर्ज एफ़. बेकर, 1840
36. हेट्टी ग्रीन, 1834
44. जेम्स जी. फ़ेयर, 1831
54. हेनरी एच. रॉजर्स, 1840
57. जे. पी. मॉर्गन, 1837
58. ऑलिवर एच. पेन, 1839
62. जॉर्ज पुलमैन, 1831
64. पीटर एरेल ब्राउन वाइडनर, 1834
65. फ़िलिप डैनफ़ोर्थ आर्मर, 1832

ऐसा क्यों? अगर आप ग़ौर से सोचें, तो जवाब स्पष्ट हो जाता है। 1860 और 1870 के दशकों में अमेरिका के इतिहास में अमेरिकी अर्थव्यवस्था में सबसे बड़ा कायाकल्प हुआ। यह वह समय था, जब रेल की पटरियाँ बिछ रही थीं और वॉल स्ट्रीट का उदय हो रहा था। यह वह समय था, जब औद्योगिक उत्पादन गंभीरता से शुरू हुआ। यह वह समय था, पारंपरिक अर्थव्यवस्था के सारे नियम तोड़कर दोबारा बनाए गए थे। यह सूची बताती है कि जब यह कायाकल्प हुआ, तब आपकी उम्र सचमुच मायने रखती थी।

अगर आप 1840 के दशक के अंत में पैदा हुए थे, तो आप इसे चूक गए थे। आप इतने छोटे थे कि उस अवसर का लाभ नहीं ले सकते थे। अगर आप 1820 के दशक में पैदा हुए थे, तो आपकी उम्र बहुत ज़्यादा थी : आपकी मानसिकता गृह युद्ध से पहले की मानसिकता में ढली थी। बस नौ-दस साल की एक ख़ास, सँकरी खिड़की थी, जो भविष्य की संभावना को देखने के लिए आदर्श थी। ऊपर जो सूची दी गई है, उसमें बताए सभी चौदह स्त्री-पुरुषों के पास भविष्यदृष्टा और प्रतिभा थी। लेकिन उन्हें एक असाधारण अवसर भी मिला था, ठीक उसी तरह जिस तरह कि

जनवरी, फ़रवरी और मार्च में पैदा हुए हॉकी और फ़ुटबॉल खिलाड़ियों को एक असाधारण अवसर मिलता है।*

अब आइए, बिल जॉय और बिल गेट्स जैसे लोगों के लिए भी ऐसा ही विश्लेषण करते हैं।

यदि आप सिलिकॉन वैली के अनुभवी लोगों से बात करें, तो वे आपको बताएँगे कि पर्सनल कंप्यूटर क्रांति के इतिहास में सबसे महत्त्वपूर्ण तारीख़ जनवरी 1975 थी। उस माह *पॉपुलर इलेक्ट्रॉनिक्स* पत्रिका ने ऑल्टेयर 8800 नामक असाधारण मशीन पर कवर स्टोरी छापी थी। यह इसे-ख़ुद-बनाएँ यंत्र था, जिसे आप अपने घर पर असेम्बल कर सकते थे। इस लेख की हेडलाइन थी : "महत्त्वपूर्ण खोज! वाणिज्यिक मॉडल्स की टक्कर का संसार का पहला मिनीकंप्यूटर किट।"

पॉपुलर इलेक्ट्रॉनिक्स के पाठकों के लिए, जो उन दिनों शुरुआती सॉफ़्टवेअर और कंप्यूटर जगत की बाइबल थी, यह हेडलाइन किसी आकाशवाणी से कम नहीं थी। उस समय तक कंप्यूटर मिशिगन कंप्यूटर सेंटर के सफ़ेद हॉल में रखे विशालकाय और महँगे मेनफ़्रेम कंप्यूटर जैसे हुआ करते थे। बरसों से हर हैकर और इलेक्ट्रॉनिक्स में रुचि लेने वाले उस दिन का सपना देख रहे थे, जब कोई इतना छोटा और सस्ता कंप्यूटर आएगा, जो सामान्य व्यक्तियों के उपयोग और स्वामित्व के लिए उपयुक्त हो। आख़िरकार वह दिन आ गया था।

अगर जनवरी 1975 पर्सनल कंप्यूटर युग की सुबह थी, तो इसका लाभ लेने की सर्वश्रेष्ठ स्थिति में कौन होगा? जॉन रॉकेफ़ेलर और एंड्रयू कारनेगी के युग में जो सिद्धांत लागू हुए थे, वही यहाँ भी लागू होते हैं।

---

*समाजविज्ञानी सी. राइट मिल्स ने 1830 के दशक से उस विशेष जनसंख्या वर्ग के बारे में एक अतिरिक्त अवलोकन बताया है। उन्होंने अमेरिकी कारोबारी कुलीनों की पृष्ठभूमियों को उपनिवेशीय युग से बीसवीं सदी तक देखा। हैरानी की बात नहीं थी कि ज़्यादातर मामलों में उन्होंने पाया कि कारोबारी लीडर्स अमूमन विशेषाधिकार वाली पृष्ठभूमियों से आते हैं। इकलौता अपवाद? 1830 के दशक का समूह। इससे पता चलता है कि उस दशक में पैदा होना कितना बड़ा लाभ था। यह अमेरिकी इतिहास में इकलौता समय था, जब ग़रीब परिस्थितियों में पैदा होने वाले लोगों के पास असली अमीर बनने का यथार्थवादी मौक़ा था। वे लिखते हैं : "उच्च कारोबारी सफलता के लिए किसी महत्त्वाकांक्षी ग़रीब बच्चे के अमेरिका में पैदा होने का इतिहास में सबसे अच्छा समय 1835 के आस-पास था।"

"यदि आप 1975 में ज़्यादा उम्र के होते, तो आप कॉलेज से निकलने के बाद आईबीएम में नौकरी कर रहे होते और एक बार जब लोग आईबीएम में नौकरी करने लगते थे, तो परिवर्तन करके नए संसार में पहुँचना उनके लिए बड़ा मुश्किल था," नैथन मायरवोल्ड कहते हैं, जो कई वर्षों तक माइक्रोसॉफ़्ट में शीर्ष एक्ज़ीक्यूटिव रहे हैं। "आप उस अरबों डॉलर की कंपनी में हैं, जो मेनफ्रेम बना रही है और अगर आप उसका हिस्सा होते, तो आप सोचते, इन छोटे कंप्यूटरों के झमेले में क्यों पड़ें? उन लोगों की कंप्यूटर उद्योग की परिभाषा आईबीएम पर केंद्रित थी और उनकी नज़रों में उसका इस नई क्रांति से कोई संबंध नहीं था। कंप्यूटिंग की उनकी दृष्टि ही एकमात्र भविष्यदृष्टि है, इसी विचार से वे अंधे हो गए। उन्होंने अच्छी कमाई की। समस्या बस यह है कि वहाँ खरबपति बनने और संसार पर प्रभाव छोड़ने का कोई अवसर नहीं था।"

अगर 1975 में आपको कॉलेज से बाहर निकले कई साल हो गए होते, तो आप पुरानी मानसिकता में अटक जाते। आपने अभी-अभी एक मकान ख़रीदा है। आप विवाहित हैं। बच्चा होने वाला है। आप किसी 397 डॉलर की हवा-हवाई कंप्यूटर किट के चक्कर में एक अच्छी-ख़ासी नौकरी और पेंशन छोड़ने की स्थिति में नहीं हैं। तो आइए, हम 1952 से पहले पैदा हुए लोगों को छोड़ देते हैं।

साथ ही, आप यह भी नहीं चाहते कि आप उस वक़्त बहुत छोटे हों। आप दरअसल नीचे की मंज़िल पर पहुँचना चाहते हैं, ठीक 1975 में और अगर आप उस वक़्त हाई स्कूल में हों, तो आप ऐसा नहीं कर सकते। तो आइए हम 1958 के बाद पैदा हुए लोगों को भी छोड़ देते हैं। दूसरे शब्दों में, 1975 में आदर्श उम्र में रहने का मतलब इतना बड़ा होना था कि आप आने वाली क्रांति का हिस्सा बन जाएँ, लेकिन इतने ज़्यादा बड़े नहीं कि आप इसे चूक जाएँ। आदर्श दृष्टि से आप बीस-इक्कीस साल के होना चाहते हैं, यानी, 1954 या 1955 का जन्म।

इस अवधारणा की जाँच करने का एक आसान तरीकाहै। बिल गेट्स कब पैदा हुए थे?

बिल गेट्स : 28 अक्टूबर, 1955

यह आदर्श जन्मतिथि है! गेट्स वे हॉकी खिलाड़ी हैं, जो 1 जनवरी को पैदा

हुए थे। लेकसाइड में गेट्स के सबसे अच्छे मित्र पॉल ऐलन थे। वे भी कंप्यूटर रूम में गेट्स के साथ रुकते थे और आईएसआई तथा सी-क्यूब्ड में उन्होंने गेट्स के साथ कंप्यूटर पर लंबी शामें गुज़ारी थीं। एलन ने आगे चलकर बिल गेट्स के साथ माइक्रोसॉफ़्ट की स्थापना की। पॉल एलन का जन्म कब हुआ था?

पॉल एलन : 21 जनवरी, 1953

माइक्रोसॉफ़्ट में तीसरे सबसे अमीर व्यक्ति वे हैं, जो सन् 2000 से दिन-प्रति-दिन के आधार पर कंपनी चला रहे हैं। वे सॉफ़्टवेअर जगत के सबसे सम्मानित एक्ज़ीक्यूटिव्ज़ में से एक हैं। उनका नाम है स्टीव बामर। बामर की जन्म तिथि?

स्टीव बामर : 24 मार्च, 1956

हमें उस व्यक्ति को नहीं भूलना चाहिए, जो गेट्स जितने ही मशहूर हैं : स्टीव जॉब्स, जो एप्पल कंप्यूटर के सह-संस्थापक थे। गेट्स के विपरीत जॉब्स अमीर परिवार के नहीं थे और वे जॉय की तरह मिशिगन नहीं गए थे। लेकिन उन्हें भी उनका हैम्बर्ग मिला था, यह जानने के लिए उनकी परवरिश की ज़्यादा जाँच करने की ज़रूरत नहीं है। वे सैन फ़्रांसिस्को के दक्षिण में बसे माउंटेन व्यू, कैलिफ़ोर्निया में पले-बढ़े थे, जो सिलिकॉन वैली का केंद्र है। उनके इलाक़े में ह्यूलेट-पैकर्ड के इंजीनियर भरे पड़े थे, जो संसार की सबसे महत्त्वपूर्ण इलेक्ट्रॉनिक कंपनियों में से एक तब भी थी और अब भी है। किशोरावस्था में वे माउंटेन व्यू के कबाड़ी बाज़ार में घूमते थे, जहाँ इलेक्ट्रॉनिक्स के शौकीन और रिपेयरिंग करने वाले लोग स्पेयर पार्ट्स बेचते थे। जॉब्स उस कारोबार की हवा में साँस लेते हुए वयस्क हुए, जिस पर वे बाद में वर्चस्व स्थापित करने वाले थे।

नीचे जॉब्स की जीवनी *एक्सीडेंटल मिलियनेअर* का एक पैराग्राफ़ दिया जा रहा है। इससे हमें पता चलता है कि उनके बचपन के अनुभव कितने असाधारण थे।

> जॉब्स ह्यूलेट-पैकर्ड के वैज्ञानिकों द्वारा शाम को दिए गए व्याख्यानों में जाते थे। बातचीत इलेक्ट्रॉनिक्स की नवीनतम खोजों के बारे में होती थी। और जॉब्स ने उस शैली का इस्तेमाल करते हुए, जो उनके व्यक्तित्व की पहचान

> थी, ह्यूलेट-पैकर्ड के इंजीनियरों को घेरकर अतिरिक्त जानकारी उगलवाई। एक बार तो उन्होंने कंपनी के संस्थापक बिल ह्यूलेट को फ़ोन करके पार्ट्स माँग लिए। जॉब्स को न सिर्फ़ माँगे गए पार्ट्स मिले, बल्कि वे वहाँ गर्मी की नौकरी पाने में भी सफल हो गए। जॉब्स ने कंप्यूटर बनाने वाली असेंबली लाइन पर काम किया और वे इतने मंत्रमुग्ध हो गए कि उन्होंने अपना ख़ुद का कंप्यूटर डिज़ाइन करने की कोशिश की...

ज़रा ठहरें। *बिल ह्यूलेट ने उन्हें स्पेयर पार्ट्स दिए?* यह तो वैसा ही है, जैसे बिल गेट्स को तेरह साल की उम्र में टाइम-शेयरिंग टर्मिनल तक असीमित पहुँच मिली थी। यह तो वैसा ही है, जैसे आपकी रुचि फ़ैशन में हो और जब आप बड़े हो रहे हों, तो आपके पड़ोसी जियोर्जियो अरमानी हों। और जॉब्स कब पैदा हुए थे?

स्टीव जॉब्स : 24 फ़रवरी, 1955

सॉफ़्टवेअर क्रांति के एक और प्रवर्तक थे एरिक श्मिट। उन्होंने सिलिकॉन वैली की एक बहुत महत्त्वपूर्ण सॉफ़्टवेअर कंपनी नोवेल चलाई और 2001 में गूगल के सीईओ बन गए। जन्म तिथि?

एरिक श्मिट : 27 अप्रैल, 1955

ज़ाहिर है, मेरे कहने का मतलब यह नहीं है कि सिलिकॉन वैली का हर सॉफ़्टवेअर दिग्गज 1955 में पैदा हुआ था। कुछ नहीं हुए थे, जिस तरह कि अमेरिका का हर कारोबारी दिग्गज 1830 के दशक के मध्य में पैदा नहीं हुआ। लेकिन यहाँ कुछ बहुत स्पष्ट साँचे हैं और यह आश्चर्यजनक है कि हम उन्हें कितना कम स्वीकार करना चाहते हैं। हम नाटक करते हैं कि सफलता पूरी तरह से व्यक्तिगत योग्यता का मामला है। लेकिन हमने अब तक जितने भी उदाहरण देखे हैं, उनमें हमें कहीं भी यह सुझाव नहीं मिलता कि चीज़ें इतनी सरल हैं। इसके बजाय ये उन लोगों की कहानियाँ हैं, जिन्हें सचमुच कड़ी मेहनत करने का एक ख़ास अवसर दिया गया और उन्होंने उसे जकड़ लिया, और जो उस वक़्त सही उम्र के थे, जब असाधारण प्रयास को बाक़ी समाज द्वारा पुरस्कृत किया गया। उनकी सफलता उनकी ख़ुद की बनाई हुई ही नहीं थी। यह तो उस संसार का परिणाम भी थी, जिसमें वे बड़े हुए थे।

वैसे हमें बिल जॉय को नहीं भूलना चाहिए। अगर वे थोड़े और बड़े

होते, यानी अगर वे कंप्यूटर काड्र्स के साथ प्रोग्रामिंग के नीरस व अप्रिय काम का सामना करते, तो वे कहते हैं कि वे विज्ञान की पढ़ाई करते। तब बिल जॉय नामक कंप्यूटर विशेषज्ञ बिल जॉय नामक जीववैज्ञानिक बन गए होते। और अगर वे कुछ साल बाद आते, तो वह छोटी खिड़की बंद हो जाती, जिसने उन्हें इंटरनेट के समर्थनकारी कोड लिखने का मौक़ा दिया। एक बार फिर, बिल जॉय कंप्यूटर विशेषज्ञ के बजाय जीववैज्ञानिक हो सकते थे। बिल जॉय कब पैदा हुए थे?

बिल जॉय : 8 नवंबर, 1954

बर्कले में अपना कार्यकाल पूरा करने के बाद जॉय सन माइक्रोसिस्टम्स के चार संस्थापकों में से एक बने, जो सिलिकॉन वैली की सबसे पुरानी और सबसे महत्त्वपूर्ण सॉफ़्टवेअर कंपनियों में से एक है। और अगर आप अब भी सोचते हैं कि समय, स्थान और जन्म के संयोग इतने ज़्यादा महत्त्वपूर्ण नहीं होते, तो यहाँ सन माइक्रोसिस्टम्स के बाक़ी तीन संस्थापकों की जन्मतिथि बताई जा रही है :

स्कॉट मैकनीली : 13 नवंबर, 1954
विनोद खोसला : 28 जनवरी, 1955
एंडी बेचटोलशाइम : 30 सितंबर, 1955

3

जीनियसों के साथ मुश्किल, खंड 1

"अगर आपके सामने बहुत से बुद्धिमान लड़कों के फ़ॉर्म हों, तो किसी लड़के के आईक्यू की जानकारी बहुत कम मददग़ार होती है।"

1.

2008 में प्रसारित अमेरिकी टेलीविज़न क्विज़ शो *1 वर्सेस 100* के पाँचवें एपिसोड में एक विशेष अतिथि आए, जिनका नाम था क्रिस्टोफ़र लैंगन।

टेलीविज़न शो *1 वर्सेस 100* उन कई शोज़ में से एक है, जो *हू वान्ट्स टु बी अ मिलियनेअर* की ज़बर्दस्त सफलता के बाद बने। इस कार्यक्रम में सौ सामान्य लोगों की स्थायी गैलरी रहती है, जो "जनता" का प्रतिनिधित्व करती है। हर सप्ताह वे एक विशेष आमंत्रित अतिथि के ख़िलाफ़ अपने दिमाग़ लड़ाते हैं। दाँव पर एक मिलियन डॉलर होते हैं। अतिथि को इतना चतुर होना चाहिए कि वह अपने सौ प्रतिद्वंद्वियों के मुक़ाबले ज़्यादा प्रश्नों का सही जवाब दे सके - और उस पैमाने से देखें, तो बहुत कम लोग क्रिस्टोफ़र लैंगन जितने योग्य नज़र आते थे।

"आज रात जनता अपने सबसे खूँख़ार प्रतिस्पर्धी से मुक़ाबला करने जा रही है," आवाज़ आई, "क्रिस लैंगन से मिलें, जिन्हें बहुत से लोग अमेरिका का सबसे बुद्धिमान व्यक्ति कहते हैं।" कैमरे ने पचास साल की उम्र के एक गठीले, हृष्ट-पुष्ट आदमी को दिखाया। आवाज़ जारी रही, "सामान्य व्यक्ति का आई क्यू लगभग 100 होता है। आइंस्टाइन का 150 था। क्रिस का आईक्यू 195 है। वे इस समय अपने बड़े मस्तिष्क को ब्रह्मांड की अवधारणा में व्यस्त रख रहे हैं। लेकिन क्या उनका इतना बड़ा दिमाग़ एक

मिलियन डॉलर की ख़ातिर जनता को हरा पाएगा? इसी समय 1 वर्सेस 100 में पता लगाएँ।"

भारी हर्षध्वनि के बीच लैंगन मंच पर आए।

शो के मेज़बान बॉब सैगेट ने उनसे पूछा, "क्या आपको नहीं लगता कि *1 वर्सेस 100* में अच्छा प्रदर्शन करने के लिए आपको उच्च बुद्धि की ज़रूरत है?" सैगेट लैंगन को अजीब तरह से घूर रहे थे, मानो वे किसी प्रयोगशाला के नमूने हों।

"मेरे ख़्याल से दरअसल यह बाधक हो सकता है," लैंगन ने जवाब दिया। उनकी आवाज़ गहरी और निश्चित थी। "उच्च आईक्यू होने के लिए आपमें विशेषज्ञता की, गहरे विचार सोचने की प्रवृत्ति होती है। आप छुटपुट बातों से बचते हैं। लेकिन जब मैं इन लोगों को देखता हूँ" - उन्होंने जनता को देखा और उनकी आँखों का विनोद भाव बता रहा था कि यह सब उन्हें कितना मूर्खतापूर्ण लग रहा था - "तो मैं सोचता हूँ कि मेरा प्रदर्शन ठीक-ठाक रहेगा।"

पिछले दो दशकों के दौरान क्रिस लैंगन ने एक अजीब तरह की शोहरत हासिल की है। वे अमेरिकी जीवन में जीनियस का सार्वजनिक चेहरा बन गए हैं - एक प्रतिष्ठित आउटलायर। उन्हें न्यूज़ शो में आमंत्रित किया जाता है, पत्रिकाओं में उन पर लेख छपते हैं और फ़िल्मकार एरोल मॉरिस ने उन पर एक डॉक्युमेंट्री फ़िल्म भी बनाई है। और यह सब इसलिए हुआ, क्योंकि उनके पास ऐसा मस्तिष्क है, जो वर्णन से परे नज़र आता है।

टेलीविज़न न्यूज़ शो *20/20* ने एक बार लैंगन का आईक्यू टेस्ट लेने के लिए एक न्यूरो-साइकोलॉजिस्ट को नियुक्त किया। टेस्ट में लैंगन का स्कोर सचमुच चार्ट से बाहर चला गया - यह इतना ऊँचा था कि इसका सटीक मापन संभव नहीं था। एक और मौक़े पर लैंगन ने एक आईक्यू टेस्ट दिया, जो ख़ास तौर पर उन लोगों के लिए तैयार किया गया था, जो सामान्य आईक्यू टेस्ट्स के लिहाज़ से बहुत ज़्यादा बुद्धिमान थे। उन्होंने एक को छोड़कर सभी सवालों के सही जवाब दे दिए।* वे छह महीने की उम्र से ही

---

*द सुपर आईक्यू टेस्ट रोनाल्ड के. हॉफ़लिन ने तैयार किया था, जिनका खुद का आईक्यू असाधारण रूप से ऊँचा है। यहाँ एक नमूने का सवाल है, जो शाब्दिक तुलना वाले खंड से लिया गया है। "दाँत मुर्गी के लिए हैं, जो घोंसला... के लिए है?" अगर आप जवाब जानना चाहते हैं, तो मुझे अफ़सोस है कि मुझे ज़रा भी अंदाज़ा नहीं है।

बोलने लगे थे। जब वे तीन साल के थे, तो वे रविवार को रेडियो सुनते थे, जब उद्घोषक कॉमिक्स पढ़ता था। उन्होंने अपने दम पर खुद पढ़ना सीखा। पाँच साल की उम्र में वे अपने दादाजी से ईश्वर के अस्तित्व पर सवाल करने लगे – और उन्हें याद है कि वे मिलने वाले जवाबों से निराश हुए थे।

स्कूल में लैंगन बिना पढ़े किसी विदेशी भाषा की कक्षा का टेस्ट देने जा सकते थे और अगर शिक्षक के आने में दो-तीन मिनट का समय हो, तो वे पाठ्यपुस्तक को उलट-पलटकर ही टेस्ट में अव्वल आ सकते थे। किशोरावस्था के शुरुआती वर्षों में वे खेत पर काम करने लगे। उस दौरान उन्होंने सैद्धांतिक भौतिकी के क्षेत्र में व्यापक अध्ययन शुरू किया। सोलह साल की उम्र में उन्होंने बरट्रेंड रसेल को पढ़ डाला और अल्फ़्रेड नॉर्थ वाइटहेड की मशहूर दुरूह पुस्तक *प्रिंसिपिया मैथेमेटिका* भी पढ़ डाली। उन्हें एसएटी में आदर्श स्कोर मिला, हालाँकि टेस्ट के दौरान एक बिंदु पर वे सो गए थे।

“वे एक घंटे तक गणित करते थे,” उनके भाई हाई स्कूल में लैंगन की गर्मियों की दिनचर्या बताते हैं। “फिर वे एक घंटे तक फ़्रेंच पढ़ते थे। फिर रूसी भाषा। फिर वे दर्शन शास्त्र पढ़ते थे। वे हर दिन इसे निष्ठापूर्वक करते थे।”

उनके दूसरे भाई जेफ़ कहते हैं, “आप जानते हैं, जब क्रिस्टोफ़र चौदह या पंद्रह साल के थे, तो वे मज़ाक़-मज़ाक़ में चीज़ों की ड्रॉइंग बना देते थे और वे फ़ोटो जैसी दिखती थीं। जब वे पंद्रह साल के हुए, तो वे गिटार पर जिमी हेंड्रिक्स की सटीक बराबरी कर सकते थे। बूम। बूम। बूम। आधे समय क्रिस्टोफ़र स्कूल जाते ही नहीं थे। वे बस टेस्ट के दिन पहुँच जाते थे और वे इस बारे में कुछ नहीं कर सकते थे। हमारे लिए यह मज़ेदार था। वे पूरे सेमेस्टर की पाठ्यपुस्तकें दो दिन में पढ़ सकते थे और मुश्किल चीज़ों को समझ लेते थे। इसके बाद वे फिर से उसी काम में लग जाते थे, जो वे इससे पहले कर रहे होते थे।”*

---

*क्रिस लैंगन बड़े होते समय कैसे रहे होंगे, इस बात का अहसास करने के लिए “एल” नामक बच्चे के नीचे दिए वर्णन पर ग़ौर करें, जिसका आईक्यू लैंगन की तरह ही 200 की श्रेणी में था। यह लेटा स्टेटर हॉलिंगवर्थ के एक अध्ययन से लिया गया है, जो असाधारण प्रतिभाशाली बच्चों का अध्ययन करने वाली पहली मनोवैज्ञानिकों में से एक थीं। जैसा वर्णन से स्पष्ट होता है, 200 का आईक्यू सचमुच, सचमुच ऊँचा होता है : “नन्हे एल की

1 वर्सेस 100 के मंच पर लैंगन संतुलित और आत्मविश्वासी थे। उनकी आवाज़ गहरी थी। उनकी आँखें छोटी और खूँख़ार तरीके से चमकदार थीं। वे विषयों पर गोल-गोल नहीं घूमे, सही वाक्यांश की तलाश में नहीं अटके या पिछले कहे वाक्य को दोबारा नहीं दोहराया। उन्होंने उह, आह या किसी अन्य अनर्गल शब्द का इस्तेमाल नहीं किया, जिससे बातचीत के प्रवाह में बाधा पड़े : उनके वाक्य एक के बाद एक बाहर आए, सुसंस्कृत और फुर्तीले, जैसे सैनिक परेड करते हैं। सैगेट ने उन पर जो भी सवाल उछाला, उसे उन्होंने चुटकियों में धराशायी कर दिया, मानो यह निहायत आसान हो। जब उनकी जीती राशि 2,50,000 डॉलर पर पहुँची, तो उन्होंने मन ही मन हिसाब लगाया कि इस बिंदु पर हर चीज़ हारने का जोखिम रुके रहने के संभावित लाभों से ज़्यादा बड़ा था। अचानक वे रुक गए। उन्होंने कहा, "मैं अब आगे खेलने के बजाय पैसे लेना चाहूँगा।" उन्होंने दृढ़ता से सैगेट से हाथ मिलाया और शिखर पर रहते हुए छोड़ दिया, जैसा हमारे ख़्याल से जीनियस हमेशा करते हैं।

विद्वत्ता आश्चर्यजनक है। बौद्धिक सटीकता और पूर्णता के प्रति उसका जोश उपलब्धि का एक ऊँचा पैमाना तय करता है। वह तुलनात्मक रूप से बड़ा, हट्टा-कट्टा और प्रभावशाली था तथा उसे प्रेम से "प्रोफ़ेसर" कहा जाता था। उसके दृष्टिकोण और योग्यताओं को विद्यार्थियों और शिक्षकों दोनों द्वारा पसंद किया जाता था। उसे अक्सर किसी विशेष विषय पर व्याख्यान देने (एक घंटे जितने लंबे समय तक) की अनुमति दी जाती थी, जैसे घड़ियों का इतिहास, इंजन निर्माण के प्राचीन सिद्धांत, गणित, और इतिहास। उसने घड़ी-निर्माण के कुछ सिद्धांतों का उदाहरण देने के लिए पेंडुलम वाली एक घरेलू घड़ी छुटपुट चीज़ों से (मिसाल के तौर पर, टाइपराइटर के रिबन स्पूल्स से) बनाई और यह घड़ी क्रोनोमीट्री के कुछ सिद्धांतों के प्रदर्शन के लिए "समय और टाइम कीपिंग" पर समृद्धिकरण इकाई के दौरान क्लास के सामने रखी गई। उसकी नोटबुक्स बौद्धिक व्याख्या का चमत्कार थीं।

"यातायात" पर एक क्लास यूनिट में थल यात्रा का वर्णन उसे अपर्याप्त लगा, जिससे वह असंतुष्ट था। वह यह मानता था कि हर चीज़ के साथ न्याय करने के लिए समय बहुत सीमित था। लेकिन उसने इस बात पर ज़ोर दिया कि "कम से कम उन्हें प्राचीन सिद्धांतों को तो देना चाहिए था।" एक अतिरिक्त और स्वैच्छिक प्रोजेक्ट के रूप में, "वह इंजनों, पहिएदार वाहनों आदि के प्राचीन सिद्धांतों की विस्तृत ड्रॉइंग्स और वर्णन ले आया"... उस वक़्त उसकी उम्र 10 साल थी।"

2.

प्रथम विश्व युद्ध के बाद स्टैनफ़र्ड युनिवर्सिटी में मनोविज्ञान के एक युवा प्रोफ़ेसर लुई टरमैन को हेनरी कॉवेल नामक एक उल्लेखनीय लड़का मिला। कॉवेल ग़रीबी और अव्यवस्था में पला-बढ़ा था। चूँकि दूसरे बच्चों से उसकी पटरी नहीं बैठती थी, इसलिए सात साल की उम्र के बाद वह स्कूल नहीं गया था। वह एक कमरे के स्कूल में दरबान का काम करता था, जो स्टैनफ़र्ड कैंपस से ज़्यादा दूर नहीं था। दिन भर कॉवेल बीच-बीच में अपने काम से बचते-बचाते हुए जाता था और स्कूल का पियानो बजाने लगता था। और उसका निकाला संगीत मधुर था।

टरमैन बुद्धि परीक्षण के प्रतिष्ठित विशेषज्ञ थे। उन्होंने ही उस मानक आईक्यू टेस्ट द स्टैनफ़र्ड-बिनेट का सृजन किया था, जो संसार भर के करोड़ों लोग आगामी पचास सालों में देने वाले थे। उन्होंने कॉवेल का आईक्यू टेस्ट लेने का निर्णय लिया। उन्होंने सोचा, इस लड़के को बुद्धिमान *होना चाहिए* और निश्चित रूप से वह था। उसका आईक्यू 140 से ऊपर था, जो लगभग जीनियस के स्तर का था। टरमैन मंत्रमुग्ध हो गए। उन्होंने सोचा, और न जाने कितने ऐसे हीरे दबे होंगे?

वे ऐसे दूसरे लोगों की तलाश करने लगे। उन्हें एक लड़की मिली, जिसने उन्नीस महीने की उम्र में ही वर्णमाला सीख ली थी। एक और लड़की थी, जो चार साल की उम्र से ही डिकेंस और शेक्सपियर पढ़ रही थी। उन्हें एक युवक मिला, जिसे लॉ स्कूल से सिर्फ़ इसलिए बाहर निकाल दिया गया था, क्योंकि उसके प्रोफ़ेसरों को यक़ीन नहीं था कि कोई मनुष्य स्मृति से क़ानूनी रायों के लंबे अंश दोहरा सकता है।

1921 में टरमैन ने प्रतिभाशाली लोगों के अध्ययन को अपने जीवन का उद्‌देश्य बनाने का निर्णय लिया। कॉमनवेल्थ फ़ाउंडेशन के एक बड़े अनुदान की मदद से उन्होंने मैदानी कार्यकर्ताओं की टीम बनाई और उन्हें कैलिफ़ोर्निया के प्राथमिक स्कूलों में भेज दिया। शिक्षकों से उनकी कक्षा के सबसे प्रतिभाशाली विद्यार्थियों के नाम पूछे गए और उन बच्चों का बुद्धि परीक्षण किया गया। जो विद्यार्थी शीर्ष 10 प्रतिशत में आए, उनका दूसरा आईक्यू टेस्ट लिया गया और जिन्हें उस टेस्ट में 130 से ज़्यादा स्कोर मिला, उनका तीसरा आईक्यू टेस्ट लिया गया। अंतिम परिणामों के उस समूह से टरमैन ने सर्वश्रेष्ठ और सबसे प्रतिभाशाली विद्यार्थियों को चुना। जब तक

टरमैन का काम पूरा हुआ, तब तक उन्होंने 2,50,000 प्राथमिक और हाई स्कूल विद्यार्थियों में से 1,470 बच्चों को चुन लिया था, जिनका आईक्यू 140 से लेकर 200 तक था। कम उम्र की उन प्रतिभाओं के समूह का नाम "टरमाइट्स" पड़ा और उन पर इतिहास का एक बहुत मशहूर मनोवैज्ञानिक अध्ययन किया गया।

टरमैन इन चुने हुए लोगों को जीवन भर कुछ उसी तरह देखते रहे, जिस तरह मुर्गी अपने अंडों को देखती है। उनसे समय-समय पर जानकारी ली गई, परीक्षण किए गए, पैमानों पर जाँच की गई और विश्लेषण किया गया। उनकी शैक्षणिक उपलब्धियों का रिकॉर्ड रखा गया, शादियों का विवरण दर्ज किया गया, बीमारियों का लेखा-जोखा रखा गया, मनोवैज्ञानिक स्वास्थ्य के चार्ट बनाए गए और हर प्रमोशन व नौकरी के परिवर्तन को दर्ज किया गया। नौकरियों और ग्रेजुएट स्कूल आवेदनों के लिए टरमैन ने अपने चुने हुए विद्यार्थियों को सिफ़ारिशी पत्र भी दिए। उन्होंने लगातार सलाह और परामर्श दिया। उन्होंने अपने जाँच परिणामों को मोटे लाल ग्रंथों में दर्ज किया, जिनका शीर्षक था *जेनेटिक स्टडीज़ ऑफ़ जीनियस*।

टरमैन ने एक बार कहा था, "शायद नैतिक सिद्धांतों को छोड़कर किसी व्यक्ति में आईक्यू जितना महत्त्वपूर्ण कुछ भी नहीं होता।" और उनका मानना था कि हमें बहुत ऊँचे आईक्यू वाले लोगों की ओर ही देखना चाहिए, क्योंकि वहीं से "हमें लीडर्स मिलेंगे, जो विज्ञान, कला, सरकार, शिक्षा और समाज कल्याण में तरक्की करते हैं।" जब उनके छात्र बड़े हुए, तो टरमैन ने उनकी प्रगति पर ताज़ा जानकारी प्रकाशित की और उनकी असाधारण उपलब्धियों का गुणगान किया। जब उनके छात्र हाई स्कूल में थे, तो टरमैन ने झूमते हुए लिखा था, "कैलिफ़ोर्निया के लड़के-लड़कियों की किसी भी तरह की प्रतिस्पर्धा या गतिविधि के बारे में अख़बार में ऐसी एक भी ख़बर नहीं छपती थी, जिसमें हमारे प्रतिभाशाली समूह के एक या अधिक सदस्यों ने जीत हासिल न की हो।" उन्होंने कुछ सबसे कलात्मक मानसिकता के विद्यार्थियों के लेखन के नमूने लिए और साहित्यिक समालोचकों से उनकी तुलना मशहूर लेखकों के शुरुआती लेखन से कराई। उन्हें कोई फ़र्क़ नहीं मिला। टरमैन ने दावा किया कि सभी संकेत इस ओर इशारा करते थे कि समूह में "महान" बनने की संभावना है। टरमैन को यक़ीन था कि भविष्य में उनके टरमाइट समूह के लोग अमेरिका के संभ्रांत वर्ग में शर्तिया सफल होंगे।

आज भी टरमैन के कई विचार सफलता के हमारे दृष्टिकोण और

मानसिकता के केंद्र में हैं। स्कूलों में "प्रतिभाशाली" विद्यार्थियों के लिए विशेष प्रोग्राम होते हैं। कुलीन युनिवर्सिटीज़ अक्सर दाख़िले के लिए बुद्धि परीक्षण की शर्त रखती हैं (जैसे अमेरिकन स्कॉलैस्टिक एप्टीट्यूड टेस्ट)। इसी विश्वास की वजह से गूगल या माइक्रोसॉफ़्ट जैसी हाई-टेक कंपनियाँ संभावित कर्मचारियों की संज्ञानात्मक योग्यता को सावधानी से नापती हैं : उन्हें यक़ीन होता है कि आईक्यू के पैमाने पर सबसे ऊपर आने वाले लोगों में सबसे ज़्यादा संभावना या क्षमता होती है। (माइक्रोसॉफ़्ट में नौकरी का आवेदन करने वालों की बुद्धि की जाँच करने के लिए ढेर सारे सवाल पूछे जाते हैं, जिनमें यह मशहूर सवाल भी है "मैनहोल के कवर गोल क्यों होते हैं?" अगर आप इस सवाल का जवाब नहीं जानते हैं, तो इसका मतलब है कि आपमें माइक्रोसॉफ़्ट में काम करने लायक़ बुद्धि नहीं है।*)

यदि मेरे पास जादुई शक्तियाँ होतीं और मैं आपका आईक्यू 30 पॉइंट बढ़ाने की पेशकश करता, तो आप हाँ कह देते - ठीक है? आप यह मानते कि इससे आपको संसार में आगे बढ़ने में मदद मिलेगी। और जब हम क्रिस लैंगन जैसे किसी व्यक्ति के बारे में सुनते हैं, तो हमारी सहज प्रतिक्रिया वैसी ही होती है, जैसी कि लगभग एक सदी पहले हेनरी कॉवेल से मिलने पर टरमैन की हुई थी। हम विस्मित हो जाते हैं। जीनियस चरम आउटलायर्स होते हैं। निश्चित रूप से ऐसी कोई चीज़ नहीं है, जो ऐसे व्यक्ति को पीछे रोक सके।

क्या सचमुच?

हम अब तक *आउटलायर्स* में यह देख चुके हैं कि असाधारण उपलब्धि का संबंध प्रतिभा से कम और अवसर से ज़्यादा होता है। इस अध्याय में मैं इस बारे में ज़्यादा गहरी खुदाई करना चाहता हूँ कि ऐसा क्यों होता है। मैं आउटलायर के सबसे शुद्ध और सबसे सारभूत स्वरूप - जीनियस - की पड़ताल करके ऐसा करना चाहता हूँ। उच्च बुद्धि के महत्त्व के मामले में हम बरसों से टरमैन जैसे लोगों की बात मानते आए हैं। लेकिन जैसा हम देखेंगे, टरमैन ने एक ग़लती कर दी थी। वे अपने टरमाइट्स के बारे में ग़लत थे

---

*जवाब यह है कि गोल मैनहोल कवर मैनहोल में नहीं गिर सकता, चाहे आप इसे कितना ही घुमा लें या मोड़ लें। आयताकार कवर गिर सकता है : इसके लिए आपको तो बस इसे तिरछा घुमाना भर है। तो यह लें : अब आप माइक्रोसॉफ़्ट में नौकरी पा सकते हैं।

और अगर उन्होंने युवा क्रिस लैंगन को सोलह साल की उम्र में *प्रिंसिपिया मैथेमेटिका* पढ़ते देखा होता, तो वे उनके बारे में भी इसी वजह से ग़लत होते। टरमैन यह नहीं समझते थे कि असल आउटलायर कौन होता है और यह एक ऐसी ग़लती है, जो हम आज तक करते आ रहे हैं।

3.

रेवन्स प्रोग्रेसिव मैट्रिसेस सबसे ज़्यादा इस्तेमाल होने वाले बुद्धि परीक्षणों में से एक है। इसमें भाषा संबंधी किसी योग्यता या ज्ञान की आवश्यकता नहीं होती। यह अमूर्त तार्किक योग्यताओं का पैमाना है। आम रेवन्स टेस्ट में अड़तालीस प्रश्न होते हैं, जिनमें से हर एक पहले वाले से ज़्यादा मुश्किल होता है और आईक्यू की गणना इस आधार पर की जाती है कि कितने प्रश्नों का सही जवाब दिया गया।

यहाँ एक सवाल दिया जा रहा है, जो दर्शाता है कि रेवन्स में कैसे प्रश्न पूछे जाते हैं।

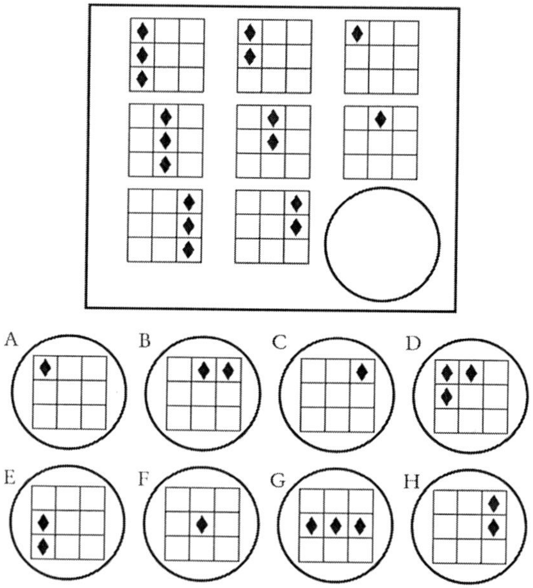

क्या आपने सही जवाब खोज लिया? मेरा अंदाज़ा है कि आपमें से ज़्यादातर ने खोज लिया होगा। सही जवाब *सी* है। लेकिन अब इसे करके देखें। यह उस तरह का वाक़ई कठिन प्रश्न है, जो रेवन्स टेस्ट के अंत में आता है।

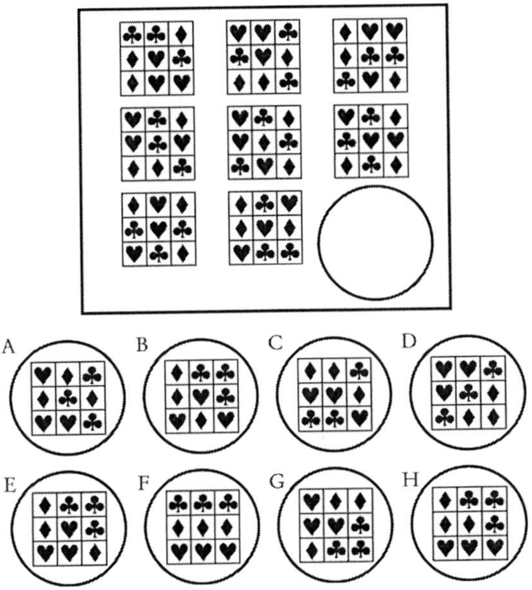

सही जवाब ए है। मुझे स्वीकार करना होगा कि मैं इसे हल नहीं कर पाया और मेरा अंदाज़ा है कि आपमें से ज़्यादातर भी नहीं कर पाए होंगे। बहरहाल, क्रिस लैंगन ज़रूर कर सकते थे। जब हम कहते हैं कि लैंगन जैसे लोग सचमुच प्रतिभाशाली हैं, तो हमारा यह मतलब होता है कि उनके पास इस क़िस्म का दिमाग़ है, जो इस आख़िरी प्रश्न जैसी पहेलियों को हल कर सकता है।

यह पता लगाने के लिए बरसों से ढेर सारा शोध किया जा रहा है कि रेवन्स जैसे आईक्यू टेस्ट में किसी व्यक्ति के प्रदर्शन का असल ज़िंदगी में उसकी सफलता से क्या संबंध होता है। पैमाने के नीचे वाले लोगों को – जिनका आईक्यू 70 के नीचे होता है – मानसिक रूप से निःशक्त माना जाता है। 100 का स्कोर औसत माना जाता है; कॉलेज के लिए आपको संभवतः

इससे थोड़े ज़्यादा स्कोर की ज़रूरत होगी। किसी सामान्य प्रतिस्पर्धी ग्रेजुएट प्रोग्राम में दाख़िला पाने और सफल होने के लिए आपको शायद कम से कम 115 के आईक्यू की ज़रूरत होती है। आम तौर पर, आपका स्कोर जितना ज़्यादा ऊँचा होता है, आप उतनी ही शिक्षा ज़्यादा पाएँगे, आप उतना ही ज़्यादा पैसा कमाएँगे और - मानें या न मानें - आप उतना ही लंबा जिएँगे।

लेकिन एक पेंच है। सफलता और आईक्यू का आपसी संबंध सिर्फ़ एक बिंदु तक ही काम करता है। एक बार जब कोई 120 के आईक्यू के आस-पास पहुँच जाता है, तो अतिरिक्त आईक्यू पॉइंट्स असल संसार के लाभों में नहीं बदलते हैं।*

"यह काफ़ी साबित हो चुका है कि 170 के आईक्यू वाला कोई व्यक्ति 70 के आईक्यू वाले व्यक्ति से ज़्यादा अच्छी तरह सोचेगा," ब्रिटिश मनोवैज्ञानिक लियाम हडसन ने लिखा है, "और यह ज़्यादा क़रीबी तुलनाओं के बारे में भी सच है - जैसे 100 और 130 के बीच। लेकिन जब तुलना वाले दोनों ही लोगों का आईक्यू काफ़ी ऊँचा हो, तो यह संबंध ख़त्म हो

---

*"आईक्यू मूल तत्ववादी" आर्थर जेंसन अपनी 1980 की पुस्तक *बायस इन मेंटल टेस्टिंग* में इस तरह कहते हैं (पृष्ठ 113) : आईक्यू स्केल पर चार सामाजिक और व्यक्तिगत रूप से सबसे महत्त्वपूर्ण दहलीज़ क्षेत्र वे हैं, जिनके व्यक्तियों के बीच अलग होने की उच्च संभावना होती है, जो अपने सामान्य मानसिक योग्यता के स्तर की वजह से किसी नियमित स्कूल में जा सकते हैं या नहीं जा सकते (लगभग 50 का आईक्यू), प्राथमिक स्कूल के पारंपरिक पाठ्यक्रम में माहिर हो सकते हैं या नहीं हो सकते (लगभग 75 का आईक्यू), हाई स्कूल के शैक्षणिक या कॉलेज की तैयारी के पाठ्यक्रम में सफल हो सकते हैं या नहीं हो सकते (लगभग 105 का आईक्यू), किसी मान्यता-प्राप्त चार वर्ष के कॉलेज पाठ्यक्रम से ऐसे ग्रेड लेकर पास हो सकते हैं या नहीं, जो किसी पेशेवर या ग्रेजुएट स्कूल में दाख़िले के लिए पात्र बनाएँ (लगभग 115 का आईक्यू)। इसके बाद, आईक्यू स्तर सामान्य व्यावसायिक आकांक्षाओं और सफलता के मानदंडों के संदर्भ में तुलनात्मक रूप से महत्त्वहीन बन जाता है। इसका यह मतलब नहीं है कि 115 और 150 या 150 और 180 के आईक्यू वाले लोगों की बौद्धिक क्षमताओं के बीच कोई वास्तविक अंतर नहीं होता। लेकिन पैमाने के इस ऊपरी हिस्से में आईक्यू के अंतरों के कहीं कम व्यक्तिगत निहितार्थ होते हैं, उन दहलीज़ों के मुक़ाबले जिनका अभी-अभी वर्णन किया गया है। वे आम तौर पर लोकप्रिय अर्थ में सफलता के लिए कम महत्त्व रखते हैं; व्यक्तित्व और चरित्र के कुछ ख़ास गुण ज़्यादा महत्त्वपूर्ण होते हैं।"

जाता है... 130 के आईक्यू वाले परिपक्व वैज्ञानिक के नोबेल पुरस्कार जीतने की संभावना उतनी ही होती है, जितनी कि 180 के आईक्यू वाले वैज्ञानिक की होती है।"

हडसन यह कहना चाहते हैं कि आईक्यू काफ़ी हद तक बास्केटबॉल में लंबाई जैसा होता है। जिस खिलाड़ी की लंबाई सिर्फ़ साढ़े पाँच फुट है, क्या उसके पास पेशेवर बास्केटबॉल में खेलने का यथार्थवादी अवसर होता है? दरअसल नहीं। उस स्तर पर खेलने के लिए आपको कम से कम छह फुट या छह फुट एक इंच लंबा होना चाहिए और अगर बाक़ी चीज़ें समान हों, तो छह फुट एक इंच से छह फुट दो इंच होना बेहतर है, और छह फुट दो इंच से छह फुट तीन इंच होना बेहतर है। लेकिन एक निश्चित बिंदु के बाद लंबाई इतनी ज़्यादा मायने नहीं रखती है। जिस खिलाड़ी की लंबाई छह फुट आठ इंच है, वह सिर्फ़ इसी कारण अपने से दो इंच छोटे खिलाड़ी से बेहतर नहीं हो जाता है। (माइकल जॉर्डन, जो अब तक के सबसे महान खिलाड़ी रहे हैं, साढ़े छह फुट के थे।) बास्केटबॉल खिलाड़ी को बस *पर्याप्त* लंबा होना चाहिए - और यही बुद्धि के बारे में सच है। बुद्धि की एक सीमा रेखा होती है।

1 वर्सेस 100 एपिसोड के परिचय में बताया गया था कि आइंस्टाइन का आईक्यू 150 था और लैंगन का आईक्यू 195 है। लैंगन का आईक्यू आइंस्टाइन के मुक़ाबले 30 प्रतिशत ज़्यादा है। लेकिन इसका यह मतलब नहीं है कि लैंगन आइंस्टाइन से 30 प्रतिशत *ज़्यादा बुद्धिमान* हैं। यह सोचना ही मूर्खतापूर्ण है। हम तो बस इतना कह सकते हैं कि जब भौतिकी जैसी सचमुच मुश्किल चीज़ों को समझने की बात आती है, तो वे दोनों ही *पर्याप्त* बुद्धिमान हैं।

मुझे अहसास है कि यह विचार हमारी सहज बुद्धि के विपरीत जाता है कि आईक्यू की एक सीमा रेखा होती है। हम सोचते हैं कि विज्ञान में नोबेल पुरस्कार विजेताओं का आईक्यू सबसे ज़्यादा होगा, कि वे ऐसे लोग होंगे, जिन्हें कॉलेज की प्रवेश परीक्षाओं में आदर्श स्कोर मिले होंगे, जिन्होंने हर उपलब्ध स्कॉलरशिप जीती होगी और उनके हाई स्कूल में इतने शानदार शैक्षणिक रिकॉर्ड होंगे कि उन्हें देश की शीर्षस्थ युनिवर्सिटीज़ में ले लिया गया होगा।

लेकिन नीचे दी गई सूची पर एक नज़र डालें। इसमें बताया गया है कि 2007 से चिकित्सा में नोबेल पुरस्कार जीतने वाले आख़िरी पच्चीस

अमेरिकियों ने अपनी अंडरग्रेजुएट डिग्री कहाँ से ली।

एन्टियॉक कॉलेज
ब्राउन युनिवर्सिटी
यूसी बर्कले
युनिवर्सिटी ऑफ़ वॉशिंगटन
कोलंबिया युनिवर्सिटी
केस इंस्टीट्यूट ऑफ़ टेक्नोलॉजी
एमआईटी
कैल्टेक
हारवर्ड युनिवर्सिटी
हैमिल्टन कॉलेज
कोलंबिया युनिवर्सिटी
युनिवर्सिटी ऑफ़ नॉर्थ कैरोलिना
डेपाउ युनिवर्सिटी
युनिवर्सिटी ऑफ़ पेनसिल्वेनिया
युनिवर्सिटी ऑफ़ मिनिसोटा
युनिवर्सिटी ऑफ़ नॉट्रे डेम
जॉन्स हॉपकिन्स युनिवर्सिटी
येल युनिवर्सिटी
यूनियन कॉलेज, केन्टकी
युनिवर्सिटी ऑफ़ इलिनॉय
युनिवर्सिटी ऑफ़ टैक्सस
होली क्रॉस
एमहर्स्ट कॉलेज
गेटिसबर्ग कॉलेज
हंटर कॉलेज

कोई भी यह नहीं कहेगा कि यह सूची अमेरिका में हाई स्कूल के सबसे

अच्छे विद्यार्थियों के कॉलेजों का चयन बताती है। सूची में येल, कोलंबिया और एमआईटी हैं, लेकिन डेपाउ, होली क्रॉस और गेटिसबर्ग कॉलेज भी हैं। यह सबसे अच्छे नहीं, *सिर्फ़* अच्छे कॉलेजों की सूची है।

इसी तर्ज पर यहाँ रसायन शास्त्र में नोबेल पुरस्कार जीतने वाले अमेरिकी विद्यार्थियों के कॉलेजों की सूची देखें :

सिटी कॉलेज ऑफ़ न्यू यॉर्क
सिटी कॉलेज ऑफ़ न्यू यॉर्क
स्टैनफ़र्ड युनिवर्सिटी
युनिवर्सिटी ऑफ़ डेटन, ओहियो
रोलिन्स कॉलेज, फ्लोरिडा
एमआईटी
ग्रिनेल कॉलेज
एमआईटी
मैकगिल युनिवर्सिटी
जॉर्जिया इंस्टीट्यूट ऑफ़ टेक्नोलॉजी
ओहियो वेस्लीयन युनिवर्सिटी
राइस युनिवर्सिटी
होप कॉलेज
ब्राइघम यंग युनिवर्सिटी
युनिवर्सिटी ऑफ़ टोरंटो
युनिवर्सिटी ऑफ़ नेब्रास्का
डार्टमाउथ कॉलेज
हारवर्ड युनिवर्सिटी
बेरिया कॉलेज
ऑग्सबर्ग कॉलेज
युनिवर्सिटी ऑफ़ मैसेच्यूसेट्स
वॉशिंगटन स्टेट युनिवर्सिटी
युनिवर्सिटी ऑफ़ फ्लोरिडा

युनिवर्सिटी ऑफ़ कैलिफ़ोर्निया, रिवरसाइड
हारवर्ड युनिवर्सिटी

स्पष्ट रूप से, नोबेल पुरस्कार जीतने के लिए आपको इतना बुद्धिमान होना चाहिए कि आप कम से कम नॉट्रे डेम या युनिवर्सिटी ऑफ़ इलिनॉय जितने अच्छे कॉलेज में प्रवेश पा लें। बस इतना ही ज़रूरी है।*

यह एक क्रांतिकारी विचार है, है ना? मान लें, आपकी किशोर बेटी को पता लगता है कि उसे दो युनिवर्सिटीज़ में दाख़िला मिल गया है – वॉशिंगटन, डीसी की जॉर्जटाउन युनिवर्सिटी में और हारवर्ड युनिवर्सिटी में। आप उसे कहाँ भेजना चाहेंगे? मैं सोचता हूँ कि आप हारवर्ड को चुनना चाहेंगे, क्योंकि हारवर्ड एक "बेहतर" स्कूल है। इसके विद्यार्थी अपनी प्रवेश परीक्षाओं में 10-15 प्रतिशत ज़्यादा अच्छा स्कोर करते हैं।

लेकिन बुद्धि के बारे में हम जो सीख रहे हैं, उसे देखते हुए इस विचार में कोई समझदारी नज़र नहीं आती कि स्कूलों को उसी तरह क्रमबद्ध किया जा सकता है, जिस तरह कि किसी दौड़ में धावकों को किया जाता है। हो सकता है कि जॉर्जटाउन के विद्यार्थी किसी मुकम्मल पैमाने पर हारवर्ड के विद्यार्थियों जितने स्मार्ट न हों। लेकिन स्पष्ट रूप से वे सभी पर्याप्त बुद्धिमान हैं और भावी नोबेल पुरस्कार विजेता अगर हारवर्ड जैसे स्कूलों से आते हैं, तो जॉर्जटाउन जैसे स्कूलों से भी आते हैं।

मनोवैज्ञानिक बैरी श्वाट्र्ज़ ने हाल ही में यह प्रस्ताव रखा कि कुलीन स्कूलों को अपनी जटिल प्रवेश प्रक्रिया को छोड़ देना चाहिए और एक निश्चित सीमा से ऊपर वाले हर विद्यार्थी को लॉटरी के आधार पर प्रवेश देना चाहिए। श्वाट्र्ज़ कहते हैं, "लोगों को दो श्रेणियों में बाँट दें : पर्याप्त अच्छे और पर्याप्त अच्छे नहीं। जो लोग पर्याप्त अच्छे हैं, उनके नाम एक हैट में डाल दें। और

---

*बस स्पष्ट करने के लिए : अब भी स्थिति यह है कि हारवर्ड किसी दूसरे स्कूल की तुलना में ज़्यादा नोबेल पुरस्कार विजेता उत्पन्न करता है। बस इन सूचियों को देखें। हारवर्ड दोनों में कुल तीन बार आता है। होली क्रॉस जैसे स्कूल का नाम केवल एक बार नज़र आता है। लेकिन क्या आप हारवर्ड जैसे स्कूलों से वर्तमान की तुलना में ज़्यादा नोबेल जीतने की उम्मीद नहीं करेंगे? आख़िर, हारवर्ड इतिहास में सबसे अमीर, सबसे प्रतिष्ठित स्कूल है और यह पूरे संसार के सबसे प्रतिभाशाली अंडरग्रेजुएट्स को चुनता है।

जो लोग पर्याप्त अच्छे नहीं हैं, उन्हें अस्वीकार कर दें।" श्वाट्र्ज़ मानते हैं कि उनके विचार के स्वीकार किए जाने की लगभग कोई संभावना नहीं है। लेकिन उनकी बात में दम है। जैसा हडसन लिखते हैं (और यह ध्यान रखें कि उन्होंने 1950 और 1960 के दशकों में कुलीन छात्रों के ब्रिटिश बोर्डिंग स्कूलों पर अपना शोध किया था), *"अगर आपके सामने बहुत से बुद्धिमान लड़कों के फ़ॉर्म हों,* तो किसी लड़के के आईक्यू की जानकारी बहुत कम मददग़ार होती है।"*

आइए मैं आपको सीमा रेखा प्रभाव का एक उदाहरण देता हूँ। कई कुलीन अमेरिकी शिक्षण संस्थाओं की तरह ही युनिवर्सिटी ऑफ़ मिशिगन लॉ स्कूल भी सुविधाहीन पृष्ठभूमि के आवेदकों के मामले में सकारात्मक कार्य की नीति का इस्तेमाल करता है। हर साल मिशिगन जितने विद्यार्थियों को दाख़िला देता है, उनमें से लगभग 10 प्रतिशत अल्पसंख्यक वर्ग के सदस्य होते हैं। यदि लॉ स्कूल इन विद्यार्थियों के लिए अपनी प्रवेश शर्तों को काफ़ी शिथिल न करे - बाक़ी की तुलना में अंडरग्रेजुएट क्लास में कम ग्रेड और मानक टेस्ट स्कोर से कम आने पर भी उन्हें प्रवेश न दे - तो अनुमान है कि यह प्रतिशत 3 से भी कम होता। इसके अलावा, अगर हम अल्पसंख्यकों और ग़ैर-अल्पसंख्यक विद्यार्थियों को लॉ स्कूल में मिलने वाले ग्रेड की तुलना करें, तो हम देखेंगे कि श्वेत विद्यार्थियों का प्रदर्शन बेहतर होता है। इसमें कोई अचरज की बात नहीं है : यदि एक समूह के पास अंडरग्रेजुएट स्तर पर ज़्यादा ऊँचे ग्रेड और टेस्ट स्कोर हैं, तो वह लगभग निश्चित रूप से लॉ

---

*कुलीन आइवी लीग स्कूल्स में चयन प्रक्रिया कितनी बेतुकी हो चुकी है, इस बात का अहसास करने के लिए नीचे दिए आँकड़ों पर ग़ौर करें। 2008 में संसार के सबसे ज़्यादा योग्यता रखने वाले 27,462 हाई स्कूल सीनियर्स ने हारवर्ड युनिवर्सिटी में आवेदन दिया। इन विद्यार्थियों में से 2,500 ने एसएटी के अति महत्त्वपूर्ण रीडिंग टेस्ट में आदर्श 800 स्कोर किया था और 3,300 ने एसएटी गणित परीक्षा में आदर्श स्कोर किया था। 3,300 से ज़्यादा को उनकी हाई स्कूल क्लास में पहली रैंक मिली थी। हारवर्ड ने कितने स्वीकार किए? लगभग 1,600! यानी इसने हर 100 आवेदकों में से 93 को अस्वीकार कर दिया। क्या यह कहना सचमुच संभव है कि एक विद्यार्थी हारवर्ड के लायक़ है और दूसरा नहीं, जबकि दोनों के पास समान - और आदर्श - शैक्षणिक रिकॉर्ड्स हों? ज़ाहिर है, नहीं। हारवर्ड ईमानदार नहीं है। श्वाट्र्ज़ सही कहते हैं। उन्हें तो बस एक लॉटरी डाल लेनी चाहिए।

स्कूल में भी ज़्यादा ऊँचे ग्रेड हासिल करेगा। इसी वजह से सकारात्मक कार्य योजनाएँ इतनी विवादास्पद होती हैं। वास्तव में, युनिवर्सिटी ऑफ़ मिशिगन के एफ़र्मेटिव एक्शन प्रोग्राम पर हुआ एक आक्रमण कुछ समय पहले अमेरिका के सर्वोच्च न्यायालय तक गया था। कई लोगों को इस बात से उलझन होती है कि एक कुलीन शैक्षणिक संस्थान ऐसे विद्यार्थियों को प्रवेश क्यों देता है, जो उनके समकक्षों से कम योग्य होते हैं।

बहरहाल, कुछ साल पहले युनिवर्सिटी ऑफ़ मिशिगन ने क़रीब से देखने का निर्णय लिया कि लॉ स्कूल के अल्पसंख्यक विद्यार्थी पढ़ाई पूरी करने के बाद कैसा प्रदर्शन कर रहे थे। वे कितने पैसे कमा रहे थे? वे अपने पेशे में कितने ऊपर पहुँचे? वे अपने करियर से कितने संतुष्ट थे? उन्होंने किस तरह के सामाजिक और सामुदायिक योगदान दिए? उन्होंने किस तरह के सम्मान जीते? उन्होंने हर चीज़ देखी, जो वास्तविक संसार की सफलता का सूचक हो सकती थी। और उन्होंने जो पाया, उससे वे दंग रह गए।

"हम जानते थे कि हमारे बहुत से अल्पसंख्यक विद्यार्थी अच्छा प्रदर्शन कर रहे थे," मिशिगन अध्ययन के एक लेखक रिचर्ड लेम्पर्ट ने कहा। "हमारी अपेक्षा यह थी कि हमें आधा या दो तिहाई भरा गिलास मिलेगा, कि हालाँकि उनमें से बहुत से काफ़ी सफल होंगे, लेकिन वे श्वेत विद्यार्थियों जितना अच्छा प्रदर्शन नहीं कर पाए होंगे। लेकिन हम पूरी तरह हैरान रह गए। हमने पाया कि वे श्वेत विद्यार्थियों जितना ही अच्छा प्रदर्शन कर रहे थे। ऐसा एक भी क्षेत्र नहीं था, जहाँ हमने कोई गंभीर भिन्नता देखी हो।"

लेम्पर्ट यह कह रहे हैं कि लॉ स्कूल को जिस एकमात्र पैमाने की सचमुच परवाह करनी चाहिए - कि असल संसार में इसके छात्र कितना अच्छा प्रदर्शन करते हैं - उसके मान से अल्पसंख्यक विद्यार्थी कम योग्य नहीं हैं। वे श्वेत विद्यार्थियों जितने ही सफल हैं।

ऐसा क्यों? क्योंकि हालाँकि मिशिगन में अल्पसंख्यकों के शैक्षणिक रिकॉर्ड श्वेत विद्यार्थियों जितने अच्छे नहीं हैं, लेकिन लॉ स्कूल में विद्यार्थियों की गुणवत्ता इतनी ऊँची रहती है कि *वे इसके बावजूद सीमा रेखा के ऊपर रहते हैं।* वे पर्याप्त बुद्धिमान होते हैं। अगर आपके सामने चतुर विधि विद्यार्थियों का क्लासरूम हो, तो किसी विधि विद्यार्थी के टेस्ट स्कोर की जानकारी बहुत कम मददगार होगी।

4.

अब आइए, हम सीमा रेखा के विचार को एक क़दम आगे ले जाते हैं। यदि बुद्धि सिर्फ़ एक बिंदु तक ही मायने रखती है, तो फिर उस बिंदु के बाद दूसरी चीज़ें - जिनका बुद्धि से कोई संबंध नहीं होता - ज़्यादा मायने रखने लगती होंगी। यह एक बार फिर बास्केटबॉल जैसा है : एक बार जब कोई पर्याप्त लंबा होता है, तो इसके बाद हम गति, कोर्ट के अहसास, फ़ुर्ती, गेंद सँभालने की योग्यताओं और स्कोर करने के कौशल पर ध्यान देने लगते हैं।

तो ये दूसरी चीज़ें क्या हो सकती हैं? देखिए, आपके आईक्यू को मापने के बजाय मैं आपका एक बिलकुल अलग तरह का टेस्ट ले सकता हूँ।

आप नीचे दी गई वस्तुओं के जितने अलग-अलग उपयोग सोच सकते हों, उन्हें लिख दें :

1. ईंट
2. कंबल

यह उसका उदाहरण है, जिसे "डाइवर्जेन्स टेस्ट" (भिन्नता परीक्षण) कहा जाता है (रेवन्स जैसे टेस्ट के विपरीत, जो आपसे संभावनाओं की सूची में से छाँटने और सही जवाब पर एकाग्र होने को कहता है)। इसके लिए यह आवश्यक है कि आप अपनी कल्पना का इस्तेमाल करके अपने दिमाग़ को यथासंभव कई अलग-अलग दिशाओं में ले जाएँ। भिन्नता परीक्षण के मामले में स्पष्ट रूप से कोई अकेला सही जवाब नहीं होता। टेस्ट लेने वाला जिस चीज़ की तलाश कर रहा है, वह है आपकी प्रतिक्रियाओं का अनूठापन और उनकी संख्या। और टेस्ट जिसे माप रहा है, वह विश्लेषणात्मक बुद्धि नहीं है, बल्कि एक बिलकुल भिन्न चीज़ है - एक ऐसी चीज़ जो सृजनात्मकता के काफ़ी क़रीब है। भिन्नता परीक्षण भी एक-जवाब वाले परीक्षण जितने ही चुनौतीपूर्ण होते हैं और अगर आपको इस बात पर यक़ीन न हो, तो मैं आपको प्रोत्साहित करता हूँ कि आप इसी समय ठहरकर ईंट-और-कंबल का टेस्ट दे दें।

मिसाल के तौर पर, यहाँ "वस्तुओं के उपयोग" के जवाब दिए जा रहे हैं, जो लियाम हडसन ने एक शीर्ष ब्रिटिश हाई स्कूल के पूल नामक विद्यार्थी से एकत्रित किए थे :

(ईंट) फोड़ो-और-लूटो वारदातों में इस्तेमाल करने के लिए। मकान की पकड़ बनाए रखने में। रशियन रूलेट के मैच में इस्तेमाल करने के लिए, अगर आप फ़िट भी बने रहना चाहते हैं (दस क़दमों पर ईंटें हों, मुड़ें और फेंकें - किसी बचने के कार्य की अनुमति नहीं है)। गद्दे को बिस्तर पर थामे रखने के लिए हर कोने पर एक ईंट बाँध दें। कोका-कोला की ख़ाली शीशियों को तोड़ने के लिए।

(कंबल)। पलंग पर इस्तेमाल के लिए। जंगल में नाजायज सेक्स को ढँकने के लिए। टेंट के रूप में। धुएँ के संकेत देने के लिए। किसी नाव, गाड़ी या स्लेज में पाल के रूप में। टॉवेल के विकल्प के रूप में। जिन लोगों को दूर का नहीं दिखता है, उनकी शूटिंग प्रैक्टिस के लिए। जलती इमारतों से कूदते लोगों को झेलने के लिए।

पूल के जवाबों को पढ़कर यह आसानी से नज़र आता है कि उसका दिमाग़ कैसे काम करता है। वह मज़ेदार है। वह थोड़ा विध्वंसकारी और कामुक है। उसमें नाटकीयता की प्रवृत्ति है। उसका दिमाग़ हिंसक तस्वीर से सेक्स पर कूदता है और फिर जलती इमारतों से बाहर छलाँग लगाने वाले लोगों पर आता है और फिर बहुत व्यावहारिक मुद्दों पर, जैसे यह कि गद्दे को पलंग पर कैसे रखा जाए। उसके जवाबों से ऐसा लगता है कि अगर हम उसे दस मिनट और देते, तो वह बीस और उपयोग सोच लेता।*

अब तुलना के लिए हडसन के सैंपल के एक और विद्यार्थी के जवाबों पर विचार करें। उसका नाम फ्लोरेंस है। हडसन हमें बताते हैं कि फ्लोरेंस विलक्षण प्रतिभा से संपन्न है और उसकी गिनती स्कूल के सबसे ऊँचे आईक्यू वाले विद्यार्थियों में होती है।

---

*यहाँ एक और विद्यार्थी के जवाब हैं। ये पूल के जवाबों से भी बेहतर हो सकते हैं : "(ईंट)। डकैती के लिए खिड़की तोड़ना, कुओं की गहराई का पता लगाना, हथियार के रूप में इस्तेमाल करना, पेंडुलम के रूप में, नक़्क़ाशी की कला का अभ्यास करना, दीवार बनाना, आर्कमिडीज़ के सिद्धांत का प्रदर्शन करना, अमूर्त स्कल्प्चर के हिस्से के रूप में, नौका को स्थिर बनाने वाले बोझ के रूप में, नदी में चीज़ें डुबाने के लिए वज़न आदि, हथौड़े के रूप में, दरवाज़े को खुला रखने के लिए, पैरपोंछ के लिए, रास्ते को भरने के लिए मलबे के रूप में, भारी चीज़ को पीछे आने से रोकने के लिए, वज़न की मशीन पर वज़न रखने के लिए, हिलती टेबल को सहारा देने के लिए, पेपरवेट, अँगीठी के रूप में, ख़रगोशों के बिल को बंद करने के लिए।"

(ईंट)। चीज़ें बनाना, फेंकना।

(कंबल)। गर्म रखना, आग बुझाना, पेड़ों से बाँधकर उसके अंदर सोना (किसी झूले की तरह), कामचलाऊ स्ट्रेचर।

फ्लोरेंस की कल्पना कहाँ है? उसने ईंटों और कंबलों के सबसे आम और सबसे उपयोगी इस्तेमाल बताए और इसके बाद रुक गया। फ्लोरेंस का आईक्यू पूल के मुक़ाबले ज़्यादा है। लेकिन इसका बहुत कम महत्त्व है, क्योंकि दोनों ही विद्यार्थी सीमा रेखा के ऊपर हैं। अधिक रोचक यह है कि पूल का दिमाग़ हिंसक तस्वीर से सेक्स पर और वहाँ से इमारतों से बाहर कूदने वाले लोगों तक बिना रुके कुलांचे भर सकता है, जबकि फ्लोरेंस का दिमाग़ ऐसा नहीं कर सकता। अब आपको क्या लगता है कि नोबेल पुरस्कार जीतने वाले प्रतिभाशाली, कल्पनाशील काम को करने के लिए इन दोनों विद्यार्थियों में से कौन ज़्यादा उपयुक्त है?

यह वह दूसरा कारण है, जो बताता है कि नोबेल पुरस्कार विजेता हारवर्ड के साथ-साथ होली क्रॉस से भी इसलिए आते हैं, क्योंकि हारवर्ड अपने विद्यार्थियों का चुनाव इस आधार पर नहीं कर रहा है कि वे "ईंट के उपयोग" वाले परीक्षण में कितना अच्छा प्रदर्शन करते हैं - और शायद "ईंट के उपयोग" नोबेल पुरस्कार की योग्यता का बेहतर सूचक है। इसी वजह से मिशिगन लॉ स्कूल को अपने अल्पसंख्यक स्नातकों और बाक़ी के विद्यार्थियों में कोई फ़र्क़ नहीं मिला। सफल वकील बनने के लिए आईक्यू के अलावा भी बहुत सी चीज़ों की ज़रूरत होती है। इसमें वैसा उर्वर मस्तिष्क होना शामिल है, जो पूल के पास था। और मिशिगन के अल्पसंख्यक विद्यार्थियों को कॉनवरजेंस टेस्ट में कम अंक मिले, इसका यह मतलब नहीं है कि उनके पास यह दूसरा अनिवार्य गुण प्रचुरता में नहीं है।

5.

यही टरमैन की भूल थी। वे इस तथ्य पर लट्टू हो गए कि उनके टरमाइट्स बौद्धिक पैमाने के शिखर पर थे - 99वें परसेंटाइल के 99वें परसेंटाइल पर - और उन्हें यह अहसास ही नहीं हुआ कि इस असाधारण दिखने वाले तथ्य का कितना कम महत्त्व था।

जब तक टरमाइट्स वयस्क हुए, तब तक टरमैन की ग़लती साफ़

दिखने लगी। कुछ बाल प्रतिभाओं ने बड़े होकर पुस्तकें प्रकाशित कीं, बौद्धिक लेख लिखे और कारोबार में समृद्ध हुए। कई ने चुनाव लड़े, दो वरिष्ठ अदालतों में न्यायाधीश बने, एक म्युनिसिपल कोर्ट जज बना, दो कैलिफ़ोर्निया विधानसभा के सदस्य बने और एक शीर्ष शासकीय अधिकारी बना। लेकिन उनके बहुत कम जीनियसों ने राष्ट्रव्यापी ख्याति हासिल की। उनकी आमदनी अच्छी थी - लेकिन *ज़्यादा* अच्छी नहीं थी। अधिकतर के करियर ऐसे थे, जिन्हें सामान्य ही माना जा सकता था और कईयों का करियर तो अंततः ऐसा हुआ, जिसे टरमैन तक असफल मानते थे। उनके जीनियसों के बेहद चुनिंदा समूह में एक ने भी नोबेल पुरस्कार नहीं जीता। वास्तव में उनके मैदानी कार्यकर्ताओं ने प्राथमिक स्कूल के दो विद्यार्थियों का टेस्ट लिया था, जिन्होंने आगे चलकर नोबेल पुरस्कार जीते - विलियम शॉकली और लुई अल्वारेज़ - लेकिन उन्होंने उन दोनों को ही अस्वीकार कर दिया। उनके आईक्यू पर्याप्त ऊँचे नहीं थे।

भीषण आलोचना करते हुए समाजविज्ञानी पिटिरिम सोरोकेन ने एक बार कहा था कि अगर टरमैन ने टरमाइट जैसी ही पारिवारिक पृष्ठभूमि वाले बच्चों का समूह बिना किसी परीक्षण के यूँ ही बना लिया होता - और आईक्यू को पूरी तरह छोड़ दिया होता - तब भी उनका समूह लगभग उतनी ही प्रभावशाली चीज़ें करता, जो उनके कष्ट से चुने गए जीनियसों के समूह ने की थीं। "चाहे आप कल्पना की कितनी ही ऊँची उड़ान भर लें या जीनियस के पैमानों को कितना ही देख लें, 'प्रतिभाशाली समूह' कुल मिलाकर 'प्रतिभाशाली' नहीं है।" जब तक टरमैन ने *जेनेटिक स्टडीज़ ऑफ़ जीनियस* का अपना चौथा वॉल्यूम निकाला, तब तक "जीनियस" शब्द लगभग ग़ायब हो चुका था। बड़ी निराशा के साथ टरमैन ने निष्कर्ष दिया, "हमने देखा है कि बुद्धि और उपलब्धि के बीच कोई सीधा आदर्श संबंध नहीं होता है।"

दूसरे शब्दों में, मैंने इस अध्याय की शुरुआत में क्रिस लैंगन की असाधारण बुद्धि के बारे में आपको जो बताया था, संसार में उनकी सफलता की संभावनाओं को भाँपने में वह बहुत कम उपयोगी है। हाँ, उनके पास करोड़ों में एक दिमाग़ है और उनमें सोलह साल में *प्रिंसिपिया मैथेमेटिका* पढ़ने की योग्यता थी। और हाँ, उनके वाक्य एक के बाद एक बाहर निकलते हैं, परिष्कृत और फुर्तीले, जैसे सैनिक मैदान पर परेड कर रहे हों। लेकिन उससे क्या? अगर हम उनके सच्चे आउटलायर बनने की संभावना को समझना चाहते हैं, तो हमें उनके बारे में इससे बहुत ज़्यादा जानना होगा।

4

जीनियसों के साथ मुश्किल, खंड 2

"लंबी बातचीत के बाद इस बात पर सहमति हुई कि रॉबर्ट को प्रोबेशन (परखने की अवधि) पर रखा जाए।"

1.

क्रिस लैंगन की माँ सैन फ्रांसिस्को की थीं और अपने परिवार से अलग हो गई थीं। उनके चार बेटे थे, जिनमें से हर एक का पिता अलग था। क्रिस सबसे बड़े थे। उनके पिता क्रिस के पैदा होने से पहले ही ग़ायब हो गए थे; कहा जाता है कि मेक्सिको में उनकी मृत्यु हो गई थी। उनकी माँ के दूसरे पति की हत्या हुई। उनके तीसरे पति ने आत्महत्या कर ली। उनका चौथा पति जैक लैंगन नामक असफल पत्रकार था।

"आज तक मैं किसी से नहीं मिला, जो उतना ग़रीब हो, जितना कि बचपन में हमारा परिवार था," क्रिस लैंगन कहते हैं। "हमारे पास एक रंग के दो मोजे भी नहीं रहते थे। हमारे जूतों में छेद थे। हमारे पैंटों में सुराख़ थे। हमारे पास केवल एक जोड़ी कपड़े रहते थे। मुझे याद है कि जब बाथरुम में मेरे भाई और मैं बाथटब में अपने इकलौते कपड़े धोते थे, तो हम पूरी तरह नंगे रहते थे, क्योंकि हमारे पास पहनने के लिए दूसरे कपड़े थे ही नहीं।"

जैक लैंगन को शराब पीने की तलब लगती रहती थी और वे ग़ायब हो जाते थे। वे किचन की अलमारी में भी ताला लगा देते थे, ताकि लड़के खाने-पीने का सामान न निकाल सकें। लड़कों को सही रखने के लिए वे चाबुक का इस्तेमाल करते थे। उन्हें नौकरियाँ मिलती तो थीं, लेकिन वे किसी नौकरी में टिक नहीं पाते थे और परिवार को लेकर एक से दूसरे कस्बे में बसते रहते थे। गर्मियों में एक बार परिवार एक तंबू में विशेष अमेरिकन इंडियन आरक्षण क्षेत्र में रहा और सरकारी अनुदान वाले पीनट बटर तथा

मक्के पर गुज़ारा किया। एक समय वे वर्जीनिया सिटी, नेवाडा में रहे। "कस्बे में केवल एक ही अटॉर्नी जनरल था और जब हेल्स एंजेल्स नामक आपराधिक समूह कस्बे में आया, तो वे ऑफ़िस के पीछे दुबक गए," मार्क लैंगन याद करते हैं। "वहाँ एक बार था, जो मुझे हमेशा याद रहेगा। उसे बकेट ऑफ़ ब्लड सैलून कहा जाता था।"

जब लड़के ग्रेड स्कूल में पढ़ते थे, तो परिवार मोन्टाना के बोज़ेमन कस्बे में रहने लगा। क्रिस के एक भाई को एक पालक घर में रहना पड़ा। दूसरे भाई को रिफ़ॉर्म स्कूल भेजा गया।

"मैं नहीं सोचता कि स्कूल वाले कभी यह बात समझ पाए कि क्रिस्टोफ़र कितने प्रतिभाशाली थे," उनके भाई जेफ़ कहते हैं। "वे निश्चित रूप से इसकी शान नहीं झाड़ते थे। यह बोज़ेमन कस्बा था। तब यह वैसा नहीं था, जैसा कि आज है। जब हम बड़े हो रहे थे, तब यह एक छोटा सा गँवारू कस्बा था। वहाँ हमारे साथ अच्छा सलूक नहीं होता था। वे तो बस हमारे परिवार वालों को पराजितों का समूह मानकर चलते थे।" अपना और अपने भाइयों का बचाव करने के लिए क्रिस भारोत्तोलन करने लगे। जब क्रिस चौदह साल के थे, तब एक दिन जैक लैंगन लड़कों को पीटने लगे, जैसा कि वे कई बार करते थे। इस पर क्रिस को ताव आ गया और उन्होंने अपने सौतेले पिता की जमकर पिटाई कर दी। जैक घर छोड़कर चले गए और कभी वापस नहीं आए। हाई स्कूल पास करने के बाद क्रिस को दो पूरी स्कॉलरशिप्स के प्रस्ताव मिले, एक ओरेगॉन के रीड कॉलेज में और दूसरा शिकागो युनिवर्सिटी में। उन्होंने रीड को चुना।

"यह बड़ी भारी भूल थी," क्रिस याद करते हैं। "मुझे सचमुच सांस्कृतिक सदमा लगा। मैं छोटे-छोटे बालों वाला लड़का था, जो मोन्टाना में गर्मियों में एक पशु फ़ार्म पर काम करता था और मैं लंबे बाल वाले शहरी लड़कों के बीच फँस गया, जिनमें से ज़्यादातर न्यू यॉर्क के थे। और इन लड़कों की शैली मेरी आदतन जीवनशैली से पूरी तरह अलग थी। क्लास में अच्छी छवि बनाने के लिए मैं एक शब्द भी नहीं बोल पाया। वे बहुत जिज्ञासु थे। सारे समय सवाल पूछते रहते थे। मुझे एक होस्टल के कमरे में ठूँस दिया गया। कमरे में हम चार लोग थे और बाक़ी तीनों की जीवनशैली मुझसे पूरी तरह अलग थी। वे मारिजुआना पीते थे। वे अपनी गर्लफ़्रेंड्स को कमरे में लाते थे। मैंने पहले कभी मारिजुआना नहीं पिया था। इसलिए छुपने के लिए मैं लाइब्रेरी चला जाता था।"

उन्होंने आगे कहा : "फिर मैंने वह स्कॉलरशिप गँवा दी... मेरी माँ को स्कॉलरशिप के नवीनीकरण के लिए अभिभावकों का फ़ाइनैंशियल स्टेटमेंट भरना था। उन्होंने इसे अनदेखा कर दिया। वे शायद इसकी आवश्यकताओं या शर्तों से दुविधा में पड़ गई थीं। किसी बिंदु पर मुझे पता चला कि मेरी स्कॉलरशिप का नवीनीकरण नहीं हुआ था। जब मैं इसका कारण पूछने के लिए ऑफ़िस गया, तो उन्होंने मुझे बताया, देखो, किसी ने भी हमें फ़ाइनैंशियल स्टेटमेंट नहीं भेजा और अब स्कॉलरशिप का सारा पैसा बँट चुका है, इसलिए अब आपको स्कॉलरशिप नहीं मिल सकती। यह वहाँ की सामान्य शैली थी। उन्हें परवाह ही नहीं थी। वे अपने विद्यार्थियों की रत्ती भर भी परवाह नहीं करते थे। कोई परामर्श नहीं, कोई मार्गदर्शन नहीं, कुछ भी नहीं।"

क्रिस अंतिम परीक्षाओं से पहले रीड छोड़कर आ गए और इससे उन्हें रिज़ल्ट में एफ़ मिले, जबकि पहले सेमिस्टर में उन्होंने ए हासिल किए थे। वे दोबारा बोज़ेमैन लौट गए और निर्माण-कार्य करने लगे। डेढ़ साल तक उन्होंने फ़ॉरेस्ट सर्विसेस फ़ायरफ़ाइटर का काम किया। फिर उन्होंने मोन्टाना स्टेट युनिवर्सिटी में दाख़िला ले लिया।

"मैं गणित और दर्शन की कक्षाओं में जा रहा था," उन्होंने याद किया। "और फिर ठंड की तिमाही में जब मैं कस्बे से तेरह मील बीच हिल रोड पर बाहर रह रहा था, तो मेरी कार का ट्रांसमिशन बाहर गिर गया। उस गर्मी में जब मैं बाहर था, तब मेरे भाइयों ने कार चलाई थी। वे पटरियों पर काम कर रहे थे और उन्होंने इसे रेल की पटरियों पर चलाया था। मेरे पास इसकी मरम्मत के पैसे नहीं थे। इसलिए मैं पहले सलाहकार और फिर डीन के पास जाकर बोला, मेरे पास एक समस्या है। मेरी कार का ट्रांसमिशन गिर गया है और आपने मुझे सुबह साढ़े सात बजे तथा साढ़े आठ बजे की क्लास में रखा है। अगर आप मेहरबानी करके मुझे इन विषयों की दोपहर वाली कक्षाओं में भेज दें, तो मैं अहसानमंद रहूँगा। पशु फ़ार्म चलाने वाले एक पड़ोसी मुझे ग्यारह बजे कॉलेज छोड़ने को तैयार थे। मेरा सलाहकार काउबॉय जैसा दिखता था। उसकी मोटी-मोटी मूँछें थी और वह ट्वीड जैकेट पहने था। उसने कहा, "देखो बेटा, मैं रीड कॉलेज के तुम्हारे परिणाम देख चुका हूँ। मुझे लगता है, तुम्हें अब भी यह सीखना बाक़ी है कि हर एक को शिक्षा की ख़ातिर त्याग करना होता है। आग्रह ख़ारिज।" इसके बाद मैं डीन के पास गया। वही व्यवहार।"

उनकी आवाज़ सख़्त हो गई। वे उन चीज़ों का वर्णन कर रहे थे, जो तीस साल से भी ज़्यादा समय पहले हुई थीं, लेकिन उन्हें याद कर-करके वे अब भी गुस्सा हो रहे थे। "उस बिंदु पर मुझे अहसास हुआ कि मैं पढ़ाई की ख़ातिर पैसे कमाने के लिए जी-जान लगा रहा था और वह भी मोन्टाना के भीषण जाड़े में। मैं हर दिन लिफ्ट लेकर कॉलेज जाने के लिए भी तैयार था। मैं कॉलेज और पढ़ाई की ख़ातिर सब कुछ करने को तैयार था और वे थे कि मेरे लिए कुछ भी नहीं करना चाहते थे। इसलिए वे भाड़ में जाएँ। और उस पल मैंने यह निर्णय लिया कि मैं उच्च शिक्षा के बिना काम चला सकता हूँ। भले ही इसके बिना मैं ज़्यादा कुछ नहीं कर सकता था, लेकिन यह मेरे लिए इतना भयानक अहसास था कि मैं अब और दबाव नहीं झेलना चाहता था। इसलिए मैंने कॉलेज की पढ़ाई छोड़ दी।"

रीड और मोन्टाना स्टेट में क्रिस लैंगन को जो अनुभव हुए, उनसे उनके जीवन में एक नया मोड़ आया। बचपन में वे शिक्षक बनने के सपने देखते थे। उन्हें पीएचडी *होना चाहिए था*। युनिवर्सिटी जैसी संस्थाएँ काफ़ी हद तक उन्हीं लोगों के लिए बनी हैं, जिनमें उनके जैसी गहरी बौद्धिक रुचियाँ और जिज्ञासा हो। "एक बार जब वे युनिवर्सिटी में पढ़ने चले गए, तो मुझे लगा कि वे सफल होंगे, मैंने सचमुच ऐसा ही सोचा था," उनके भाई मार्क कहते हैं। "मैंने सोचा था कि वे किसी तरह कोई जगह खोज लेंगे। जब उन्होंने पढ़ाई छोड़ दी, तो मुझे ज़रा भी समझ नहीं आया।"

डिग्री के बिना लैंगन छटपटाने लगे। उन्होंने इमारतें बनाने का काम किया। कड़कड़ाते जाड़े में उन्होंने लॉन्ग आईलैंड में एक क्लैम बोट पर काम किया। उन्होंने फ़ैक्ट्री में काम किए, छुटपुट सरकारी पदों पर काम किया और अंततः लॉन्ग आईलैंड के एक बार में ट्रबलशूटर बन गए, जो उनके वयस्क जीवन का मुख्य पेशा था। इस सबके दौरान उन्होंने दर्शन, गणित और भौतिकी का गहरा निजी अध्ययन जारी रखा। वे एक बेतरतीब ढंग से फैली हुई पुस्तक पर काम कर रहे थे, जिसे वे "सीटीएमयू" कहते हैं - द "कॉग्निटिव थ्योरेटिक मॉडल ऑफ़ द युनिवर्स।" लेकिन उन्हें नहीं लगता कि शैक्षणिक उपाधियों के बिना उनका कोई रिसर्च पेपर कभी किसी बौद्धिक जर्नल में प्रकाशित हो पाएगा।

"मैं एक ऐसा आदमी हूँ, जिसे सिर्फ़ डेढ़ साल की कॉलेज शिक्षा नसीब हुई है," वे कंधे उचकाकर कहते हैं। "और किसी बिंदु पर यह संपादक के ध्यान में आएगा, जब वे मेरा शोधपत्र उठाकर निर्णायकों के पास भेजेंगे और

वे निर्णायक मुझे खोजने वाले हैं और मैं उन्हें नहीं मिलूँगा। और वे कहेंगे, इस आदमी को सिर्फ़ डेढ़ साल की कॉलेज शिक्षा मिली है। वह जो लिख रहा है, वह उसे कैसे पता चल सकता है?"

यह दिल तोड़ने वाली कहानी है। एक बिंदु पर मैंने लैंगन से - सिर्फ़ कल्पना के लिए - पूछा कि अगर उन्हें मौक़ा मिले, तो क्या वे हारवर्ड युनिवर्सिटी में नौकरी करेंगे। "देखिए, यह बड़ा मुश्किल सवाल है," उन्होंने जवाब दिया। "ज़ाहिर है, हारवर्ड में प्रोफ़ेसर होने के नाते मेरा महत्त्व होगा। मेरे विचारों में वज़न होगा और मैं हारवर्ड से अपने संबंध, अपने पद का इस्तेमाल करके अपने विचारों को बढ़ावा दे सकता हूँ। इस तरह की संस्था बौद्धिक ऊर्जा का महान स्रोत है और अगर मैं ऐसी जगह पर रहूँगा, तो मैं हवा में बहते कंपनों को सोख लूँगा।" अचानक यह दिखने लगा कि उनका जीवन कितना एकाकी था। यह एक ऐसा आदमी था, जिसमें सीखने की अमिट भूख थी, लेकिन जिसे ज़्यादातर जीवन बौद्धिक एकाकीपन में जीने के लिए विवश किया गया था। "मैं जब डेढ़ साल तक कॉलेज में था, तो मैंने उस तरह की बौद्धिक ऊर्जा पर ग़ौर किया था," उन्होंने लगभग हसरत से कहा। "विचार हवा में लगातार रहते हैं। यह बहुत प्रेरक जगह होती है।

उन्होंने आगे कहा, "दूसरी ओर, हारवर्ड मूलतः एक गौरवान्वित कॉरपोरेशन है, जो मुनाफ़े के प्रोत्साहन के साथ चलाया जाता है। इसी से यह चलता है। इसे अरबों डॉलर का दान मिलता है। ज़रूरी नहीं है कि इसे चलाने वाले लोग सत्य और ज्ञान को ही खोज रहे हों। वे महत्त्वपूर्ण व्यक्ति बनना चाहते हैं और जब आप इन लोगों की तनख़्वाह लेते हैं, तो बात यही नहीं रहती है कि आप क्या करना चाहते हैं और आप किसे सही मानते हैं। तब तो आपको तनख़्वाह देने वाला ज़्यादा महत्त्वपूर्ण बन जाता है, जो आपको बताता है कि अगली तनख़्वाह पाने के लिए आपको क्या करना चाहिए। जब आप वहाँ होते हैं, तो वे आपको अपने अँगूठे के नीचे दबाकर रखते हैं। वे यह सुनिश्चित करना चाहते हैं कि आप दायरे के बाहर क़दम न रखें।"

2.

क्रिस लैंगन की कहानी हमें क्या बताती है? उनके स्पष्टीकरण दिल तोड़ने वाले हैं, लेकिन थोड़े अजीब भी हैं। उनकी माँ उनके वित्तीय सहायता फ़ॉर्म पर साइन करना भूल जाती हैं और - बस इसकी वजह से - उनकी

स्कॉलरशिप बंद हो जाती है। वे सुबह से दोपहर की क्लास में जाने की कोशिश करते हैं, जो बाक़ी विद्यार्थी हर दिन करते हैं, लेकिन लैंगन को रोक दिया जाता है। लैंगन के रीड और मोन्टाना स्टेट के शिक्षक उनकी दशा के प्रति इतने उदासीन क्यों थे? आम तौर पर शिक्षक उनके जैसे तीक्ष्ण मस्तिष्क वाले विद्यार्थियों को बहुत पसंद करते हैं। लैंगन रीड और मोन्टाना स्टेट के बारे में इस तरह बात करते हैं, मानो वे विशाल और हठधर्मी सरकारी अफ़सरशाही हों। लेकिन कॉलेजों में, ख़ास तौर पर रीड जैसे छोटे लिबरल आर्ट्स कॉलेजों में, कठोर अफ़सरशाही न बनने की प्रवृत्ति होती है। किसी को पढ़ाई में मदद करने के लिए छूट देना एक ऐसी चीज़ है, जो प्रोफ़ेसर सारे समय करते हैं।

हारवर्ड के बारे में उनकी बातचीत पर भी ग़ौर करें। ऐसा लगता है, जैसे लैंगन को उस संस्था की संस्कृति और विवरणों का कोई भान नहीं है, जिसके बारे में वे बात कर रहे हैं। *जब आप इन लोगों की तनख़्वाह लेते हैं, तो बात यही नहीं रहती है कि आप क्या करना चाहते हैं और आप किसे सही मानते हैं। तब तो आपको तनख़्वाह देने वाला ज़्यादा महत्त्वपूर्ण बन जाता है, जो आपको बताता है कि अगली तनख़्वाह पाने के लिए आपको क्या करना चाहिए।* यह वे क्या बोल रहे हैं? कॉलेज के प्रोफ़ेसरों को निजी उद्योगों में जो तनख़्वाह मिल सकती है, उसकी तुलना में वे कम तनख़्वाह स्वीकार करते हैं, इसका एक मुख्य कारण यह है कि युनिवर्सिटी का जीवन उन्हें वह करने की स्वतंत्रता देता है, जो वे करना चाहते हैं और जिसे वे सही मानते हैं। लैंगन ने हारवर्ड को समझा ही नहीं।

जब लैंगन ने मुझे अपने जीवन की कहानी बताई, तो मैं रॉबर्ट ओपेनहाइमर के जीवन के बारे में सोचे बिना नहीं रह पाया। ओपेनहाइमर वे भौतिकशास्त्री थे, जिन्होंने द्वितीय विश्व युद्ध के दौरान अणु बम तैयार करने के अमेरिकी प्रयास का मशहूर नेतृत्व किया था। सभी विवरणों के अनुसार बचपन में ओपेनहाइमर का मस्तिष्क क्रिस लैंगन जैसा ही था। उनके माता-पिता उन्हें जीनियस मानते थे। उनके एक टीचर याद करते हैं कि "वे हर नए विचार को पूर्ण सुंदर मानते थे।" वे तीसरे ग्रेड में प्रयोगशाला में प्रयोग कर रहे थे और पाँचवें ग्रेड में भौतिकी तथा रसायन शास्त्र का अध्ययन कर रहे थे। नौ साल की उम्र में उन्होंने अपने एक कज़िन से कहा, "मुझसे लैटिन में कोई सवाल पूछो और मैं तुम्हें ग्रीक में जवाब दूँगा।"

ओपेनहाइमर पहले हारवर्ड और फिर कैम्ब्रिज युनिवर्सिटी गए, ताकि

भौतिकी में पीएचडी कर सकें। वहाँ ओपेनहाइमर, जो जीवन भर डिप्रेशन से जूझते रहे थे, निराश हो गए। उनकी प्रतिभा सैद्धांतिक भौतिकी में थी और उनके शिक्षक पैट्रिक ब्लैकेट (जो 1948 में नोबेल पुरस्कार जीतने वाले थे) उन्हें जबरन प्रायोगिक भौतिकी की बारीकियाँ सिखा रहे थे, जिससे वे नफ़रत करते थे। वे भावनात्मक रूप से ज़्यादा अस्थिर होते गए और फिर उन्होंने इतनी अजीब हरकत की, जिसे आज तक कोई सही तरीके से नहीं समझ पाया है। ओपेनहाइमर ने प्रयोगशाला से कुछ रसायन उठाकर अपने शिक्षक को ज़हर देने की कोशिश की।

सौभाग्य से ब्लैकेट को इस गड़बड़ की भनक लग गई। युनिवर्सिटी को जानकारी दी गई। ओपेनहाइमर को जवाब-तलब करने के लिए बुलाया गया। और इसके बाद जो हुआ, वह उनके अपराध जितना ही अविश्वसनीय था। यहाँ उस घटना के बारे में काई बर्ड और मार्टिन शेरविन द्वारा लिखी ओपेनहाइमर की जीवनी *अमेरिकन प्रोमेथ्यूज़* में प्रकाशित वर्णन बताया जा रहा है : "लंबी बातचीत के बाद इस बात पर सहमति हुई कि रॉबर्ट को प्रोबेशन (परख अवधि) पर रखा जाए और उन्हें लंदन में एक प्रख्यात हार्ले स्ट्रीट मनोविश्लेषक के साथ नियमित सत्र बिताने होंगे।"

प्रोबेशन पर?

यहाँ हमारे सामने दो बहुत ही प्रतिभाशाली युवा विद्यार्थी हैं, जिनमें से प्रत्येक एक ऐसी समस्या में फँस जाता है, जिससे उसके कॉलेज का करियर जोखिम में पड़ जाता है। लैंगन की माँ स्कॉलरशिप की डेडलाइन चूक जाती हैं। ओपेनहाइमर अपने शिक्षक को ज़हर देने की कोशिश करते हैं। कॉलेज में रुके रहने के लिए उन्हें अधिकारियों के सामने दलील पेश करने की आवश्यकता है। और क्या होता है? लैंगन की स्कॉलरशिप छीन ली जाती है, जबकि ओपेनहाइमर को सिर्फ़ एक मनोविश्लेषक के पास भेजा जाता है। ओपेनहाइमर और लैंगन दोनों ही जीनियस हैं, लेकिन दूसरे मायनों में वे एक-दूसरे से इतने दूर हैं, जितने कि दक्षिणी और उत्तरी ध्रुव।

बीस साल बाद ओपेनहाइमर मैनहैटन प्रोजेक्ट के साइंटिफ़िक डायरेक्टर बने। इस पद पर उनकी नियुक्ति की कहानी शायद इस अंतर का और भी बेहतर उदाहरण है। मैनहैटन प्रोजेक्ट के आम प्रभारी लेस्ली ग्रव्ज़ थे और उन्होंने अणु बम प्रयास का नेतृत्व करने वाले सही व्यक्ति की खोज में पूरे देश की खाक छानी। सही कहा जाए, तो ओपेनहाइमर दूर की कौड़ी थे। उनकी उम्र सिर्फ़ अड़तीस साल थी और वे उन कई लोगों से कनिष्ठ थे,

जिनका उन्हें प्रबंधन करना था। वे एक सिद्धांतकार थे, जबकि इस काम के लिए प्रयोग करने वालों और इंजीनियरों की ज़रूरत थी। उनके राजनीतिक संबंध भी ख़तरनाक थे : उनके बहुत सारे मित्र साम्यवादी थे। शायद सबसे आश्चर्यजनक बात यह थी कि उन्हें कभी किसी तरह का कोई प्रशासकीय अनुभव नहीं रहा था। "वे बहुत अव्यावहारिक इंसान थे," ओपेनहाइमर के एक मित्र ने बाद में कहा। "वे घिसे-पिटे जूते और अजीब सा हैट पहनते थे और इससे भी ज़्यादा महत्त्वपूर्ण, वे उपकरणों के बारे में कुछ नहीं जानते थे।" जैसा बर्कले के एक वैज्ञानिक सारगर्भित तरीके से कहते हैं : "वे एक हैमबर्गर स्टैंड भी नहीं चला सकते थे।"

ओह, और इसके अलावा, ग्रेजुएट स्कूल में *उन्होंने अपने ट्यूटर की जान लेने की कोशिश की थी।* यह उस आदमी का बायोडाटा था, जो उस पद पर पहुँचने की कोशिश कर रहा था, जिसे बिना किसी अतिशयोक्ति के बीसवीं सदी के सबसे महत्त्वपूर्ण कामों में से एक कहा जा सकता है। और क्या हुआ? वही हुआ, जो कैम्ब्रिज में बीस साल पहले हुआ था : उन्होंने बाक़ी संसार को अपने दृष्टिकोण से देखने के लिए मना लिया।

यहाँ बर्ड और शेरविन का वर्णन एक बार फिर दिया जा रहा है : "ओपेनहाइमर समझ गए थे कि ग्रव्ज़ ही मैनहैटन प्रोजेक्ट के प्रवेश द्वार के पहरेदार थे, इसलिए उन्होंने अपना सारा आकर्षण और प्रतिभा उन्हें रिझाने में झोंक दी। यह एक ऐसा लच्छेदार प्रदर्शन था, जो अत्यंत सम्मोहक था।" ग्रव्ज़ इसके जाल में फँस गए। ग्रव्ज़ ने बाद में एक रिपोर्टर से कहा, "वे एक जीनियस हैं... सचमुच के जीनियस।" ग्रव्ज़ प्रशिक्षण से इंजीनियर थे और उन्होंने एमआईटी से ग्रेजुएट डिग्री ली थी, इसलिए ओपेनहाइमर की सबसे बड़ी चाल इस कोण से उनसे आग्रह करना था। बर्ड और शेरविन ने बताया : "संभावित उम्मीदवारों की यात्रा में ओपेनहाइमर ग्रव्ज़ को मिले पहले वैज्ञानिक थे, जिन्होंने यह समझा कि अणु बम बनाने के लिए बहुत सारी बहु-विषयक समस्याओं के व्यावहारिक समाधान खोजने की ज़रूरत थी... (ग्रव्ज़) ने खुद को सहमति में सिर हिलाते पाया, जब ओपेनहाइमर ने इस उद्‌देश्य के प्रति समर्पित एक केंद्रीय प्रयोगशाला की अवधारणा रखी, जहाँ, जैसा उन्होंने बाद में कहा, 'हम रासायनिक, धातुविज्ञान, इंजीनियरिंग और युद्ध सामग्री संबंधी समस्याओं के साथ जूझना शुरू करेंगे, जिन्हें अब तक कोई महत्त्व नहीं मिला।'"

क्या ओपेनहाइमर ने रीड में अपनी स्कॉलरशिप गँवाई होती? क्या

वे अपने प्रोफ़ेसरों को इस बात के लिए राज़ी नहीं कर पाते कि वे उनकी क्लास सुबह के बजाय दोपहर को कर दें? ज़ाहिर है, नहीं। और इसका कारण यह नहीं है कि वे क्रिस लैंगन से ज़्यादा बुद्धिमान थे। इसका कारण तो यह है कि उनमें इस तरह की व्यावहारिक समझ थी, जो उन्हें संसार से अपनी मनचाही चीज़ पाने की अनुमति देती थी।

"उनकी शर्त थी कि हर कोई आरंभिक कैलकुलस ले," लैंगन ने मोन्टाना स्टेट में अपने संक्षिप्त समय के बारे में कहा। "और मुझे एक ऐसा शिक्षक मिला, जो बहुत शुष्क, बहुत सतही अंदाज़ में पढ़ाता था। मैं यह नहीं समझ पाया कि वह इस तरह से क्यों पढ़ा रहा है। तो मैंने उससे सवाल पूछे। मुझे दरअसल उसके ऑफ़िस तक उसका पीछा करना पड़ा। मैंने उससे पूछा, 'आप इस तरह से क्यों पढ़ा रहे हैं? आप ऐसा क्यों मानते हैं कि यह अभ्यास कैलकुलस के लिए प्रासंगिक होगा?' और वह लंबा, पतला आदमी, जिसकी काँख में हमेशा पसीने के दाग़ रहते थे, वह मुड़ा और उसने मेरी ओर देखकर कहा, 'तुम जानते हो, एक ऐसी बात है, जो तुम्हें शायद सीधे-सीधे समझ लेनी चाहिए। कुछ लोगों में गणितज्ञ बनने की बौद्धिक शक्ति होती ही नहीं है।'"

तो प्रोफ़ेसर भी वहाँ थे और प्रतिभासंपन्न विद्यार्थी भी वहाँ था। और प्रतिभासंपन्न व्यक्ति यही तो चाहता है कि वह आख़िरकार एक ऐसे मस्तिष्क के साथ जुड़ाव बना सके, जो गणित से उसके जितना ही प्रेम करता है। लेकिन वे इसमें नाकाम रहते हैं। दरअसल - और यह सबसे ज़्यादा दिल तोड़ने वाला हिस्सा है - वे अपने कैलकुलस प्रोफ़ेसर के साथ बातचीत तो कर लेते हैं, लेकिन उस एक तथ्य को बोलते ही नहीं हैं, जिससे कैलकुलस प्रोफ़ेसर के आकर्षित होने की सबसे ज़्यादा संभावना है। प्रोफ़ेसर को कभी यह अहसास ही नहीं हुआ कि क्रिस लैंगन कैलकुलस में अच्छे हैं।

3.

जो व्यावहारिक योग्यता आपको हत्या के प्रयास से बरी कर देती है या आपके प्रोफ़ेसर को विश्वास दिलाती है कि वे आपको सुबह के बजाय दोपहर की क्लास में रख दें, उसे मनोवैज्ञानिक रॉबर्ट स्टर्नबर्ग "व्यावहारिक बुद्धि" कहते हैं। स्टर्नबर्ग के अनुसार, व्यावहारिक बुद्धि में ऐसी चीज़ें शामिल होती हैं : "यह जानना कि किससे क्या कहना है, यह जानना कि कब कहना है,

और यह जानना कि अधिकतम प्रभाव डालने के लिए कैसे कहना है।" यह प्रक्रियात्मक है : यह इस बात को जानने के बारे में है कि किसी चीज़ को *कैसे* करना है, लेकिन ज़रूरी नहीं है कि आपको उसका कारण पता हो या आप उसे स्पष्ट कर सकते हों। इसकी प्रकृति व्यावहारिक है : यानी, यह ज्ञान की ख़ातिर ज्ञान नहीं है। यह तो वह ज्ञान है, जो आपको स्थितियों को सही तरीके से समझने और अपनी मनचाही चीज़ पाने में मदद करता है। और अत्यंत महत्त्वपूर्ण बात, यह बुद्धि आईक्यू द्वारा नापी जाने वाली विश्लेषणात्मक बुद्धि से अलग होती है। तकनीकी शब्दावली में कहें, तो आम बुद्धि और व्यावहारिक बुद्धि "असंबद्ध" होती हैं : एक की उपस्थिति का मतलब दूसरी की उपस्थिति नहीं होता है। हो सकता है कि आपके पास बहुत सारी विश्लेषणात्मक बुद्धि हो और बहुत कम व्यावहारिक बुद्धि हो, या फिर बहुत सारी व्यावहारिक बुद्धि हो और बहुत कम विश्लेषणात्मक बुद्धि हो, या - रॉबर्ट ओपेनहाइमर जैसे किसी व्यक्ति के सौभाग्यशाली प्रकरण में - आपके पास दोनों ही ढेर सारी हो सकती हैं।

सवाल यह है कि व्यावहारिक बुद्धि आती कहाँ से है? हम जानते हैं कि विश्लेषणात्मक बुद्धि कहाँ से आती है। यह एक ऐसी चीज़ है, जो कम से कम आंशिक रूप से, आपके जीन्स में होती है। क्रिस लैंगन ने छह महीने की उम्र में ही बोलना शुरू कर दिया था। उन्होंने तीन साल की उम्र में ख़ुद को पढ़ना सिखा दिया था। वे बुद्धिमान *पैदा* हुए थे। कुछ हद तक आईक्यू नैसर्गिक प्रतिभा का पैमाना है।* लेकिन सामाजिक बुद्धि *ज्ञान* है। यह योग्यताओं का वह समूह है, जिसे सीखना पड़ता है। इसे कहीं न कहीं से सीखना पड़ता है और वह जगह, जहाँ हम इस तरह के नज़रियों और योग्यताओं को सीखते नज़र आते हैं, वह है हमारा परिवार।

शायद इस प्रक्रिया की सबसे अच्छी व्याख्या समाजविज्ञानी एनेट लोराऊ ने की है, जिन्होंने कुछ साल पहले तीसरे ग्रेड में पढ़ने वाले विद्यार्थियों के समूह का एक रोचक अध्ययन किया था। उन्होंने संपन्न और ग़रीब घरों के श्वेत व अश्वेत दोनों प्रकार के बच्चों को चुना। अंततः उन्होंने बारह परिवारों पर ध्यान केंद्रित किया। लोराऊ और उनकी टीम हर परिवार से कम से कम बीस बार मिलने गई। ये मुलाक़ातें घंटों चलती थीं। लोराऊ और उनके

---

*ज़्यादातर अनुमान आईक्यू की आनुवांशिकता की संभावना को लगभग 50 प्रतिशत बताते हैं।

सहयोगियों ने उन लोगों से कहा कि वे उन्हें "पारिवारिक कुत्ते" जैसा मानें; वे उनके पीछे-पीछे चर्च, फुटबॉल मैचों और डॉक्टरों के क्लीनिक तक गए। उनके एक हाथ में टेप रिकॉर्डर रहता था और दूसरे में नोटबुक।

आप यह उम्मीद कर सकते हैं कि अगर आप बारह अलग-अलग घरों में इतना लंबा समय बिताते हैं, तो आपको बच्चों की परवरिश के बारे में बारह अलग-अलग विचार मिलेंगे : कठोर अभिभावक होंगे और नर्म अभिभावक होंगे और अति-शामिल अभिभावक होंगे और परिपक्व अभिभावक होंगे आदि। बहरहाल, लोराऊ ने एक बिलकुल अलग चीज़ पाई। केवल दो ही अभिभावक "दर्शन" थे और वे वर्ग के हिसाब से लगभग आदर्श रूप से विभाजित थे। संपन्न माता-पिता अपने बच्चों को एक तरीके से पालते थे और ग़रीब माता-पिता अपने बच्चों को दूसरे तरीके से पालते थे।

संपन्न माता-पिता अपने बच्चों के ख़ाली समय में बहुत ज़्यादा शामिल होते थे। वे उन्हें एक गतिविधि से दूसरी गतिविधि की ओर धकाते रहते थे। वे उनसे उनके शिक्षकों, कोचेस और टीम के साथियों के बारे में सवाल पूछते थे। लोराऊ ने जिन समृद्ध बच्चों पर शोध किया, उनमें से एक गर्मी में एक बेसबॉल टीम, दो फुटबॉल टीमों, एक तैराकी टीम और एक बास्केटबॉल टीम में खेलता था, साथ ही एक ऑर्केस्ट्रा में बजाता भी था और पियानो का प्रशिक्षण भी लेता था।

इस तरह की गहन दिनचर्या ग़रीब बच्चों के जीवन से लगभग पूरी तरह नदारद रहती है। उनके लिए खेल का मतलब सप्ताह में दो बार का फुटबॉल अभ्यास नहीं था। यह तो अपने भाई-बहनों और पड़ोस के दूसरे बच्चों के साथ बाहर खेलना था। बच्चा जो करता था, उसे अभिभावक वयस्क संसार से अलग मानते थे, जो ख़ास महत्त्वपूर्ण नहीं था। कामकाजी वर्ग के परिवार की एक लड़की - केटी ब्रिंडल - स्कूल के बाद गायक मंडली में गाती थी। लेकिन उसने खुद इसके लिए हस्ताक्षर किए थे और वह अपने दम पर गायक मंडली के अभ्यास में पैदल जाती थी। लोराऊ लिखती हैं :

> मिसेज़ ब्रिंडल वह नहीं करती हैं, जो मध्यवर्गीय माताओं के लिए सामान्य है कि वे गायन में अपनी बेटी की रुचि को प्रतिभा का संकेत मानें। वे उस रुचि को एक औपचारिक गुण में विकसित करने के दूसरे तरीक़ों की तलाश नहीं करती हैं। मिसेज़ ब्रिंडल नाटक में केटी की रुचि पर बात नहीं करती हैं। वे इस बात पर अफ़सोस नहीं जताती हैं कि वे अपनी बेटी की

> योग्यता नहीं बढ़ा पा रही हैं। इसके बजाय वे केटी की योग्यताओं और रुचियों को चारित्रिक गुण मानती हैं - गाना और अभिनय उस व्यक्तित्व का हिस्सा हैं, जो केटी को "केटी" बनाता है। वे अपनी बेटी के प्रदर्शन को "आकर्षक" मानती हैं और यह सोचती हैं कि केटी "ध्यान पाने" के लिए यह कर रही है।

मध्यवर्गीय अभिभावक मुद्दों पर अपने बच्चों के साथ पूरी बातचीत करते थे और उनके साथ तर्क करते थे। वे सिर्फ़ आदेश जारी नहीं करते थे। वे उम्मीद करते थे कि उनके बच्चे उनके साथ बात करें, समझौता वार्ता करें, सत्ताधारी वयस्कों से सवाल करें। अगर उनके बच्चे स्कूल में कमज़ोर प्रदर्शन करते थे, तो ज़्यादा संपन्न अभिभावक उनके शिक्षकों को चुनौती देते थे। वे अपने बच्चों का पक्ष लेते थे। लोराऊ ने जिस एक बच्ची का अध्ययन किया, वह एक प्रतिभाशाली प्रोग्राम के लिए पात्र होने से चूक जाती है। उसकी माँ यह व्यवस्था करती हैं कि उसकी निजी तौर पर दोबारा परीक्षा ली जाए, वे स्कूल में आवेदन देती हैं और अपनी बेटी को दाख़िल कराती हैं। इसके विपरीत, ग़रीब अभिभावक सत्ता से डर जाते हैं। वे निष्क्रियता से प्रतिक्रिया करते हैं और पृष्ठभूमि में बने रहते हैं। लोराऊ एक कम आमदनी वाली अभिभावक के बारे में लिखती हैं :

> मिसाल के तौर पर, एक पेरेंट-टीचर कॉन्फ्रेंस में मिसेज़ मैकएलिस्टर (जो हाई स्कूल तक पढ़ी थीं) दबी-बुझी नज़र आती हैं। घर पर उनका जो बहिर्मुखी और बातूनी स्वभाव दिखाई देता है, वह इस माहौल में छुप जाता है। वे कुर्सी पर झुककर बैठती हैं और अपनी जैकेट का ज़िप बंद रखती हैं। वे बहुत मौन रहती हैं। जब टीचर कहती हैं कि हैरॉल्ड अपना होमवर्क नहीं कर रहा है, तो मिसेज़ मैकएलिस्टर स्पष्ट रूप से भौंचक्की रह जाती हैं, लेकिन वे बस इतना ही कहती हैं, "उसने घर पर किया तो था।" वे टीचर से आगे बात नहीं करती हैं या हैरॉल्ड का पक्ष नहीं लेती हैं। उनके दृष्टिकोण से, उनके बेटे की शिक्षा का प्रबंधन करना शिक्षकों पर निर्भर करता है। यह उनका नहीं, शिक्षकों का काम है।

लोराऊ मध्यवर्ग की अभिभावकीय शैली को "संयुक्त विकास" कहती हैं। यह "किसी बच्चे की दक्षताओं, राय और योग्यताओं" को सक्रियता से "प्रोत्साहित और मूल्यांकन" करने का प्रयास है। इसके विपरीत, ग़रीब

अभिभावकों में "प्राकृतिक विकास की उपलब्धि" की रणनीति का अनुसरण करने की प्रवृत्ति होती है। वे अपने बच्चों की परवाह करने की अपनी ज़िम्मेदारी समझते तो हैं, लेकिन उन्हें अपने ही दम पर बड़े और विकसित होने देते हैं।

लोराऊ इस बात पर ज़ोर देती हैं कि एक शैली नैतिक दृष्टि से दूसरी से बेहतर नहीं है। उनके हिसाब से ग़रीब बच्चे अक्सर ज़्यादा अच्छे व्यवहार वाले होते हैं, कम शिकायती होते हैं, अपने समय का उपयोग करने में ज़्यादा सृजनात्मक होते हैं और उनमें आत्मनिर्भरता का सुविकसित अहसास होता है। लेकिन व्यावहारिक दृष्टि से संयुक्त विकास के भारी लाभ होते हैं। भरी-पूरी दिनचर्या वाला मध्य वर्गीय बच्चा लगातार बदलती अपेक्षाओं का अनुभव प्राप्त करता है। वह टीमवर्क सीखता है और यह भी सीखता है कि उच्च स्तर पर संरचित पृष्ठभूमि में कैसे जूझना है। उसे सिखाया जाता है कि वयस्कों के साथ आरामदेह तरीके से कैसे बातचीत करनी है और ज़रूरत पड़ने पर कैसे बोलना है। लोराऊ के शब्दों में, मध्य वर्गीय बच्चे "अधिकार" (एनटाइटलमेंट) का अहसास सीखते हैं।

ज़ाहिर है, इस शब्द के इन दिनों नकारात्मक अर्थ हो गए हैं। लेकिन लोराऊ का मतलब इस शब्दावली के सबसे अच्छे अर्थ से है : "वे इस तरह काम करते थे, मानो उन्हें अपनी निजी प्राथमिकताओं का पीछा करने का अधिकार हो, मानो उन्हें संस्था की पृष्ठभूमि में पारस्परिक क्रियाओं का सक्रियता से प्रबंधन करने का अधिकार हो। वे इन पृष्ठभूमियों में आरामदेह नज़र आते थे; वे जानकारी के आदान-प्रदान और ध्यान आकर्षित करने के बारे में सचेत थे... यह मध्यवर्गीय बच्चों की आम आदत थी कि वे अपनी पसंद के हिसाब से पारस्परिक क्रियाओं को परिवर्तित कर दें।" वे नियम जानते थे। "चौथे ग्रेड में भी मध्यवर्गीय बच्चे लाभ पाने के लिए खुद काम करते नज़र आते थे। वे शिक्षकों और डॉक्टरों से विशेष आग्रह करते थे, ताकि प्रक्रिया को उनकी इच्छाओं के अनुरूप बना दिया जाए।"

इसके विपरीत, कामकाजी वर्ग और ग़रीब बच्चे "दूरी, अविश्वास और बाध्यता के अहसास" के लक्षण रखते थे। वे यह नहीं जानते थे कि अपनी मनचाही बात कैसे मनवाएँ या लोराऊ की अद्भुत शब्दावली में अपने सर्वश्रेष्ठ उद्देश्यों से माहौल को कैसे "कस्टमाइज़" करें (अपनी रुचि के अनुरूप बनाएँ)।

एक महत्त्वपूर्ण दृश्य में लोराऊ बताती हैं कि नौ साल का लड़का ऐलेक्स विलियम्स अपनी माँ क्रिस्टीना के साथ डॉक्टर के पास गया।

विलियम्स परिवार संपन्न था।

"ऐलेक्स, आपको उन सवालों के बारे में सोचना चाहिए, जो आप डॉक्टर से पूछना चाहते हैं," क्रिस्टीना कार में डॉक्टर के क्लीनिक जाते समय रास्ते में कहती हैं। "आप उनसे कोई भी चीज़ पूछ सकते हैं। संकोच न करें। आप कुछ भी पूछ सकते हैं।"

ऐलेक्स एक मिनट तक सोचता है, फिर कहता है, "मेरे डिओ की वजह से मेरी काँख में कुछ फुंसियाँ हो गई हैं।" क्रिस्टीना : "सचमुच? आपका मतलब है आपके नए डिओ से?" ऐलेक्स : "हाँ।" क्रिस्टीना : "अच्छा, तो आपको यह बात डॉक्टर से पूछनी चाहिए।"

लोराऊ लिखती हैं, ऐलेक्स की माँ "उसे सिखा रही हैं कि उसे बोलने का अधिकार है" - कि हालाँकि वह एक ज़्यादा उम्र और अधिकार वाले व्यक्ति के पास जा रहा है, लेकिन खुद को दृढ़ता से व्यक्त करना उसके लिए पूरी तरह सही है। वे डॉक्टर से मिलते हैं, जो चालीस के पार के भले इंसान हैं। वे ऐलेक्स को बताते हैं कि वह क़द में 95वें परसेंटाइल में है। ऐलेक्स बीच में पूछ लेता है :

> ऐलेक्स : मैं क्या हूँ?
>
> डॉक्टर : इसका मतलब है कि दस साल की उम्र में तुम सौ में से 95 लड़कों से ज़्यादा लंबे हो।
>
> ऐलेक्स : मैं दस साल का नहीं हूँ।
>
> डॉक्टर : देखो, उन्होंने तुम्हारी उम्र दस साल लिखी है। तुम - नौ साल और दस महीने के हो। वे - वे आम तौर पर ग्राफ़ के सबसे क़रीबी वर्ष को लेते हैं।

ज़रा देखें कि कितनी आसानी से ऐलेक्स डॉक्टर की बात काटते हुए बोल पड़ता है - "मैं दस साल का नहीं हूँ।" यह अधिकार है : उसकी माँ इस सामान्य अशिष्टता की अनुमति देती हैं, क्योंकि वे उसे सत्ताधारी लोगों के सामने दृढ़ता से अपनी बात रखना सिखाना चाहती हैं।

> डॉक्टर ऐलेक्स की ओर मुड़ता है : तो अब सबसे अहम सवाल। मैं तुम्हारा शारीरिक परीक्षण करूँ, क्या उससे पहले तुम कोई सवाल पूछना चाहते हो?
>
> ऐलेक्स : अह... केवल एक। मेरी बाँहों के नीचे कुछ फुंसियाँ हो रही हैं,

यहाँ पर (बाँह के नीचे की ओर संकेत करता है)।

डॉक्टर : नीचे?

ऐलेक्स : हाँ।

डॉक्टर : ठीक है। मैं जाँच करते समय उन्हें देख लूँगा। और मैं देख लूँगा कि वे क्या हैं और मैं क्या कर सकता हूँ। क्या उनमें दर्द या खुजली होती है?

ऐलेक्स : नहीं, वे बस वहाँ हैं।

डॉक्टर : ठीक है, मैं उन फुंसियों को देख लूँगा।

लोराऊ कहती हैं, इस तरह की बातचीत निम्न वर्ग के बच्चों के साथ होती ही नहीं है। वे शांत और कातर रहते हैं, उनकी नज़रें झुकी रहती हैं। ऐलेक्स पल को जकड़ लेता है। लोराऊ लिखती हैं, "उसने पहले से जो प्रश्न सोच रखा है, उससे वह डॉक्टर का पूरा ध्यान हासिल करता है और अपने चुने हुए मुद्दे पर इसे केंद्रित कराता है।"

> ऐसा करके वह शक्ति का संतुलन वयस्कों से खींचकर सफलतापूर्वक अपनी ओर ले आता है। यह परिवर्तन सुचारु होता है। ऐलेक्स को सम्मानपूर्ण बर्ताव की आदत है। उसे ख़ास माना जाता है और वह खुद को वयस्क ध्यान व रुचि का हक़दार समझता है। ये संयुक्त विकास की रणनीति के अहम लक्षण हैं। ऐलेक्स अपने चेकअप के दौरान बढ़-चढ़कर व्यवहार नहीं कर रहा है। वह तो काफ़ी कुछ वैसा ही व्यवहार कर रहा है, जैसा वह अपने माता-पिता के साथ करता है - वह तर्क देता है, बातचीत का आदान-प्रदान करता है और सहजता से मज़ाक़ करता है।

यह समझना महत्त्वपूर्ण है कि उस पल की ख़ास महारत कहाँ से आती है। यह आनुवांशिकीय नहीं है। ऐलेक्स विलियम्स ने सत्ताधारी लोगों से व्यवहार करने की योग्यताएँ अपने माता-पिता और दादा-दादी से उस तरह विरासत में हासिल नहीं कीं, जिस तरह उसने अपनी आँखों का रंग विरासत में हासिल किया। न ही यह प्रजातीय है : यह कोई ऐसी परंपरा नहीं है, जो अश्वेत या श्वेत लोगों में ख़ास हो। जैसा पता चलता है, ऐलेक्स विलियम्स अश्वेत है और केटी ब्रिंडल श्वेत है। यह एक *सांस्कृतिक* लाभ है। ऐलेक्स में ये योग्यताएँ इसलिए हैं, क्योंकि उसके छोटे से जीवनकाल में उसके माता-पिता ने - शिक्षित परिवारों की तरह - ये योग्यताएँ उसे कष्ट

से सिखाई हैं, उसे इशारा किया है, धक्का लगाया है और प्रोत्साहित किया है और खेल के नियम सिखाए हैं - डॉक्टर के क्लीनिक जाते समय कार की उस छोटी रिहर्सल तक।

लोराऊ का तर्क है कि जब हम वर्ग के लाभों के बारे में बात करते हैं, तो हमारा मोटे तौर पर यही मतलब होता है। ऐलेक्स विलियम्स केटी ब्रिंडल से बेहतर स्थिति में है, क्योंकि वह ज़्यादा संपन्न है और ज़्यादा बेहतर स्कूल में जाता है, लेकिन इसलिए भी क्योंकि - और शायद यह ज़्यादा महत्त्वपूर्ण है - उसे जो अधिकार का अहसास सिखाया गया है, वह एक ऐसा नज़रिया है, जो आधुनिक जगत में सफल होने के लिए आदर्श रूप से उपयुक्त है।

4.

यही वह लाभ है, जो ओपेनहाइमर के पास था और क्रिस लैंगन के पास नहीं था। ओपेनहाइमर मैनहैटन के सबसे संपन्न इलाकों में से एक में पले-बढ़े थे। वे एक चित्रकार और एक सफल वस्त्र निर्माता के बेटे थे। उनका बचपन संयुक्त विकास का प्रतीक था। वीकएंड्स पर ओपेनहाइमर परिवार शोफ़र चलित पैकर्ड में देहात की सैर करने जाता था। गर्मियों में उन्हें नाना से मिलाने के लिए यूरोप ले जाया जाता था। उन्होंने सेंट्रल पार्क वेस्ट के एथिकल कल्चर स्कूल में पढ़ाई की, जो शायद देश का सबसे प्रगतिशील स्कूल है। उनके जीवनी लेखक लिखते हैं कि इस स्कूल में विद्यार्थियों में "यह धारणा डाली जाती थी कि उन्हें संसार में सुधार करने के लिए तैयार किया जा रहा था।" जब उनकी गणित की टीचर को अहसास हुआ कि वे बोर हो रहे हैं, तो उन्होंने ओपेनहाइमर को स्वतंत्र काम करने के लिए भेज दिया।

बचपन में ओपेनहाइमर को रॉक कलेक्टिंग का जुनून था। बारह साल की उम्र में वे सेंट्रल पार्क में देखी चट्टानों की बनावट के बारे में स्थानीय जियोलॉजिस्ट्स से पत्राचार करने लगे। उन्होंने उन लोगों को इतना प्रभावित कर लिया कि ओपेनहाइमर को न्यू यॉर्क मिनरेलॉजिकल क्लब में व्याख्यान देने के लिए आमंत्रित कर लिया गया। जैसा शेरविन और बर्ड लिखते हैं, ओपेनहाइमर के माता-पिता ने संयुक्त विकास के लगभग पाठ्यपुस्तकीय उदाहरण में अपने बेटे के शौक पर प्रतिक्रिया की :

वयस्क श्रोताओं के सामने बोलने के विचार से रॉबर्ट घबरा रहे थे। इसलिए उन्होंने अपने पिता से आग्रह किया कि वे उन लोगों को बता दें कि उन्होंने बारह साल के लड़के को आमंत्रित कर लिया है। इस बात से काफ़ी आनंदित होकर जूलियस ने अपने बेटे को प्रोत्साहित किया कि वह इस सम्मान को स्वीकार करे। उस तय शाम को रॉबर्ट अपने माता-पिता के साथ क्लब में गए, जिन्होंने गर्व से घोषणा की कि जे. रॉबर्ट ओपेनहाइमर उनका बेटा था। भौंचक्के जियोलॉजिस्ट्स और शौकिया रॉक कलेक्टर्स की भीड़ हँसने लगी, जब वे मंच पर चढ़े : उनके खड़े होने के लिए एक लकड़ी के बक्से का इंतज़ाम करना पड़ा, ताकि दर्शक लेक्टर्न के ऊपर उनके काले बालों से ज़्यादा कुछ देख सकें। संकोची और अटपटे रॉबर्ट ने अपना तैयार व्याख्यान पढ़ दिया और उन्हें जमकर करतल ध्वनि मिली।

क्या इसमें कोई हैरानी की बात है कि ओपेनहाइमर ने ज़िंदगी की चुनौतियों का सामना इतनी अच्छी तरह किया? अगर आप ऐसे व्यक्ति हों, जिसके पिता ने कारोबारी जगत में अपना रास्ता ऊपर तक बनाया हो, तो आपने खुद अपनी आँखों से देखा है कि बातों के ज़रिये किसी मुश्किल समस्या से बाहर निकलने का तरीका क्या होता है। अगर आप ऐसे व्यक्ति हों, जिसे एथिकल कल्चर स्कूल भेजा गया था, तो आप कैम्ब्रिज के दिग्गजों की क़तार से दहशत में नहीं आते हैं, जो आपके ख़िलाफ़ निर्णय लेने पर आमादा हों। अगर आपने हारवर्ड में भौतिकी का अध्ययन किया हो, तो आप जानते हैं कि सेना के किसी जनरल से कैसे बात करनी है, जिसने एमआईटी से इंजीनियरिंग की थी।

इसके विपरीत क्रिस लैंगन के पास केवल बोज़ेमन की निराशा थी और एक घर था, जिस पर एक गुस्सैल तथा शराबी सौतेले पिता की हुकूमत चलती थी। "(जैक) लैंगन ने हम सबके साथ यह किया है," मार्क ने कहा था। "हम सभी को सत्ता से सच्चा द्वेष है।" यही वह सबक़ है, जो लैंगन ने अपने बचपन से सीखा था : सत्ता का अविश्वास करो और स्वतंत्र बनो। उन्हें कभी किसी अभिभावक ने डॉक्टर के क्लीनिक जाते समय रास्ते में यह नहीं सिखाया कि कैसे अपनी बात रखी जाए या सत्ताधारी लोगों से कैसे तर्क और सुलह-वार्ता की जाए। उन्होंने अधिकार नहीं सीखा। उन्होंने नियंत्रण सीखा। यह एक छोटी चीज़ लग सकती है, लेकिन बोज़ेमन के आगे के संसार की यात्रा में यह एक अपाहिज करने वाली बाधा थी।

"मुझे भी कोई आर्थिक सहायता नहीं मिल पाई," मार्क ने आगे कहा। "हमारे पास प्रक्रिया का शून्य ज्ञान था, या शून्य से भी कम ज्ञान था। कैसे आवेदन करें? फ़ॉर्म। चेकबुक्स। यह हमारा माहौल नहीं था।"

उनके भाई जेफ़ कहते हैं, "अगर क्रिस्टोफ़र किसी संपन्न परिवार में पैदा होते, अगर वे किसी अच्छे संबंधों वाले डॉक्टर के बेटे होते, तो मैं आपको गारंटी देता हूँ कि वे उन लोगों में से एक होते, जिनके बारे में आप पढ़ते हैं, वे सत्रह साल की उम्र में पीएचडी कर लेते। आप ख़ुद को जिस संस्कृति में पाते हैं, वही सब कुछ तय करती है। क्रिस के साथ मुद्दा यह है कि वे हमेशा इतने ज़्यादा बोर हो जाते थे कि वे बैठकर अपने शिक्षकों की बात सुनना गवारा नहीं करते थे। अगर कोई उनकी बुद्धि को पहचान लेता और अगर वे ऐसे परिवार के होते, जहाँ शिक्षा को किसी तरह का महत्त्व दिया जाता, तो उनके परिवार वाले यह सुनिश्चित करते कि वे बोर न हों।"

5.

जब टरमाइट्स अपनी जवानी के दौर में थे, तो टरमैन ने 730 लोगों के रिकॉर्ड देखकर उन्हें तीन समूहों में विभाजित किया। डेढ़ सौ - शीर्ष 20 प्रतिशत - उस समूह में गए, जिसे टरमैन ने ए समूह कहा। वे सफलता की सच्ची कहानियाँ थे - वकील, चिकित्सक, इंजीनियर और शिक्षाविद्। ए समूह के नब्बे प्रतिशत लोगों ने कॉलेज की पढ़ाई पूरी की और उन्होंने कुल मिलाकर 98 उपाधियाँ हासिल कीं। बीच के 60 प्रतिशत लोग बी समूह में थे, जो "संतोषजनक" प्रदर्शन कर रहे थे। नीचे के 150 लोग सी समूह में थे, जिनके बारे में टरमैन का मानना था कि उन्होंने अपनी श्रेष्ठ मानसिक योग्यता के साथ सबसे कम हासिल किया था। वे डाक कर्मचारी थे, ख़स्ताहाल बुककीपर्स थे या बेरोज़गार भी थे, जो अपने घर के सोफ़े पर पसरे रहते थे।

सी समूह के एक तिहाई लोगों ने कॉलेज की पढ़ाई अधूरी छोड़ दी थी। केवल एक तिहाई के पास ही हाई स्कूल का डिप्लोमा था और सी समूह के सभी 150 लोगों ने - जिनमें से प्रत्येक को उसके जीवन के किसी बिंदु पर जीनियस क़रार दिया गया था - मिलकर सिर्फ़ आठ ग्रेजुएट उपाधियाँ अर्जित की थीं।

ए समूह और सी समूह के बीच क्या अंतर था? टरमैन ने हर संभव स्पष्टीकरण को आज़माया। उन्होंने उनकी शारीरिक और मानसिक सेहत

देखी, उनके "मैस्कुलैनिटी-फ़ेमिनिटी स्कोर्स" देखे और उनके शौक तथा व्यावसायिक रुचियों को भी देखा। उन्होंने इस बात की तुलना करी कि उन्होंने कब चलना और बोलना शुरू किया। प्रारंभिक और हाई स्कूल में उनके सटीक आईक्यू स्कोर क्या थे। अंत में केवल एक ही चीज़ पता चली, जो मायने रखती थी : पारिवारिक पृष्ठभूमि।

ए समूह के लोग ज़्यादातर मध्य और उच्च वर्ग के थे। उनके घर पुस्तकों से भरे रहते थे। ए समूह के लोगों के आधे से ज़्यादा पिताओं के पास कॉलेज की कम से कम एक डिग्री थी और यह उस वक़्त की बात है, जब युनिवर्सिटी शिक्षा दुर्लभ थी। दूसरी ओर, सी समूह के लोग ग़रीब घरों से आए थे। उनमें से एक तिहाई लोगों का एक अभिभावक ऐसा था, जिसने आठवें ग्रेड से पहले ही स्कूल की पढ़ाई छोड़ दी थी।

एक बिंदु पर टरमैन ने अपने ज़मीनी कार्यकर्ताओं से कहा कि वे ए और सी समूह के हर व्यक्ति के पास जाएँ और उनके व्यक्तित्व तथा आचरण को रेटिंग दें। उन्होंने वही पाया, जो आप पाने की उम्मीद करेंगे, अगर आप संयुक्त विकास के माहौल में पले-बढ़े बच्चों की तुलना प्राकृतिक विकास के माहौल में पलने वाले बच्चों के साथ करते हैं। ए समूह के लोगों को ज़्यादा सचेत, संतुलित, आकर्षक और अच्छी पोशाक वाला बताया गया। वास्तव में, इन चार आयामों पर इन दोनों समूहों के स्कोर इतने भिन्न थे कि आप यह सोच सकते हैं कि आप इंसानों की दो अलग-अलग प्रजातियों को देख रहे हैं। ज़ाहिर है, ऐसा नहीं है। आप तो सिर्फ़ उन लोगों के बीच का फ़र्क़ देख रहे हैं, जिनमें से एक समूह के परिवार वालों ने संसार के सामने अपना सर्वश्रेष्ठ प्रदर्शन करना सिखाया और दूसरे समूह वालों को यह अनुभव नहीं मिला।

टरमैन परिणाम बहुत दुखद थे। हमें यह नहीं भूलना चाहिए कि सी समूह के लोग कितने ज़्यादा प्रतिभाशाली थे। अगर आप उनसे पाँच-छह साल की उम्र में मिलते, तो आप उनकी जिज्ञासा, मानसिक कुशाग्रता और प्रतिभा देखकर दंग रह जाते। वे सच्चे आउटलायर्स थे। बहरहाल, टरमैन अध्ययन की सच्चाई यह है कि सबसे निम्न सामाजिक और आर्थिक वर्ग का लगभग *कोई भी* जीनियस बच्चा अंततः अपना नाम रोशन नहीं कर पाया।

वैसे सी समूह में किस चीज़ की कमी थी? किसी ऐसी चीज़ की नहीं, जो महँगी हो या जिसका मिलना नामुमकिन हो। किसी ऐसी चीज़ की नहीं, जो उनके डीएनए में न दर्ज हो या उनके मस्तिष्क में न निर्मित हो। उनमें तो

एक ऐसी चीज़ की कमी थी, जो उन्हें दी जा सकती थी, बशर्ते हमें यह पता होता कि उन्हें इसकी ज़रूरत थी : उनके चारों ओर एक समुदाय, जो उन्हें संसार के लिए उचित रूप से तैयार करे। सी समूह के लोग बर्बाद प्रतिभा थे। लेकिन ऐसा होना ज़रूरी नहीं था; इस बर्बादी को रोका जा सकता था।

6.

आज क्रिस लैंगन ग्रामीण मिसूरी में एक हॉर्स फ़ार्म पर रहते हैं। कुछ साल पहले शादी के बाद वे यहाँ रहने लगे थे। उनकी उम्र पचास के पार हो चुकी है, लेकिन वे कई साल युवा दिखते हैं। उनका गठन किसी फ़ुटबॉल के रक्षक जैसा है, चौड़ा सीना, बाँहों की विशाल मांसपेशियाँ। उनके बाल माथे से सीधे पीछे की ओर कढ़े हैं। उनकी साफ़-सुथरी, सफ़ेद होती मूँछ है और वायुचालक शैली का चश्मा है। अगर आप उनकी आँखों में देखें, तो आप उनमें धधकती बुद्धि को देख सकते हैं।

"अमूमन मैं हर दिन सुबह उठकर कॉफ़ी बनाता हूँ। फिर मैं जाकर कंप्यूटर के सामने बैठ जाता हूँ और उस पर काम शुरू कर देता हूँ, जिस पर भी मैं पिछली रात को काम कर रहा होता हूँ," उन्होंने मुझे कुछ समय पहले बताया। "मैंने पाया है कि अगर सोते समय मेरे दिमाग़ में कोई सवाल रहता है, तो मुझे सोने से पहले उस सवाल पर एकाग्र भर करना होता है और मुझे सुबह लगभग हमेशा जवाब मिल जाता है। कई बार मुझे अहसास हो जाता है कि जवाब क्या है, क्योंकि मैंने उस जवाब का सपना देखा था और मैं उसे याद कर सकता हूँ। बाक़ी समय मैं बस जवाब को महसूस करता हूँ और मैं टाइप करने लगता हूँ तथा जवाब पेज पर प्रकट हो जाता है।"

वे भाषाविद् नोआम चॉम्स्की की पुस्तक पढ़ रहे थे। उनकी स्टडी में पुस्तकों के ढेर लगे थे। वे सारे समय लाइब्रेरी से पुस्तकें मँगाते रहते थे। उनका कहना था, "मैं हमेशा महसूस करता हूँ कि आप मूल स्रोतों के जितने ज़्यादा क़रीब पहुँचते हैं, आप उतने ही बेहतर रहते हैं।"

लैंगन संतुष्ट दिख रहे थे। उनके पास परवाह करने के लिए फ़ार्म के पशु थे, पढ़ने के लिए पुस्तकें थीं और एक पत्नी थी, जिससे वे प्रेम करते थे। यह बार के ट्रबलशूटर होने से काफ़ी बेहतर जीवन था।

"मैं नहीं सोचता कि अमेरिका में कोई मुझसे ज़्यादा बुद्धिमान है," उन्होंने आगे कहा। "मैं कभी अपने जैसे किसी व्यक्ति से नहीं मिला या मैंने

कभी कोई संकेत भी नहीं देखा कि ऐसा कोई है, जिसमें दरअसल ग्रहण करने की मुझसे बेहतर शक्तियाँ हों। मैंने इसे कभी नहीं देखा और मैं सोचता हूँ कि कभी देखूँगा भी नहीं। ऐसा हो सकता है - मेरा मस्तिष्क संभावना के प्रति खुला है। अगर कोई मुझे चुनौती देता है - 'ओह, मैं सोचता हूँ कि मैं आपसे ज़्यादा बुद्धिमान हूँ' - तो मेरे ख़्याल से मैं उसे हरा सकता हूँ।"

उन्होंने जो कहा, वह डींगें हाँकने जैसा लगता है, लेकिन दरअसल है नहीं। यह इसका विपरीत है - थोड़ा रक्षात्मक। वे दशकों से एक बहुत विशेषज्ञता वाले प्रोजेक्ट पर काम कर रहे थे - लेकिन उन्होंने जो किया, उसका लगभग कुछ भी कभी प्रकाशित नहीं हुआ। उसे भौतिकशास्त्रियों, दार्शनिकों और गणितज्ञों द्वारा पढ़े जाने की बात तो छोड़ ही दें, जो इसके महत्त्व का अंदाज़ा लगा सकते हैं। यहाँ एक ऐसा इंसान है, जिसके पास करोड़ों में एक दिमाग़ है, लेकिन वे अब भी संसार पर अपनी छाप नहीं छोड़ पाए हैं। वे शैक्षणिक सम्मेलनों में लंबे व्याख्यान नहीं दे रहे थे। वे किसी प्रतिष्ठित युनिवर्सिटी में किसी ग्रेजुएट सेमिनार का नेतृत्व नहीं कर रहे थे। इसके बजाय वे उत्तरी मिसूरी में एक थोड़े नष्ट हुए घोड़ों के फ़ार्म पर रह रहे थे, पीछे की ड्योढ़ी में जीन्स और टी-शर्ट में बैठे हुए थे। वे जानते थे कि यह कैसा दिखता था : यह क्रिस लैंगन के जीनियस का भारी विरोधाभास था।

"मैंने मुख्य धारा के प्रकाशकों को खोजने की उतनी कड़ी कोशिश नहीं की, जितनी कि मुझे करनी चाहिए थी," वे मानते हैं। "चक्कर काटना, प्रकाशकों से सवाल करना, एजेंट खोजने की कोशिश करना। मैंने यह नहीं किया और यह करने में मेरी कोई रुचि नहीं है।"

यह पराजय की स्वीकारोक्ति थी। उनके खुद के दिमाग़ के बाहर उन्हें जो भी अनुभव हुआ, हर अनुभव का अंत कुंठा में हुआ। वे जानते थे कि उन्हें संसार में बेहतर ढंग से यात्रा करनी चाहिए थी, लेकिन वे नहीं जानते थे कि कैसे। वे तो अपने कैलकुलस टीचर से भी बात नहीं कर पाए थे। ये ऐसी चीज़ें थीं, जिनमें उनसे कम दिमाग़ वाले लोग आसानी से ज़्यादा माहिर हो सकते थे। लेकिन ऐसा इसलिए था, क्योंकि बाक़ी लोगों को इस राह पर मदद मिली थी, जो क्रिस लैंगन को कभी नहीं मिली। यह कोई बहाना नहीं था। यह तो एक तथ्य था। उन्हें अकेले ही अपनी राह बनानी पड़ी और कोई भी - चाहे वह रॉक स्टार हो, पेशेवर खिलाड़ी हो, सॉफ़्टवेअर बिलियनेअर हो या फिर जीनियस हो - अपनी राह अकेले नहीं बना पाता है।

5

जो फ़्लॉम के तीन सबक़

“मैरी को एक चौथाई डॉलर मिल जाता था।”

1.

जो फ़्लॉम स्कैडन, आर्प्स, स्लेट, माहेर ऐंड फ़्लॉम लॉ फ़र्म के अंतिम जीवित “नामित” पार्टनर हैं। मैनहैटन में कॉन्डे नैस्ट टॉवर की ऊँचाई पर उनका कोने वाला ऑफ़िस है। वे नाटे और थोड़े झुके हुए हैं। उनका सिर बड़ा है, कान बड़े हैं और उनकी नीली आँखें उनके वायुचालक शैली के बड़े चश्मे से ढँकी हैं। अब फ़्लॉम छरहरे हैं, लेकिन जवानी के दिनों में उनका वज़न बहुत ज़्यादा था। जब वे चलते हैं, तो डगमगाते हुए चलते हैं। जब वे सोचते हैं, तो लक्ष्यहीन चित्रकारी करने लगते हैं। जब वे बोलते हैं, तो वे बुदबुदाते हैं। और जब वे स्कैडन, आर्प्स के हॉल में जाते हैं, तो बातचीत थम जाती है।

फ़्लॉम ब्रुकलिन के बरो पार्क इलाक़े में मंदी के दौर में बड़े हुए थे। उनके माता-पिता पूर्वी यूरोप से आए यहूदी अप्रवासी थे। उनके पिता इज़ाडोर पोशाक उद्योग में यूनियन संगठक थे, जो बाद में महिलाओं की पोशाक में कंधे के पैड सिलने लगे। उनकी माँ उजरती काम करती थीं और घर पर रहकर कपड़ों पर चित्र बनाती थीं। वे लोग भारी ग़रीबी के शिकार थे। जब फ़्लॉम बड़े हो रहे थे, तो उनका परिवार हर साल नए घर में रहने जाता था, क्योंकि उन दिनों यह परंपरा थी कि मकान मालिक नए किराएदार से एक महीने का किराया नहीं लेता था। यह उनकी मजबूरी थी, क्योंकि इसके बिना उनका परिवार गुज़ारा नहीं कर सकता था।

जूनियर हाई स्कूल में फ़्लॉम ने मैनहैटन के लेक्सिंगटन एवेन्यू में कुलीन टाउनसेंड हैरिस पब्लिक हाई स्कूल की प्रवेश परीक्षा दी। यह एक ऐसा

स्कूल था, जिसने चालीस साल के जीवनकाल में तीन नोबेल पुरस्कार विजेता, छह पुलित्ज़र पुरस्कार विजेता और सर्वोच्च न्यायालय के एक न्यायाधीश दिए थे। इसके अलावा जॉर्ज गर्शविन और पोलियो वैक्सीन के आविष्कारक जोनस साक भी यहीं पढ़े थे। फ़्लॉम को प्रवेश मिल गया। उनकी माँ सुबह नाश्ते के लिए उन्हें दस सेंट का सिक्का देती थीं - नेडिक में तीन डोनट, ऑरेंज जूस और कॉफ़ी के लिए। स्कूल के बाद वे बरो के फ़ैशन सेंटर में हाथगाड़ी धकाते थे। उन्होंने अपर मैनहैटन के सिटी कॉलेज में दो साल तक रात्रिकालीन पढ़ाई की - आजीविका के लिए दिन में काम किया - सेना में आवेदन दिया, सेना में सेवा की और हारवर्ड लॉ स्कूल में आवेदन दिया।

फ़्लॉम कहते हैं, "मैं जब छह साल का था, तभी से क़ानून का अध्ययन करना चाहता था।" उनके पास कॉलेज की डिग्री नहीं थी। फिर भी हारवर्ड ने उन्हें दाख़िला दे दिया। "क्यों? मैंने उन्हें एक पत्र लिखा कि मैं बेहतरीन क्यों था," चिर-परिचित सारगर्भित अंदाज़ में फ़्लॉम ने स्पष्ट किया। 1940 के दशक के अंत में हारवर्ड में वे कभी नोट्स नहीं लिखते थे। फ़्लॉम के सहपाठी चार्ल्स हार याद करते हैं, "हम सभी इस पहले साल की मूर्खता से गुज़र रहे थे कि पहले सावधानी से क्लासरूम में नोट्स लिखें और रूपरेखा बनाएँ, फिर उसका संक्षेपण करें, और फिर एक बार इसे पारदर्शी क़ागज़ के ज़रिये दूसरे क़ागज़ पर उतारें। यह मुकदमों को सीखने का आम तरीकाथा। लेकिन जो के लिए नहीं। वे यह सब नहीं करते थे। लेकिन उनमें 'एक वकील जैसा सोचने' का गुण था, जिसे हमने हमेशा इसकी वजह माना। उनमें मूल्यांकन और निर्धारण की भारी क्षमता थी।"

फ़्लॉम को *लॉ रिव्यू* में नामांकित किया गया - यह सम्मान क्लास के सबसे शीर्षस्थ विद्यार्थियों के लिए सुरक्षित रहता था। उनके दूसरे साल की क्रिसमस की छुट्टियों में "नौकरी के मौसम" में वे उस युग की बड़ी क़ानूनी फ़र्म्स में इंटरव्यू देने गए। फ़्लॉम याद करते हैं, "मैं बेढ़ंगा, फूहड़, मोटा लड़का था। मैं आरामदेह महसूस नहीं करता था। नौकरी के मौसम के अंत तक मेरी कक्षा के दो विद्यार्थियों को नौकरी नहीं मिल पाई थी और मैं उनमें से एक था। फिर एक दिन मेरे एक प्रोफ़ेसर ने कहा कि कुछ लोग एक फ़र्म शुरू करने वाले हैं। मैं उनसे मिला और वे सारे समय मुझे बताते रहे कि ऐसी कंपनी में काम करने के ख़तरे क्या थे, जिसके पास कोई ग्राहक नहीं था। उन्होंने जितनी ज़्यादा बातें कीं, वे मुझे उतने ही ज़्यादा पसंद आए। इसलिए मैंने कहा, भाड़ में जाए सावधानी, मैं जोखिम उठाने को तैयार हूँ।

उन्हें एक साल में 3,600 डॉलर इकट्ठे करने थे, जो शुरुआती तनख़्वाह थी।" शुरुआत में वहाँ बस मार्शल स्कैडन, लेस्ली आर्प्स (उन दोनों को उसी समय वॉल स्ट्रीट की एक बड़ी क़ानूनी फ़र्म में पार्टनर नहीं बनाया गया था) और जॉन स्लेट थे, जो पैन एम एयरलाइंस में काम कर चुके थे। फ़्लॉम उनके सहयोगी थे। वॉल स्ट्रीट में लेमैन ब्रदर्स बिल्डिंग की सबसे ऊपरी मंज़िल पर उनके ऑफ़िसों का छोटा कमरा था। "हम किस तरह के क़ानूनी मुकदमे लेते थे?" फ़्लॉम हँसते हुए कहते हैं। "जिस तरह के भी दरवाज़े से अंदर आते थे!"

1954 में फ़्लॉम स्कैडन के मैनेजिंग पार्टनर बन गए और कंपनी दिन दूनी रात चौगुनी तरक्की करने लगी। जल्द ही इसमें सौ वकील हो गए। फिर दो सौ। जब यह आँकड़ा तीन सौ तक पहुँचा, तो फ़्लॉम के एक पार्टनर - मॉरिस क्रेमर - उनके पास आकर बोले कि युवा लॉ स्कूल ग्रेजुएट्स को कंपनी में नियुक्त करते समय उन्हें अपराधबोध होता है। क्रेमर ने कहा कि स्कैडन इतनी बड़ी कंपनी हो गई है कि यह कल्पना करना मुश्किल है कि कंपनी इससे ज़्यादा विस्तार करेगी और नतीजा यह होगा कि इनमें से किसी नवनियुक्त वकील को प्रमोशन देना संभव नहीं होगा। फ़्लॉम ने उन्हें बताया, "आहहह, हम एक हज़ार तक जाएँगे।" फ़्लॉम में कभी महत्त्वाकांक्षा की कमी नहीं थी।

आज स्कैडन, आर्प्स के संसार भर के 23 ऑफ़िसों में लगभग दो हज़ार वकील हैं और यह हर साल 1 अरब डॉलर से ज़्यादा कमाती है, जिससे यह संसार की सबसे बड़ी और सबसे शक्तिशाली क़ानूनी फ़र्म्स में से एक बन जाती है। फ़्लॉम के ऑफ़िस में उनकी कई तस्वीरें लगी हैं, जिनमें वे जॉर्ज बुश सीनियर और बिल क्लिंटन के साथ हैं। वे मैनहैटन के अपर ईस्ट साइड की एक आलीशान इमारत के एक बड़े अपार्टमेंट में रहते हैं। अगर आप ऐसी *फ़ॉर्च्यून 500* कंपनी हों, जिसका अधिग्रहण किया जाने वाला हो या जो किसी दूसरी कंपनी का अधिग्रहण करने की कोशिश कर रही हो, या आप किसी दूसरी तरह के झमेले में फँसे महत्त्वपूर्ण व्यक्ति हों, तो लगभग तीस साल से जोसफ़ फ़्लॉम ही आपके वकील रहे होंगे और स्कैडन, आर्प्स आपकी क़ानूनी फ़र्म रही होगी - और अगर ऐसा नहीं था, तो शायद आप सोच रहे होंगे कि काश वे होते।

2.

मुझे आशा है कि अब तक आप इस तरह की कहानी के बारे में संदेहवादी हो गए होंगे। एक प्रतिभाशाली अप्रवासी लड़का ग़रीबी और मंदी से उबरता है, उसे दमघोंटू शहरी क़ानूनी फ़र्म्स में नौकरी नहीं मिलती है, इसलिए वह विशुद्ध सक्रियता और योग्यता के दम पर अपनी तक़दीर ख़ुद बनाता है। यह शून्य से शिखर तक पहुँचने की कहानी है और हमने अब तक हॉकी खिलाड़ियों, सॉफ़्टवेअर अरबपतियों और टरमाइट्स से जो भी कुछ सीखा है, उससे हम जान चुके हैं कि सफलता इस तरह नहीं मिलती है। सफल लोग यह काम अकेले नहीं करते हैं। यह मायने रखता है कि वे कहाँ से आए हैं। वे ख़ास स्थानों और माहौल के शिशु होते हैं।

तो जैसा हमने बिल जॉय और क्रिस लैंगन के साथ किया था, आइए उसी तरह जोसफ़ फ़्लॉम के साथ शुरू करते हैं। इस बार हम हर उस चीज़ का इस्तेमाल करेंगे, जो हमने इस पुस्तक के पहले चार अध्यायों से सीखी है। हम जो फ़्लॉम की बुद्धिमानी, व्यक्तित्व या महत्त्वाकांक्षा के बारे में बातें नहीं करेंगे, हालाँकि उनमें ये तीनों चीज़ें प्रचुरता में हैं। हम उनके मुवक्किलों के प्रशंसा भरे कथन भी नहीं बताएँगे, जो उनकी प्रतिभा की गवाही देते हैं। हम स्कैडन, आर्प्स, स्लेट, माहेर और फ़्लॉम के त्वरित उदय की रंगीन कहानियाँ भी नहीं बताएँगे।

इसके बजाय, मैं न्यू यॉर्क के उस अप्रवासी संसार की कुछ कहानियाँ बताने जा रहा हूँ, जिसमें जो फ़्लॉम बड़े हुए थे - एक साथी विधि विद्यार्थी की, मॉरिस और मोर्ट जैंकलो नामक पिता-पुत्र की, और लुई तथा रेजिना बोर्जेनिक्ट नामक एक असाधारण दंपत्ति की कहानियाँ। यह मैं एक अत्यंत महत्त्वपूर्ण प्रश्न का जवाब खोजने की उम्मीद से कर रहा हूँ। जो फ़्लॉम के अवसर क्या थे? चूँकि हम जानते हैं कि आउटलायर्स को हमेशा रास्ते में मदद मिलती है, इसलिए क्या हम जो फ़्लॉम के परिवेश का अध्ययन करके उन परिस्थितियों को पहचान सकते हैं, जिन्होंने उनकी तक़दीर बनाने में मदद की?

हम शून्य से शिखर तक की कहानी इसलिए बताते हैं, क्योंकि हमें यह विचार मनमोहक लगता है कि एक अकेला नायक भारी विपत्तियों से अकेला ही जूझता है और विजय पाता है। लेकिन जो फ़्लॉम के जीवन की सच्ची कहानी पौराणिक कथाओं से ज़्यादा पहेलीनुमा है, क्योंकि उनके जीवन की जो चीज़ें नकारात्मक नज़र आती थीं - कि वे पोशाक बनाने वालों के ग़रीब

बच्चे थे, कि यहूदियों के ख़िलाफ़ काफ़ी भेदभाव वाले युग में यहूदी थे, कि वे मंदी में बड़े हुए थे - अप्रत्याशित रूप से लाभ में बदल गईं। जो फ़्लॉम एक आउटलायर हैं। लेकिन वे उन कारणों से आउटलायर नहीं है, जिन्हें आप सोच सकते हैं। उनके उदय की कहानी उनके पेशे में सफलता को समझने का नक़्शा प्रदान करती है। वास्तव में, इस अध्याय के अंत तक हम देखेंगे कि जो फ़्लॉम के सबक़ों को हम न्यू यॉर्क सिटी के क़ानूनी जगत पर लागू कर सकते हैं और शहर के सबसे शक्तिशाली वकीलों *के बारे में कुछ भी जाने बिना* उनकी पारिवारिक पृष्ठभूमि, उम्र और जड़ों की भविष्यवाणी कर सकते हैं। लेकिन हम कुछ ज़्यादा ही आगे जा रहे हैं।

सबक़ 1 : यहूदी होने का महत्त्व

3.

हारवर्ड लॉ स्कूल में जो फ़्लॉम का अलैक्ज़ेंडर बिकेल नामक एक सहपाठी था। फ़्लॉम की तरह ही बिकेल भी पूर्वी यूरोपीय यहूदी अप्रवासियों की संतान थे, जो ब्रुकलिन में रहते थे। फ़्लॉम की तरह ही बिकेल भी पहले न्यू यॉर्क के सरकारी स्कूल में पढ़े थे और बाद में सिटी कॉलेज में। फ़्लॉम की तरह ही बिकेल भी अपने लॉ स्कूल की क्लास में सितारे थे। दरअसल, कैंसर की वजह से उनका करियर ख़त्म होने से पहले बिकेल शायद अपनी पीढ़ी के सबसे अच्छे संवैधानिक विद्वान बनने वाले थे। और फ़्लॉम तथा अपने लॉ स्कूल के सहपाठियों की तरह ही बिकेल भी 1947 के क्रिसमस में "नौकरी के मौसम" के दौरान नौकरी की तलाश में गए थे।

उनका पहला पड़ाव था मज रोज़, जो वॉल स्ट्रीट पर थी। यह उस युग की किसी भी अन्य लॉ फ़र्म जितनी ही पारंपरिक और दमघोंटू थी। मज रोज़ की स्थापना 1869 में हुई थी। 1968 में राष्ट्रपति बनने से पहले रिचर्ड निक्सन ने बरसों तक यहीं वकालत की थी। एक सीनियर पार्टनर ने यह लोकप्रिय कथन कहा था, "हम उस भद्र महिला की तरह हैं, जो अपना नाम अख़बार में केवल दो बार चाहती है - जब वह पैदा होती है और जब वह मरती है।" बिकेल को कंपनी में चारों तरफ़ घुमाया गया और एक के बाद एक पार्टनर ने उनका साक्षात्कार लिया। अंत में उन्हें फ़र्म के सीनियर पार्टनर से मिलाने के लिए लाइब्रेरी में ले जाया गया। आप दृश्य की कल्पना कर सकते हैं : गहरे रंग के फलक वाला कमरा, कलात्मकता से घिसा हुआ

फ़ारसी गलीचा, चमड़े की जिल्द वाली क़ानूनी पुस्तकों की क़तार दर क़तार, दीवार पर मि. मज और मि. रोज़ की ऑइल पेंटिंग्स।

बिकेल ने कई साल बाद कहा, "जब उन्होंने मेरा पूरा इंटरव्यू ले लिया और हर चीज़ कर ली, तो मुझे सीनियर पार्टनर के पास ले जाया गया, जिन्होंने मुझे यह बताने का बीड़ा उठाया कि मेरे जैसे *पूर्वजों* वाले लड़के के हिसाब से" - और आप कल्पना कर सकते हैं कि अपनी अप्रवासी पृष्ठभूमि को दोहराने से पहले बिकेल कैसे रुके होंगे - "मैं निश्चित रूप से काफ़ी दूर तक आ गया हूँ। लेकिन मुझे यह समझ लेना चाहिए कि उनके जैसी कंपनी द्वारा मेरे जैसे *पूर्वजों* वाले लड़के को नियुक्त करने की संभावनाएँ कितनी सीमित थीं। हालाँकि उन्होंने मेरी प्रगति पर मुझे बधाई दी, लेकिन मेरे सामने स्पष्ट कर दिया कि वे मुझे निश्चित रूप से नौकरी नहीं दे सकते। लेकिन उन सभी को मुझसे मिलने में आनंद आया और इसी तरह की बातें।"

बिकेल के संस्मरणों से यह स्पष्ट है कि उनका इंटरव्यू लेने वाले को अच्छी तरह पता नहीं था कि वह इस जानकारी का क्या करे। बिकेल इंटरव्यू के वक़्त अपनी प्रतिष्ठा के शिखर पर थे। उन्होंने सुप्रीम कोर्ट में मुकदमे लड़े थे। उन्होंने बौद्धिक पुस्तकें लिखी थीं। मज रोज़ ने बिकेल के "पूर्वजों" की वजह से उन्हें ठुकरा दिया था। यह तो वैसा ही था जैसे शिकागो बुल्स माइकल जॉर्डन को इस वजह से ठुकरा दे कि वे नॉर्थ कैरोलिना के अश्वेत लड़कों को पसंद नहीं करते हैं। इसमें कोई समझदारी नज़र नहीं आती थी।

"लेकिन सितारों के लिए?" इंटरव्यू लेने वाले ने पूछा और उसका मतलब था, क्या वे *आपके* मामले में नियमों को शिथिल नहीं कर सकते थे?

बिकेल : "तारे, हत्यारे..."

1940 और 1950 के दशक में न्यू यॉर्क की पुरानी क़ानूनी फ़र्म्स किसी प्राइवेट क्लब की तरह चलती थीं। उन सभी का मुख्यालय मैनहैटन के व्यापारिक क्षेत्र में था - वॉल स्ट्रीट के आस-पास गंभीर, ग्रेनाइट वाली इमारतों में। शीर्ष कंपनियों के पार्टनर उन्हीं आइवी लीग स्कूलों से स्नातक होते थे, उन्हीं चर्चों में जाते थे और लॉन्ग आईलैंड में उन्हीं समुद्र तटीय कस्बों में गर्मी की छुट्टियाँ मनाते थे। वे पारंपरिक भूरे सूट पहनते थे। उनकी पार्टनरशिप्स को "वाइट-शू" (प्रसिद्ध और विश्वसनीय) फ़र्म्स कहा जाता था - स्पष्ट रूप से संदर्भ यह था कि श्वेत हिरण किसी कंट्री क्लब या कॉकटेल पार्टी में ज़्यादा तरजीह पाते थे। वकीलों की नियुक्ति के मामले में वे बहुत चुनिंदा थे। जैसा अर्विन स्माइजेल *द वॉल स्ट्रीट लॉयर* में लिखते

हैं, जो उस युग के न्यू यॉर्क के क़ानूनी प्रतिष्ठानों का अध्ययन है, वे ऐसे वकीलों की तलाश में थे :

> जो उत्तरी यूरोप के देशों के हों, जिनका व्यक्तित्व सुखद और हुलिया "साफ़-सुथरा" हो, जो "सही स्कूलों" में पढ़े हों, जिनकी "सही" सामाजिक पृष्ठभूमि हो, जिन्हें सांसारिक मामलों का अनुभव हो और जिनमें ज़बर्दस्त स्टैमिना हो। लॉ स्कूल के एक पूर्व डीन ने बताया था कि नौकरी हासिल करने के लिए विद्यार्थियों में कौन से गुण होने चाहिए और वे थोड़ी ज़्यादा यथार्थवादी तस्वीर प्रदान करते हैं : "नौकरी पाने के लिए विद्यार्थियों के पारिवारिक संबंध लंबे होने चाहिए, योग्यता लंबी होनी चाहिए या व्यक्तित्व पर्याप्त लंबा होना चाहिए या इनका तालमेल होना चाहिए। स्वीकार्यता इन्हीं के योग से बनती है। अगर किसी उम्मीदवार के पास इनमें से कोई एक चीज़ है, तो वह नौकरी पा सकता है। अगर उसके पास इनमें से दो हैं, तो वह नौकरी करने की जगह चुन सकता है। अगर उसके पास ये तीनों हैं, तो वह कहीं भी जा सकता है।"

बिकेल के बाल भूरे नहीं थे। उनकी आँखें नीली नहीं थीं। वे प्रजातीय लहज़े में बोलते थे और उनके पारिवारिक संबंध मूलतः बुखारेस्ट, रूमानिया के सोलोमन तथा येट्टा बिकेल के बेटे के रूप में थे, जो अब ब्रुकलिन में रह रहे थे। फ़्लॉम के परिचित भी बेहतर नहीं थे। वे कहते हैं कि जब वे इंटरव्यू देने के लिए शहर में गए, तो वे "असहज" महसूस करते थे, और ज़ाहिर है वे ऐसा करते होंगे : वे नाटे थे, अनाकर्षक थे और यहूदी थे, वे अपने जन्मस्थान ब्रुकलिन के सपाट, नाक वाले सुर में बात करते थे और आप कल्पना कर सकते हैं कि लाइब्रेरी में कोई सफ़ेद बालों वाला कुलीन व्यक्ति उन्हें कैसे देखेगा। अगर उस युग में आप सही पृष्ठभूमि, धर्म और सामाजिक वर्ग के नहीं होते थे और लॉ स्कूल से बाहर निकलते थे, तो आपको किसी छोटी, दूसरे दर्जे की, शुरुआती क़ानूनी फ़र्म में ही नौकरी मिल सकती थी, जो बड़े नाम वाली फ़र्म्स के एक पायदान नीचे होती थी या आप अपना खुद का कारोबार शुरू करते थे और उसे लेते थे "जो भी दरवाज़े में से अंदर आता था" – यानी, जो भी क़ानूनी काम बड़ी कंपनियाँ नहीं करना चाहती थीं। यह भयंकर रूप से पक्षपातपूर्ण दिखता है और यह था भी। लेकिन जैसा अक्सर आउटलायर्स के साथ होता है, इस विपत्ति में भी एक स्वर्णिम अवसर छिपा हुआ था।

4.

पुराने ज़माने की वॉल स्ट्रीट स्थित क़ानूनी फ़र्म्स इस बारे में बहुत स्पष्ट थीं कि वे क्या करती थीं। वे कंपनियों की वकील थीं। वे देश की सबसे बड़ी और सबसे प्रतिष्ठित कंपनियों का प्रतिनिधित्व करती थीं। और "प्रतिनिधित्व" का मतलब यह था कि वे टैक्स और शेयर तथा बॉन्ड जारी करने के क़ानूनी काम सँभालती थीं और यह सुनिश्चित करती थीं कि उनके ग्राहक संघीय सरकार के अधिकारियों के विरोध में न जाएँ। वे मुकदमेबाज़ी नहीं करती थीं; यानी उनमें से बहुत कम फ़र्म्स में एक प्रभाग था, जो क़ानूनी मुकदमे ठोंकने और उनकी रक्षा करने को समर्पित था। जैसा एक वाइट-शू कंपनी क्रावेथ, स्वेन ऐंड मूर के एक संस्थापक पॉल क्रावेथ ने एक बार कहा था, वकील का काम विवादों को अदालत में नहीं, बल्कि कॉन्फ्रेंस रूम में सुलझाना था। एक और वाइट-शू पार्टनर याद करते हैं, "हारवर्ड के मेरे सहपाठियों में प्रतिभाशाली युवक सिक्युरिटीज़ या टैक्स से संबंधित काम करते थे। ये प्रतिष्ठित क्षेत्र थे। मुकदमे गंभीर लोगों के लिए नहीं, बल्कि अयोग्य नौसिखियों के लिए थे। उन दिनों कॉरपोरेशन्स एक दूसरे पर दावा नहीं ठोंकते थे।"

पुरानी कंपनियाँ ख़ुद को शत्रुतापूर्ण अधिग्रहणों से भी दूर रखती थीं। आज इस बात की कल्पना करना मुश्किल है, क्योंकि आज कंपनियाँ और प्राइवेट-इक्विटी फ़र्म्स शंखनाद करते हुए लगातार एक के बाद एक कंपनियों को निगल रही हैं, लेकिन 1970 के दशक तक इसे बदनामी भरा माना जाता था कि एक कंपनी दूसरी कंपनी को उसकी सहमति के बिना ख़रीदे। मज रोज़ और वॉल स्ट्रीट की दूसरी स्थापित क़ानूनी फ़र्म्स ऐसे सौदों को नहीं छूती थीं।

"शत्रुतापूर्ण अधिग्रहणों के साथ समस्या यह थी कि वे शत्रुतापूर्ण थे," स्टीवन ब्रिल कहते हैं, जिन्होंने ट्रेड मैग्ज़ीन *अमेरिकन लॉयर* की स्थापना की थी। "यह सज्जनता नहीं थी। अगर प्रिंसटन का आपका सबसे अच्छा दोस्त एक्स कंपनी का सीईओ है और वह लंबे समय से आराम से व्यापार कर रहा है और कोई उसकी कंपनी पर हमला करने के लिए सामने आता है और कहता है कि वह कंपनी बुरी है, तो इससे आप असहज हो जाते हैं। आप सोचते हैं, अगर वह चला गया, तो हो सकता है कि मैं भी चला जाऊँ। यह बुनियादी शांति और चीज़ों की स्थिर व्यवस्था को न

बिगाड़ने की अवधारणा है।"*

1950 और 1960 के दशक में ब्रॉन्क्स और ब्रुकलिन से आए यहूदी वकीलों की पीढ़ी के "दरवाज़े से अंदर" वही काम आता था, जिसे वाइट-शू फ़र्म्स ठुकरा देती थीं : मुकदमेबाज़ी और ज़्यादा महत्त्वपूर्ण, "प्रॉक्सी युद्ध," जिनमें किसी भी शत्रुतापूर्ण अधिग्रहण प्रयास के सबसे अहम क़ानूनी दाँवपेंच होते थे। एक निवेशक किसी कंपनी के शेयर ख़रीदता था। वह प्रबंधन की आलोचना करते हुए उसे अक्षम क़रार देता था और शेयरहोल्डरों को पत्र भेजता था और उनसे उनकी "प्रॉक्सी" हासिल करने की कोशिश करता था, ताकि वह फ़र्म के एक्ज़ीक्यूटिव्ज़ को हटा सके। और प्रॉक्सी युद्ध लड़ने के लिए निवेशक को जो एकमात्र वकील मिल सकता था, वह जो फ़्लॉम जैसा ही होता था।

क़ानूनी इतिहासकार लिंकन कापलन *स्कैडन* में अधिग्रहणों के उस शुरुआती संसार का वर्णन इस तरह करते हैं :

> किसी प्रॉक्सी युद्ध का विजेता स्नेक पिट में तय किया जाता था। (आधिकारिक रूप से, इसे काउंटिंग रूम कहा जाता था।) दोनों पक्षों के वकील मतदान की निगरानी करते थे, जिनका काम संदिग्ध प्रॉक्सीज़ का अनुमोदन करना या उन्हें अस्वीकार करना था। यह घटना अक्सर अनौपचारिक, विवादों से भरी

---

*वकील और उपन्यासकार लुई ऑचिनक्लॉस, जो न्यू यॉर्क में पुराने वाइट-शू क़ानूनी प्रतिष्ठान के हैं, अपनी पुस्तक *द स्कार्लेट लेटर्स* में एक दृश्य बताते हैं, जो आदर्श ढंग से उस विद्वेष का वर्णन करता है, जो डाउनटाउन फ़र्म्स अधिग्रहण क़ानून के प्रति महसूस करती थीं। एक अधिग्रहण वकील अपने लॉ पार्टनर की पत्नी को बताता है, "सच का सामना करो, आपके पति और मैं बेईमानों की एक फ़र्म चला रहे हैं।"

वह आगे कहता है : आजकल जब कोई किसी ऐसी कंपनी का अधिग्रहण करना चाहता है, जो ऐसा नहीं चाहती, तो एक का वकील सभी तरह के उपद्रवी मुकदमे दायर कर देता है, ताकि कंपनी अपना मन बदलने के लिए प्रेरित हो सके। हम संचालकों द्वारा कुप्रबंधन, न चुकाए गए डिविडेंड्स, उप-कानूनों के उल्लंघन, शेयरों को अनुचित जारी करने का हवाला देकर दावा ठोंकते हैं। हम आपराधिक कदाचार का आरोप लगाते हैं; हम एकाधिकार के बारे में चिल्लाते हैं; हम प्राचीन और संदिग्ध दायित्वों के लिए दावा ठोंकते हैं। और हमारा विरोधी वकील हमारी सारी फ़ाइल्स माँगकर अंतहीन बहस चाहेगा, ताकि वह हमारे मुवक्किल को लालफीताशाही के एक निराशाजनक जाल में उलझा सके... यह बस जंग है, और आप जानते हैं कि जंग और मुहब्बत में सब कुछ जायज़ होता है।"

> और हुड़दंगी होती थी। प्रतिद्वंद्वी कई बार टी-शर्ट में आते थे, तरबूज खाते थे या स्कॉच की बोतल मिलकर पीते थे। दुर्लभ मामलों में स्नेक पिट के परिणाम किसी प्रतिस्पर्धा के परिणाम को एक अकेले वोट पर बदल सकते थे।
>
> वकील कभी-कभार अपने पिट्ठू निगरानीकर्ताओं या इंस्पेक्टरों को नियुक्त करके ग़लत तरीके से चुनाव जीतने की कोशिश करते थे। इंस्पेक्टर आम तौर पर सिगार पीते थे, जिसका ख़र्च दोनों पक्ष उठाते थे। प्रबंधन के वकील बागियों की प्रॉक्सीज़ का विरोध करते थे ("मैं इसे चुनौती देता हूँ!") और इसका उल्टा भी होता था... स्नेक पिट में विजयी होने वाले वकील त्वरित बुद्धि में उत्कृष्ट होते थे। कुछ वकील प्रॉक्सी प्रतिस्पर्धाओं के नियमों के बारे में जो फ़्लॉम से ज़्यादा जानते थे, लेकिन युद्ध की स्थिति में जो फ़्लॉम से बेहतर कोई नहीं था...
>
> फ़्लॉम मोटे थे (एक वकील के अनुसार, उस वक़्त उनका वज़न सामान्य से सौ पौंड ज़्यादा था...), शारीरिक दृष्टि से अनाकर्षक थे (एक साझेदार के अनुसार, वे मेंढक जैसे दिखते थे) और सामाजिक शिष्टाचार के प्रति उदासीन थे (वे सबके सामने गैस निकालते थे या किसी से बात करते समय उसके चेहरे के ठीक सामने सिगार हिलाते थे और माफ़ी भी नहीं माँगते थे)। लेकिन सहकर्मियों और कुछ प्रतिद्वंद्वियों की राय में उनकी जीतने की इच्छा अद्वितीय थी और वे प्रायः जीतते भी थे।

जब भी कोई आक्रमणकारी उनके प्रतिष्ठित मुवक्किलों पर धावा बोलता था, तो वाइट-शू लॉ फ़र्म्स फ़्लॉम को बुला लेती थीं। वे उस मुकदमे को नहीं छूती थीं। वे तो बस उसे स्कैडन, आर्प्स को आउटसोर्स करके ही ख़ुश रहती थीं। "फ़्लॉम की शुरुआती विशेषज्ञता प्रॉक्सी युद्ध में थी और हम यह काम नहीं करते थे, जिस तरह कि हम वैवाहिक काम नहीं करते थे," रॉबर्ट रिफ़काइंड ने कहा था, जो क्रावेथ, स्वेन ऐंड मूर में लंबे समय से पार्टनर हैं। "और इसलिए हम इसके बारे में न जानने का ढोंग करते थे। मुझे एक वाकया याद है। एक बार हमें एक प्रॉक्सी युद्ध संबंधी किसी मुद्दे में उलझन थी और मेरे एक सीनियर कॉरपोरेट पार्टनर ने कहा, हम जो को बुला लेते हैं। वे एक कॉन्फ़्रेंस रूम में आए और हम सभी बैठ गए। हमने समस्या का वर्णन किया और उन्होंने हमें बताया कि क्या करना है और फिर वे चले गए। इस पर मैंने कहा, 'हम भी यह कर सकते हैं।' और पार्टनर ने कहा, 'नहीं, नहीं, नहीं, आप नहीं कर सकते। हम यह नहीं करने वाले।' बात बस यह थी कि हम यह काम करते ही नहीं थे।"

फिर 1970 का दशक आया। क़ानूनी मुकदमों के प्रति पुरानी घृणा उड़नछू हो गई। पैसे उधार लेना ज़्यादा आसान हो गया। सरकारी नियम शिथिल हो गए। बाज़ार अंतरराष्ट्रीय बन गए। निवेशक ज़्यादा आक्रामक हो गए। परिणाम था कंपनियों के अधिग्रहणों की संख्या और आकार में उछाल। "1980 में अगर आप बिज़नेस राउंडटेबल में जाते (प्रमुख अमेरिकी कॉरपोरेट एक्ज़ीक्यूटिव्ज़ का संघ) और सर्वे करते कि क्या शत्रुतापूर्ण अधिग्रहणों की अनुमति दी जानी चाहिए, तो दो-तिहाई ने कहा होता नहीं," फ़्लॉम ने कहा। "अब, वोट लगभग एकराय से हाँ होगा।" कंपनियों को प्रतिद्वंद्वियों से क़ानूनी मुकदमों के ख़िलाफ़ रक्षा की ज़रूरत थी। शत्रुतापूर्ण वादियों को परास्त करने की ज़रूरत थी। जो निवेशक अनिच्छुक कंपनियों को लीलना चाहते थे, उन्हें अपनी क़ानूनी रणनीति में मदद की ज़रूरत थी और शेयरधारकों को औपचारिक प्रतिनिधित्व की ज़रूरत थी। दाँव पर जो रक़म लगी थी, वह बहुत भारी थी। 1970 के दशक के मध्य से 1980 के दशक के अंत तक हर साल वॉल स्ट्रीट पर विलय और अधिग्रहणों में शामिल धन की मात्रा *2,000 प्रतिशत* बढ़ी, जो एक ट्रिलियन डॉलर की लगभग एक तिहाई हो गई।

पुराने ज़माने की क़ानूनी फ़र्म्स जो चीज़ें नहीं करना चाहती थीं - शत्रुतापूर्ण अधिग्रहण और मुकदमेबाज़ी - अचानक वे ऐसी चीज़ें बन गईं, जो *हर* क़ानूनी फ़र्म करना चाहती थी। और क़ानून के इन दो अचानक महत्त्वपूर्ण बने क्षेत्रों में विशेषज्ञ कौन था? कभी सीमांत, दूसरे दर्जे की क़ानूनी फ़र्म्स जो उन लोगों ने शुरू की थीं, जिन्हें दस-पंद्रह साल पहले बड़ी कंपनियों में नौकरी नहीं मिल पाई थी।

फ़्लॉम ने कहा, " (वाइट-शू फ़र्म्स ने) सोचा कि शत्रुतापूर्ण अधिग्रहण छोटे काम हैं, जब तक कि उन्हें खेल में काफ़ी देर नहीं हो गई। जब तक उन्होंने इस क्षेत्र में उतरने का निर्णय नहीं लिया, उन्होंने मुझे अकेला छोड़ दिया। और एक बार जब आपकी कोई काम करने की प्रतिष्ठा बन जाती है, तो कारोबार सबसे पहले आपके पास ही आता है।"

ज़रा सोचें कि इसमें और बिल जॉय या बिल गेट्स की कहानियों में कितनी समानता है। उन दोनों ने ही सांसारिक सफलता की भारी आशा के बिना तुलनात्मक रूप से गुमनाम क्षेत्र में मेहनत की थी। लेकिन फिर - धमाका! - पर्सनल कंप्यूटर क्रांति हुई और वे अपने दस हज़ार घंटे पूरे कर चुके थे। वे तैयार थे। फ़्लॉम का भी यही अनुभव था। बीस साल तक स्कैडन, आर्प्स में उन्होंने अपनी कला को आदर्श बनाया। फिर संसार

बदल गया और वे उसके लिए तैयार थे। उन्होंने विपत्ति पर विजय नहीं पाई। इसके बजाय तो जो विपत्ति के रूप में शुरू हुआ था, उसका अंत एक अवसर के रूप में हुआ।

"ऐसा नहीं है कि वे लोग किसी दूसरे से ज़्यादा बुद्धिमान वकील थे," रिफ़काइंड कहते हैं। "बात बस यह है कि उनमें एक ऐसी योग्यता थी, जिस पर वे बरसों से काम कर रहे थे, जो अचानक बहुत मूल्यवान बन गई।"*

सबक़ 2 : जनसांख्यिकी सौभाग्य

5.

1919 में मॉरिस जैंकलो ब्रुकलिन लॉ स्कूल में दाख़िल हुए। वे रूमानिया के यहूदी अप्रवासियों के सबसे बड़े बेटे थे। उनके सात भाई-बहन थे। उनमें से एक ब्रुकलिन में एक छोटा डिपार्टमेंट स्टोर चलाने लगा। बाक़ी दो वस्त्र बेचने के कारोबार में थे, एक का ग्राफ़िक डिज़ाइन स्टूडियो था, एक फ़ेदर हैट बनाते थे और एक टिशमैन रिएल्टी के फ़ाइनैंस डिपार्टमेंट में काम करते थे।

बहरहाल, मॉरिस पूरे परिवार में सबसे ज़्यादा बुद्धिजीवी थे और कॉलेज जाने वाले इकलौते व्यक्ति थे। उन्होंने वकालत की डिग्री लेकर ब्रुकलिन में कोर्ट स्ट्रीट पर वकालत शुरू कर दी। वे एक आकर्षक इंसान थे, जो होमबर्ग और ब्रुक्स ब्रदर्स के सूट पहनते थे। गर्मियों में वे सजीला हैट पहनते थे। उन्होंने बहुत सुंदर लिलियन लेवेन्टिन से शादी की, जो एक

---

*विपत्ति किस तरह यहूदी वकीलों के लिए अवसर में बदली, इसका सर्वश्रेष्ठ विश्लेषण क़ानूनी विद्वान एली वाल्ड ने किया है। लेकिन वाल्ड ने सावधानीपूर्वक यह ज़ोर दिया है कि फ़्लॉम और उनके जैसे लोग सिर्फ़ खुशक़िस्मत ही नहीं थे। खुशक़िस्मत होना लॉटरी जीतना है। उन्हें एक अवसर दिया गया था और उन्होंने उसे लपक लिया। जैसा वाल्ड कहते हैं : "यहूदी वकील खुशक़िस्मत थे और उन्होंने अपनी मदद की। यह इसे कहने का सबसे अच्छा तरीक़ाहै। उन्होंने उन परिस्थितियों का लाभ लिया, जो उनके रास्ते में आईं। खुशक़िस्मती वाला हिस्सा यह था कि डब्ल्यूएएसपी फ़र्म्स अधिग्रहण क़ानून में क़दम रखने की अनिच्छुक थीं। लेकिन यह शब्द खुशक़िस्मती उस मेहनत, प्रयासों, कल्पना और अवसरों पर काम करने को व्यक्त नहीं करता है, जो छिपी हुई थीं और उतनी स्पष्ट नहीं थीं।"

प्रतिष्ठित परिवार की थीं। वे एक बड़ी कार चलाते थे। फिर वे क्वीन्स आ गए। उन्होंने और एक पार्टनर ने दस्तावेज़ लेखन का कारोबार सँभाल लिया, जिसके सफल होने की पूरी संभावना थी।

यहाँ एक इंसान था, जिसे देखकर ऐसा लग रहा था कि उन्हें न्यू यॉर्क सिटी में वकील के रूप में फलना-फूलना चाहिए। वे बुद्धिमान और शिक्षित थे। वे एक ऐसे परिवार से आए थे, जो तंत्र के नियमों में अच्छी तरह पारंगत था। वे आर्थिक दृष्टि से संसार के सबसे आकर्षक शहर में रह रहे थे। लेकिन अजीब बात यह है : यह कभी नहीं हुआ। मॉरिस जैंकलो का करियर कभी वैसी उड़ान नहीं भर पाया, जैसी उन्हें उम्मीद थी। मन ही मन उन्हें लगता था, मानो उन्होंने दरअसल कभी ब्रुकलिन में कोर्ट स्ट्रीट के पार क़दम रखा ही न हो। वे जीवन भर संघर्ष करते रहे और छटपटाते रहे।

लेकिन मॉरिस जैंकलो का मॉर्ट नामक बेटा था। वह भी वकील बना और बेटे की कहानी पिता से बहुत अलग है। मॉर्ट जैंकलो ने 1960 के दशक में एक नई लॉ फ़र्म स्थापित की। इसके बाद उन्होंने सबसे शुरुआती केबल टेलीविज़न फ्रैंचाइज़ी में से एक को साथ में कर दिया और उसे अच्छे भविष्य के लिए भारी दामों में कॉक्स ब्रॉडकास्टिंग को बेच दिया। 1970 के दशक में उन्होंने एक साहित्यिक एजेंसी शुरू की और यह आज संसार की सबसे प्रतिष्ठित एजेंसियों में से एक है।* उनके पास खुद का हवाई जहाज़ है। जो उनके पिता हासिल नहीं कर पाए थे, उनका हर सपना बेटे ने पूरा कर लिया।

मॉर्ट जैंकलो सफल क्यों हुए, जहाँ मॉरिस जैंकलो सफल नहीं हो पाए थे? ज़ाहिर है, इस सवाल के सौ जवाब संभव हैं। लेकिन आइए, 1830 के दशक में पैदा हुए कारोबारी दिग्गजों और 1955 में पैदा हुए सॉफ़्टवेअर प्रोग्रामर्स के विश्लेषण को याद करते हैं और उनकी पीढ़ी के संदर्भ में जैंकलो पिता-पुत्र के बीच के अंतर को देखते हैं। क्या यह न्यू यॉर्क में यहूदी वकील के घर पैदा होने का आदर्श समय था? पता चलता है कि यह आदर्श समय था और इसी तथ्य से यह स्पष्ट होता है कि मॉर्ट जैंकलो की सफलता जो फ़्लॉम की सफलता की भी दूसरी कुंजी है।

---

*जैंकलो ऐंड नेस्बिट, जिस एजेंसी को उन्होंने शुरू किया, वह दरअसल मेरी लिटरेरी एजेंसी है। इसी तरह मैंने जैंकलो के पारिवारिक इतिहास के बारे में सुना।

6.

लुई टरमैन का प्रतिभाशाली लोगों का अध्ययन, जैसा आपको क्रिस लैंगन वाले अध्याय से याद होगा, इस बारे में एक जाँच थी कि 1903 और 1917 के बीच पैदा हुए बहुत ऊँचे आईक्यू वाले कुछ बच्चों का वयस्कों के रूप में प्रदर्शन कैसा रहा। इस अध्ययन ने पाया कि उनमें सच्ची सफलताओं का एक समूह था और असली असफलताओं का एक समूह था। निष्कर्ष यह था कि सफलताओं के ज़्यादा संपन्न परिवारों से आने की कहीं ज़्यादा संभावना थी। इस अर्थ में टरमैन का अध्ययन एनेट लोराऊ के दिए तर्क को रेखांकित करता है कि आपके माता-पिता आजीविका के लिए क्या करते हैं, वह मायने रखता है और आपके माता-पिता जिस वर्ग के होते हैं, उसकी मान्यताएँ *मायने* रखती हैं।

टरमैन के परिणामों को देखने का एक और तरीका है। इसका संबंध इस बात से है कि टरमाइट्स *कब* पैदा हुए थे। अगर आप टरमाइट्स को दो समूहों में विभाजित कर दें, जिसमें एक तरफ़ 1903 और 1911 के बीच पैदा हुए लोग हों, और दूसरे समूह में 1912 और 1917 के बीच पैदा हुए लोग हों। ऐसा करने पर यह पता चलता है कि टरमैन के असफल लोगों के पहले वाले समूह में पैदा होने की कहीं ज़्यादा संभावना थी।

इस स्पष्टीकरण का संबंध बीसवीं सदी की दो महाविनाशकारी घटनाओं से है : भारी मंदी और द्वितीय विश्व युद्ध। अगर आप 1912 के बाद पैदा हुए हों - मान लें, 1915 में - तो आप मंदी के सबसे बुरे दौर के बाद कॉलेज से बाहर निकले थे और आपको पर्याप्त कम उम्र में ही तीन-चार साल के लिए सेना में भर्ती कर लिया गया था। यह विघ्न तो था, लेकिन अवसर भी था (बशर्ते आप युद्ध में मर न गए हों)।

1911 से पहले पैदा हुए टरमाइट्स मंदी के शिखर पर कॉलेज से निकले थे, जब नौकरी के अवसर कम थे। जब द्वितीय विश्व युद्ध शुरू हुआ, तो उनकी उम्र पैंतीस के पार हो गई थी। इसका मतलब है कि जब उन्हें सेना में भर्ती किया गया, तो इससे उनके करियर, परिवार और वयस्क जीवन अस्त-व्यस्त हो गए, जो पहले ही स्थापित हो चुके थे। इस तरह जनसांख्यिकी की दृष्टि से देखें, तो 1911 से पहले पैदा होना बदक़िस्मती थी। बीसवीं सदी की सबसे विनाशकारी घटनाओं ने आपको बड़े ग़लत समय पर पटखनी दी थी।

यही जनसांख्यिकी तर्क न्यू यॉर्क में मॉरिस जैंकलो जैसे यहूदी वकीलों पर लागू होता है। उनके लिए बड़ी प्रतिष्ठित क़ानूनी फ़र्म्स के दरवाज़े बंद थे। इसलिए वे ज़्यादातर अकेले ही वकालत करते थे और वसीयतों, तलाक़ों, अनुबंधों तथा छुटपुट विवादों के मुकदमे सँभालते थे। जब मंदी आई, तो अकेले वकील का काम लगभग ख़त्म हो गया। "मेट्रोपॉलिटन वकील समुदाय के लगभग आधे सदस्य अमेरिकी परिवारों के न्यूनतम निर्वाह स्तर से भी कम कमाते थे," जेरोल्ड ऑरबैक न्यू यॉर्क में मंदी के वर्षों के बारे में लिखते हैं। "एक साल बाद 1,500 वकील बेरोज़गारी भत्ते की पात्रता पाने के लिए कंगाली की शपथ लेने को तैयार थे। यहूदी वकीलों (लगभग मेट्रोपॉलिटन बार के आधे) को यह आभास हुआ कि उनकी वकालत 'भुखमरी का सम्मानजनक मार्ग' बन गई थी।" चाहे उन्होंने वकालत में कितने भी साल लगाए हों, उनकी आमदनी उनके ईसाई साथियों से "आश्चर्यजनक रूप से कम" थी। मॉरिस जैंकलो का जन्म 1902 में हुआ था। जब मंदी शुरू हुई, उस समय उनकी नई-नई शादी हुई थी और उन्होंने उसी समय अपनी बड़ी कार ख़रीदी थी, वे क्वीन्स जाकर रहने लगे थे तथा उसी समय उन्होंने दस्तावेज़ लिखने के व्यवसाय में अपना बड़ा जुआ खेला था। उनकी टाइमिंग इससे बुरी नहीं हो सकती थी।

"वे दौलत कमाने जा रहे थे," मॉर्ट जैंकलो अपने पिता के बारे में कहते हैं। "लेकिन मंदी ने आर्थिक दृष्टि से उन्हें मार डाला। उनके पास कोई जमा पूँजी नहीं थी और उनके पास कोई पारिवारिक सहारा भी नहीं था। उसके बाद वे काफ़ी हद तक नोटरी जैसे वकील बन गए। उसके बाद उनमें जोखिम लेने का साहस नहीं बचा था। यह उनके लिए बहुत भारी झटका था। पिताजी पच्चीस डॉलर के लिए ख़रीदने-बेचने के कामों की क़ानूनी प्रक्रिया करते थे। उनका एक मित्र जमेका सेविंग्स बैंक में काम करता था और उन्हें थोड़ा कारोबार दे दिया करता था। वे पच्चीस डॉलर के लिए जी-जान लगा देते थे, पूरी क़ानूनी प्रक्रिया करते थे और टाइटल रिपोर्ट्स बनाते थे। सिर्फ़ पच्चीस डॉलर के लिए!

"मैं सुबह अपने माता-पिता को याद कर सकता हूँ," जैंकलो आगे कहते हैं। "वे मम्मी से कहते थे, 'मेरे पास एक डॉलर 75 सेंट हैं। मुझे बस के किराए के लिए दस सेंट की ज़रूरत है, दस सेंट सबवे के लिए, चौथाई डॉलर सैंडविच के लिए,' और वे बाक़ी पैसा मम्मी को दे देते थे। वे दिवालियेपन के इतने क़रीब थे।"

7.

अब इस अनुभव की तुलना मॉर्ट जैंकलो जैसे व्यक्ति के अनुभव से करें, जो 1930 के दशक में पैदा हुआ था।

नीचे दिए चार्ट पर नज़र डालें, जो अमेरिका में 1910 से 1950 के बीच अमेरिका में जन्म लेने वाले शिशुओं की संख्या दिखाता है। 1915 में लगभग तीस लाख शिशु हैं। 1935 में यह संख्या घटकर लगभग छह लाख हो जाती है, लेकिन डेढ़ दशक के भीतर यह संख्या एक बार फिर से तीस लाख तक पहुँच जाती है। ज़्यादा सटीक शब्दावली में कहें, तो 1915 में हर एक हज़ार अमेरिकियों पर 29.5 शिशु पैदा हुए; 1935 में 18.7 शिशु; और 1950 में 24.1 शिशु। 1930 के दशक को "जनसांख्यिकी गर्त" कहा जाता है। मंदी की आर्थिक मुश्किलों के चलते परिवारों ने बच्चे पैदा करना छोड़ दिया। नतीजा यह हुआ कि उस दशक के दौरान पैदा हुई पीढ़ी अपनी पिछली पीढ़ी और अपने तुरंत बाद आने वाली पीढ़ी से उल्लेखनीय रूप से छोटी थी।

वर्ष	कुल जन्म	जन्म प्रति 1,000
1910	2,777,000	30.1
1915	2,965,000	29.5
1920	2,950,000	27.7
1925	2,909,000	25.1
1930	2,618,000	21.3
1935	2,377,000	18.7
1940	2,559,000	19.4
1945	2,858,000	20.4
1950	3,632,000	24.1

आगे अर्थशास्त्री एच. स्कॉट गॉर्डन का उद्धरण दिया जा रहा है, जिन्होंने छोटी पीढ़ी में पैदा होने के ख़ास लाभों के बारे में लिखा था :

> जब वह पहली बार अपनी आँखें खोलता है, तो यह एक ख़ाली अस्पताल में होता है, जो उससे पहले आने वाली पीढ़ी के सैलाब के लिए बनाया गया था। स्टाफ़ अपना समय उदारता से देता है, क्योंकि उनके पास करने के लिए बहुत कम काम होता है, जबकि वे अगले सैलाब के आने से पहले शांति की संक्षिप्त अवधि से गुज़रते हैं। जब वह स्कूल की उम्र तक पहुँचता है, तो भव्य इमारतें उसका स्वागत करने के लिए वहाँ पहले से ही मौजूद होती हैं; शिक्षकों का पर्याप्त स्टाफ़ बाँहें फैलाकर उसका स्वागत करता है। हाई स्कूल में बास्केटबॉल टीम पहले जितनी अच्छी नहीं है, लेकिन जिमनेशियम फ्लोर पर समय पाने में कोई समस्या नहीं होती। युनिवर्सिटी एक आनंददायक स्थान है; कक्षाओं और हॉस्टल में पर्याप्त जगह है, कॉफ़ी हाउस में कोई भीड़ नहीं है और प्रोफ़ेसर पूरा ध्यान देते हैं। फिर वह नौकरी के बाज़ार में पहुँचता है। नए कर्मचारियों की आपूर्ति कम है और माँग ज़्यादा है, क्योंकि उसके पीछे जनसंख्या की एक बड़ी लहर आ रही है, जिसकी वजह से उसके नियोक्ताओं की वस्तुओं और सेवाओं के लिए प्रबल माँग उत्पन्न हो रही है।

न्यू यॉर्क सिटी में 1930 के दशक की शुरुआत के समूह इतने छोटे थे कि क्लास का आकार 25 साल पहले की तुलना में कम से कम आधा रह गया था। स्कूल नए थे, इससे पहले वाली बड़ी पीढ़ी के लिए बनाए गए थे और टीचर्स के पास मंदी में उच्च दर्जे वाली नौकरी थी।

"1940 के दशक के न्यू यॉर्क सिटी के सरकारी स्कूलों को देश में सर्वश्रेष्ठ स्कूल माना जाता था," न्यू यॉर्क युनिवर्सिटी की प्रोफ़ेसर डियान रेविच ने कहा है, जिन्होंने शहर के शैक्षणिक इतिहास पर व्यापकता से लिखा है। "वहाँ शिक्षकों की यह पीढ़ी तीस और चालीस की उम्र पार थी, जो किसी दूसरे समय और जगह पर कॉलेज प्रोफ़ेसर होते। वे प्रतिभाशाली थे, लेकिन वे जो नौकरी चाहते थे, उसे नहीं पा सकते थे और वे सरकारी संस्था में पढ़ाना चाहते थे, क्योंकि इसमें सुरक्षा थी, पेंशन थी और आपको नौकरी से नहीं निकाला जाता था।"

इसी बात से उस पीढ़ी के सदस्यों को कॉलेज पहुँचने पर लाभ हुआ। यहाँ टेड फ़्राइडमैन की बात पर ग़ौर करते हैं, जो 1970 और 1980 के दशक में न्यू यॉर्क के एक शीर्ष वकील थे। फ़्लॉम की तरह ही वे भी ग़रीबी में पले-बढ़े थे और ग़रीब यहूदी अप्रवासियों की संतान थे।

"मेरे विकल्प थे सिटी कॉलेज और युनिवर्सिटी ऑफ़ मिशिगन,"

फ़्राइडमैन ने कहा। सिटी कॉलेज मुफ़्त था और मिशिगन - तब और अब, अमेरिका की शीर्ष युनिवर्सिटीज़ में से एक - में 450 डॉलर की वार्षिक फ़ीस थी। "और अगर आपके ग्रेड ऊँचे हों, तो पहले साल के बाद आपको स्कॉलरशिप मिल सकती थी," फ़्राइडमैन ने कहा। "इसका मतलब था कि प्रदर्शन अच्छा रहने पर मुझे केवल एक साल ही भुगतान करना था।" फ़्राइडमैन का पहला रुझान यह था कि वे न्यू यॉर्क में ही बने रहें। "मैं एक दिन के लिए सिटी कॉलेज गया, लेकिन मुझे यह पसंद नहीं आया। मैंने सोचा, यह तो ब्रॉन्क्स साइंस (वह हाई स्कूल जिसमें वे पढ़े थे) में चार और साल बिताने जैसा ही रहेगा। इसलिए मैं घर आया, अपने बैग पैक किए और लिफ्ट लेकर एन आर्बर पहुँच गया।" वे आगे कहते हैं :

> "मेरी जेब में गर्मियों में कमाए दो सौ डॉलर थे। मैं न्यू यॉर्क के कैटस्किल्स पार्क में काम कर रहा था, ताकि 450 डॉलर की ट्यूशन फ़ीस चुकाने के लिए पर्याप्त पैसे कमा सकूँ। फिर मुझे एन आर्बर के एक फ़ैंसी रेस्तराँ में वेटर का काम मिल गया। मैंने रिवर रूश में भी नाइट शिफ्ट में काम किया, जो फ़ोर्ड का बड़ा प्लांट था। वहाँ असली पैसा था। उस नौकरी को पाना ज़्यादा मुश्किल नहीं था। फ़ैक्ट्रियाँ लोगों की तलाश कर रही थीं। मेरा एक और काम भी था, जिसने मुझे वकील बनने से पहले सबसे अच्छा वेतन दिया। यह था निर्माण कार्य। गर्मियों में हमने एन आर्बर में क्राइसलर प्रूविंग ग्राउंड्स बनाए। मैंने लॉ स्कूल के दौरान कुछ गर्मियों में वहाँ काम किया। उन कामों में सचमुच बहुत अच्छा वेतन मिलता था, शायद इसलिए क्योंकि आप बहुत ज़्यादा ओवरटाइम कर लेते थे।

इस कहानी के बारे में पल भर सोचें। पहला सबक़ यह है कि फ़्राइडमैन कड़ी मेहनत करने को तैयार थे, अपनी ज़िम्मेदारी उठाने के इच्छुक थे और पढ़ाई पूरी करने के लिए कृत संकल्प थे। लेकिन दूसरा, शायद अधिक महत्त्वपूर्ण सबक़ यह है कि वे संयोग से अमेरिका में एक ऐसे समय आए थे, जब अगर आप कड़ी मेहनत करने के इच्छुक थे, तो आप अपनी ज़िम्मेदारी उठा *सकते थे* और कमाई करके पढ़ाई की फ़ीस भर *सकते थे।* उस वक़्त के फ़्राइडमैन को हम आज "आर्थिक दृष्टि से सुविधाहीन" कहेंगे। वे ब्रॉन्क्स के ग़रीब इलाके के बच्चे थे, जिनके माता-पिता कॉलेज नहीं गए थे। लेकिन ज़रा देखें तो सही, अच्छी शिक्षा पाना उनके लिए कितना आसान था। उन्होंने न्यू यॉर्क में अपने सरकारी हाई स्कूल की पढ़ाई उस वक़्त पूरी

की, जब न्यू यॉर्क सिटी के सरकारी स्कूल विश्व की ईर्ष्या का केंद्र थे। उनका पहला विकल्प सिटी कॉलेज मुफ़्त था और उनके दूसरे विकल्प युनिवर्सिटी ऑफ़ मिशिगन की फ़ीस सिर्फ़ 450 डॉलर थी - और स्पष्ट रूप से दाख़िले की प्रक्रिया काफ़ी सरल रही होगी, क्योंकि तभी वे एक दिन एक कॉलेज और दूसरे दिन दूसरे कॉलेज जा सकते थे।

और वे वहाँ कैसे पहुँचे? उन्होंने जेब में गर्मियों में कमाए पैसे के साथ लिफ्ट ली। और जब वे वहाँ पहुँचे, तो उन्हें अपनी पढ़ाई का ख़र्च उठाने के लिए सचमुच अच्छे काम तुरंत मिल गए, क्योंकि फ़ैक्ट्रियाँ "लोगों की तलाश" कर रही थीं। और ज़ाहिर है, उन्हें 1930 के दशक के जनसांख्यिकी गर्त में पैदा हुए लोगों के बाद वाली बड़ी पीढ़ी की ज़रूरतों को पूरा करना था और बेबी बूमर्स की बड़ी पीढ़ी उनके पीछे आ रही थी। सफलता के लिए इतनी आवश्यक संभावना का अहसास सिर्फ़ हमारे भीतर से या हमारे अभिभावकों से नहीं आता है। यह तो हमारे समय से आता है : उन ख़ास अवसरों से, जो इतिहास में उस ख़ास जगह हमारे सामने पेश किए जाते हैं। एक युवा वकील के लिए 1930 के दशक की शुरुआत में पैदा होना जादुई समय था, ठीक उसी तरह जिस तरह कि 1955 में पैदा होना सॉफ़्टवेअर प्रोग्रामर के लिए था, या 1835 में पैदा होना किसी उद्यमी के लिए था।

आज मॉर्ट जैंकलो के पास पार्क एवेन्यू के ऊपर एक ऑफ़िस है, जो आधुनिक कला के सुंदर चित्रों से भरा हुआ है - एक ड्यूबफ़े, एक एंसेल्म कीफ़र। वे मज़ेदार कहानियाँ सुनाते हैं। ("मेरी माँ की दो बहनें थीं। एक 99 साल तक ज़िंदा रहीं और दूसरी 90 साल में मर गईं। 99 साल की मौसी चतुर थीं। उन्होंने मेरे अंकल अल से शादी की, जो मेडनफ़ॉर्म में चीफ़ ऑफ़ सेल्स थे। एक बार मैंने उनसे पूछा था, 'बाक़ी का देश कैसा है, अल अंकल?' और उन्होंने कहा था, 'बेटा। जब तुम न्यू यॉर्क छोड़ देते हो, तो हर जगह ब्रिजपोर्ट है।'") वे यह अहसास देते हैं कि संसार उनके सामने बिछा हुआ है। वे कहते हैं, "मैं हमेशा बड़ा जोखिम लेने वाला रहा हूँ। जब मैंने केबल कंपनी बनाई, तो शुरुआती अवस्थाओं में मैं ऐसे सौदे कर रहा था, जिनमें अगर मैं कामयाब नहीं होता, तो दिवालिया हो जाता। मुझमें आत्मविश्वास था कि मैं सफल हो सकता हूँ।"

मॉर्ट जैंकलो न्यू यॉर्क सिटी के सरकारी स्कूलों में तब पढ़े थे, जब वे अपने सर्वश्रेष्ठ स्वरूप में थे। मॉरिस जैंकलो न्यू यॉर्क सिटी के सरकारी स्कूलों में तब पढ़े थे, जब वहाँ सबसे ज़्यादा भीड़ थी। मॉर्ट जैंकलो कोलंबिया

युनिवर्सिटी लॉ स्कूल गए, क्योंकि जनसांख्यिकी गर्त के शिशुओं के पास बेहतर स्कूल चुनने का अवसर था। मॉरिस जैंकलो ब्रुकलिन लॉ स्कूल गए, जो 1919 के लिहाज़ से अप्रवासी बच्चे के लिए सबसे अच्छा हो सकता था। मॉर्ट जैंकलो ने अपना केबल व्यवसाय करोड़ों डॉलर में बेचा। मॉरिस जैंकलो ने पच्चीस डॉलर में ख़रीदने-बेचने की क़ानूनी प्रक्रिया पूरी की। जैंकलो पिता-पुत्र की कहानी हमें बताती है कि जो फ़्लॉम का त्वरित उत्थान किसी दूसरे समय नहीं हो सकता था। सबसे प्रतिभाशाली वकील भी, जो सबसे अच्छे पारिवारिक सबक़ों से लैस हों, अपनी पीढ़ी की सीमाओं से नहीं बच सकते।

"मेरी माँ अपने जीवन के अंतिम पाँच-छह महीनों तक सोच-समझ सकती थीं," मॉर्ट जैंकलो ने कहा। "और बेहोशी की हालत में उन्होंने उन चीज़ों के बारे में बात की, जिनके बारे में उन्होंने पहले कभी बात नहीं की थी। उन्होंने 1918 की फ्लू महामारी में अपनी सखियों के मरने पर आँसू बहाए। उस पीढ़ी - मेरे माता-पिता की पीढ़ी - ने बहुत कुछ झेला था। वे उस महामारी में जिए थे, जिसने संसार की दस प्रतिशत जनसंख्या को ख़त्म कर दिया था। सड़कों पर दहशत। मित्रों की मृत्यु। और फिर प्रथम विश्व युद्ध, फिर मंदी, फिर द्वितीय विश्व युद्ध। उनके पास ज़्यादा मौक़ा ही नहीं था। वह बड़ा मुश्किल दौर था। मेरे पिता एक अलग तरह के संसार में कहीं ज़्यादा सफल होते।"

सबक़ 3 : पोशाक उद्योग और सार्थक कार्य

8.

1889 में लुई और रेजिना बोर्जेनिक्ट हैम्बर्ग से अमेरिका जाने वाले जहाज़ पर सवार हुए। लुई गैलेशिया के थे, जो उस वक़्त पोलैंड में था। रेजिना हंगरी के एक छोटे कस्बे की थीं। उनकी शादी को कुछ साल हो गए थे; उनका एक छोटा बच्चा था और दूसरा होने वाला था। तेरह दिन की यात्रा में वे इंजन रूम के ऊपर डेक पर घास-फूस के गद्दे पर सोए। जब जहाज़ झूलता था और हिचकोले खाता था, तो वे अपने बंक बिस्तरों को कसकर पकड़ लेते थे। वे न्यू यॉर्क में केवल एक ही व्यक्ति को जानते थे : बोर्जेनिक्ट की बहन

सैली, जो दस साल पहले वहाँ गई थीं। उनके पास बस इतना पैसा था, जो सबसे अच्छी परिस्थितियों में भी कुछ ही सप्ताह चल सकता था। उन वर्षों में अमेरिका जाने वाले बहुत सारे अप्रवासियों की तरह ही उनकी यात्रा भी विश्वास की छलाँग थी।

लुई और रेजिना को मैनहैटन के लोअर ईस्ट साइड में एल्डरिज स्ट्रीट पर एक छोटा अपार्टमेंट मिल गया। किराया था 8 डॉलर प्रति माह। इसके बाद लुई काम की तलाश में सड़कों की खाक छानने लगे। उन्होंने फुटपाथों को सामान बेचने वालों, फल बेचने वालों और ठेलों से भरा देखा। उन्होंने अपने देश में जो शोर, गतिविधि और ऊर्जा देखी थी, यहाँ उससे बहुत ज़्यादा नज़र आ रही थी। पहले तो वे पूरी तरह परास्त महसूस करने लगे, लेकिन फिर ऊर्जावान हो गए। वे लुडलो स्ट्रीट में अपनी बहन के फ़िश स्टोर गए और उससे हिलसा मछली उधार ली। उन्होंने दो पीपे मछली के साथ फुटपाथ पर दुकान लगा ली और इधर से उधर कूदकर जर्मन भाषा में बोलते रहे :

तलने के लिए
बेकिंग के लिए
पकाने के लिए
खाने के लिए भी अच्छी
हिलसा हर भोजन में चलेगी
और हर वर्ग के लिए अच्छी!

सप्ताह के अंत तक उन्होंने 8 डॉलर कमा लिए थे। दूसरे सप्ताह 13 डॉलर। ये उनके लिए काफ़ी बड़ी राशियाँ थीं। लेकिन लुई और रेजिना यह नहीं समझ पाए कि सड़क पर हिलसा बेचकर वे एक सृजनात्मक व्यवसाय कैसे खड़ा कर सकते हैं। फिर लुई ने ठेले पर सामान बेचने का निर्णय लिया। उन्होंने टॉवेल और टेबल क्लॉथ बेचे, लेकिन इसमें उनकी क़िस्मत नहीं चमकी। इसके बाद वे नोटबुक बेचने लगे, फिर केले, फिर मोजे। क्या ठेलों में सचमुच कोई भविष्य था? रेजिना ने दूसरी संतान, एक बेटी, को जन्म दे दिया और इससे लुई की व्यग्रता बढ़ गई। अब उन्हें चार मुँहों में दाना डालना था।

जवाब उनके पास तब आया, जब वे लोअर ईस्ट साइड की सड़कों पर इधर से उधर पाँच दिनों तक टहल लिए, ठीक उस समय जब वे उम्मीद

छोड़ने वाले थे। वे एक उलटे बक्से पर बैठे थे और रेजिना के बनाए सैंडविच खा रहे थे। *कपड़े!* उनके चारों तरफ़ स्टोर खुल रहे थे - सूट, पोशाक, मज़दूरों की पोशाक, शर्ट, स्कर्ट, ब्लाउज़, पैंट, सभी रेडीमेड, पहनने के लिए तैयार। वे एक ऐसे संसार से आए थे, जहाँ कपड़े या तो घर पर हाथ से सिले जाते थे या फिर दर्जियों द्वारा ऑर्डर पर सिले जाते थे, इसलिए उनके लिए यह एक ईश्वरीय आकाशवाणी जैसी थी।

"मेरे लिए इसमें सबसे बड़ा आश्चर्य सिर्फ़ कपड़ों की मात्रा ही नहीं थी - हालाँकि यह भी अपने आप में एक चमत्कार था -" बोर्जेनिक्ट ने बरसों बाद लिखा, जब वे महिलाओं और बच्चों की पोशाक के समृद्ध निर्माता बन गए, "लेकिन यह तथ्य था कि अमेरिका में ग़रीब लोग भी अपने कपड़े खुद बनाने का सारा निरानंद, समयखाऊ श्रम बचा सकते थे, बशर्ते वे स्टोर में जाकर अपनी ज़रूरत के कपड़े ख़रीद लें। *यह* एक ऐसा क्षेत्र था जिसमें उतरना चाहिए, एक ऐसा क्षेत्र जिसमें रोमांच होना चाहिए।"

बोर्जेनिक्ट ने एक छोटी नोटबुक निकाली। वे जहाँ भी गए, उन्होंने लिखा कि लोग क्या पहन रहे थे और बिक्री के लिए क्या रखा था - पुरुषों के कपड़े, महिलाओं के कपड़े, बच्चों के कपड़े। वे कोई "नया" आइटम चाहते थे, कोई ऐसी चीज़ जिसे लोग पहनें, लेकिन जो स्टोर्स में नहीं बेचा जा रहा हो। वे चार और दिनों तक सड़कों पर घूमे। अंतिम दिन जब वे घर लौट रहे थे, तो उन्होंने आधा दर्जन लड़कियों को हॉपस्कॉच नामक कूदने का खेल खेलते देखा। एक लड़की अपनी पोशाक के ऊपर छोटी कढ़ाई वाली एप्रन पहने थी, सामने नीचे तक कटी हुई और उसके पीछे एक टाई। यह देखकर अचानक उनके दिमाग़ में आया कि जब वे लोअर ईस्ट साइड की कपड़ों की दुकानों की ज़बर्दस्त छानबीन कर रहे थे, तो उन्होंने इन एप्रन्स को *कभी* बिकते नहीं देखा था।

घर लौटकर उन्होंने यह बात रेजिना को बताई। रेजिना के पास एक पुरानी सिलाई मशीन थी, जो उन्होंने अमेरिका आने पर ख़रीदी थी। अगली सुबह बोर्जेनिक्ट हेस्टर स्ट्रीट की एक दुकान में गए। वहाँ से उन्होंने सौ गज़ रंगीन सूती कपड़ा और पचास गज़ सफ़ेद कपड़ा ख़रीद लिया। वे अपने छोटे अपार्टमेंट में लौटे और कपड़ा डाइनिंग रूम की टेबल पर रख दिया। रेजिना कपड़ा काटने लगीं - शिशुओं के लिए छोटे आकार, छोटे बच्चों के लिए ज़्यादा बड़े - जब तक कि उनके पास चालीस एप्रन नहीं हो गईं। रेजिना उन्हें सिलने लगीं। आधी रात को वे सोने चली गईं और जहाँ उन्होंने काम

छोड़ा था, वहाँ से लुई ने उसे सँभाल लिया। भोर में वे उठीं और बटनहोल काटकर बटन टाँकने लगीं। सुबह दस बजे तक एप्रन बनकर तैयार थीं। लुई उन्हें अपनी बाँह पर रखकर हेस्टर स्ट्रीट में निकल पड़े।

"बच्चों की एप्रन! छोटी लड़कियों की एप्रन! रंगीन वाली, दस सेंट। सफ़ेद वाली, पंद्रह सेंट! छोटी लड़कियों की एप्रन!"

एक बजे तक सारी चालीस एप्रन बिक गई थीं।

"ओह, हमारे पास अब अपना खुद का कारोबार है," वे रेजिना से चिल्लाकर बोले, जब वे हेस्टर स्ट्रीट से दौड़ते हुए घर आए।

उन्होंने रेजिना की कमर पकड़ी और उन्हें गोल-गोल घुमाने लगे।

"तुम्हें मेरी मदद करनी होगी," वे चिल्लाए। "हम मिलकर काम करेंगे! ओह, *यह हमारा कारोबार है।*"

9.

फ़्लॉम, बोर्जेनिक्ट और जैंकलो जैसे यहूदी अप्रवासी उन दूसरे अप्रवासियों जैसे नहीं थे, जो उन्नीसवीं सदी में और प्रारंभिक बीसवीं सदी में अमेरिका आए थे। आयरलैंड और इटली के अप्रवासी किसान थे। यूरोप के ग़रीब देहातों से आए अप्रवासी दिहाड़ी किसान थे। यहूदी ऐसे नहीं थे। यूरोप में सदियों से उन पर ज़मीन का मालिक बनने का प्रतिबंध था, इसलिए उन्होंने शहरों और कस्बों में समूहबद्ध होकर नगरीय व्यापार तथा पेशों में जगह बनाई थी। जो पूर्वी यूरोपीय यहूदी प्रथम विश्व युद्ध के लगभग तीस साल पहले से अमेरिका आए थे, उनमें से 70 प्रतिशत के पास किसी न किसी तरह की व्यावसायिक योग्यता थी। वे छोटे किराना स्टोर या ज्वेलरी स्टोर के मालिक थे। वे बुकबाइंडर्स या घड़ीसाज़ थे। वैसे ज़्यादातर मामलों में उनका अनुभव कपड़ा व्यापार का था। वे टेलर और पोशाक बनाने वाले थे, हैट और कैप बनाने वाले थे, फ़र के कपड़े बेचने वाले और चमड़ा पकाने वाले थे।

मिसाल के तौर पर, लुई बोर्जेनिक्ट ने बारह साल की उम्र में अपने ग़रीब माता-पिता का घर छोड़ दिया और वे पोलैंड के ब्रजेस्को कस्बे के एक जनरल स्टोर में सेल्स क्लर्क का काम करने लगे। जब *स्कनीटवॉरेन हैंडलंग* (यानी कपड़ों या "पीस गुड्स" की हैंडलिंग) में काम करने का अवसर मिला, तो उन्होंने कूदकर इसे जकड़ लिया। वे लिखते हैं, "उन दिनों पीस-गुड्स

यानी औसत आकार के कपड़े बेचने वाला आदमी पूरे संसार को कपड़े पहनाता था, और उस समाज में जीवन के लिए तीन बुनियादी चीज़ें ज़रूरी थीं। भोजन और आवास निचली श्रेणी में थे; कपड़े कुलीन थे। कपड़ों की कला के पारखी, यूरोप के हर कोने के अद्भुत पोशाक व्यवसायी हर साल पोशाक ख़रीदने के लिए उद्योग के केंद्रों की यात्रा करते थे - ये मेरे यौवन के व्यापारी राजकुमार थे। उनकी आवाज़ें सुनी जाती थीं, उनकी बात का वज़न महसूस किया जाता था।"

बोर्जेनिक्ट एप्स्टीन के लिए पीस गुड्स का काम करने लगे, फिर पड़ोसी जैस्लो कस्बे ब्रांडस्टैटर्स के एक स्टोर में काम करने गए। वहीं पर युवा बोर्जेनिक्ट ने कपड़ों की दर्जनों क़िस्म की बारीकियाँ सीखीं। अंततः वे इसमें इतने निपुण हो गए कि वे किसी कपड़े पर हाथ फेरकर ही आपको धागों की गिनती, निर्माता का नाम और इसके बनने की जगह बता सकते थे। कुछ साल बाद बोर्जेनिक्ट हंगरी रहने गए और वहाँ उनकी रेजिना से मुलाक़ात हुई। वे सोलह साल की उम्र से पोशाक बनाने का व्यवसाय चला रही थीं। मिलकर उन्होंने छोटे पीस-गुड्स की एक श्रंखला खोली और छोटे कारोबार की उद्यमिता के विवरण मेहनत से सीखे।

उस दिन हेस्टर स्ट्रीट पर उल्टे बक्से पर बैठे-बैठे बोर्जेनिक्ट ने जो महान विचारमंथन किया था, वह यूँ ही कहीं से नहीं आया था। वे *स्कनीटवॉरेन हैंडलंग* के अनुभवी थे और उनकी पत्नी अनुभवी पोशाक निर्माता थीं। यह उनका क्षेत्र था। और जब बोर्जेनिक्ट दंपत्ति अपने छोटे अपार्टमेंट में फ़ैक्ट्री बना रहे थे, उस समय हज़ारों दूसरे यहूदी अप्रवासी भी यही कर रहे थे। वे सभी अपनी सिलाई, पोशाक बनाने और दर्जी की योग्यताओं का इस्तेमाल कर रहे थे, इस सीमा तक कि 1900 तक वस्त्र उद्योग का लगभग पूरा नियंत्रण पूर्वी यूरोपीय नवागंतुकों के हाथ में आ गया। जैसा बोर्जेनिक्ट कहते हैं, यहूदियों ने "स्वागत करने वाली भूमि में गहरा कौर कुतरा और पागलों की तरह वह काम किया, *जिसमें वे माहिर थे*।"

आज न्यू यॉर्क एक वृहद मेट्रोपॉलिटन केंद्र है, इसलिए उन योग्यताओं को भूलना आसान है, जो बोर्जेनिक्ट जैसे अप्रवासी यहाँ लाए थे। उन्नीसवीं सदी के अंत से बीसवीं सदी के मध्य तक वस्त्र व्यापार शहर का सबसे बड़ा और आर्थिक दृष्टि से सबसे समृद्ध उद्योग था। न्यू यॉर्क में जितने लोग कपड़े बना रहे थे, उतने कोई दूसरा काम नहीं कर रहे थे और जितने कपड़े न्यू यॉर्क में बनते थे, उतने संसार के किसी दूसरे शहर में नहीं बनते थे।

यह भेद खोलने वाली इमारतें आज भी मैनहैटन में ब्रॉडवे के निचले हिस्से में खड़ी हैं - टाइम्स स्क्वेयर के नीचे बीस ब्लॉक्स में दस और पंद्रह मंजिला बड़े औद्योगिक वेअरहाउसेस से सोहो और ट्राइबेका की ढलवाँ लोहे की अटारी तक - उन सभी को इसलिए बनाया गया था, ताकि कोट, हैट और अंडरवियर निर्माता वहाँ काम कर सकें। वहाँ विशाल कमरों में स्त्री-पुरुष अपनी सिलाई मशीनों पर झुके रहते थे। 1890 के दशक में न्यू यॉर्क सिटी में पोशाक बनाने या सिलाई करने या *स्कनीटवॉरेन हैंडलंग* की पृष्ठभूमि के अनुभव के साथ आना असाधारण सौभाग्य की बात थी। यह तो वैसा ही था, जैसे आप 1986 में दस हज़ार घंटों की कंप्यूटर प्रोग्रामिंग का अनुभव लेकर सिलिकॉन वैली आएँ।

"इसमें कोई शक नहीं कि ये यहूदी अप्रवासी आदर्श समय पर, आदर्श योग्यताओं के साथ आए," समाजविज्ञानी स्टीफ़न स्टाइनबर्ग ने कहा। "उस अवसर का दोहन करने के लिए आपके पास कुछ गुण होने चाहिए थे और अप्रवासी कड़ी मेहनत करते थे। उन्होंने त्याग किया। उन्होंने पाई-पाई बचाई, बचत की और समझदारी से निवेश किया। लेकिन फिर भी आपको याद रखना चाहिए कि उन बरसों में कपड़ा उद्योग दिन दूनी रात चौगुनी तरक्की कर रहा था। अर्थव्यवस्था उन योग्यताओं के लिए बेताब थी, जो उनके पास थीं।"

लुई और रेजिना बोर्जेनिक्ट और हज़ारों अन्य लोगों को, जो जहाज़ में उनके साथ आए थे, एक स्वर्णिम अवसर दिया गया था। और यही अवसर उनके बच्चों और नाती-पोतों को भी दिया गया था, क्योंकि वस्त्र बनाने वाले अपने साथ शाम को जो सबक़ घर लाते थे, वे संसार में आगे बढ़ने के लिए अति महत्त्वपूर्ण साबित हुए।

10.

जिस दिन लुई और रेजिना बोर्जेनिक्ट ने चालीस एप्रन की पहली खेप बेची, उसके अगले ही दिन लुई एच.बी. क्लैफ़लिन ऐंड कंपनी गए। क्लैफ़लिन एक बजाजी सामान का "कमीशन" हाउस था, जो पोलैंड में ब्रांडस्टार्टर के समकक्ष था। वहाँ बोर्जेनिक्ट ने एक जर्मन भाषा बोलने वाले सेल्समैन को खोजा, क्योंकि उनकी अँग्रेज़ी लगभग शून्य थी। उनके हाथों में उनकी और रेजिना की ज़िंदगी भर की बचत थी - 125 डॉलर। और इस पैसे से उन्होंने

इतना कपड़ा ख़रीद लिया कि उससे दस दर्जन एप्रन बन जाएँ। दिन-रात उन्होंने और रेजिना ने कपड़े काटे तथा सिलाई की। उन्होंने वे दस दर्जन एप्रन दो ही दिन में बेच डालीं। फिर वे दोबारा क्लैफ़लिन के पास गए। उन्होंने सारी एप्रन एक बार फिर बेच दीं। जल्द ही उन्होंने और रेजिना ने बच्चे सँभालने के लिए जहाज़ से अभी-अभी उतरे एक अप्रवासी को नौकरी पर रख लिया, ताकि रेजिना पूरे समय सिलाई कर सकें। इसके बाद उन्होंने एक और अप्रवासी को अप्रेंटिस के रूप में नौकरी पर रख लिया। लुई ने शहर में हार्लेम तक जाकर चालों और घरों में माताओं को एप्रन बेचे। उन्होंने शेरिफ़ स्ट्रीट पर एक दुकान किराए पर ली, जिसमें पीछे की तरफ़ रहने की जगह थी। अब उन्होंने तीन और लड़कियों को काम पर रख लिया तथा उन सभी के लिए सिलाई मशीनें ख़रीद लीं। वे "एप्रन मैन" के नाम से मशहूर हो गए। वे और रेजिना उतनी तेज़ी से एप्रन बेच रहे थे, जितनी तेज़ी से वे उन्हें बना सकते थे।

जल्द ही बोर्जेनिक्ट दंपत्ति ने विस्तार करने का निर्णय लिया। वे वयस्कों के एप्रन बनाने लगे, फिर पेटीकोट, फिर महिलाओं की पोशाकें। जनवरी 1892 तक बोर्जेनिक्ट दंपत्ति के यहाँ बीस लोग काम कर रहे थे, जिनमें से ज़्यादातर उनके ही जैसे अप्रवासी यहूदी थे। मैनहैटन के लोअर ईस्ट साइड पर उनकी खुद की फ़ैक्ट्री थी और ग्राहकों की बढ़ती सूची थी। इस सूची में मुख्य शहर से दूर एक स्टोर भी था, जिसके मालिक ब्लूमिंगडेल एक और यहूदी अप्रवासी दंपत्ति थे। यह ध्यान रखें कि इस बिंदु पर बोर्जेनिक्ट दंपत्ति अमेरिका में केवल तीन वर्षों से थे। वे अँग्रेज़ी मुश्किल से बोल पाते थे। और वे किसी भी पैमाने से अब तक अमीर नहीं बने थे। उन्होंने जितना भी मुनाफ़ा कमाया, उसे वापस अपने कारोबार में लगा दिया और बोर्जेनिक्ट कहते हैं कि उनके पास बैंक में केवल 200 डॉलर थे। लेकिन वे अपनी तक़दीर के मालिक बन चुके थे।

यह वस्त्र उद्योग का दूसरा बड़ा लाभ था। ऐसी बात नहीं थी कि यह केवल दिन दूनी रात चौगुनी विकास ही कर रहा था। यह स्पष्ट रूप से उद्यमी भी था। कपड़े किसी एक बड़ी फ़ैक्ट्री में नहीं बनते थे। इसके बजाय, कई स्थापित फ़र्म्स पैटर्न्स डिज़ाइन करती थीं और कपड़ा तैयार करती थीं। फिर जटिल सिलाई, प्रेस करने और बटन लगाने का काम छोटे कॉन्ट्रैक्टर्स को थमा दिया जाता था। और अगर कोई कॉन्ट्रैक्टर पर्याप्त बड़ा या महत्त्वाकांक्षी होता था, तो वह अपने खुद के पैटर्न डिज़ाइन करने लगता था और अपनी

पोशाक तैयार करने लगता था। 1913 तक न्यू यॉर्क सिटी के वस्त्र व्यवसाय में लगभग सोलह हज़ार अलग-अलग कंपनियाँ थीं, जिनमें से कई शेरिफ़ स्ट्रीट पर बोर्जेनिक्ट दंपत्ति की दुकान जैसी थीं।

"कारोबार में शामिल होने की दहलीज़ बहुत नीची थी। यह बुनियादी तौर पर सिलाई मशीन पर बना कारोबार है और सिलाई मशीनों की लागत ज़्यादा नहीं होती है," डेनियल सोयर नामक इतिहासकार कहते हैं, जिन्होंने वस्त्र उद्योग पर विस्तार से लिखा है। "इसका मतलब है कि आपको बहुत पूँजी की ज़रूरत नहीं है। बीसवीं सदी के मोड़ पर एक-दो मशीन ख़रीदने के लिए आपको शायद पचास डॉलर चाहिए होते थे। कॉन्ट्रैक्टर बनने के लिए आपको तो बस इतना करना होता था कि आपके पास दो सिलाई मशीनें हों, कुछ प्रेस हों और एक-दो कर्मचारी हों। मुनाफ़े का मार्जिन बहुत कम था, लेकिन आप थोड़े पैसे बना सकते थे।"

सुनें कि बोर्जेनिक्ट एप्रन के पार विस्तार करने के अपने निर्णय का वर्णन कैसे करते हैं :

> बाज़ार के अपने अध्ययन से मैं जानता था कि केवल तीन लोग ही 1890 से बच्चों की पोशाकें बना रहे थे। एक तो मेरे पास ही ईस्ट साइड का दर्जी था, जो केवल ऑर्डर पर पोशाक बनाता था, जबकि बाक़ी दो एक महँगा प्रॉडक्ट बनाते थे, जो बनाने की मेरी कोई इच्छा नहीं थी। मैं "लोकप्रिय भाव" वाली चीज़ें - वॉश ड्रेसेस, सिल्क और वूलन पोशाकें - बनाना चाहता था। मेरा लक्ष्य ऐसी पोशाकों का उत्पादन करना था, जिनका ख़र्च बहुसंख्यक लोग उठा सकें, ऐसी पोशाकें, जो कारोबार के पहलू से छोटे और बड़े, शहरी और ग्रामीण सभी तरह के स्टोर्स में अच्छी तरह बिकें। रेजिना की मदद से - जिनमें हमेशा उत्कृष्ट सुरुचि और विवेक था - मैंने सैंपल्स तैयार किए। अपने सारे "पुराने" ग्राहकों और मित्रों के सामने उनका प्रदर्शन करके मैंने हर बिंदु पर ज़ोर दिया - मेरी पोशाकें माताओं की बहुत सारी मेहनत बचाएँगी, सामग्री और सिलाई अच्छी थी। इसके अलावा, ये शायद घर पर बनने वाली किसी पोशाक से बेहतर थीं और भाव फटाफट बिकने के लिए वाजिब था।

एक मौक़े पर बोर्जेनिक्ट को अहसास हुआ कि अगर वे ज़्यादा बड़ी कंपनियों से कम दाम में बेचना चाहते हैं, तो इसका एकमात्र तरीक़ा थोक व्यापारियों से सीधे कपड़ा ख़रीदकर बिचौलिए को रास्ते से हटाना था। वे

लॉरेंस ऐंड कंपनी के मि. बिंगहैम से मिलने गए, "एक लंबे, दुबले-पतले, सफ़ेद दाढ़ी वाले अमेरिकी, जिनकी नीली आँखें थीं।" वहाँ वे दोनों थे, ग्रामीण पोलैंड से आया अप्रवासी, जिसकी आँखों के चारों ओर थकान की झुर्रियाँ थीं और जो अपनी अटकती हुई अँग्रेज़ी में घमंडी अमेरिकी से बात कर रहा था। बोर्जेनिक्ट ने कहा कि वे कश्मीरी ऊन के चालीस केस ख़रीदना चाहते हैं। बिंगहैम ने पहले कभी किसी निजी कंपनी को सामान नहीं बेचा था, शेरिफ़ स्ट्रीट की छोटी दुकान की बात तो रहने ही दें।

"आपमें बड़ी हिम्मत है, जो यहाँ आकर मुझसे अहसान माँगने की गुस्ताख़ी कर रहे हैं!" बिंगहैम ने गरजती आवाज़ में कहा। लेकिन अंततः उन्होंने हाँ कर दी।

हर दिन अठारह घंटे की मेहनत करके बोर्जेनिक्ट जो पा रहे थे, वह आधुनिक अर्थव्यवस्था का सबक़ था। वे मार्केट रिसर्च सीख रहे थे। वे उत्पादन की प्रक्रिया सीख रहे थे। वे दंभी अमेरिकियों के साथ सौदे करना सीख रहे थे। वे यह सीख रहे थे कि नई फ़ैशन प्रवृत्तियों को समझने के लिए ख़ुद को लोकप्रिय संस्कृति के अंदर कैसे पहुँचाना है।

इसी अवधि में न्यू यॉर्क आने वाले आइरिश और इतालवी अप्रवासियों के पास यह लाभ नहीं था। उनके पास शहरी अर्थव्यवस्था के लिए कोई विशेष योग्यता नहीं थी। वे दैनिक मज़दूर, घरेलू नौकर और निर्माण मज़दूर के रूप में काम करने लगे - ऐसे काम जहाँ आप तीस साल तक हर दिन मेहनत करने के बाद भी कभी मार्केट रिसर्च और उत्पादन की बारीकियाँ नहीं सीख पाते। वे यह भी नहीं सीख पाते हैं कि लोकप्रिय संस्कृति को कैसे समझना है और उनके संसार को चलाने वाले अमेरिकियों के साथ सौदे कैसे करना है।

मेक्सिको निवासियों की दशा पर विचार करें, जो 1900 से 1920 के दशक के अंत तक अप्रवासियों के रूप में कैलिफ़ोर्निया आए थे तथा फल और सब्ज़ियाँ उगाने वाले बड़े खेतों में काम करने लगे थे। उन्होंने मेक्सिको में सामंती खेतिहर के जीवन के बदले कैलिफ़ोर्निया में सामंती खेतिहर का जीवन चुन लिया। "वस्त्र उद्योग की परिस्थितियाँ भी उतनी ही बुरी थीं," सॉयर कहते हैं। "लेकिन वस्त्र कर्मचारी के रूप में आप उद्योग के केंद्र के ज़्यादा क़रीब थे। अगर आप कैलिफ़ोर्निया में किसी खेत में काम कर रहे हों, तो आपको ज़रा भी पता नहीं होता कि एक बार ट्रक में लदने के बाद उस फ़सल का क्या हो रहा है। दूसरी ओर, अगर आप कपड़ों की किसी छोटी

दुकान में काम कर रहे हों, तो आपकी तनख़्वाह कम होती है, परिस्थितियाँ भयंकर होती हैं और काम के घंटे लंबे होते हैं, लेकिन आप सटीकता से देख सकते हैं कि सफल लोग क्या कर रहे हैं और आप देख सकते हैं कि आप अपना ख़ुद का काम कैसे शुरू कर सकते हैं।"*

जब बोर्जेनिक्ट रात को अपने बच्चों के पास घर लौटते थे, तो हो सकता है कि वे थके, ग़रीब और पस्त हों, लेकिन वे प्रफुल्लित रहते थे। वे अपने ख़ुद के बॉस थे। वे अपने ख़ुद के निर्णयों और दिशा के लिए ज़िम्मेदार थे। उनका काम जटिल था : यह उनके मस्तिष्क और कल्पना को सक्रिय करता था। और उनके काम में प्रयास तथा पुरस्कार के बीच एक संबंध था : वे और रेजिना रात को जितनी देर तक रुककर एप्रन सिलेंगे, अगले दिन सड़कों पर वे उतने ही ज़्यादा पैसे कमाएँगे।

स्वायत्तता, जटिलता और प्रयास व पुरस्कार के बीच संबंध - ये ही वे तीन गुण हैं, जो ज़्यादातर लोगों की राय में किसी काम को संतुष्टिदायक बनाते हैं। नौ से पाँच के बीच हम कितना ज़्यादा पैसा कमाते हैं, सिर्फ़ इसी बात से हमें अंततः ख़ुशी नहीं मिलती है। असल बात तो यह है कि क्या हमें अपने काम से संतुष्टि मिलती है। यदि मैं आपको विकल्प दूँ कि आप एक साल में 75,000 डॉलर की तनख़्वाह में आर्किटेक्ट बनना चाहेंगे या फिर 1,00,000 डॉलर सालाना तनख़्वाह में बाक़ी ज़िंदगी हर दिन टोल नाके पर काम करना चाहेंगे, तो आप किसे चुनेंगे? मेरे ख़्याल से आप आर्किटेक्ट को चुनेंगे, क्योंकि सृजनात्मक काम करने में वहाँ जटिलता, स्वायत्तता और प्रयास व पुरस्कार के बीच संबंध है और यह हममें से ज़्यादातर लोगों के लिए पैसे से अधिक मूल्यवान होता है।

इन तीन पैमानों पर खरा उतरने वाला हर काम *सार्थक* है। शिक्षक

---

*मुझे अहसास है कि अमेरिकी यहूदी अप्रवासियों को खुशक़िस्मत कहना अजीब लगता है, जबकि वे अपने पीछे जिन परिवारों और रिश्तेदारों को यूरोप में छोड़ आए थे, वे नाज़ियों के हाथों सर्वनाश की कगार पर थे। बोर्जेनिक्ट 1942 में प्रकाशित होने वाली अपनी जीवनी में इस दुख को अनजाने में पकड़ लेते हैं। उन्होंने इसका शीर्षक *द हैप्पिएस्ट मैन* रखा। आशावाद और ख़ुशी से भरे बहुत से अध्यायों के बाद पुस्तक का अंत नाज़ियों के वर्चस्व वाले यूरोप की गंभीर वास्तविकता के साथ होता है। अगर *द हैप्पिएस्ट मैन* 1945 में प्रकाशित हुई होती, जब यहूदियों के सत्यानाश की पूरी कहानी पता चल चुकी थी, तो इसका शीर्षक बहुत भिन्न होता।

बनना सार्थक है। डॉक्टर बनना सार्थक है। इसी तरह उद्यमी बनना भी सार्थक है और कपड़ा उद्योग का चमत्कार - हालाँकि यह गलाकाट और कठोर था - यह था कि यह बोर्जेनिक्ट जैसे जहाज़ से उतरे लोगों को यह अनुमति देता था कि वे करने के लिए कोई सार्थक चीज़ खोज लें।* जब लुई बोर्जेनिक्ट उस लड़की की एप्रन को देखने के बाद पहली बार घर आए, तो वे नाच रहे थे। उन्होंने उस समय तक कुछ नहीं बेचा था। वे उस समय भी दरिद्र और हताश थे और वे जानते थे कि कुछ बनने के लिए बरसों की कमरतोड़ मेहनत करनी होगी। लेकिन वे उल्लास में थे, क्योंकि उन्हें कठोर मेहनत के अंतहीन साल बोझ जैसे नज़र नहीं आते थे। बिल गेट्स के मन में भी यही भाव था, जब वे पहली बार लेकसाइड में कीबोर्ड पर बैठे थे। और बीटल्स दहशत में पीछे नहीं हटे, जब उन्हें बताया गया कि उन्हें रात को आठ घंटे संगीत कार्यक्रम देने होंगे, सप्ताह में सातों दिन। वे यह मौक़ा पाकर ख़ुशी से उछल पड़े। कड़ी मेहनत जेल की सज़ा तभी होती है, जब इसमें अर्थ न हो। एक बार जब इसमें अर्थ आ जाता है, तो यह इस तरह की चीज़ बन जाती है कि आप अपनी पत्नी की कमर पकड़कर नाचने लगें।

वैसे कपड़ा उद्योग के चमत्कार का सबसे महत्त्वपूर्ण परिणाम वह था, जो सार्थक काम करने वालों के बच्चों पर पड़ा। कल्पना करें कि रेजिना और लुई बोर्जेनिक्ट के त्वरित उत्थान को उनके किसी बच्चे की आँखों से देखना कैसा रहा होगा। उन्होंने वही सबक़ सीखा, जो छोटे ऐलेक्स विलियम्स ने लगभग एक सदी बाद सीखा था - एक ऐसा सबक़, जो विधि या चिकित्सा जैसे उच्च वर्गीय पेशे की इच्छा रखने वाले लोगों के लिए अति महत्त्वपूर्ण

---

* सिर्फ़ स्पष्ट करने के लिए : पोशाक का काम सार्थक था, यह कहने का मतलब इसे रूमानी बनाना नहीं है। यह अविश्वसनीय रूप से मुश्किल और अक्सर कष्टकारी श्रम था। परिस्थितियाँ अमानवीय थीं। 1890 के दशक में एक सर्वे ने औसत कामकाजी सप्ताह को 84 घंटे बताया था, यानी हर दिन 12 घंटे। कई बार यह इससे भी ज़्यादा होता था। "व्यस्त सीज़न के दौरान," डेविड वॉन ड्रेल अपनी पुस्तक *ट्राएंगल : द फायर दैट चेंञ्ज अमेरिका* में लिखते हैं, "यह पाना असामान्य नहीं था कि कर्मचारी सुबह 5 बजे से रात को 9 बजे तक स्टूलों या टूटी कुर्सियों पर बैठे हों, अपनी सिलाई मशीन या गर्म प्रेस पर झुके हों, सप्ताह में सौ या इससे भी ज़्यादा घंटों तक। वास्तव में, कहा जाता था कि व्यस्त दौर में चाहे दिन हो या रात, सिलाई मशीनों की आवाज़ लोअर ईस्ट साइड में एक पल के लिए भी पूरी तरह बंद नहीं होती थी।"

था : अगर आप पर्याप्त कड़ी मेहनत करते हैं, अपनी बात दृढ़तापूर्वक रखते हैं और अपने दिमाग़ तथा कल्पना का उपयोग करते हैं, तो आप संसार को अपनी इच्छाओं के अनुरूप ढाल सकते हैं।

11.

1982 में लुइज़े फ़ार्कस नामक समाजशास्त्र की ग्रेजुएट विद्यार्थी न्यू यॉर्क सिटी और मयामी बीच के कई नर्सिंग होम्स तथा रहवासी होटल्स में साक्षात्कार लेने गईं। वे बोर्जेनिक्ट दंपत्ति, या ज़्यादा सटीकता से कहें, तो बोर्जेनिक्ट दंपत्ति जैसे लोगों के बच्चों की तलाश कर रही थीं, जो पिछली सदी के मोड़ पर यहूदी आप्रवास की भारी लहर में न्यू यॉर्क आए थे। और उन्होंने जितने भी लोगों से बात की, उन्होंने उनमें से हर एक का पारिवारिक वंशवृक्ष बनाया, जिसमें यह दिखता था कि माता-पिता, बच्चे और नाती-पोते, कुछ प्रकरणों में तो, परपोते, आजीविका के लिए क्या करते थे।

यहाँ "व्यक्ति #18" का लेखा-जोखा है :

> एक रूसी टेलर अमेरिका आता है, सिलाई का काम करता है, कम तनख़्वाह में कपड़ों की एक वर्कशॉप में काम करता है। बाद में वह अपनी पत्नी और बड़ी उम्र के बच्चों की मदद से कपड़े पूरे करने के लिए घर ले आता है। अपनी आमदनी बढ़ाने के लिए वह रात को देर तक काम करता है। इसके बाद वह कपड़े बनाकर न्यू यॉर्क की सड़कों पर बेचता है। वह कुछ पूँजी इकट्ठी कर लेता है और फिर अपने बेटों के साथ कारोबार शुरू करता है। वे पुरुषों के वस्त्र बनाने वाली एक दुकान खोल लेते हैं। रूसी टेलर और उसके बेटे पुरुषों के सूट निर्माता बन जाते हैं, जो पुरुषों के कई स्टोर्स में सप्लाई करते हैं... बेटे और पिता समृद्ध बन जाते हैं... बेटों के बच्चे शिक्षित पेशेवर बन जाते हैं।

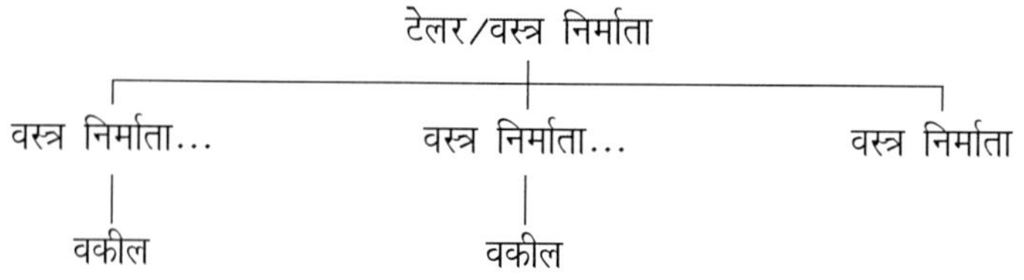

यहाँ एक और उदाहरण है। यह एक टैनर का उदाहरण है, जो उन्नीसवीं सदी के अंत में पोलैंड से अमेरिका आकर बस गया।

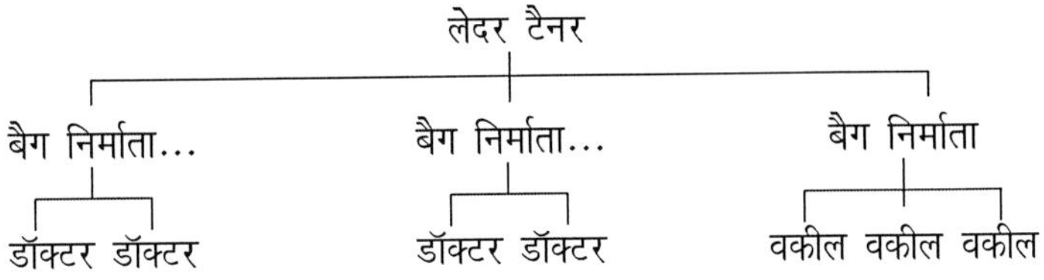

फ़ार्कस के यहूदी वंश वृक्ष कई पन्नों तक चलते हैं, जिनमें से प्रत्येक लगभग पहले वाले के समान होता है, जब तक कि निष्कर्ष अपरिहार्य नहीं बन जाता : यहूदी डॉक्टर और वकील अपनी निर्धन पैदाइश के बावजूद पेशेवर नहीं बने थे; वे तो अपनी निर्धन पैदाइश *की वजह से* पेशेवर बने थे।

1970 और 1980 के दशकों के प्रख्यात वकील टेड फ़्राइडमैन याद करते हैं कि बचपन में वे अपनी माँ के साथ कारनेगी हॉल के संगीत समारोहों में जाते थे। वे ग़रीब थे और ब्रॉन्क्स के सबसे दूरस्थ कोने में रहते थे। वे टिकट का ख़र्च कैसे उठा सकते थे? “मैरी को एक क्वार्टर (एक चौथाई डॉलर) मिल जाता था,” फ़्राइडमैन कहते हैं। “मैरी वहाँ टिकट चेक करती थी, और अगर आप मैरी को एक चौथाई डॉलर दे देते थे, तो वह आपको टिकट के बिना सेकेंड बालकनी में खड़े होने देती थी। कारनेगी हॉल को इस बारे में कुछ भी पता नहीं चलता था। यह तो बस आपके और मैरी के बीच का मामला रहता था। इसके लिए काफ़ी यात्रा करनी होती थी, लेकिन हम महीने में एक-दो बार वहाँ ज़रूर जाते थे।”*

---

*ज़ाहिर है, यहूदी सफलता का पारंपरिक स्पष्टीकरण यह है कि यहूदी एक साक्षर, बौद्धिक संस्कृति से आए हैं। वे “पुस्तक के लोग” होने के लिए मशहूर हैं। निश्चित रूप से इसमें कुछ दम है। लेकिन सिर्फ़ यहूदी धर्मगुरुओं के बच्चे ही लॉ स्कूल नहीं गए थे। पोशाक कर्मियों के बच्चे भी गए थे। और पेशेवर सीढ़ी पर चढ़ने में उनका महत्त्वपूर्ण लाभ वह टालमड के अध्ययन से मिलने वाली बौद्धिक सख़्ती ही नहीं थी। यह तो वह व्यावहारिक बुद्धि और दुनियादारी थी, जो आप अपने पिता को हेस्टर स्ट्रीट पर एप्रन बेचते देखकर सीखते हैं।

फ़्राइडमैन की माँ रूसी अप्रवासी थीं। वे अँग्रेज़ी भी मुश्किल से बोल पाती थीं। लेकिन वे पंद्रह साल की उम्र में दर्जी का काम करने लगी थीं और एक प्रतिष्ठित गारमेंट यूनियन संगठक बन गई थीं। और उस संसार में आप यह सीख जाते हैं कि राज़ी करने और पहल करने की अपनी शक्तियों के ज़रिये आप अपने बच्चों को कारनेगी हॉल में कैसे ले जा सकते हैं। किसी उदीयमान वकील के लिए इससे बेहतर सबक़ दूसरा नहीं है। कपड़ा उद्योग पेशेवरों का प्रशिक्षण स्थल था।

जो फ़्लॉम के पिता क्या करते थे? वे महिलाओं की पोशाकों के लिए कंधों के पैड सिलते थे। रॉबर्ट ओपेनहाइमर के पिता क्या करते थे? वे लुई बोर्जेनिक्ट की तरह कपड़ों के निर्माता थे। स्कैडन, आर्प्स के फ़्लॉम के कोने के ऑफ़िस से एक मंज़िल ऊपर बैरी गारफ़िंकल का ऑफ़िस है। बैरी स्कैडन, आर्प्स में लगभग फ़्लॉम जितने ही समय से हैं और वे कई सालों तक फ़र्म के मुकदमेबाज़ी विभाग के मुखिया थे। गारफ़िंकल की माँ क्या करती थीं? वे महिला हैट बेचती थीं। वे घर पर हैट बनाती थीं। लुई और रेजिना बोर्जेनिक्ट के बेटे क्या करते थे? वे लॉ स्कूल गए और उनके नौ पोते डॉक्टर या वकील बने।

यह फ़ार्कस के पारिवारिक वृक्षों में सबसे उल्लेखनीय है। यह रूमानिया के एक यहूदी परिवार का है, जिसका अपने पुराने देश में एक छोटा किराना स्टोर था। न्यू यॉर्क आकर उसने मैनहैटन के लोअर ईस्ट साइड में एक और किराना स्टोर खोल लिया। यह उस सवाल का सबसे सुंदर जवाब है कि सारे जो फ़्लॉम कहाँ से आए।

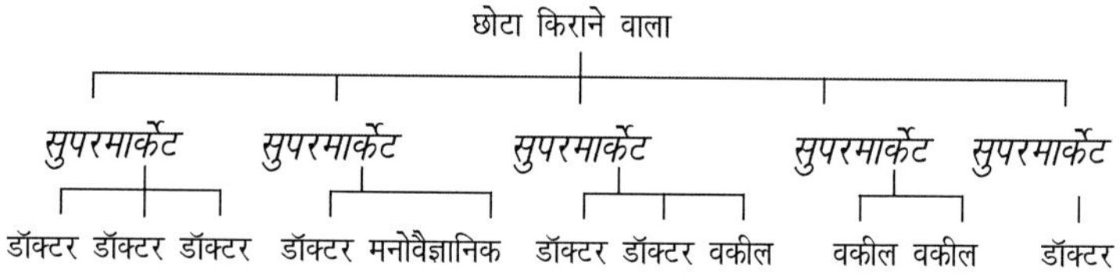

12.

मिडटाउन मैनहैटन में स्कैडन, आर्प्स मुख्यालय के दस ब्लॉक उत्तर में जो फ़्लॉम के कट्टर प्रतिद्वंद्वी का ऑफ़िस है। यह वह क़ानूनी फ़र्म है, जिसे आम तौर पर संसार में सर्वश्रेष्ठ माना जाता है।

इसका मुख्यालय जिस प्रतिष्ठित इमारत में है, उसे ब्लैक रॉक कहा जाता है। वहाँ नौकरी मिलने के लिए किसी छोटे चमत्कार की ज़रूरत होती है। न्यू यॉर्क की दूसरी बड़ी लॉ फ़र्म्स के सैकड़ों वकील देश के महानगरों में चारों ओर बिखरे हुए हैं, लेकिन यह फ़र्म सिर्फ़ मैनहैटन की इसी इमारत से काम करती है। यह जितना काम स्वीकार करती है, उससे कहीं ज़्यादा ठुकरा देती है। इसके हर प्रतिस्पर्धी के विपरीत यह घंटे के हिसाब से भुगतान नहीं लेती। यह तो बस पूरे काम की फ़ीस तय कर देती है। एक बार, एक अधिग्रहण से केमार्ट की रक्षा करने के लिए फ़र्म ने दो सप्ताह के काम के बदले में 20 मिलियन डॉलर का बिल थमा दिया। केमार्ट ने खुशी-खुशी भुगतान किया। यदि इसके वकील आपसे ज़्यादा चतुर नहीं हो पाते हैं, तो वे आपसे ज़्यादा कड़ी मेहनत करेंगे और अगर वे आपसे ज़्यादा कड़ी मेहनत भी नहीं कर सकते, तो वे विशुद्ध दबंगपन से जीत जाएँगे। संसार में दूसरी कोई कंपनी नहीं है, जिसने वकीलों की संख्या के हिसाब से पिछले दो दशकों में इससे ज़्यादा पैसे कमाए हों। जो फ़्लॉम की दीवार पर, जॉर्ज बुश सीनियर और बिल क्लिंटन के साथ उनकी तस्वीरें लगी हैं। उन तस्वीरों के बग़ल में प्रतिद्वंद्वी फ़र्म के मैनेजिंग डायरेक्टर के साथ उनकी तस्वीर भी है।

न्यू यॉर्क के क़ानूनी पेशे में कोई भी शिखर पर तब तक नहीं पहुँचता, जब तक कि वह चतुर, महत्त्वाकांक्षी और मेहनती न हो। स्पष्ट रूप से जिन चार लोगों ने ब्लैक रॉक फ़र्म की स्थापना की थी, उन पर यह वर्णन सटीक बैठता है। लेकिन हम उनके बारे में इससे कहीं ज़्यादा जानते हैं, है ना? सफलता कोई आकस्मिक कार्य नहीं होती है। यह परिस्थितियों और अवसरों के एक अनुमान योग्य तथा शक्तिशाली समूह से उत्पन्न होती है। इस बिंदु पर बिल जॉय और बिल गेट्स, पेशेवर हॉकी खिलाड़ियों और जीनियसों तथा जो फ़्लॉम, जैंकलो पिता-पुत्र और बोर्जेनिक्ट दंपत्ति की कहानी जानने के बाद यह पता लगाना मुश्किल नहीं होना चाहिए कि आदर्श वकील कहाँ से आता है।

वह व्यक्ति जनसांख्यिकी गर्त में पैदा हुआ होगा, ताकि उसे न्यू यॉर्क के सरकारी स्कूलों से अधिकतम लाभ मिले ओर नौकरी के बाज़ार में सबसे आसान समय मिले। ज़ाहिर है, वह यहूदी होगा और इसलिए पुरानी डाउनटाउन क़ानूनी फ़र्म्स में उसे उसके "पूर्वजों" के कारण नौकरी नहीं मिल पाई होगी। इस व्यक्ति के माता-पिता ने वस्त्र कारोबार में सार्थक काम किया होगा और अपने बच्चों को स्वायत्तता, जटिलता तथा प्रयास व पुरस्कार के

बीच संबंध सिखाए होंगे। वह एक अच्छे स्कूल में गया होगा - हालाँकि स्कूल का बेहतरीन होना ज़रूरी नहीं है। उसे क्लास का सबसे बुद्धिमान लड़का बनने की ज़रूरत भी नहीं है, बस उसे पर्याप्त बुद्धिमान होना चाहिए।

वास्तव में, हम इससे भी ज़्यादा सटीक हो सकते हैं। जिस तरह उन्नीसवीं सदी के व्यावसायिक दिग्गज के लिए एक आदर्श जन्मतिथि है, जिस तरह सॉफ़्टवेअर दिग्गज के लिए एक आदर्श जन्मतिथि है, उसी तरह न्यू यॉर्क के यहूदी वकील के लिए भी एक आदर्श जन्मतिथि है। यह 1930 है, क्योंकि इससे वकील को सौभाग्य से एक छोटी पीढ़ी का लाभ मिल जाएगा। इससे वह 1970 में चालीस साल का भी हो जाएगा, जब क़ानूनी संसार में क्रांति पहली बार हुई, जिसका मतलब है कि उसे अधिग्रहण कारोबार में पंद्रह साल का हैम्बर्ग दौर भी मिल जाएगा, जब वाइट-शू वकील अपने आरामदेह लंच में खोए थे। अगर आप एक महान न्यू यॉर्क वकील बनना चाहते हैं, तो बाहरी होना एक लाभ है और ऐसे माता-पिता का होना भी एक लाभ है, जिन्होंने सार्थक काम किया और इससे भी बेहतर बात, 1930 के दशक की शुरुआत में पैदा होना भी एक लाभ है। लेकिन अगर आपके पास ये तीनों ही लाभ हों - अच्छी चतुराई और प्रेरणा के साथ-साथ - तो यह एक अजेय तालमेल है। यह किसी हॉकी खिलाड़ी के 1 जनवरी को पैदा होने जैसा है।

ब्लैक रॉक लॉ फ़र्म का नाम है वाकटेल, लिप्टन, रोज़ेन और काट्ज़। फ़र्म के पहले पार्टनर थे हरबर्ट वाकटेल। वे 1931 में पैदा हुए थे। वे ब्रॉन्क्स में वैन कोर्टलैंड पार्क के सामने एमलगमेटेड क्लोदिंग वर्कर्स यूनियन के मकानों में बड़े हुए। उनके माता-पिता यूक्रेन से आए यहूदी अप्रवासी थे। उनके पिता अपने भाइयों के साथ महिलाओं के अंडरगारमेंट व्यवसाय में थे, जो सोहो में ब्रॉडवे ऐंड स्प्रिंग स्ट्रीट पर अब एक फ़ैंसी लॉफ्ट है। वे 1940 के दशक में न्यू यॉर्क सिटी के सरकारी स्कूल गए, फिर अपर मैनहैटन में सिटी कॉलेज गए और फिर न्यू यॉर्क युनिवर्सिटी लॉ स्कूल गए।

दूसरे पार्टनर थे मार्टिन लिप्टन। वे 1931 में पैदा हुए थे। उनके पिता एक फ़ैक्ट्री में मैनेजर थे। वे यहूदी अप्रवासियों के वंशज थे। उन्होंने जर्सी सिटी के सरकारी स्कूलों में पढ़ाई की, फिर युनिवर्सिटी ऑफ़ पेनसिल्वेनिया गए, फिर न्यू यॉर्क युनिवर्सिटी लॉ स्कूल गए।

तीसरे पार्टनर थे लियोनार्ड रोज़ेन। वे 1930 में पैदा हुए थे। वे ब्रॉन्क्स में यान्की स्टेडियम के पास ग़रीबी में बड़े हुए। उनके माता-पिता यूक्रेन से आए यहूदी अप्रवासी थे। उनके पिता मैनहैटन में गारमेंट जिले में कपड़ों

पर प्रेस करते थे। वे 1940 के दशक में न्यू यॉर्क सिटी के सरकारी स्कूलों में पढ़े, फिर अपर मैनहैटन में सिटी कॉलेज में और बाद में न्यू यॉर्क युनिवर्सिटी लॉ स्कूल में।

चौथे पार्टनर थे जॉर्ज काट्ज़। वे 1931 में पैदा हुए थे। वे ब्रॉन्क्स में एक बेडरूम वाले पहली मंज़िल के अपार्टमेंट में बड़े हुए। उनके माता-पिता पूर्वी यूरोप से आए यहूदी अप्रवासियों की संतान थे। उनके पिता बीमा बेचते थे। उनके दादाजी, जो कुछ ब्लॉक दूर रहते थे, वस्त्र व्यापार में दर्जी थे और अपने मकान से उजरती काम करते थे। वे 1940 के दशक में न्यू यॉर्क सिटी के सरकारी स्कूलों में पढ़े, फिर अपर मैनहैटन में सिटी कॉलेज में और बाद में न्यू यॉर्क युनिवर्सिटी लॉ स्कूल में।

कल्पना करें कि हम इन चारों में से किसी से तब मिले होते, जब वे चारों लॉ स्कूल से निकले थे। कल्पना करें कि वे चारों हमें मज रोज़ के सुंदर वेटिंग रूम में नीली आँखों वाले एक अमेरिकी युवक के बग़ल में दिखते, जो "सही" पृष्ठभूमि का था। हम सभी ने शर्त लगाई होती कि अमेरिकी युवक का भविष्य ज़्यादा उज्ज्वल है। और हम ग़लत होते, क्योंकि काट्ज़, रोज़ेन, लिप्टन, वाकटेल और फ़्लॉम के पास एक ऐसी चीज़ थी, जो अमेरिकी युवक के पास नहीं थी। उनके संसार - उनकी संस्कृति, पीढ़ी और पारिवारिक इतिहास - ने उन्हें सबसे महान अवसर प्रदान किया था।

खंड दो

विरासत

6

हार्लन, केन्टकी

“मर्द की तरह मरो, जैसा तुम्हारे भाई ने किया था!”

1.

केन्टकी के दक्षिण पूर्वी कोने में अपैलेशियन्स पहाड़ों के मैदान में, जिसे कम्बरलैंड पठार कहा जाता है, हार्लन नामक एक छोटा कस्बा है।

कम्बरलैंड पठार एक बंजर और पहाड़ी इलाक़ा है, जिसका ऊपरी हिस्सा समतल ढलवाँ पहाड़ियों का है, पहाड़ की दीवारें पाँच सौ से एक हज़ार फुट ऊँची हैं और सँकरी घाटियाँ हैं, कुछ तो बस एक लेन की सड़क जितनी ही चौड़ी हैं और एक सँकरी खाड़ी है। जब यह इलाक़ा पहली बार बसा था, तो पठार एक घने प्राचीन जंगल से ढँका था। खाड़ी और पहाड़ियों की तराई में बड़े-बड़े पहाड़ी पीपल उगते थे, जिनमें से कुछ के तने तो व्यास में सात-आठ फुट तक चौड़े होते थे। उनके बग़ल में सफ़ेद बलूत, बीच वृक्ष, चिनार, अखरोट, गूलर, भोजवृक्ष, विलो वृक्ष, देवदार, चीड़ और हेमलॉक थे, जो सभी जंगली अंगूर की बेलों की जाली में उलझे हुए थे। यह उत्तरी गोलार्ध में जंगली वृक्षों के सबसे बड़े वर्गीकरणों में से एक था। ज़मीन पर भालू, पहाड़ी शेर और रैटलस्नेक्स थे। पेड़ों पर गिलहरियों का आश्चर्यजनक भंडार था और मिट्टी के नीचे कोयले की एक के बाद एक कई मोटी परतें थीं।

हार्लन काउंटी की स्थापना 1819 में ब्रिटिश आइल्स के उत्तरी इलाकों से आए आठ अप्रवासी परिवारों ने की। वे अठारहवीं सदी में वर्जीनिया आए थे और ज़मीन की तलाश में पश्चिम में अपैलेशियन्स पहुँच गए। काउंटी कभी संपन्न नहीं थी। पहले सौ साल तक यहाँ की जनसंख्या बहुत कम थी और यहाँ शायद ही कभी दस हज़ार से ज़्यादा लोग रहे थे। पहले निवासियों ने सुअर पाले और पहाड़ियों पर भेड़ चराईं। उन्होंने घाटियों में छोटे खेतों से जैसे-तैसे अपना पेट पाला। उन्होंने पीछे के आँगन में डेगची रखकर व्हिस्की बनाई और पेड़ काटे। वसंत में जब पानी का बहाव तेज़ रहता था, तो वे

उन पेड़ों को कम्बरलैंड नदी में तैरा देते थे। बीसवीं सदी तक सबसे नज़दीकी रेलवे स्टेशन तक पहुँचने के लिए दो दिन की वैगन यात्रा करनी पड़ती थी। कस्बे से बाहर जाने का एकमात्र तरीका पाइन माउंटेन पर चढ़ना था, जो नौ मील की खड़ी चढ़ाई थी। वह भी एक ऐसी सड़क पर, जो कभी-कभार कीचड़ भरी, पथरीली पगडंडी से ज़्यादा नहीं रहती थी। हार्लन एक दूरस्थ और अजीब जगह थी, जिसके बारे में इसके आस-पास का समुदाय कुछ नहीं जानता था और शायद जानता भी नहीं, अगर कस्बे के दो संस्थापक परिवारों - हॉवर्ड और टर्नर - में रक्तपात शुरू नहीं होता।

हॉवर्ड कुटुंब के कुलपिता थे सेम्युअल हॉवर्ड। उन्होंने कस्बे की अदालत और जेल बनाई। उनके साथी थे विलियम टर्नर, जो एक सराय और दो जनरल स्टोर्स के स्वामी थे। एक बार एक तूफ़ान में टर्नर जायदाद की फ़ेंस उड़ गई और एक पड़ोसी की गाय भटककर उनकी ज़मीन पर आ गई। विलियम टर्नर के पोते "डेविल जिम" ने गाय को गोली मार दी। पड़ोसी इतनी दहशत में आ गया कि उसने आरोप नहीं लगाए और काउंटी छोड़कर भाग गया। एक और मौक़े पर एक आदमी ने टर्नर परिवार के जनरल स्टोर की प्रतिस्पर्धा में एक स्टोर खोल लिया। टर्नर परिवार ने उससे बातचीत की। उस आदमी ने स्टोर बंद कर दिया और इंडियाना जाकर रहने लगा। वे भले लोग नहीं थे।

एक रात विक्स हॉवर्ड और "लिटिल बॉब" टर्नर - सेम्युअल और विलियम के पोते - पोकर के खेल में एक दूसरे के ख़िलाफ़ खेले। दोनों ने ही एक-दूसरे पर धोखे का आरोप लगाया। उनमें लड़ाई हुई। अगले दिन वे सड़क पर मिले और गोलियों की बौछार के बाद लिटिल बॉब टर्नर को सीने में गोली लगी, जिससे वह मर गया। टर्नर परिवार का एक समूह हॉवर्ड परिवार के जनरल स्टोर गया और मिसेज़ हॉवर्ड के साथ बदतमीज़ी की। उन्होंने अपने अपमान की बात अपने बेटे विल्स हॉवर्ड को बताई। अगले सप्ताह विल्स हॉवर्ड ने हैगन, वर्जीनिया की सड़क पर टर्नर के एक और पोते विल टर्नर को गोलियों से भून दिया। उस रात टर्नर परिवार के एक सदस्य और एक मित्र ने हॉवर्ड के घर पर हमला किया। हार्लन की अदालत के बाहर दोनों परिवारों में लड़ाई हुई। गोलीबारी में विल टर्नर को गोली लग गई और वह मर गया। इसके बाद हॉवर्ड परिवार का एक दल विल टर्नर और लिटिल बॉब की माँ मिसेज़ टर्नर से सुलह की बात करने गया। उन्होंने इंकार कर दिया : "आप उस ख़ून को नहीं मिटा सकते," उन्होंने उस मिट्टी

की तरफ़ इशारा करते हुए कहा, जहाँ उनका बेटा मरा था।

परिस्थितियाँ जल्द ही बद से बदतर हो गईं। विल्स हॉवर्ड सल्फ़र स्प्रिंग्स के पास "लिटिल जॉर्ज" टर्नर से टकराया और उसे गोली मार दी। हॉवर्ड परिवार ने टर्नर परिवार के तीन दोस्तों - कैवुड बंधुओं - के ख़िलाफ़ घात लगाई और उन सभी को मार डाला। हॉवर्ड परिवार की खोज में एक दस्ता भेजा गया। गोलीबारी में छह और मरे या घायल हुए। विल्स हॉवर्ड ने सुना कि टर्नर परिवार उसकी घात में था और उसने अपने एक मित्र के साथ हार्लन जाकर टर्नर घर पर हमला कर दिया। लौटते समय हॉवर्ड बंधुओं पर हमला हुआ और उस लड़ाई में एक और व्यक्ति मारा गया। विल्स हॉवर्ड लिटिल जॉर्ज टर्नर के घर गया और उस पर गोली चला दी, लेकिन निशाना चूक गया, जिससे एक दूसरा आदमी मर गया। एक हथियारबंद टोली ने हॉवर्ड घर को घेर लिया। एक बार फिर गोलीबारी। और लोगों की मौत। काउंटी में हंगामा मच गया। मैं सोचता हूँ कि आप तस्वीर समझ गए होंगे। उन्नीसवीं सदी में अमेरिका में कई ऐसी जगहें थीं, जहाँ लोग सद्भाव से रहते थे। हार्लन, केन्टकी उनमें से एक नहीं थी।

"इसे बंद करो!" विल टर्नर की माँ ने उससे कहा, जब वह लड़खड़ाता और दर्द में कराहता हुआ घर लौटा, जब अदालत के भीतर हॉवर्ड परिवार के साथ जंगी मुक़ाबले में उसे गोली लग गई थी। "मर्द की तरह मरो, जैसा तुम्हारे भाई ने किया था!" वे एक ऐसे संसार की थीं, जो घातक गोलियों से इतनी अच्छी तरह परिचित था कि उनकी निश्चित अपेक्षाएँ थीं कि उन्हें कैसे सहन किया जाना चाहिए। विल ने अपना मुँह बंद रखा और मर गया।

2.

मान लें कि आपको उन्नीसवीं सदी के अंत में हॉवर्ड-टर्नर कुल-बैर के कारणों की तहक़ीक़ात करने के लिए हार्लन भेजा जाता। आपने हर बचे हुए सहभागी को लाइन में खड़ा कर लिया और उनसे पूरी सावधानी से बातचीत की। आपने दस्तावेज़ों को ग़ौर से पढ़ा, बयान लिए और अदालती रिकॉड्र्स छान मारे, जब तक कि आपने घातक युद्ध की हर अवस्था का विस्तृत और सटीक विवरण नहीं जुटा लिया।

आपको कितना पता चल पाएगा? जवाब है, ज़्यादा नहीं। आपको यह पता चलेगा कि हार्लन में दो परिवार थे, जो एक दूसरे को ज़्यादा पसंद नहीं

करते थे और आप शायद इस बात की पुष्टि करेंगे कि विल्स हॉवर्ड को, जो बहुत सारी हिंसा के लिए ज़िम्मेदार था, शायद जेल की सलाखों के पीछे होना चाहिए। हार्लन में जो हुआ, वह तब तक स्पष्ट नहीं होगा, जब तक कि आप हिंसा को इससे ज़्यादा व्यापक परिप्रेक्ष्य में नहीं देखेंगे।

हार्लन के बारे में पहला अत्यंत महत्त्वपूर्ण तथ्य यह है कि जिस समय हॉवर्ड और टर्नर परिवार एक दूसरे को मौत के घाट उतार रहे थे, उसी समय अपैलेशियन्स के दूसरे छोटे कस्बों में भी लगभग वैसे ही झगड़े हो रहे थे। वेस्ट वर्जीनिया-केन्टकी सीमा पर, जो हार्लन से ज़्यादा दूर नहीं थी, मशहूर हैटफ़ील्ड-मैकॉय कुल-बैर में कई दर्जन लोग हिंसा के एक ऐसे चक्र में मारे गए, जो बीस सालों तक चला। पेरी काउंटी, केन्टकी में फ़्रेंच-एवरसोल कुल-बैर में बारह लोग मारे गए, जिनमें से छह को "बैड टॉम" स्मिथ ने मारा (एक ऐसा आदमी, जिसके बारे में जॉन एड पियर्स *डेज़ ऑफ़ डार्कनेस* में लिखते हैं, जो "निडर होने जितना मूर्ख था, ख़तरनाक होने जितना बुद्धिमान था और पक्का निशानची था")। 1880 के दशक के मध्य में रोवन काउंटी, केन्टकी में मार्टिन-टॉलिवर कुल-बैर में बंदूकों के तीन मुक़ाबले हुए, तीन घातें लगाई गईं, घर पर दो हमले हुए और इसका अंत दो घंटे लंबे गोलाबारी वाले युद्ध में हुआ, जिसमें सौ हथियारबंद आदमी शामिल थे। क्ले काउंटी, केन्टकी में बेकर-हॉवर्ड कुल-बैर 1806 में शुरू हुआ, जब एक बारहसिंगे के शिकार में गड़बड़ हुई और यह 1930 के दशक तक ख़त्म नहीं हुआ, जब हॉवर्ड परिवार के दो-तीन लोगों ने घात लगाकर बेकर परिवार के तीन सदस्यों को मार डाला।

और ये सिर्फ़ कुख्यात कुल-बैर हैं। केन्टकी के विधायक हैरी कॉडिल ने एक बार कम्बरलैंड पठार के एक कस्बे में एक सर्किट कोर्ट (न्यायाधीश द्वारा मुकदमा सुनने हेतु किसी स्थान का नियमित भ्रमण करना) क्लर्क के ऑफ़िस में आँकड़े देखे। उन्हें 1860 के दशक से यानी गृह युद्ध समाप्त होने के बाद से बीसवीं सदी की शुरुआत तक हत्या के एक हज़ार अभियोग मिले - और यह उस इलाक़े में था, जिसके निवासियों की संख्या कभी पंद्रह हज़ार लोगों से ज़्यादा नहीं थी और जहाँ कई हिंसक वारदातें तो कभी मुकदमे की अवस्था तक पहुँच ही नहीं पाई थीं। हैरी कॉडिल ने ब्रिएथिट काउंटी - या "ब्लडी ब्रिएथिट", जैसा इसे कहा जाने लगा - में एक हत्या के मुकदमे के बारे में लिखा है, जिसका अचानक अंत हुआ, जब अभियुक्त का पिता, "लगभग पचास साल का एक आदमी, जिसकी बड़ी मोटी-मोटी मूँछें थीं और

जिसके हाथ में दो बड़ी पिस्तौलें थीं," जज के पास तक गया और उनका गैवल उठा लिया :

> इस उपद्रवी आदमी ने बेंच को ठोंककर घोषणा की, "अदालत ख़त्म हो गई है और अब सभी लोग जा सकते हैं। सभी लोग कान खोलकर सुन लें, इस साल यहाँ कोई अदालत नहीं लगने वाली।" लाल चेहरे के साथ जज ने भी जल्द ही इस असाधारण आदेश को मान लिया और तुरंत कस्बा छोड़कर चला गया। जब अदालत अगले सत्र में दोबारा लगी, तो शेरिफ़ सेना के साठ जवानों के साथ वहाँ मौजूद थे, लेकिन तब तक अभियुक्त मुकदमे के लिए उपलब्ध ही नहीं था। उसे घात लगाकर मार डाला गया था।

जब एक परिवार दूसरे परिवार से लड़ता है, तो यह कुल-बैर कहलाता है। जब उन्हीं पर्वत श्रेणियों के एक जैसे छोटे कस्बों में बहुत सारे परिवार एक दूसरे के साथ लड़ते हैं, तो यह एक *पैटर्न* है।

अपैलेशियन पैटर्न का कारण क्या था? इतने बरसों तक कई संभावित स्पष्टीकरणों की जाँच की गई और उन पर बहस की गई। सर्वसम्मति यह नज़र आती है कि वह इलाक़ा एक ख़ास तौर पर उग्र विकृति का शिकार था, जिसे समाजविज्ञानी "सम्मान की संस्कृति" कहते हैं।

सम्मान की संस्कृति पर्वतीय क्षेत्रों और दूसरे कम उर्वर इलाकों में जड़ें जमा लेती है, जैसे सिसली या स्पेन के पहाड़ी बास्क इलाके। अगर आप किसी चट्टानी पहाड़ पर रहते हैं, तो ज़ाहिर है आप खेती नहीं कर सकते। आप शायद बकरी या भेड़ पालते हैं। ध्यान देने वाली बात यह है कि गड़रिये के काम में जो संस्कृति बनती है, वह उस संस्कृति से बहुत अलग होती है, जो फ़सल उगाने के चारों ओर बनती है। किसान का भविष्य समुदाय में दूसरे लोगों के सहयोग पर आधारित होता है। लेकिन गड़रिया खुदमुख़्तार होता है। किसानों को यह चिंता भी नहीं करनी होती कि उनकी आजीविका रात में चुरा ली जाएगी, क्योंकि फ़सलें आसानी से नहीं चुराई जा सकतीं, जब तक कि कोई चोर अपने दम पर पूरा खेत काटने की मुश्किल न उठाना चाहता हो। लेकिन गड़रिये को चिंता करनी होती है। उसे अपने जानवरों के नुक़सान का जोखिम हमेशा बना रहता है। इसलिए उसे आक्रामक होना पड़ता है : उसे अपने शब्दों और कार्यों से यह स्पष्ट करना होता है कि वह कमज़ोर नहीं है। इसीलिए जब उसकी छवि को हल्की सी भी चुनौती मिलती है, तो वह लड़ने के लिए तैयार हो जाता है – "सम्मान की संस्कृति" का

यही मतलब है। यह एक ऐसा संसार है, जहाँ किसी व्यक्ति की छवि ही उसकी आजीविका और आत्म-महत्त्व के केंद्र में होती है।

"किसी युवा गड़रिये की छवि के विकास में अत्यंत महत्त्वपूर्ण पल उसकी पहली लड़ाई होती है," मानव जाति के अध्येता जे. के. कैंपबेल ने ग्रीस में एक गड़रिया संस्कृति के बारे में लिखा है। "लड़ाइयाँ आवश्यक रूप से सार्वजनिक होती हैं। वे कॉफ़ी शॉप में, गाँव के चौराहे पर या सबसे ज़्यादा बार चराने की सीमारेखा पर होती हैं, जहाँ किसी दूसरे चरवाहे की भटकती भेड़ को दी गई गाली या उस पर साधा गया पत्थर एक अपमान होता है, जिसके बदले में हमेशा एक हिंसक प्रतिक्रिया की आवश्यकता होती है।"

तो अपैलेशिया जैसा था, वैसा क्यों था? ऐसा उस जगह के कारण था, जहाँ से उस इलाक़े के मूल बाशिंदे आए थे। कम आबादी वाले तथाकथित अमेरिकी ग्रामीण क्षेत्र - पेनसिल्वेनिया सीमा से दक्षिण और पश्चिम से लेकर वर्जीनिया और वेस्ट वर्जीनिया, केन्टकी और टेनेसी, नॉर्थ कैरोलिना और साउथ कैरोलिना, तथा अलाबामा और जॉर्जिया के उत्तरी छोर तक - काफ़ी ज़्यादा संख्या में ऐसे बाशिंदों ने बसाए थे, जो संसार की सबसे खूँख़ार सम्मान की संस्कृतियों में से एक लेकर आए थे। वे "स्कॉच-आइरिश" थे - यानी वे स्कॉटलैंड के लोलैंड्स, इंग्लैंड की उत्तरी काउंटियों और उत्तरी आयरलैंड के अल्स्टर से आए थे।

सीमावर्ती प्रदेश - जिस नाम से यह इलाक़ा मशहूर हुआ - दूरस्थ और क़ानूनरहित इलाक़े थे, जिन पर सैकड़ों सालों से युद्ध हो रहा था। उस क्षेत्र के लोग हिंसा में डूबे हुए थे। वे चरवाहे थे, जो चट्टानी और बंजर ज़मीन पर जैसे-तैसे गुज़र-बसर कर रहे थे। वे कुटुंब जैसे थे और गहरे पारिवारिक बंधन बनाकर तथा सबसे बढ़कर ख़ून के प्रति वफ़ादारी रखकर वे अपने माहौल की कठोरता व उत्पात पर प्रतिक्रिया कर रहे थे। जब वे अप्रवासी बनकर अमेरिका गए, तो वे अमेरिकी सीमांत प्रदेशों में दूरस्थ, क़ानूनरहित, चट्टानी और आंशिक रूप से उर्वर हार्लन जैसी जगहों पर जाकर बसे, जिससे उन्हें अमेरिका में भी सम्मान की वैसी ही संस्कृति बनाने की अनुमति मिल गई, जो उनके पुराने देश में थी।

"शुरुआती बाशिंदों के लिए अमेरिकी सीमावर्ती प्रदेश एक ख़तरनाक परिवेश था, जैसे कि ब्रिटिश सीमावर्ती प्रदेश भी थे," इतिहासकार डेविड हैकेट फ़िशर *एल्बियन्स सीड* में लिखते हैं।

ज़्यादातर दक्षिणी पर्वतीय क्षेत्र "विवादास्पद क्षेत्र" थे, जिनमें सीमा को लेकर युद्ध होते थे, इसलिए वहाँ कोई स्थापित सरकार या क़ानून का शासन नहीं था। दूसरों के बजाय सीमांत लोग इस अराजक माहौल में ज़्यादा आरामदेह थे, क्योंकि यह उनके पारिवारिक तंत्र, उनकी लड़ाकू संस्कृति, उनकी खेती और पशुपालन अर्थव्यवस्था, ज़मीन और दौलत के प्रति उनके नज़रिये और काम तथा शक्ति के उनके विचारों के लिहाज़ से अच्छी तरह उपयुक्त था। सीमांत संस्कृति इस माहौल के हिसाब से इतनी अच्छी तरह ढली हुई थी कि दूसरे प्रजातीय समूह भी इसकी नक़ल करने लगे। उत्तरी ब्रिटिश सीमाओं के लोकाचार ने इस "स्याह और रक्तरंजित भूमि" पर वर्चस्व बना लिया, आंशिक तौर पर संख्या की शक्ति के कारण, लेकिन मुख्यतः इसलिए क्योंकि यह एक प्राकृतिक और ख़तरनाक संसार में बचाव का साधन था।*

सम्मान की संस्कृति के वर्चस्व से यह स्पष्ट होता है कि अमेरिका के दक्षिणी इलाकों में अपराध का सिलसिला हमेशा इतना विचित्र क्यों रहा है। वहाँ हत्या की दरें बाक़ी देश से ज़्यादा ऊँची हैं, लेकिन जायदाद के अपराध और "अजनबी" अपराध - जैसे लूट-मार - कम हैं। जैसा समाजविज्ञानी जॉन शेल्टन रीड ने लिखा है, "हत्याएँ, जिनमें दक्षिण की विशेषज्ञता लगती है, वे होती हैं, जिनमें किसी व्यक्ति की हत्या उसका परिचित करता है और उन कारणों से करता है, जो हत्यारे और शिकार दोनों को ही मालूम होते हैं।" रीड आगे कहते हैं : "आँकड़े दर्शाते हैं कि जो दक्षिणी व्यक्ति बहस

---

*डेविड हैकेट फ़िशर की पुस्तक *एल्बियन्स सीड : फ़ोर ब्रिटिश फ़ोकवेज इन अमेरिका* इस विचार का सबसे अच्छा और विश्वसनीय वर्णन है कि सांस्कृतिक विरासतें एक लंबी ऐतिहासिक परछाईं डालती हैं। (यदि आप मेरी पहली पुस्तक *द टिपिंग पॉइंट* पढ़ें, तो आपको याद होगा कि पॉल रेवेर का विवरण फ़िशर की *पॉल रेवेरस राइड* से लिया गया है।) *एल्बियन्स सीड* में फ़िशर कहते हैं कि पहले 150 सालों में अमेरिका में चार विशिष्ट ब्रिटिश देशांतर गमन हुए थे : सबसे पहले 1630 के दशक में प्यूरिटन्स ईस्ट एंग्लिया से मैसेच्यूसेट्स आए थे; फिर कैवेलियर्स और करारनामे के सेवक सत्रहवीं सदी के मध्य में दक्षिणी इंग्लैंड से वर्जीनिया आए; फिर क्वेकर सत्रहवीं सदी के अंत और अठारहवीं सदी की शुरुआत के बीच नॉर्थ मिडलैंड्स से डेलावेअर वैली आए; और आख़िर में अठारहवीं सदी में सीमांत क्षेत्रों के लोग अपैलेशियन्स इंटीरियर में आए। फ़िशर बेहतरीन तरीके से तर्क देते हैं कि ये चार संस्कृतियाँ - जिनमें से प्रत्येक गहन रूप से भिन्न है - अमेरिका के इन चार क्षेत्रों की आज भी पहचान कैसे बनी हुई हैं।

और व्यभिचार से बच सकता है, वह किसी अन्य अमेरिकी जितना सुरक्षित है, शायद उससे भी ज़्यादा सुरक्षित है।" सीमावर्ती प्रदेश में हिंसा आर्थिक लाभ के लिए नहीं होती थी। यह *व्यक्तिगत* थी। आप अपने सम्मान की ख़ातिर लड़ते थे।

कई साल पहले दक्षिण के पत्रकार हॉडिंग कार्टर ने एक कहानी बताई कि युवावस्था में वे एक बार जूरी के सदस्य बने थे। रीड बताते हैं :

> जूरी के सामने जो मामला था, वह एक क्रोधी आदमी के बारे में था, जो एक फ़िलिंग स्टेशन के बग़ल में रहते थे। कई महीनों तक अटेंडेंट्स और स्टेशन पर घूमने वाले वाले दीगर आवारा तत्वों ने उनके साथ कई मज़ाक़ किए और ताने कसे। यह सब उनकी चेतावनियों और उनके कुख्यात क्रोध के बावजूद किया गया। एक सुबह उस आदमी ने अपनी शॉटगन की दोनों नलियाँ अपने आततायियों पर ख़ाली कर दीं, एक को मार डाला, दूसरे को स्थायी अपंग बना दिया और तीसरे को घायल कर दिया... जब हैरान जज ने जूरी के मत गिने, तो कार्टर ही जूरी के इकलौते सदस्य थे, जिन्होंने उसे अपराधी क़रार दिया था। जैसा जूरी के एक अन्य सदस्य ने कहा, "अगर उस आदमी ने उन लोगों पर गोली नहीं चलाई होती, तो वह आदमी कहलाने लायक़ ही नहीं था।"

केवल सम्मान की संस्कृति में ही उस क्रोधी आदमी को यह लग सकता था कि किसी को गोली मारना व्यक्तिगत अपमान पर उचित प्रतिक्रिया थी। केवल सम्मान की संस्कृति में ही किसी जूरी को यह लग सकता था कि उन परिस्थितियों में हत्या अपराध नहीं थी।

मुझे अहसास है कि हम भिन्न सांस्कृतिक समूहों के बारे में अक्सर इस तरह के व्यापक सामान्यीकरण के प्रति सावधान रहते हैं - और यह सही भी है। प्रजातीय और जातीय रूढ़िवाद इसी तरह बनते हैं। हम यह यक़ीन करना चाहते हैं कि हम अपने प्रजातीय इतिहास के क़ैदी नहीं हैं।

लेकिन सरल सच्चाई यह है कि उन्नीसवीं सदी में केन्टकी के उन छोटे कस्बों में जो हुआ था, अगर आप उसे समझना चाहते हैं तो आपको अतीत में जाना होगा - और सिर्फ़ एक-दो पीढ़ी तक ही नहीं। आपको दो सौ या तीन सौ या चार सौ साल पीछे जाना होगा, समुद्र के दूसरी ओर के उस देश में जाना होगा और ग़ौर से देखना होगा कि उस देश के एक बहुत ख़ास भौगोलिक क्षेत्र में लोग आजीविका के लिए क्या करते थे। "सम्मान की

संस्कृति" की अवधारणा कहती है कि यह मायने रखता है कि आप कहाँ से आए हैं, सिर्फ़ इसी संदर्भ में नहीं कि आप कहाँ बड़े हुए या आपके माता-पिता कहाँ बड़े हुए, बल्कि इस संदर्भ में भी कि आपके परदादा और उनके भी दादा-परदादा कहाँ बड़े हुए। यह एक अजीब और शक्तिशाली तथ्य है। वैसे यह सिर्फ़ शुरुआत है, क्योंकि ग़ौर से जाँच करने पर देखें, तो सांस्कृतिक विरासतें इससे भी ज़्यादा अजीब और शक्तिशाली साबित होती हैं।

3.

1990 के दशक की शुरुआत में मिशिगन युनिवर्सिटी के दो मनोवैज्ञानिकों - डोव कोहेन और रिचर्ड निस्बेट - ने सम्मान की संस्कृति पर एक प्रयोग करने का निर्णय लिया। वे जानते थे कि उन्नीसवीं सदी में हार्लन जैसी जगहों पर जो हुआ था, वह संभवतः सदियों पहले ब्रिटिश सीमांत प्रदेशों में बने पैटर्न्स का परिणाम था। लेकिन उनकी रुचि वर्तमान युग में थी। क्या आधुनिक युग में सम्मान की संस्कृति के अवशेष पाना संभव है? इसलिए उन्होंने युवाओं के समूह को एकत्रित करके उनका अपमान करने का निर्णय लिया। "हमने बैठकर यह पता लगाने की कोशिश की कि वह कौन सा अपमान था, जो अठारह से बीस साल के युवक के दिल में चुभ जाएगा," कोहेन कहते हैं। "'आसहोल' चुनने में हमें ज़्यादा समय नहीं लगा।"

प्रयोग इस तरह हुआ। मिशिगन युनिवर्सिटी में समाज विज्ञान की इमारत के तलघर में एक लंबा, सँकरा गलियारा है, जहाँ फ़ाइलिंग कैबिनेट्स की क़तार है। युवकों को एक क्लासरूम में एक-एक करके बुलाया गया और उनसे एक प्रश्नावली भरने को कहा गया। फिर उनसे कहा गया कि वे गलियारे के सिरे पर प्रश्नावली रखकर क्लासरूम में लौट आएँ - एक आसान, मासूम दिखने वाला शैक्षणिक अभ्यास।

आधे युवकों के लिए यह यही था। वे कंट्रोल ग्रुप थे। बाक़ी आधों के मामले में एक पेंच था। जब वे अपनी प्रश्नावली लेकर गलियारे में आगे गए, तो एक आदमी - जो प्रयोग करने वालों का साथी था - उनके पास से गुज़रा और उसने एक फ़ाइलिंग कैबिनेट का ड्रॉअर खींच लिया। पहले से सँकरा गलियारा अब और भी सँकरा हो गया। जब युवकों ने उसके बग़ल से निकलने की कोशिश की, तो साथी चिढ़कर ऊपर देखता था। वह फ़ाइलिंग

कैबिनेट का ड्रॉअर बंद करता था, युवकों को कंधे से धक्का देता था और एक धीमी लेकिन सुनाई देने वाली आवाज़ में चुना हुआ शब्द बोलता था : "आसहोल।"

कोहेन और निस्बेट यथासंभव सटीकता से यह नापना चाहते थे कि यह शब्द कहने से क्या फ़र्क़ पड़ता था। उन्होंने उन युवकों के चेहरे देखे और यह आकलन किया कि उन्हें वहाँ कितना क्रोध दिख रहा है। उन्होंने युवकों से हाथ मिलाकर देखा कि क्या उनकी पकड़ सामान्य से ज़्यादा मज़बूत है। उन्होंने अपमान से पहले और बाद में विद्यार्थियों की लार के सैंपल लिए, ताकि यह देख सकें कि क्या आसहोल कहे जाने से उनके टेस्टोस्टरॉन और कॉर्टिसॉल के स्तर बढ़े हैं - वे हॉर्मोन जो उत्तेजना और आक्रामकता को प्रेरित करते हैं। अंत में उन्होंने विद्यार्थियों से नीचे दी कहानी पढ़ने और निष्कर्ष देने को कहा :

> पार्टी में आए लगभग बीस मिनट ही हुए थे, तभी जिल ने स्टीव को एक तरफ़ खींचा। स्पष्ट रूप से वह किसी बात को लेकर परेशान थी।
>
> "क्या हुआ?" स्टीव ने पूछा।
>
> "लैरी परेशान कर रहा है। देखो, वह जानता है कि तुम्हारी और मेरी सगाई हो चुकी है, लेकिन आज रात वह मुझे दो बार छेड़ चुका है।"
>
> जिल भीड़ में दोबारा चली गई और स्टीव ने लैरी पर निगाह रखने का निर्णय लिया। निश्चित रूप से पाँच मिनट के भीतर ही लैरी आगे झुककर जिल को चूमने की कोशिश कर रहा था।

अगर आपका अपमान हुआ हो, तो क्या आपके यह कल्पना करने की ज़्यादा संभावना है कि स्टीव लैरी के साथ कोई हिंसक काम करेगा?

परिणाम असंदिग्ध थे। युवाओं ने गाली पर जो प्रतिक्रिया की, उसमें स्पष्ट अंतर थे। अपमान ने कुछ लोगों के व्यवहार को बदल दिया। कुछ के व्यवहार को नहीं बदला। उनकी प्रतिक्रिया में निर्णायक घटक यह नहीं था कि वे भावनात्मक दृष्टि से कितने सुरक्षित थे या वे बुद्धिजीवी थे या खिलाड़ी, या वे शारीरिक दृष्टि से रोबदार थे या नहीं। महत्त्वपूर्ण यह था - और मैं सोचता हूँ आपने अंदाज़ा लगा लिया होगा कि बात कहाँ जा रही है - कि *वे कहाँ से आए थे।* अमेरिका के उत्तरी हिस्से के ज़्यादातर युवाओं ने इस घटना को मनोविनोद में लिया। उन्होंने इसे हँसी में उड़ा दिया। उनके हाथ की

पकड़ नहीं बदली। उनके कॉर्टिसॉल के स्तर दरअसल कम हो गए, मानो वे अचेतन रूप से अपने गुस्से को काफूर करने की कोशिश कर रहे हों। उनमें से केवल कुछ ने ही यह कल्पना की कि स्टीव लैरी के साथ हिंसक हुआ।

लेकिन दक्षिणी लोग? ओह। वे *आगबबूला* थे। उनके कॉर्टिसॉल और टेस्टोस्टरॉन कुलाँचें भरने लगे। उनके हाथ की पकड़ दृढ़ थी। स्टीव लैरी की हड्डी-पसली एक कर रहा था।

"हमने चिकन नामक साहस का खेल भी खेला," कोहेन ने कहा। "हमने विद्यार्थियों को गलियारों में भेजा और कोने पर हमारा एक दूसरा साथी आया। गलियारा सँकरा हो गया है, इसलिए केवल एक ही व्यक्ति के गुज़रने की जगह है। हमने जिस व्यक्ति का इस्तेमाल किया, वह छह फुट तीन इंच का था, वज़न ढाई सौ पौंड। वह कॉलेज में फुटबॉल खेलता था। अब वह कॉलेज के बार में ट्रबलशूटर का काम कर रहा था। वह कारोबारी अंदाज़ में हॉल में जा रहा था - जिस तरह आप बार से गुज़रते हैं, जब आप किसी लड़ाई को ख़त्म करने की कोशिश कर रहे हों। सवाल यह था : वे ट्रबलशूटर के रास्ते से हटने से पहले उसके कितने क़रीब पहुँचते हैं? और मेरा यक़ीन करें, वे हमेशा रास्ते से हट जाते हैं।"

उत्तरी लोगों के मामले में लगभग कोई प्रभाव नहीं हुआ। वे पाँच-छह फुट पहले ही रास्ते से हट गए, चाहे उनका अपमान हुआ हो या नहीं। इसके विपरीत, दक्षिणी लोग सामान्य परिस्थितियों में पूरी तरह सम्मानजनक थे, नौ फुट से ज़्यादा दूरी पर ही रास्ते से हट जाते थे। लेकिन अगर उन्हें अभी-अभी अपमानित किया गया हो तो? *दो* फुट से भी कम। किसी दक्षिणी व्यक्ति को आसहोल कहेंगे, तो यक़ीन कर लें कि वह लड़ने के लिए कसमसा रहा है। कोहेन और निस्बेट उस लंबे हॉल में जो देख रहे थे, वह सम्मान की संस्कृति थी : दक्षिणी लोग उस तरह प्रतिक्रिया कर रहे थे, जिस तरह विक्स हॉवर्ड ने की थी, जब लिटिल बॉब टर्नर ने उस पर पोकर में धोखेबाज़ी का आरोप लगाया।

4.

यह अध्ययन अजीब था, है ना? यह निष्कर्ष निकालना एक बात है कि अपने पूर्वजों से मिलती-जुलती परिस्थितियों में रहने वाले लोगों के समूह काफ़ी कुछ अपने पूर्वजों की तरह ही बर्ताव करते हैं। लेकिन गलियारे वाले अध्ययन में

वे दक्षिणी लोग अपने ब्रिटिश पूर्वजों से मिलती-जुलती परिस्थितियों में नहीं रह रहे थे। यह ज़रूरी नहीं है कि उनके पूर्वज ब्रिटिश रहे हों। वे तो बस संयोग से दक्षिण में बड़े हुए थे। उनमें से कोई भी चरवाहा नहीं था। न ही उनके माता-पिता चरवाहे थे। वे उन्नीसवीं सदी के अंत में नहीं, बल्कि बीसवीं सदी के उत्तरार्ध में रह रहे थे। वे मिशिगन युनिवर्सिटी के विद्यार्थी थे, जो अमेरिका में सबसे उत्तरी राज्यों में से एक है, जिसका मतलब था कि उनमें देश या जाति का पूर्वाग्रह नहीं था, इसलिए कॉलेज जाने के लिए उन्होंने दक्षिण से सैकड़ों मील की यात्रा की। और इस सबका कोई महत्त्व नहीं था। *इसके बावजूद उन्होंने उसी तरह व्यवहार किया, मानो वे उन्नीसवीं सदी के हार्लन, केन्टकी में रह रहे थे।*

"इस कॉलेज में औसत विद्यार्थी एक लाख डॉलर से ज़्यादा आमदनी वाले परिवार से आता है और यह 1990 के डॉलर की बात हो रही है," कोहेन कहते हैं। "हम यह प्रभाव जिन दक्षिणी युवकों के साथ देखते हैं, वे अपैलेशिया की पहाड़ियों से आए लड़के नहीं हैं। इस बात की ज़्यादा संभावना है कि वे अटलांटा में उच्च-मध्य प्रबंधक कोका-कोला एक्ज़ीक्यूटिव्ज़ के बेटे होंगे। और यह बड़ा सवाल है। हमें उनमें यह प्रभाव क्यों दिखना चाहिए? इसे सैकड़ों साल बाद क्यों दिखना चाहिए? ये उपनगरीय अटलांटा के लड़के सीमावर्ती प्रदेशों के लोकाचार पर काम क्यों कर रहे हैं?"*

* * *

---

*कोहेन ने "दक्षिणीपन" के प्रमाण की तलाश में अन्य प्रयोग किए हैं और हर बार उन्हें वही चीज़ मिली है। "एक बार, हमने निरंतर छेड़छाड़ करके विद्यार्थियों को परेशान किया," उन्होंने कहा। "वे प्रयोगशाला में आते हैं और उन्हें उनके बचपन की तस्वीरें बनाने को कहा जाता है। वे यह काम साथी के साथ कर रहे हैं और वह एक बेहूदा आदमी है। वह उस व्यक्ति को लगातार चिढ़ाने के काम कर रहा है। वह उसकी ड्रॉइंग के हाल-चाल लगातार पूछेगा और उसे कचरे की डलिया में फेंक देगा और उस आदमी को मारेगा। वह उसके क्रेयॉन्स चुरा लेगा और उसे वापस नहीं देगा। वह विद्यार्थी को 'घटिया' कहता रहता है। वह कहता है, 'मैं तुम्हारी ड्रॉइंग पर तुम्हारा नाम लिख देता हूँ,' फिर वह उस पर 'घटिया' लिख देता है। आप यह पाते हैं कि उत्तरी लोगों में एक निश्चित सीमा तक क्रोध के प्रदर्शन की प्रवृत्ति होती है, जिस बिंदु पर वे सामान्य हो जाते हैं। दक्षिणी लोग शुरुआत में कम गुस्सा होते हैं। लेकिन किसी बिंदु पर वे उत्तरी लोगों की बराबरी पर आ जाते हैं और उनके भी आगे निकल जाते हैं। उनके विस्फोट करने, कहीं ज़्यादा अस्थिर होने, कहीं ज़्यादा विस्फोटक होने की ज़्यादा संभावना होती है।"

सांस्कृतिक विरासतें प्रबल शक्तियाँ होती हैं। उनकी जड़ें गहरी और जीवन लंबा होता है। वे पीढ़ी दर पीढ़ी लगभग अक्षुण्ण रहती हैं। वे चलती रहती हैं, भले ही उन्हें उत्पन्न करने वाली आर्थिक, सामाजिक और जनसांख्यिकी परिस्थितियाँ ग़ायब हो गई हैं। वे हमारे नज़रियों और व्यवहार को दिशा देने में इतनी बड़ी भूमिका निभाती हैं कि हम उनके बिना अपने संसार का अहसास ही नहीं कर सकते।'*

अब तक *आउटलायर्स* में हमने देखा है कि सफलता लाभ के अनवरत संचय से मिलती है : आप कब और कहाँ पैदा होते हैं, आपके माता-पिता ने आजीविका के लिए क्या किया, और आपकी परवरिश की परिस्थितियाँ कैसी थीं - ये सभी इस बात पर महत्त्वपूर्ण फ़र्क़ डालती हैं कि आप संसार में कैसा प्रदर्शन करते हैं। *आउटलायर्स* के दूसरे हिस्से का सवाल यह है कि हमारे पूर्वजों से हम जो परंपराएँ और नज़रिये विरासत में ग्रहण करते हैं, क्या वे भी यही भूमिका निभा सकते हैं। क्या हम इस बारे में कुछ सीख सकते हैं कि लोग क्यों सफल होते हैं और क्या लोग अपनी सांस्कृतिक विरासतों को गंभीरता से लेकर अपने काम को बेहतर बना सकते हैं? मैं सोचता हूँ कि हम ऐसा कर सकते हैं।

---

*इस तरह के नज़रिये पीढ़ी दर पीढ़ी कैसे हस्तांतरित किए जाते हैं? सामाजिक विरासत द्वारा। ज़रा सोचें कि बोलने के लहज़े समय के साथ कैसे जारी रहते हैं। डेविड हैकेट फ़िशर बताते हैं कि अपैलेशिया के मूल बाशिंदों का उच्चारण इस तरह था : "व्हेयर की जगह व्हार, देयर की जगह दार, हायर्ड की जगह हार्ड, क्रीचर की जगह क्रिटर, सरटेन की जगह सार्टिन, गोइंग की जगह अ-गोइन, इट के जगह हिट, हिट की जगह ही-इट, फ़ायर की जगह फ़ार, डेफ की जगह डीफ, पॉइज़न की जगह पाइज़न, नेकेड की जगह नेकिड, इच की जगह ईच, बुश की जगह बूश, रेसल की जगह रैसल, च्यू की जगह चॉ, पुश की जगह पूश, शट की जगह शेट, बैट की जगह बा-इट, बी की जगह बी-इट, नैरो की जगह नैरेर, विंडो की जगह विंडर, विडो की जगह विडर और यंग वन की जगह यंग-अन्स।" इसे पहचाना? इसी तरह अपैलेशियन्स में कई ग्रामीण लोग आज भी बोलते हैं। जो भी प्रक्रिया भाषा की परंपरा हस्तांतरित करती है, वह शायद व्यवहारवादी और भावनात्मक परंपराएँ भी हस्तांतरित करती है।

7

हवाई दुर्घटनाओं का प्रजातीय सिद्धांत

"कैप्टन, मौसम के रडार ने हमारी बहुत मदद की है।"

1.

5 अगस्त, 1997 को कोरियन एयर फ़्लाइट 801 का कैप्टन सुबह छह बजे उठा। उसके परिवार ने बाद में जाँचकर्ताओं को बताया कि वह एक घंटे जिम गया, फिर घर आकर उसने शाम को ग्वाम यात्रा के फ़्लाइट प्लान का अध्ययन किया। उसने झपकी ली और लंच किया। दोपहर तीन बजे वह सिओल के लिए रवाना हो गया। उसकी पत्नी ने कहा कि वह जल्दी चला गया था, ताकि किम्पो इंटरनैशनल एयरपोर्ट पर आगे की तैयारी कर सके। वह कोरियन एयर फ़ोर्स से आने के बाद लगभग चार साल से कोरियन एयर में पायलट था। उसके पास 8,900 घंटों का उड़ान अनुभव था, जिसमें जम्बो जेट में 3,200 घंटों का अनुभव शामिल था। कुछ महीने पहले उसने कम ऊँचाई पर एक जम्बो जेट के इंजन की असफलता को बख़ूबी सँभाला था, जिसके लिए उसकी एयरलाइन ने उसे सुरक्षा पुरस्कार दिया था। वह बयालीस साल का था और उसकी सेहत बहुत अच्छी थी। बस ब्रॉन्काइटिस की समस्या थी, जो दस दिन पहले ही पता चली थी।

शाम को सात बजे कैप्टन, फ़र्स्ट ऑफ़िसर और फ़्लाइट इंजीनियर मिले तथा उन्होंने यात्रा संबंधी क़ागज़ात लिए। वे बोइंग 747 उड़ाने जा रहे थे - जिसे उड्डयन जगत में "आदर्श" कहा जाता है। हवाई जहाज़ आदर्श कामकाजी स्थिति में था। यह कभी कोरिया के राष्ट्रपति का विमान रह चुका था। फ़्लाइट 801 रात को 10.30 बजे गेट से रवाना हुई और इसने बीस मिनट बाद उड़ान भर दी। उड़ान भरने में कोई भी अड़चन नहीं आई। रात को 1.30 से ठीक पहले हवाई जहाज़ बादलों से बाहर निकला और

विमानकर्मियों ने दूरी पर रोशनी की झलक देखी।

"क्या यह ग्वाम है?" फ़्लाइट इंजीनियर ने पूछा। फिर थोड़ा रुककर वह बोला, "यह ग्वाम है, ग्वाम।"

कैप्टन ने दबी हँसी हँसते हुए कहा। "अच्छा!"

फ़र्स्ट ऑफ़िसर ने एयर ट्रैफ़िक कंट्रोल (एटीसी) को बताया कि हवाई जहाज़ "चार्ली ब्रैवो (तूफ़ानी बादलों) से बाहर निकल चुका है" और उसने "रनअवे सिक्स लेफ्ट के लिए रेडार वेक्टर्स" का आग्रह किया।

हवाई जहाज़ ग्वाम हवाई अड्डे की ओर नीचे आने लगा। कैप्टन ने कहा, वे दृश्यात्मक नीति अपनाएँगे। कैप्टन आठ बार पहले ही किम्पो से उड़ान भरकर ग्वाम हवाई अड्डे पर विमान उतार चुके थे। पिछली बार उन्होंने एक महीने पहले ही वहाँ विमान उतारा था, इसलिए वे हवाई अड्डे और आस-पास के इलाक़े को अच्छी तरह जानते थे। विमान के पहिए खुल गए। डैने दस डिग्री फैल गए। 01:41:48 पर कैप्टन ने कहा, "वाइपर चलाओ।" फ़्लाइट इंजीनियर ने वाइपर चालू कर दिया। बारिश हो रही थी। फिर फ़र्स्ट ऑफ़िसर ने कहा, "दिख नहीं रहा?" वह रनवे की तलाश कर रहा था। वह इसे नहीं देख पाया। एक सेकेंड बाद ग्राउंड प्रॉक्ज़िमिटी वॉर्निंग सिस्टम ने अपनी इलेक्ट्रॉनिक आवाज़ में चेतावनी दी : "पाँच सौ (फ़ुट)।" हवाई जहाज़ ज़मीन से पाँच सौ फ़ुट ऊपर था। लेकिन अगर उन्हें रनवे दिखाई नहीं दे रहा है, तो यह कैसे हो सकता था?" दो सेकेंड गुज़र गए। फ़्लाइट इंजीनियर ने आश्चर्यचकित आवाज़ में कहा, "अह?"

1 बजकर 42 मिनट, 19 सेकेंड पर फ़र्स्ट ऑफ़िसर ने कहा, "चलिए, हम दोबारा कोशिश करते हैं," इसका अर्थ था कि हवाई जहाज़ ऊपर कर लेते हैं, एक बड़ा चक्कर काटते हैं और दोबारा उतरने की कोशिश करते हैं।

एक सेकेंड बाद फ़्लाइट इंजीनियर ने कहा, "दिख नहीं रहा।" फ़र्स्ट ऑफ़िसर ने जोड़ा, "दिख नहीं रहा, दोबारा कोशिश करते हैं।"

1 बजकर 42 मिनट, 22 सेकेंड पर फ़्लाइट इंजीनियर ने दोबारा कहा, "चक्कर लगाते हैं।"

1 बजकर 42 मिनट 23 सेकेंड पर कैप्टन ने दोहराया, "चक्कर लगाते हैं," लेकिन हवाई जहाज़ को ऊपर खींचने में उन्होंने सुस्ती दिखाई।

1 बजकर 42 मिनट, 26 सेकेंड पर हवाई जहाज़ निमिट्ज़ पहाड़ी के कोने से टकरा गया। यह घने पेड़ों वाली पहाड़ी हवाई अड्डे से तीन

मील दक्षिण-पश्चिम में है - 60 मिलियन डॉलर के विमान का 2,12,000 किलो स्टील सौ मील प्रति घंटे की रफ़्तार से चट्टानी ज़मीन से टकराया। हवाई जहाज़ दो हज़ार फुट तक घिसटता चला गया, जिससे तेल की एक पाइपलाइन टूट गई और चीड़ के वृक्ष उखड़ गए। इसके बाद यह एक घाटी में गिर गया और उसमें आग लग गई। जब तक बचाव कर्मी दुर्घटना स्थल पर पहुँचे, हवाई जहाज़ में सवार 254 में से 228 लोगों की जान जा चुकी थी।

2.

केएएल 801 के दुर्घटनाग्रस्त होने से बीस साल पहले कोरियन एयर का एक बोइंग 707 भटककर रूसी वायुसीमा में पहुँच गया था और बैरेंट्स समुद्र के ऊपर एक सोवियत सैन्य जेट ने उसे मारकर गिरा दिया था। यह एक दुर्घटना थी, यानी यह इस तरह की दुर्लभ और विनाशकारी घटना थी, जो ईश्वर की कृपा के बिना किसी भी एयरलाइन के साथ हो सकती थी। इसकी जाँच और विश्लेषण किया गया। इससे सबक़ सीखे गए। रिपोर्ट्स फ़ाइल कर दी गईं।

फिर दो साल बाद कोरियन एयर का एक बोइंग 747 सिओल में दुर्घटनाग्रस्त हो गया। दो साल में दो दुर्घटनाएँ अच्छा संकेत नहीं हैं। उसके तीन साल बाद एयरलाइन ने रूस में सखालिन आईलैंड के पास एक और 747 गँवा दिया। इसके बाद 1987 में अंडमान समुद्र के ऊपर एक बोइंग 707 गिर गया। 1989 में त्रिपोली तथा सिओल में दो और दुर्घटनाएँ। फिर 1994 में चेजू, दक्षिण कोरिया में एक और दुर्घटना।*

इस रिकॉर्ड को सही दृष्टिकोण से देखने के लिए यह जानना ज़रूरी है कि 1988 से 1998 के बीच अमेरिकी विमान कंपनी युनाइटेड एयरलाइंस की "क्षति" दर 0.27 मिलियन उड़ान थी, जिसका मतलब है कि हर चार मिलियन उड़ानों में लगभग एक बार उनका एक विमान दुर्घटनाग्रस्त हुआ। इसी अवधि में कोरियन एयर की क्षति दर 4.79 प्रति मिलियन उड़ान थी - यानी सत्रह गुने से भी ज़्यादा।

---

*कोरियन एयर को पहले कोरियन एयरलाइंस कहा जाता था, लेकिन ग्वाम दुर्घटना के बाद इसने अपना नाम बदल लिया। और बैरेंट्स सी घटना के पहले 1971 और 1976 में दरअसल दो और दुर्घटनाएँ हुई थीं।

कोरियन एयर के हवाई जहाज़ इतने ज़्यादा दुर्घटनाग्रस्त हो रहे थे कि जब नैशनल ट्रांसपोर्टेशन सेफ्टी बोर्ड (एनटीएसबी) - वह अमेरिकी संस्था, जो अमेरिकी सीमा के भीतर हवाई जहाज़ दुर्घटनाओं की जाँच के लिए ज़िम्मेदार है - ने ग्वाम दुर्घटना पर अपनी रिपोर्ट दी, तो यह एक परिशिष्ट शामिल करने के लिए विवश हुई, जिसमें कोरियन एयर की सभी नई दुर्घटनाओं की सूची थी, जो जाँच शुरू करने के बाद से हुई थीं : कोरियन एयर का 747, जो ग्वाम के लगभग एक साल बाद सिओल में किम्पो में आपातकालीन स्थिति में उतरा; वह जेटलाइनर जो उसके आठ सप्ताह बाद कोरिया के उल्सान एयरपोर्ट पर रनवे से आगे चला गया; कोरियन एयर का मैकडॉनेल डगलस 83, जो अगले मार्च में पोहांग एयरपोर्ट में एक तटबंध से टकरा गया; और फिर उसके एक महीने बाद कोरियन एयर का पैसेंजर जेट शंघाई के एक रहवासी इलाक़े में दुर्घटनाग्रस्त हो गया। अगर एनटीएसबी कुछ और महीने इंतज़ार करती, तो यह एक और दुर्घटना जोड़ सकती थी : कोरियन एयर का मालवाहक विमान लंदन के स्टैनस्टेड हवाई अड्डे से उड़ान भरने के ठीक बाद दुर्घटनाग्रस्त हो गया, इस तथ्य के बावजूद कि कॉकपिट में चेतावनी की घंटी चौदह बार बजी थी।

अप्रैल 1999 में डेल्टा एयरलाइंस और एयर फ़्रांस ने कोरियन एयर के साथ अपनी उड़ान साझेदारी ख़त्म कर दी। कुछ ही समय बाद अमेरिकी सेना ने, जिसके दक्षिण कोरिया में हज़ारों सैन्य दस्ते मौजूद थे, अपने सैनिकों पर प्रतिबंध लगा दिया कि वे इस एयरलाइन से यात्रा न करें। दक्षिण कोरिया की सुरक्षा रेटिंग का दर्जा यूएस फ़ेडरल एविएशन एथॉरिटी ने घटा दिया। कैनेडा के अधिकारियों ने कोरियन एयर के प्रबंधन को चेतावनी दी कि वे कैनेडा की वायुसीमा में कंपनी के विमानों के गुज़रने और उतरने के अधिकार ख़त्म करने पर विचार कर रहे हैं।

विवाद के बीच में कोरियन एयर के कार्यसंचालन का एक बाहरी ऑडिट लीक होकर सार्वजनिक हो गया। कोरियन एयर के अधिकारियों ने चालीस पेज की इस रिपोर्ट की तुरंत निंदा करते हुए कहा कि यह ख़ामख़्वाह सनसनी फैलाई जा रही है और यह सरासर ग़लत है, लेकिन तब तक कंपनी की प्रतिष्ठा बचाने में बहुत देर हो चुकी थी। ऑडिट ने विस्तार से बताया था कि विमानकर्मी दोबारा ईंधन भरते समय और मालवाहक क्षेत्र में पक्की सड़क पर सिगरेट पीते थे; और तब भी जब विमान हवा में होता था। "विमानकर्मी पूरी उड़ान में अख़बार पढ़ते थे," ऑडिट ने कहा, "अक्सर

अख़बारों को इस तरह पकड़कर कि यदि चेतावनी की बत्ती जले, तो भी उस पर ध्यान न जाए।" रिपोर्ट ने कमज़ोर मनोबल और ढेर सारे नीतिगत उल्लंघनों के उदाहरण देते हुए यह दहशत भरा निष्कर्ष दिया कि "आदर्श" 747 के प्रशिक्षण पैमाने इतने ख़राब थे कि "यदि कैप्टन पूरी तरह असमर्थ हो जाए, तो इस बारे में कुछ चिंता है कि आदर्श बेड़े के फ़र्स्ट ऑफ़िसर्स हवाई जहाज़ को उतार सकते हैं।"

शंघाई दुर्घटना के बाद कोरियन राष्ट्रपति किम डे-जुंग बोलने के लिए मजबूर हो गए। "कोरियन एयर का मसला किसी निजी कंपनी का मामला नहीं है, बल्कि पूरे देश का मामला है," उन्होंने कहा। "हमारे देश की विश्वसनीयता दाँव पर लगी है।" डे-जुंग ने राष्ट्रपति के विमान को कोरियन एयर से बदलकर इसके नए प्रतिद्वंद्वी एशियाना का नाम दे दिया।

लेकिन फिर एक छोटा चमत्कार हुआ। कोरियन एयर ने अपना कायाकल्प कर लिया। आज यह एयरलाइन प्रतिष्ठित स्काईटीम एलाएंस की अच्छी प्रतिष्ठा वाली सदस्य है। 1999 के बाद से इसका सुरक्षा रिकॉर्ड बेदाग़ है। 2006 में कोरियन एयर के कायाकल्प को मान्यता देते हुए एयर ट्रांसपोर्ट वर्ल्ड ने इसे फ़ीनिक्स अवार्ड से सम्मानित किया। उड्डयन विशेषज्ञ आपको बता देंगे कि अब कोरियन एयर संसार की किसी भी दूसरी एयरलाइन जितनी सुरक्षित है।

इस अध्याय में हम एक दुर्घटना जाँच करने जा रहे हैं : हम "ब्लैक बॉक्स" कॉकपिट रिकॉर्डर की बातें सुनेंगे; फ़्लाइट रिकॉर्ड्र्स की जाँच करेंगे; मौसम, दुर्घटना स्थल और हवाई अड्डे की स्थितियों को देखेंगे; और ग्वाम दुर्घटना की तुलना इससे मिलती-जुलती हवाई दुर्घटनाओं से करेंगे। यह सब हम सटीकता से यह समझने के लिए करेंगे कि कंपनी ने अपना कायाकल्प सबसे बुरे क़िस्म के आउटलायर से संसार की सर्वश्रेष्ठ एयरलाइंस में से एक में कैसे किया। यह एक जटिल और कई मर्तबा अजीब कहानी है। लेकिन यह एक बहुत सरल तथ्य पर निर्भर करती है, वही तथ्य जो हार्लन और मिशिगन विद्यार्थियों के पेचीदा इतिहास में नज़र आता है। कोरियन एयर तब तक सफल नहीं हुई - यह ख़ुद को तब तक सही नहीं कर पाई - जब तक कि इसने अपनी सांस्कृतिक विरासत के महत्त्व को स्वीकार नहीं किया।

3.

असल ज़िंदगी में हवाई दुर्घटनाएँ शायद ही कभी वैसी होती हैं, जैसी कि फ़िल्मों में दिखाई जाती हैं। इंजन के किसी पुर्जे में आग उगलने वाले धमाके के साथ विस्फोट नहीं होता है। उड़ान भरने की शक्ति तले रेडार अचानक टूट नहीं जाता है। कैप्टन अपनी सीट पर पीछे की ओर नहीं फिंका जाता है और हाँफते हुए यह नहीं बोलता है, "हे भगवान!" आम कमर्शियल जेटलाइनर - जो इस बिंदु पर विकास की अवस्था में है - लगभग टोस्टर जितना विश्वसनीय होता है। हवाई दुर्घटनाओं के मामले में इस बात की ज़्यादा संभावना है कि वे छोटी-छोटी मुश्किलों और छोटी-छोटी नज़र आने वाली ख़राबियों के संचय का परिणाम होती हैं।*

मिसाल के तौर पर, आम विमान दुर्घटना में मौसम ख़राब रहता है - ज़रूरी नहीं है कि मौसम भयंकर ही हो, लेकिन यह इतना बुरा होता है कि पायलट सामान्य से थोड़ा ज़्यादा तनाव महसूस करे। बहुत सारी दुर्घटनाओं में हवाई जहाज़ निर्धारित समय से देरी से चल रहा होता है, इसलिए पायलट जल्दबाज़ी कर रहे होते हैं। 52 प्रतिशत दुर्घटनाओं में, दुर्घटना के वक़्त विमान चलाने वाला पायलट बारह घंटे या उससे ज़्यादा समय से जाग रहा था, इसका अर्थ है कि वह थका हुआ है और चपलता से नहीं सोच रहा है। और 44 प्रतिशत मौक़ों पर दोनों पायलटों ने पहले कभी एक साथ विमान नहीं उड़ाया था, इसलिए वे एक-दूसरे के साथ सहज नहीं हैं। फिर ग़लतियाँ शुरू हो जाती हैं - और सिर्फ़ एक ही ग़लती नहीं। आम दुर्घटना में सात

---

*यह केवल विमान दुर्घटनाओं के बारे में ही सच नहीं है। यह दरअसल सभी औद्योगिक दुर्घटनाओं के बारे में सच है। मिसाल के तौर पर, इतिहास में सबसे मशहूर घटना 1979 में पेनसिल्वेनिया के थ्री माइल आईलैंड के परमाणु स्टेशन में हुई दुर्घटना थी। थ्री माइल आईलैंड ने अमेरिकी जनता को इतना आघात पहुँचाया कि इसने अमेरिकी परमाणु ऊर्जा उद्योग को डुबा दिया, जिससे यह कभी पूरी तरह नहीं उबर पाया। लेकिन उस परमाणु रिएक्टर में जो हुआ, वह बहुत ही सामान्य घटना के रूप में शुरू हुआ, जो नाटकीय नहीं थी। जैसा समाजविज्ञानी चार्ल्स पेरो अपनी क्लासिक *नॉर्मल एक्सीडेंट्स* में दिखाते हैं, प्लांट के "पॉलिशर" - एक तरह के विशाल वॉटर फ़िल्टर - में एक तुलनात्मक रूप से सामान्य अवरोध था। अवरोध की वजह से प्लांट के हवा तंत्र में नमी घुस गई, जिससे अनजाने में दो वॉल्व बंद हो गए और प्लांट के स्टीम जेनरेटर में ठंडे पानी का बहाव बंद हो गया। सभी न्यूक्लियर रिएक्टर्स की तरह ही थ्री माइल आईलैंड में ठीक इसी स्थिति के लिए एक बैकअप कूलिंग सिस्टम था। लेकिन उस ख़ास दिन न जाने क्यों

मानवीय ग़लतियाँ शामिल होती हैं। एक पायलट कुछ ग़लत कर देता है, जो अपने आप में समस्या नहीं है। फिर उनमें से एक और पायलट दूसरी ग़लती कर देता है। यह दूसरी ग़लती पहली ग़लती के साथ मिलने पर भी विनाशकारी स्थिति उत्पन्न नहीं करती है। लेकिन फिर वे तीसरी ग़लती कर देते हैं, और फिर एक और, और फिर एक और, और फिर एक और, *और फिर एक और,* और इन सारी ग़लतियों का तालमेल ही दुर्घटना की ओर ले जाता है।

यही नहीं, ये सात ग़लतियाँ शायद ही कभी ज्ञान या विमान उड़ाने की योग्यता संबंधी समस्याएँ होती हैं। ऐसा नहीं है कि पायलट को कोई अति महत्त्वपूर्ण तकनीकी कौशल दिखाना होता है, जिसमें वह असफल रहता है। विमान दुर्घटनाएँ जिस तरह की भूलों से होती हैं, वे हमेशा टीमवर्क और संवाद की ग़लतियाँ होती हैं। एक पायलट कोई महत्त्वपूर्ण बात जानता है और क्या पता क्यों दूसरे पायलट को नहीं बताता है। एक पायलट कोई ग़लती कर देता है और दूसरा पायलट उसे पकड़ नहीं पाता है। किसी पेचीदा स्थिति को क़दमों की जटिल श्रृंखला के ज़रिये सुलझाने की ज़रूरत होती है - और न जाने क्यों पायलट आपस में संवाद व समन्वय करने में असफल रहते हैं और उनमें से एक को चूक जाते हैं।

"पूरे विमान को दो लोगों द्वारा चलाया जाना होता है और यह कार्यसंचालन सबसे अच्छी तरह तब काम करता है, जब उनमें से एक दूसरे की जाँच करे या दोनों लोग हिस्सेदार होने के इच्छुक हों," अर्ल वीनर कहते

बैकअप सिस्टम के वॉल्व खुले नहीं थे। किसी ने उन्हें बंद कर दिया था और कंट्रोल रूम में उनकी बंद स्थिति दिखाने वाला इंडिकेटर ऊपर के स्विच से लटके रिपेयर टैग की वजह से नहीं दिख रहा था। इससे रिएक्टर एक दूसरे तरह के बैकअप सिस्टम पर निर्भर था, एक ख़ास तरह का रिलीफ़ वॉल्व। लेकिन क़िस्मत की बात, उस दिन रिलीफ़ वॉल्व भी सही तरीके से काम नहीं कर रहा था। यह खुल गया, जबकि इसे बंद रहना चाहिए था और स्थिति बदतर हो गई, जब कंट्रोल रूम का एक गॉज जिसे ऑपरेटर्स को यह बताना चाहिए था कि रिलीफ़ वॉल्व काम नहीं कर रहा था, खुद काम नहीं कर रहा था। जब तक थ्री माइल आईलैंड के इंजीनियरों को अहसास हुआ कि क्या हो रहा था, तब तक रिएक्टर ख़तरनाक तरीके से दुर्घटना के क़रीब आ गया था।

थ्री माइल आईलैंड में कोई एक बड़ी चीज़ गड़बड़ नहीं हुई थी। इसके बजाय पाँच पूरी तरह असंबद्ध घटनाएँ क्रम से हुई थीं, जिनमें से कोई भी एक अगर अकेली होती, तो वह प्लांट के सामान्य कार्यसंचालन पर छुटपुट से ज़्यादा असर नहीं डालती।

हैं, जो कई साल तक बोइंग में प्रमुख सुरक्षा इंजीनियर थे। "अगर आप चीज़ों को सही तरीके से नहीं करते हैं, तो विमान कभी माफ़ नहीं करते। और लंबे समय से यह स्पष्ट हो चुका है कि अगर आपके पास दो लोग हैं, जो विमान को सहयोगपूर्ण तरीके से चला रहे हैं, तो आपके पास ज़्यादा सुरक्षित कार्यसंचालन होगा, बजाय इसके कि आपका एक ही पायलट हवाई जहाज़ उड़ा रहा हो और दूसरा व्यक्ति वहाँ सिर्फ़ इसलिए बैठा हुआ है, ताकि पायलट के अक्षम होने पर वह विमान उड़ाए।"

मिसाल के तौर पर, मशहूर (कम से कम उड्डयन हलक़ों में) कोलंबियन एयरलाइनर एवियांका फ़्लाइट 052 की जनवरी 1990 को हुई दुर्घटना को लें। एवियांका दुर्घटना इतने आदर्श तरीके से "आधुनिक" विमान दुर्घटना के लक्षणों को बताती है कि इसका अध्ययन फ़्लाइट स्कूलों में किया जाता है। वास्तव में, उस फ़्लाइट में जो हुआ, वह उससे बहुत मिलता-जुलता था, जो सात साल बाद ग्वाम में हुआ, इसलिए कोरियन एयर की हवाई दुर्घटना समस्या की गुत्थी की हमारी जाँच शुरू करने के लिए यह एक अच्छी जगह है।

उस विमान के कैप्टन लॉरियानो कैवीडेस थे। उनका फ़र्स्ट ऑफ़िसर मॉरिशियो क्लोट्ज़ था। वे मेडेलिन, कोलंबिया से न्यू यॉर्क सिटी के केनेडी एयरपोर्ट जा रहे थे। उस शाम मौसम ख़राब था। ईस्ट कोस्ट पर तूफ़ान था, जिसके साथ घना कोहरा और तेज़ हवाएँ भी थीं। नेवार्क हवाई अड्डे पर 203 उड़ानों में विलंब हुआ। ला गार्डिया हवाई अड्डे पर 200, फ़िलाडेल्फ़िया में 161, बोस्टन के लोगन एयरपोर्ट पर 53 और केनेडी में 99 उड़ानों में विलंब हुआ। मौसम की वजह से एवियांका को न्यू यॉर्क के रास्ते में एयर ट्रैफ़िक कंट्रोलर ने तीन बार रोका। विमान उन्नीस मिनट तक नॉरफ़ोक, वर्जीनिया के चक्कर लगाता रहा। फिर यह अटलांटिक सिटी के ऊपर 29 मिनट तक चक्कर लगाता रहा और केनेडी एयरपोर्ट के चालीस मील दक्षिण में एक बार फिर इसने 29 मिनट तक चक्कर लगाए।

आख़िर सवा घंटे की देरी के बाद एवियांका को उतरने की अनुमति दी गई। जब हवाई जहाज़ उतरने की अंतिम अवस्था में था, तो पायलटों को भारी हवा के दबाव का सामना करना पड़ा। एक पल उनके ख़िलाफ़ तेज़ हवा चल रही थी, जिससे उन्हें नीचे उतरने की गति बनाए रखने के लिए अतिरिक्त शक्ति देना पड़ रही थी। अगले ही पल बिना चेतावनी दिए सामने से चल रही तेज़ हवा नाटकीय रूप से कम हो गई और वे इतनी तेज़ गति

से जाने लगे कि रनवे से आगे निकल जाते। आम तौर पर ऐसी स्थिति में विमान को ऑटोपायलट पर उड़ाया जाता है, क्योंकि यह हवा के दबाव पर तुरंत और उचित प्रतिक्रिया करता। लेकिन विमान का ऑटोपायलट ख़राब था और इसे बंद कर दिया गया था। आख़िरी पल पायलट ने विमान ऊपर खींचा और "चक्कर लगाओ" की नीति पर अमल किया। हवाई जहाज़ ने लॉन्ग आईलैंड का एक चौड़ा चक्कर लगाया और एक बार फिर से केनेडी एयरपोर्ट की ओर आया। अचानक विमान का एक इंजन फ़ेल हो गया। कुछ सेकेंड बाद ही दूसरा इंजन भी फ़ेल हो गया। "मुझे रनवे दिखाओ!" पायलट चिल्लाया। वह हताशा में उम्मीद कर रहा था कि वह केनेडी के इतने क़रीब हो कि किसी तरह अपने बंद विमान को सुरक्षित उतार सके। लेकिन केनेडी हवाई अड्डा सोलह मील दूर था।

यह विमान ओएस्टर बे के उच्चवर्गीय लॉन्ग आईलैंड कस्बे में टेनिस चैंपियन जॉन मैकेनरो के पिता की जायदाद पर गिरा। 158 सवार यात्रियों में से 73 की मृत्यु हो गई। दुर्घटना के कारण का पता लगाने में एक दिन से भी कम समय लगा : "ईंधन ख़त्म होना।" हवाई जहाज़ के साथ कुछ ग़लत नहीं था। हवाई अड्डे के साथ भी कुछ ग़लत नहीं था। पायलट नशे में नहीं थे। बस विमान का ईंधन ख़त्म हो गया था।

4.

"यह एक आदर्श उदाहरण है," अनुभवी पायलट सुरेन रैटवैट कहते हैं, जो बरसों से "मानव घटक" शोध में शामिल रहे हैं। यह शोध इस बात का विश्लेषण करता है कि इंसान न्यूक्लियर पावर प्लांट्स और विमानों जैसे जटिल तंत्रों के साथ कैसे पेश आते हैं। रैटवैट श्रीलंका के हैं। चालीस की उम्र पार कर चुके एक ज़िंदादिल आदमी, जो अपने पूरे वयस्क जीवन वाणिाज्यिक जेट उड़ाते रहे हैं। हम मैनहैटन में शेरेटन होटल की लॉबी में बैठे हुए थे। उन्होंने दुबई से एक लंबी उड़ान के बाद केनेडी एयरपोर्ट पर एक जम्बो जेट अभी-अभी उतारा था। रैटवैट एवियांका प्रकरण को अच्छी तरह जानते थे। उन्होंने दुर्घटना की सामान्य पूर्व शर्तों को दोहराया। तूफ़ान। फ़्लाइट में विलंब। ऑटोपायलट में छुटपुट तकनीकी गड़बड़ी। तीन बार देरी होना - जिसका मतलब था न सिर्फ़ अस्सी मिनट का अतिरिक्त उड़ान समय, बल्कि कम ऊँचाई पर ज़्यादा उड़ना, जहाँ हवाई जहाज़ बादलों के ऊपर उड़ने की तुलना में ज़्यादा ईंधन जलाता है।

"वे 707 उड़ा रहे थे, जो ज़्यादा पुराना विमान है और इसे उड़ाना बहुत चुनौतीपूर्ण है," रैटवैट ने कहा। "यह बहुत काम माँगता है। फ़्लाइट कंट्रोल्स हाइड्रॉलिक यंत्रचालित नहीं हैं। वे घिरनी और खींचने वाली रॉड्स की श्रृंखला द्वारा विमान की भौतिक धातु सतहों से जुड़े होते हैं। इस हवाई जहाज़ को उड़ाने के लिए आपको पर्याप्त शक्तिशाली होना होता है। आप इसे आसमान में चारों ओर लहराते हैं। इसमें उतनी ही शारीरिक मेहनत लगती है, जितना कि किसी नाव को चलाने में। मैं अपने वर्तमान हवाई जहाज़ को अपनी अँगुलियों से चलाता हूँ। मैं एक जॉयस्टिक यानी नियंत्रण लीवर का इस्तेमाल करता हूँ। मेरे यंत्र काफ़ी बड़े हैं; उनके यंत्र कॉफ़ी कप जितने बड़े हैं। और उनका ऑटोपायलट ख़राब हो गया था। इसलिए कैप्टन को इन नौ यंत्रों को देखते रहना था, जिनमें से हर एक का आकार कॉफ़ी कप जितना था, जबकि उनका दायाँ हाथ गति को नियंत्रित कर रहा था और बायाँ हाथ विमान को उड़ा रहा था। वे अधिकतम सीमा पर पहुँच गए थे। उनके पास कुछ और करने के लिए संसाधन ही नहीं बचे थे। जब आप थके होते हैं, तो यही होता है। आपकी निर्णय लेने की क़ाबिलियत कम हो जाती है। आप चीज़ें चूकने लगते हैं - ऐसी चीज़ें, जो आप किसी दूसरे दिन नहीं चूकते।"

दुर्घटना स्थल से मिले ब्लैक बॉक्स में कैप्टन कैवीडेस उड़ान के अंतिम घंटे में बार-बार एटीसी से कह रहे थे कि वे अपने निर्देश स्पेनिश में दोहराएँ, मानो उनमें अँग्रेज़ी समझने की दम ही न बची हो। नौ अवसरों पर उन्होंने निर्देशों को भी दोहराने को कहा। "मुझे चीज़ें थोड़े ज़ोर से बताएँ," उन्होंने अंत के क़रीब कहा। "मैं उन्हें सुन नहीं पा रहा हूँ।" जब विमान केनेडी के दक्षिण-पूर्व में चालीस मिनट तक चक्कर लगा रहा था - जब विमान में हर कोई स्पष्ट रूप से जानता था कि उनका ईंधन ख़त्म हो रहा है - तो पायलट आसानी से फ़िलाडेल्फ़िया में उतरने का पूछ सकते थे, जो सिर्फ़ पैंसठ मील दूर था। लेकिन उन्होंने ऐसा नहीं किया : ऐसा लगता था, जैसे उनके दिमाग़ में बस न्यू यॉर्क जमकर बैठ गया था। निष्फल अवतरण में विमान का ग्राउंड प्रॉक्ज़िमिटी वॉर्निंग सिस्टम पंद्रह बार बजा और कैप्टन को बताया कि वे विमान को बहुत ज़्यादा नीचे ला रहे थे। लेकिन वे तो जैसे खोए हुए थे। जब उनका पहली बार उतरने का प्रयास विफल रहा, तो उन्हें छोटा सा चक्कर लगाकर तुरंत उतारना चाहिए था, लेकिन उन्होंने ऐसा नहीं किया। वे बहुत थके हुए थे।

इस सबके दौरान कॉकपिट में भारी ख़ामोशी छाई रही। कैवीडेस

के बग़ल में उनके फ़र्स्ट ऑफ़िसर मॉरिसियो क्लोट्ज़ भी बैठे थे, लेकिन फ़्लाइट रिकॉर्डर में सरसराहट और इंजन की आवाज़ के अलावा सन्नाटा था। यह क्लोट्ज़ की ज़िम्मेदारी थी कि वे एटीसी के साथ सारा संवाद करें, जिसका मतलब था कि उस रात उनकी भूमिका बेहद महत्त्वपूर्ण थी। लेकिन उनका व्यवहार अजीब तरीके से निष्क्रिय था। जब तक कि केनेडी एयरपोर्ट के दक्षिण-पश्चिम में तीसरी बार भी अवतरण करने से नहीं रोका गया, तब तक क्लोट्ज़ ने एटीसी को नहीं बताया कि उनके हिसाब से विमान में इतना ईंधन नहीं है कि यह किसी वैकल्पिक हवाई अड्डे तक पहुँच पाए। अगली चीज़ जो क्रू ने एटीसी से सुनी, वह थी "ज़रा प्रतीक्षा करें" और इसके बाद "केनेडी एयरपोर्ट के लिए अनुमति।" जाँचकर्ताओं के अनुमान से एवियांका के पायलटों ने यह मान लिया होगा कि एटीसी उन्हें केनेडी का चक्कर लगाने वाले दर्जनों अन्य विमानों के मुक़ाबले पंक्ति में सबसे आगे रख रहा था। वास्तव में, ऐसा नहीं हुआ था। उन्हें तो बस लाइन के अंत में रखा जा रहा था। यह एक अत्यंत महत्त्वपूर्ण ग़लतफ़हमी थी, जिस पर अंततः विमान का भाग्य निर्भर करता था। लेकिन क्या पायलटों ने दोबारा इस मुद्दे को उठाया, कोई स्पष्टीकरण माँगा? नहीं। न ही उन्होंने अगले 38 मिनट तक ईंधन का मुद्दा दोबारा उठाया।

5.

रैटवैट को कॉकपिट में छाई ख़ामोशी समझ नहीं आई। और इसके पीछे का कारण समझाते हुए रैटवैट ने बताया कि दुबई से आते समय उस सुबह उनके साथ क्या हुआ था। उन्होंने कहा, "हमारे विमान में एक महिला बैठी थी। हमें लगता है कि उसे स्ट्रोक हुआ था। ऐंठन। उल्टी। बुरी हालत। वह एक भारतीय महिला थी, जिसकी बेटी अमेरिका में रहती थी। उसका पति अँग्रेज़ी नहीं बोलता था, हिंदी नहीं बोलता था, सिर्फ़ पंजाबी बोलता था। कोई भी उससे संवाद नहीं कर सकता था। वह ऐसा दिखता था, मानो पंजाब के किसी गाँव से अभी-अभी चलकर आया हो और उनके पास बिलकुल भी पैसे नहीं थे। जब यह हुआ, तो मैं दरअसल मॉस्को के ऊपर था, लेकिन मैं जानता था कि हम मॉस्को नहीं जा सकते। मुझे पता नहीं था कि मॉस्को में उतरने के बाद इन लोगों का क्या होगा। मैंने फ़र्स्ट ऑफ़िसर से कहा, "विमान आप चलाओ। हमें हेलसिंकी जाना होगा।""

रैटवैट के सामने त्वरित समस्या यह थी कि वे एक बहुत लंबी उड़ान की आधी से भी कम दूरी पार कर पाए थे, जिसका मतलब था कि उनके टैंकों में उससे ज़्यादा ईंधन था, जितना कि आम तौर पर उतरते समय होता है। "हम अधिकतम उतार भार से साठ टन ज़्यादा थे," उन्होंने कहा। "इसलिए अब मुझे एक विकल्प चुनना था। मैं ईंधन को गिरा सकता था। लेकिन जब आप ईंधन गिराते हैं, तो जहाँ आप इसे गिराते हैं, वह देश इससे नफ़रत करता है। इससे कचरा फैल जाता है और इसके लिए मुझे बाल्टिक समुद्र के ऊपर कहीं पर भेज दिया जाता, जिसमें मुझे चालीस मिनट का समय लग जाता और तब तक शायद महिला मर जाती। इसलिए मैंने उसी हालत में विमान उतारने का निर्णय लिया। मेरा चुनाव।"

इसका मतलब था कि विमान "भारी उतर रहा था।" यानी कि वे ऑटोमेटेड लैंडिंग सिस्टम का इस्तेमाल नहीं कर सकते थे, क्योंकि यह इतने ज़्यादा वज़नी विमान को सँभालने के लिए तैयार नहीं था।

"उस मोड़ पर मैंने नियंत्रण थाम लिया," उन्होंने कहा। "मुझे यह सुनिश्चित करना था कि विमान बहुत हल्के से रनवे को छुए। वरना विमान को नुक़सान हो सकता था और इससे एक असली झमेला खड़ा हो जाता। भारी विमान के साथ दूसरे मुद्दे भी थे। अगर आप रनवे लाँघ जाते हैं और आपको दोबारा चक्कर लगाने की ज़रूरत पड़ती है, तो हो सकता है कि आपके पास दोबारा उड़ान भरने के लिए पर्याप्त शक्ति न रहे।

"बहुत सारे काम करने थे। आप हवा में बहुत सारी गेंदें उछाल रहे हैं। आपको सबकुछ सही करना होता है। चूँकि यह एक लंबी फ़्लाइट थी, इसलिए मेरे साथ दो और पायलट थे। मैंने उन्हें जगाया और वे भी पूरी प्रक्रिया में शामिल हो गए। हमारे पास वहाँ चार लोग थे, जिससे हर चीज़ को समन्वित करने में सचमुच मदद मिली। मैं पहले कभी हेलसिंकी नहीं गया था। मुझे ज़रा भी पता नहीं था कि वहाँ का हवाई अड्डा कैसा था, ज़रा भी पता नहीं था कि क्या रनवे पर्याप्त लंबे थे। मुझे उतरने का तरीका तय करना था, अनुमान लगाना था कि क्या हम वहाँ उतर सकते हैं, प्रदर्शन के मानदंड समझने थे और कंपनी को बताना था कि हम क्या कर रहे हैं। एक बिंदु पर मैं तीन लोगों से बात कर रहा था - दुबई बात कर रहा था, एरिज़ोना में मेडलिंक से बात कर रहा था, जो एक डॉक्टर को बुलाती है और मैं पीछे उस महिला को सँभालने वाले दो डॉक्टरों से बात कर रहा था। यह बातचीत चालीस मिनट तक अनवरत चलती रही।

उन्हें ज़रा भी पता नहीं है कि विमान कितनी देर तक उड़ सकता है। कैप्टन उतावला है : "उन्हें बता दो कि हम आपातकालीन स्थिति में हैं!" और क्लोट्ज़ क्या कहता है? *यह वन-एट-जीरो है और आह, हम एक बार फिर कोशिश करेंगे। हमारा ईंधन ख़त्म हो रहा है।*

एक बात जान लें, "ईंधन ख़त्म हो रहा है" वाक्य का एयर ट्रैफ़िक कंट्रोल की शब्दावली में कोई अर्थ नहीं है। अपनी मंज़िल के पास आने वाले सारे विमानों का ईंधन हमेशा ख़त्म हो रहा होता है। क्या क्लोट्ज़ का मतलब यह है कि 052 के पास इतना भी ईंधन नहीं है कि यह किसी दूसरे, वैकल्पिक हवाई अड्डे तक जा सके? क्या उसका मतलब यह है कि उन्हें अपने ईंधन की चिंता होने लगी थी? इसके बाद, अत्यंत महत्त्वपूर्ण वाक्य की बनावट पर ग़ौर करें। क्लोट्ज़ एटीसी के निर्देशों की सामान्य स्वीकृति से बात शुरू करता है और वाक्य के दूसरे हिस्से तक ईंधन संबंधी चिंता व्यक्त नहीं करता है। यह तो ऐसा ही है, मानो वह रेस्तराँ में यह कहे, "हाँ, मुझे थोड़ी और कॉफ़ी चाहिए और, आह, मेरे गले में चिकन बोन फँसी है और मेरा दम निकल रहा है।" वेटर उसकी बात को कितनी गंभीरता से लेगा? एयर ट्रैफ़िक कंट्रोलर, जिसके साथ क्लोट्ज़ ने बात की थी, ने बाद में गवाही दी कि उसने "इसे एक सतही टिप्पणी के रूप में लिया था।" तूफ़ानी रातों में एयर ट्रैफ़िक कंट्रोलर्स पायलटों के मुँह से ईंधन ख़त्म होने की बात सारे समय सुनते रहते हैं।

अपने वाक्य के दो हिस्सों के बीच में क्लोट्ज़ जो "आह" कहता है, वह भी उसकी कही जाने वाली बात के महत्त्व को कम करता है। एक और कंट्रोलर के अनुसार, जिसने उस रात 052 को सँभाला था, क्लोट्ज़ ने "बहुत उदासीन अंदाज़ में बात की... आवाज़ में कोई व्यग्रता नहीं थी।"

7.

उस पल क्लोट्ज़ जो कर रहा था, उसका वर्णन करने के लिए भाषाई विद्वानों की शब्दावली है "न्यूनीकृत भाषा," जो कही जाने वाली बात के अर्थ का महत्त्व कम करने या शकर की चाशनी चढ़ाने की कोशिश होती है। हम गंभीरता को कम करते हैं, जब हम विनम्र हो रहे होते हैं, या जब हम शर्मसार या लज्जित होते हैं या जब हम अधिकारी के प्रति सम्मान दिखाते हैं। अगर आप चाहते हैं कि आपका बॉस आप पर कोई अहसान करे, तो

आप यह नहीं कहते हैं, "मुझे सोमवार तक इसकी ज़रूरत होगी।" इससे आप अपनी बात का महत्त्व कम कर देते हैं। आप कहते हैं, "अगर ज़्यादा दिक़्क़त हो, तो परेशान न हों, लेकिन अगर आपको इस पर वीकएंड में सोचने का मौक़ा मिलता है, तो बेहतरीन रहेगा।" ऐसी स्थिति में महत्त्व कम करना पूरी तरह उचित होता है। बहरहाल, दूसरी स्थितियों में - जैसे किसी तूफ़ानी रात को कॉकपिट में - यह एक समस्या है।

भाषाई विद्वानों ऊट फ़िशर और जूडिथ ओरासानू ने एक बार कैप्टनस और फ़र्स्ट ऑफ़िसर्स के समूह को एक काल्पनिक परिदृश्य दिया था और उनसे पूछा था कि वे कैसे प्रतिक्रिया करेंगे :

> आप वेदर रेडार पर ग़ौर करते हैं कि 25 मील आगे भारी बारिश का इलाक़ा है। (पायलट) माक .73 पर अपनी वर्तमान दिशा क़ायम रख रहा है, हालाँकि सन्निहित तूफ़ान आपके इलाक़े में बताए गए हैं और आप हल्की उथल-पुथल का सामना करते हैं। आप यह सुनिश्चित करना चाहते हैं कि आपका विमान उस इलाक़े में न जाए।
>
> सवाल : आप पायलट से क्या कहते हैं?

फ़िशर और ओरासानू के दिमाग़ में कम से कम छह तरीक़े थे, जिनसे पायलट को दिशा बदलने और बुरे मौसम से बचने के लिए मनाने की कोशिश की जा सकती थी, जिनमें से प्रत्येक में न्यूनीकरण का एक अलग स्तर था।

1. *आदेश* : "तीस डिग्री दाएँ मुड़ो।" यह किसी बात को कहने का सबसे सीधा और स्पष्ट तरीक़ा है। इसमें शून्य न्यूनीकरण है।
2. *कर्मी बाध्यता कथन* : "मैं सोचता हूँ कि हमें इसी समय दिशा बदलने की ज़रूरत है।" "हमें" के इस्तेमाल पर ग़ौर करें और इस तथ्य पर कि आग्रह अब कहीं कम विशिष्ट है। यह थोड़ा ज़्यादा नर्म है।
3. *कर्मी सुझाव* : "आइए हम मौसम के बग़ल से चलते हैं।" इस कथन में यह निहित है "हम इसमें एक साथ हैं।"
4. *प्रश्न* : "आप किस दिशा में राह बदलना पसंद करेंगे?" यह क्रू सुझाव से भी ज़्यादा नर्म है, क्योंकि वक्ता यह मान रहा है कि वह प्रभारी नहीं है।
5. *वरीयता* : "मैं सोचता हूँ कि बाएँ या दाएँ मुड़ने में समझदारी होगी।"

6. *संकेत* : “पच्चीस मील आगे वह जगह बुरी दिखती है।” यह सबसे अधिक न्यूनीकरण वाला कथन है।

फ़िशर और ओरासानू के अनुसार ज़्यादातर कैप्टन्स ने कहा कि वे ऐसी स्थिति में एक आदेश जारी करेंगे, “तीस डिग्री दाएँ मुड़ो।” वे एक अधीनस्थ से बात कर रहे थे। उन्हें अशिष्ट होने का कोई डर नहीं था। दूसरी ओर, फ़र्स्ट ऑफ़िसर अपने बॉस से बात कर रहे थे, इसलिए उन्होंने ज़्यादातर प्रकरणों में सबसे नरम विकल्प को चुना। उन्होंने संकेत किया।

फ़िशर और ओरासानू के अध्ययन को पढ़कर थोड़ा भयभीत होना स्वाभाविक है, क्योंकि संकेत को समझना सबसे मुश्किल होता है और इसे अस्वीकार करना सबसे आसान होता है। वॉशिंगटन, डीसी के बाहर 1982 के एयर फ्लोरिडा दुर्घटना में फ़र्स्ट ऑफ़िसर ने कैप्टन को तीन बार बताने की कोशिश की कि विमान के डैनों पर बर्फ़ की ख़तरनाक मात्रा है। लेकिन ज़रा सुनें कि वह इस बात को कैसे कहता है। ये सब संकेत हैं :

फ़र्स्ट ऑफ़िसर : देखें कि बर्फ़ कैसे, आह, इसके पीछे लटक रही है, उसे देखें?

फिर :

फ़र्स्ट ऑफ़िसर : पीछे वे तमाम बर्फ़ के खंजर देखें और हर चीज़?

और फिर :

फ़र्स्ट ऑफ़िसर : ओह, इन चीज़ों से बर्फ़ हटाने की कोशिश एक हारा हुआ युद्ध लड़ना है, यह आपको सुरक्षा का झूठा अहसास देता है, यह बस इतना ही करता है।

आख़िर, जब वे उतरने की अनुमति पाते हैं, तो फ़र्स्ट ऑफ़िसर दो पायदान ऊपर जाकर एक कर्मी सुझाव देता है :

फ़र्स्ट ऑफ़िसर : आइए एक बार फिर उन डैनों के ऊपरी हिस्सों की जाँच करते हैं, क्योंकि हम यहाँ कुछ देर रुक रहे हैं।

कैप्टन : मैं सोचता हूँ कि एक मिनट में हम उतर रहे हैं।

विमान के पोटोमैक नदी में गिरने से पहले फ़र्स्ट ऑफ़िसर कैप्टन से जो आख़िरी बात कहता है, वह कोई इशारा, सुझाव या आदेश नहीं है। यह एक सरल तथ्यात्मक कथन है - और इस बार कैप्टन उसकी बात से सहमत हो जाता है।

फ़र्स्ट ऑफ़िसर : लैरी, हम नीचे जा रहे हैं, लैरी।

कैप्टन : मैं जानता हूँ।

न्यूनीकरण या महत्त्व-में-कमी विमान दुर्घटनाओं की एक बड़ी विसंगति को स्पष्ट करती है। वाणिज्यिक एयरलाइंस में कैप्टन्स और फ़र्स्ट ऑफ़िसर्स उड़ान के कर्तव्यों को बराबर-बराबर बाँट लेते हैं। लेकिन ऐतिहासिक दृष्टि से दुर्घटनाएँ होने की तब कहीं ज़्यादा आशंका होती है, जब कैप्टन "उड़ान सीट" पर बैठा होता है। पहली नज़र में तो इसमें कोई समझदारी नज़र नहीं आती है, क्योंकि कैप्टन हमेशा सबसे ज़्यादा अनुभवी पायलट होता है। लेकिन एयर फ्लोरिडा दुर्घटना के बारे में सोचें। अगर फ़र्स्ट ऑफ़िसर कैप्टन की जगह पर बैठा होता, तो क्या कैप्टन तीन बार संकेत करता? नहीं, उसने आदेश दिया होता - और विमान की दुर्घटना टल जाती। जब कम अनुभवी पायलट उड़ा रहा होता है, तो विमान ज़्यादा सुरक्षित होते हैं, क्योंकि इसका मतलब है कि दूसरा पायलट बोलने से नहीं डरेगा।

न्यूनीकरण से मुक़ाबला करना पिछले पंद्रह सालों में वाणिज्यिक उड्डयन का एक बहुत बड़ा युद्ध रहा है। अब हर प्रमुख एयरलाइन में "विमानकर्मी संसाधन प्रबंधन" प्रशिक्षण दिया जाता है। इसमें कनिष्ठ कर्मियों को यह सिखाया जाता है कि स्पष्टता और दृढ़ता से संवाद कैसे करना है। मिसाल के तौर पर, कई एयरलाइंस सह-पायलटों को एक मानक प्रक्रिया सिखाती हैं कि अगर उन्हें कोई चीज़ बुरी तरह गड़बड़ लगती है, तो वे पायलट को चुनौती दें, ("कैप्टन, मैं .... बारे में चिंतित हूँ..." फिर, "कैप्टन, मैं इस बारे में परेशान हूँ..." और अगर कैप्टन इस पर भी प्रतिक्रिया न करे, तो कहें, "कैप्टन, मुझे यक़ीन है कि स्थिति असुरक्षित है।" और अगर यह भी असफल हो जाए, तो फ़र्स्ट ऑफ़िसर को विमान का नियंत्रण अपने हाथ में ले लेना चाहिए।) उड्डयन विशेषज्ञ आपको बता देंगे कि न्यूनीकरण संबंधी इस युद्ध की सफलता ही है, जो हाल के वर्षों में हवाई दुर्घटनाओं में उल्लेखनीय

लगता तो है। आपको बहुत-बहुत धन्यवाद। वे दुर्घटनाग्रस्त होने वाले हैं! एक फ़्लाइट अटेंडेंट कॉकपिट में यह पता लगाने के लिए दाख़िल होती है कि स्थिति कितनी गंभीर है। फ़्लाइट इंजीनियर ख़ाली ईंधन की सुई की ओर इशारा करता है और अपनी अँगुली से गला काटने वाली मुद्रा बनाता है।* लेकिन वह कहता कुछ नहीं है। न ही अगले पाँच मिनट तक कोई दूसरा कुछ कहता है। रेडियो बातचीत और आम काम चलते रहते हैं। फिर फ़्लाइट इंजीनियर चीख़ता है, "इंजन नंबर चार में आग की लपट!"

कैवीडेस कहता है, "मुझे रनवे दिखाओ," लेकिन रनवे सोलह मील दूर है।

36 सेकेंड का मौन गुज़र जाता है। विमान का एयर ट्रैफ़िक कंट्रोलर आख़िरी बार पूछता है।

> एटीसी : आपके पास, अह, आपके पास इतना ईंधन तो है कि आप हवाई अड्डे पहुँच जाएँगे?
>
> टांसक्रिप्ट ख़त्म हो जाती है।

9.

"आपको इस दुर्घटना के बारे में जो चीज़ समझने की ज़रूरत है," रैटवैट ने कहा, "वह यह है कि न्यू यॉर्क के एयर ट्रैफ़िक कंट्रोलर्स बदतमीज़, आक्रामक और दबंगपन दिखाने के लिए मशहूर हैं। वे अपने काम में बहुत अच्छे भी हैं। वे बहुत व्यस्त माहौल में भारी ट्रैफ़िक सँभालते हैं। एक पायलट के बारे में एक मशहूर कहानी है, जो जेएफ़के के भारी यातायात में भटक गया था। आपको ज़रा भी पता नहीं है कि जेएफ़के में ज़मीन पर उतरने के बाद यह कितना आसान होता है। यह किसी भूलभुलैया जैसा लगता है। एक महिला कंट्रोलर उस पर भड़क गई और बोली, "ठहर जाओ। कुछ मत करना। मुझसे तब तक बात मत करना, जब तक कि मैं तुमसे बात न करूँ।" और इसके बाद उस महिला ने उसे वहीं पर छोड़ दिया। आख़िरकार पायलट ने माइक्रोफ़ोन उठाकर कहा, "मैडम। क्या पिछले जन्म में मेरा आपसे विवाह हुआ था?"

---

*हम यह बात इसलिए जानते हैं, क्योंकि फ़्लाइट अटेंडेंट दुर्घटना में बच गई और उसने तहक़ीक़ात में गवाही दी।

"वे अविश्वसनीय हैं। जिस तरह वे इसकी ओर देखते हैं, वह यह है, 'मैं नियंत्रण में हूँ। चुप रहो और वही करो, जो मैं कहती हूँ।' वे आपकी बात काट देंगे। और अगर आपको वह पसंद नहीं आता, जो वे आपसे करने को कहते हैं, तो आपको पलटकर तेज़ी से जवाब देना होता है। और फिर वे कहेंगे, "तो फिर ठीक है।" लेकिन अगर आप ऐसा नहीं करते हैं, तो वे आपको धमका देंगे। मुझे याद है, ब्रिटिश एयरवेज़ का एक विमान न्यू यॉर्क में जा रहा था। उसे न्यू यॉर्क एयर ट्रैफ़िक कंट्रोल द्वारा मूर्खतापूर्ण ढंग से इधर-उधर किया जा रहा था। ब्रिटिश पायलटों ने कहा, "आप लोगों को हीथ्रो जाकर सीखना चाहिए कि विमान को कैसे नियंत्रित करना है।" इस सबकी जड़ें स्वभाव में हैं। यदि आप इस तरह पलटकर जवाब देने के आदी नहीं हैं, तो न्यू यॉर्क के एटीसी वाले बहुत, बहुत दबंग और डरावने हो सकते हैं। और वे एवियांका विमान वाले बस शाब्दिक गोलीबारी से डर गए थे।"

यह कल्पना करना असंभव है कि रैटवैट केनेडी एटीसी के सामने अपनी बात नहीं रख पाए- इसलिए नहीं, क्योंकि वे अक्खड़ या बड़बोले हैं या उनका अहं बहुत बड़ा है, बल्कि इसलिए क्योंकि वे संसार को अलग दृष्टिकोण से देखते हैं। जब उन्हें कॉकपिट में मदद की ज़रूरत थी, तो उन्होंने अपने साथियों को जगा दिया। जब उन्होंने सोचा कि मॉस्को में उतरना ग़लत है, तो वे हेलसिंकी चल दिए और जब हेलसिंकी उन्हें हवा के बहाव के साथ उतारने वाला था, तो उन्होंने उनसे बात की कि वे उन्हें हवा के ख़िलाफ़ उतारें। उस सुबह जब वे हेलसिंकी छोड़ रहे थे, तो रैटवैट ने विमान को ग़लत रनवे पर खड़ा कर दिया था - और उनके फ़र्स्ट ऑफ़िसर ने तुरंत उन्हें यह ग़लती बता दी। उस घटना को याद करके रैटवैट हँस दिए। "मासा स्विट्ज़रलैंड का है। वह मेरी ग़लती बताकर बहुत खुश हुआ था। वह पूरे रास्ते मेरा मज़ाक़ बनाता रहा।"

रैटवैट ने आगे कहा, "उन लोगों को बस कंट्रोलर को यह बताना था, 'हमारे पास वह करने के लिए ईंधन नहीं है, जो आप हमसे कराने की कोशिश कर रहे हैं।' उन्हें तो बस यह भर कहना था, 'हम यह नहीं कर सकते। हमें अगले दस मिनट में हर हाल में उतरना है।' वे यह बात कंट्रोलर को नहीं बता पाए।"

इस बिंदु पर रैटवैट सावधानी से बोलने लगे, क्योंकि वे एक तरह का सांस्कृतिक सामान्यीकरण करने जा रहे थे, जिससे अक्सर हम असहज हो

जाते हैं। लेकिन एवियांका प्रकरण में जो हुआ, वह इतना अजीब था - इतना गूढ़ दिख रहा था - कि इसमें यही स्पष्टीकरण काफ़ी नहीं था कि क्लोट्ज़ अक्षम थे और कैप्टन थके हुए थे। उस कॉकपिट में कोई और गहरी चीज़ - कोई तंत्रात्मक चीज़ - हो रही थी। अगर दुर्घटना के कारणों का संबंध इस बात से हो कि पायलट कोलंबिया के थे, तो क्या हो? "देखिए, कोई अमेरिकी पायलट इस बकवास को नहीं झेलेगा। यह बात तो तय है," रैटवैट ने कहा। "वे कहेंगे, 'सुनो, दोस्त। मुझे हर हाल में उतरना ही है।'"

10.

1960 और 1970 के दशक में डच मनोवैज्ञानिक गीर्ट हॉफ़स्टेड आईबीएम के यूरोपीय मुख्यालय के मानव संसाधन विभाग में काम कर रहे थे। हॉफ़स्टेड का काम संसार भर की यात्रा करके कर्मचारियों से बात करना था, यह पूछना था कि लोग कैसे समस्याओं को सुलझाते थे, वे कैसे मिलकर काम करते थे और अधिकारी के प्रति उनका नज़रिया क्या था। प्रश्नावलियाँ लंबी और जटिल थीं। समय के साथ हॉफ़स्टेड ने एक वृहद डाटाबेस तैयार कर लिया, जिसके आधार पर वे विश्लेषण कर सकें कि किन मायनों में संस्कृतियाँ एक दूसरे से अलग होती हैं। आज "हॉफ़स्टेड्स डाइमेंशन्स" बहुल-संस्कृति मनोविज्ञान में सबसे व्यापकता से प्रयुक्त पैरेडाइम्स में से एक हैं।

मिसाल के तौर पर, हॉफ़स्टेड ने तर्क दिया कि संस्कृतियाँ उपयोगिता की दृष्टि से इस अनुसार पृथक की जा सकती हैं कि वे व्यक्तियों से अपनी ख़ुद की देखभाल करने की कितनी उम्मीद करती हैं। उन्होंने इस पैमाने को "व्यक्तिवाद-समूहवाद पैमाना" कहा। इस पैमाने के व्यक्तिवादी सिरे पर सबसे ऊँचे स्कोर करने वाला देश है अमेरिका। कोई आश्चर्य नहीं कि अमेरिका संसार का एकमात्र औद्योगिक देश है, जो अपने नागरिकों को सर्वव्यापी स्वास्थ्य सुविधा प्रदान नहीं करता। इस पैमाने के दूसरे सिरे पर ग्वाटेमाला है।

एक और हॉफ़स्टेड डाइमेंशन है "अनिश्चित मुक्तता।" कोई संस्कृति कितनी संशयात्मक स्थिति सहन करती है? यहाँ हॉफ़स्टेड के डाटाबेस के अनुसार शीर्ष पाँच "अनिश्चितता मुक्त" देश हैं - यानी वे देश जो नियमों तथा योजनाओं पर सबसे ज़्यादा निर्भर हैं और परिस्थितियाँ चाहे जैसी हों, उनके नीति पर अमल करते रहने की सर्वाधिक संभावना है :

1. ग्रीस
2. पुर्तगाल
3. ग्वाटेमाला
4. उरुग्वे
5. बेल्जियम

नीचे के पाँच देश हैं – यानी, वे पाँच संस्कृतियाँ जो संशयात्मक स्थिति को सहन करने में सबसे अच्छी तरह समर्थ होती हैं :

49. हाँगकाँग
50. स्वीडन
51. डेनमार्क
52. जमेका
53. सिंगापुर

यह ग़ौर करना महत्त्वपूर्ण है कि हॉफ़स्टेड यह सुझाव नहीं दे रहे थे कि इनमें से किसी भी पैमाने पर रहने की कोई सही या ग़लत जगह है। न ही वे यह कह रहे थे कि किसी संस्कृति का उनके किसी आयाम में स्थान एक लौह संभावना है कि उस देश का कोई व्यक्ति कैसे व्यवहार करता है : मिसाल के तौर पर, ग्वाटेमाला का कोई व्यक्ति बेहद व्यक्तिपरक भी हो सकता है।

इसके बजाय वे उससे बहुत मिलती-जुलती बात कह रहे थे, जो निस्बेट और कोहेन ने मिशिगन युनिवर्सिटी में अपने गलियारों के अध्ययन के बाद कही थी। हममें से प्रत्येक का अपना एक अलग व्यक्तित्व होता है। लेकिन उसके ऊपर वे प्रवृत्तियाँ, मान्यताएँ और सहज प्रतिक्रियाएँ होती हैं, जो हमें उस समुदाय के इतिहास द्वारा थमाई जाती हैं, जिसमें हम बड़े हुए थे और वे भिन्नताएँ असाधारण रूप से निश्चित होती हैं।

मिसाल के तौर पर, बेल्जियम और डेनमार्क एक-दूसरे से सिर्फ़ एक घंटे की हवाई दूरी पर हैं। डेनमार्क के लोग बहुत हद तक बेल्जियम के लोगों जैसे दिखते हैं, और अगर आपको कोपेनहेगन के किसी नुक्कड़ पर छोड़ दिया जाए, तो यह आपको ब्रसेल्स के नुक्कड़ से बहुत ज़्यादा अलग नहीं लगेगा। लेकिन जब अनिश्चित मुक्तता की बात आती है, तो दो देश इससे

ज़्यादा अलग नहीं हो सकते। दरअसल जब संशयात्मक स्थिति सहन करने की बात आती है, तो डेनमार्क के लोगों में अपने कुछ यूरोपीय साथियों के बजाय जमेका के लोगों के साथ ज़्यादा समानताएँ होती हैं। डेनमार्क और बेल्जियम में व्यापक यूरोपीय उदार-प्रजातांत्रिक परंपरा एक सी हो सकती है, लेकिन उनके इतिहास अलग हैं, राजनीतिक तंत्र अलग हैं, धार्मिक परंपराएँ अलग हैं और भाषाएँ, भोजन, आर्किटेक्चर व साहित्य अलग है - जो सैकड़ों-सैकड़ों साल पीछे तक जाता है। और इन सारी भिन्नताओं का महायोग यह है कि कुछ तरह की स्थितियों में, जिनमें जोखिम और अनिश्चितता से मुक़ाबला करने की आवश्यकता होती है, डेनमार्क के लोगों में बेल्जियम के लोगों से बहुत भिन्न प्रतिक्रिया करने की प्रवृत्ति होती है।

वैसे हॉफ़स्टेड के सभी डाइमेंशन्स में शायद सबसे रोचक वह है, जिसे वे "पावर डिस्टेंस इंडेक्स" (पीडीआई) कहते हैं। पावर डिस्टेंस या शक्ति दूरी का संबंध श्रेणियों के अनुक्रम के प्रति नज़रियों से है, ख़ास तौर पर इस बारे में कि कोई विशेष संस्कृति किसी अधिकारी या सत्ता को कितना महत्त्व देती है और उसका कितना सम्मान करती है। इसे नापने के लिए हॉफ़स्टेड ने इस तरह के सवाल पूछे, "आपके अनुभव में यह समस्या कितनी बार आती है : कर्मचारी अपने मैनेजरों के सामने असहमति व्यक्त करने में डरते हैं?" किस हद तक "संगठनों और संस्थाओं के कम शक्तिशाली सदस्य इस तथ्य को स्वीकार करते हैं और इसकी अपेक्षा करते हैं कि शक्ति का वितरण असमान हो?" ज़्यादा उम्र वाले लोगों का कितना ज़्यादा सम्मान किया जाता है और उनसे कितना ज़्यादा डरा जाता है? क्या शक्ति धारण करने वाले लोग विशेष अधिकारों के हक़दार हैं?

"कम शक्ति दूरी इंडेक्स वाले देशों में," हॉफ़स्टेड ने अपनी उत्कृष्ट पुस्तक *कल्चर्स कॉन्सीक्वेंसेस* में लिखा है :

> शक्ति एक ऐसी चीज़ होती है, जिसके बारे में शक्ति धारण करने वाले लोग लगभग शर्मिंदा होते हैं और वे इसे कम दिखाने की कोशिश करेंगे। मैंने एक बार स्वीडन (कम पीडीआई) की एक युनिवर्सिटी के अधिकारी को यह कहते सुना था कि शक्ति का इस्तेमाल करने के लिए उन्होंने शक्तिशाली न दिखने की कोशिश की। लीडर्स औपचारिक प्रतीकों का त्याग करके अपने अनौपचारिक दर्जे को बढ़ा सकते हैं। ऑस्ट्रिया (कम पीडीआई) के प्रधानमंत्री ब्रूनो क्राइस्काई मशहूर थे कि वे कई बार बस से ऑफ़िस जाते थे। 1974

> में मैंने हॉलैंड (कम पीडीआई) के प्रधानमंत्री जून डेन यूल को पुर्तगाल में एक कैंपिंग साइट पर मोटर होम में छुट्टियाँ मनाते देखा। शक्तिशाली लोगों का ऐसा व्यवहार उच्च-पीडीआई वाले बेल्जियम या फ़्रांस में बहुत कम संभव है।*

आप कल्पना कर सकते हैं कि हॉफ़स्टेड के निष्कर्षों का उड्डयन उद्योग के लोगों पर क्या असर हुआ होगा। आख़िर, न्यूनीकृत भाषा और टीमवर्क पर उनका महान युद्ध किस बारे में था? यह कॉकपिट में शक्ति की दूरी को कम करने की कोशिश थी। शक्ति की दूरी के बारे में हॉफ़स्टेड का सवाल – "आपके अनुभव में यह समस्या कितनी बार आती है : कर्मचारी अपने मैनेजरों के सामने असहमति व्यक्त करने में डरते हैं?" वही प्रश्न था, जो उड्डयन विशेषज्ञ कैप्टन्स के साथ फ़र्स्ट ऑफ़िसर के व्यवहार के बारे में उनसे पूछ रहे थे। और हॉफ़स्टेड के सर्वे ने एक ऐसी चीज़ सुझाई, जो उड्डयन जगत में किसी को भी नहीं सूझी थी कि : फ़र्स्ट ऑफ़िसर्स द्वारा दृढ़तापूर्वक अपनी बात कहने का काम बहुत हद तक उनकी संस्कृति की शक्ति-दूरी की रेटिंग पर निर्भर करता था।

यही रैटवैट का मतलब था, जब उन्होंने कहा था कि कोई अमेरिकी पायलट केनेडी हवाई अड्डे पर कंट्रोलर्स से इतना ज़्यादा भयभीत नहीं होता। अमेरिका कम शक्ति-दूरी की आदर्श संस्कृति है। जब आर-पार की बात आती है, तो अमेरिकी अपने *अमेरिकीपन* पर उतर आते हैं और इस अमेरिकीपन का मतलब है कि एयर ट्रैफ़िक कंट्रोलर को बराबरी वाला माना जाता है। लेकिन शक्ति दूरी के पैमाने के दूसरे छोर पर कौन सा देश है? कोलंबिया।

एवियांका दुर्घटना के बाद मनोवैज्ञानिक रॉबर्ट हेल्मरीक, जिन्होंने पायलट व्यवहार को स्पष्ट करने में संस्कृति की भूमिका दर्शाने के लिए किसी से भी ज़्यादा श्रम किया है, ने दुर्घटना का एक बेहतरीन विश्लेषण किया।

---

*हॉफ़स्टेड इसी तरह कुछ वर्ष पहले किए गए एक अध्ययन का संदर्भ देते हैं, जिसने जर्मन और फ़्रेंच निर्माण कारखानों की तुलना की थी, जो उसी उद्योग में काम कर रहे थे और लगभग समान आकार के थे। फ़्रेंच प्लांट्स में औसतन 26 प्रतिशत कर्मचारी प्रबंधन और विशेषज्ञ पदों पर थे; जर्मन प्लांट्स में 16 प्रतिशत। इसके अलावा, फ़्रेंच लोग अपने शीर्ष प्रबंधन को जर्मनी वालों की तुलना में काफ़ी अधिक भुगतान देते थे। हॉफ़स्टेड ने

वीओआर एक प्रकाश-संकेत होता है, जिससे पायलट्स हवाई अड्डे के पास आने पर अपनी ऊँचाई की गणना कर सकते हैं। ग्लाइड स्कोप के आविष्कार से पहले पायलट इसी पर भरोसा करते थे। कैप्टन की रणनीति यह थी कि हवाई जहाज़ को क़रीब लाने के लिए वह वीओआर का इस्तेमाल करेगा और एक बार जब वह रनवे की बत्तियाँ देख लेगा, तो फिर अपनी आँखों से देखते हुए विमान को नीचे उतारेगा। इसमें समझदारी नज़र आती थी। पायलट सारे समय अपनी आँखों के सहारे ही विमान उतारते हैं। लेकिन जब भी पायलट कोई योजना चुनता है, तो हर बार उसे एक वैकल्पिक योजना तैयार रखनी चाहिए, ताकि अगर चीज़ें गड़बड़ा जाएँ, तो वैकल्पिक योजना का अनुसरण किया जा सके। और इस कैप्टन ने ऐसा नहीं किया था।

"उसे समन्वय करना चाहिए था। उसे अपने साथियों को डीएमई के चरणों के बारे में जानकारी देनी चाहिए थी," ब्रेनर ने आगे कहा। "लेकिन वह इस बारे में बात नहीं करता है। तूफ़ान उनके चारों तरफ़ हैं और कैप्टन सिर्फ़ यह मानकर चल रहा है कि किसी बिंदु पर वह बादलों से आज़ाद हो जाएगा और हवाई अड्डे को देख लेगा और अगर वह इसे 560 फुट की ऊँचाई से नहीं देख पाता है, तो वह एक बार फिर चक्कर लगाएगा। देखिए, यह कारगर हो सकता था, सिवाय एक चीज़ के। जिस वीओआर के आधार पर वह यह रणनीति बना रहा था, वह हवाई अड्डे पर नहीं है। यह तो हवाई अड्डे से ढाई मील दूर निमिट्ज़ हिल पर है। संसार में कई हवाई अड्डों पर ऐसा ही होता है। कई बार आप वीओआर का अनुसरण करें, तो यह आपको सीधे हवाई अड्डे पहुँचा देता है। लेकिन यहाँ अगर आप वीओआर का अनुसरण करते हुए नीचे आते हैं, तो यह आपको सीधे निमिट्ज़ हिल ले जाता है।"

पायलट वीओआर के बारे में जानते थे। यह हवाई अड्डे के संचालन चार्ट्स में स्पष्टता से लिखा था। वे ग्वाम में आठ बार पहले भी विमान उतार चुके थे और वास्तव में उड़ान भरने से पहले की बातचीत में उन्होंने इस बात का ख़ास उल्लेख किया था। लेकिन बात यह थी कि रात के एक बज रहे थे और पायलट पिछले दिन की सुबह छह बजे से जाग रहे थे।

"हम मानते हैं कि थकान का योगदान था," ब्रेनर ने कहा। "यह आधी रात के बाद पहुँचने वाली उड़ान है। कोरियाई समय के अनुसार आप उड़ान भरकर एक बजे सुबह आते हैं। फिर आप ज़मीन पर कुछ घंटे बिताते हैं और सूरज उगते समय दोबारा उड़ान भर लेते हैं। कैप्टन ने इसे एक महीने

पहले उड़ाया था। उस समय वे फ़र्स्ट क्लास सीट पर सोए थे। अब वे उ भर रहे हैं और कहते हैं कि वे सचमुच थके हुए हैं।"

तो वहाँ किसी विमान दुर्घटना की तीन आदर्श पूर्व शर्तें मौजूद थीं। ये वही तीन परिस्थितियाँ थीं, जिन्होंने एवियांका 052 के लिए दुर्घटना का मंच तैयार किया था : छुटपुट तकनीकी गड़बड़ी; ख़राब मौसम; और एक थका पायलट। अपने आप में, इनमें से कोई भी एक चीज़ दुर्घटना के लिए पर्याप्त नहीं होगी। लेकिन तीनों का तालमेल हो, तो उनसे उबरने के लिए कॉकपिट के हर व्यक्ति के सम्मिलित प्रयास की ज़रूरत होती है। और यहीं पर कोरियन एयर 801 मुश्किल में था।

12.

यहाँ केएएल फ़्लाइट 801 के अंतिम तीस मिनटों की फ़्लाइट रिकॉर्डर की ट्रांसक्रिप्ट है : यह शुरू होती है, जब कैप्टन थकान की शिकायत करता है।

> 01:20:01। कैप्टन : अगर यह फेरा नौ घंटे से ज़्यादा हुआ, तो हमें थोड़े ज़्यादा पैसे मिल सकते हैं। आठ घंटों में हमें कुछ नहीं मिलता है। आठ घंटे हमारी ज़रा भी मदद नहीं करते हैं... वे हमसे अधिकतम काम लेते हैं, पूरा निचोड़ डालते हैं। शायद इस तरह... केबिन कर्मियों के होटल ख़र्च बच जाएँगे और फ़्लाइट के घंटे अधिकतम हो जाएँगे। चाहे जो हो, वे हमसे... अधिकतम काम लेते हैं।

यह एक ऐसे आदमी की आवाज़ है, जो कुर्सी पर बैठा-बैठा पहलू बदल रहा है। एक मिनट गुज़र जाता है।

> 0121:13। कैप्टन : अह... सचमुच... नींद आ रही है। (...ष्ट शब्द)
>
> फ़र्स्ट ऑफ़िसर : ज़ाहिर है।

फिर फ़्लाइट के सबसे महत्त्वपूर्ण पलों में से एक ... । फ़र्स्ट ऑफ़िसर बोलने का निर्णय लेता है :

> फ़र्स्ट ऑफ़िसर : क्या आप नहीं ... बारिश ज़्यादा होती है? इस इलाक़े में, यहाँ?

फ़र्स्ट ऑफ़िसर ने इस टिप्पणी से पहले काफ़ी देर तक और कसकर सोचा होगा। वह सरेन रैटवैट के कॉकपिट की सहज सौहार्दता में उड़ान नहीं भर रहा था। कोरियन एयर फ़्लाइट क्रूज़ में यात्रा के दौरान अपेक्षा यह हुआ करती थी कि जूनियर ऑफ़िसर कैप्टन का इस हद तक ख़्याल रखेंगे कि वे दो उड़ानों के बीच उसे डिनर कराएँगे या उसके लिए तोहफ़े ख़रीदेंगे। जैसा कोरिया के एक पूर्व एयर पायलट ने कहा है, एयरलाइन के कई कॉकपिट्स में समझ यह थी कि "कैप्टन प्रभारी है और जो चाहे, जब वह चाहे, जैसे वह चाहे, अपनी मनमर्ज़ी करता है और बाक़ी हर कोई शांत बैठता है और कुछ नहीं करता है।" कोरियन एयर पर डेल्टा रिपोर्ट में, जो अज्ञात रूप से इंटरनेट पर रिलीज़ हुई थी, एक ऑडिटर एक कोरियन एयर फ़्लाइट में बैठने की कहानी बताते हैं, जहाँ फ़र्स्ट ऑफ़िसर एयर ट्रैफ़िक कंट्रोलर की बातें सुनकर चकरा गया और कैप्टन ने ग़लती से विमान को एक ऐसे मार्ग पर पहुँचा दिया, जो किसी दूसरे विमान के लिए बताया गया था। "फ़्लाइट इंजीनियर ने समझ लिया कि कुछ गड़बड़ है। फ़र्स्ट ऑफ़िसर भी ख़ुश नहीं था, लेकिन वह कुछ नहीं बोला... दिखने वाली अच्छी परिस्थितियों के बावजूद चालक दल ने बाहर नहीं देखा कि वर्तमान दिशा उन्हें विमान पट्टी तक नहीं ले जाएगी।" आख़िरकार विमान का रेडार ग़लती को पकड़ता है, और फिर मुख्य वाक्य आता है : "कैप्टन ग़लती करने के लिए फ़र्स्ट ऑफ़िसर को अपने हाथ के पिछले हिस्से से मारता है।"

अपने हाथ के पिछले हिस्से से मारता है?

जब उस शाम को तीनों पायलट फ़्लाइट से पहले की तैयारियों के लिए किम्पो में मिले होंगे, तो फ़र्स्ट ऑफ़िसर और इंजीनियर ने कैप्टन के सामने सिर झुकाया होगा। फिर उन सभी ने हाथ मिलाए होंगे। सह-पायलट ने स...पूर्वक कहा होगा, "आपसे मिलने का सौभाग्य पहली बार मिल रहा है।" ...रियाई भाषा की बातचीत में संबोधन के छह अलग-अलग स्तर हैं, जो बो... वाले और सुनने वाले के आपसी संबंध पर निर्भर करते हैं : औपचा...म्मान, अनौपचारिक सम्मान, कुंद, परिचित, अंतरंग और सपाट। कैप्टन ...बोधित करते वक़्त फ़र्स्ट ऑफ़िसर ज़्यादा अंतरंग या परिचित स्तरों ... के इस्तेमाल की हिम्मत नहीं कर सकता था। यह एक ऐसी संस्कृति ... बातचीत में दो लोगों की तुलनात्मक स्थिति पर बहुत ज़्यादा ध्यान ... है।

कोरियाई भाषा विशेषज्ञ हो-मिन सोन लिखते हैं :

> डिनर टेबल पर निचले दर्जे के व्यक्ति को तब तक इंतज़ार करना चाहिए, जब तक कि ऊँचे दर्जे वाला व्यक्ति बैठ नहीं जाता और खाना शुरू नहीं कर देता, हालाँकि इसका विपरीत सच नहीं है। किसी सामाजिक वरिष्ठ की उपस्थिति में सिगरेट नहीं पीना चाहिए। किसी सामाजिक दृष्टि से श्रेष्ठ व्यक्ति के साथ पीते समय अधीनस्थ अपना गिलास छिपाता है और उसे श्रेष्ठ व्यक्ति से दूर रखता है;... किसी सामाजिक रूप से वरिष्ठ व्यक्ति के अभिवादन में (हालाँकि कनिष्ठ के सामने नहीं) कोरियाई व्यक्ति को सिर झुकाना चाहिए। जब कोई स्पष्ट रूप से सामाजिक वरिष्ठ व्यक्ति आता है, तो कोरियाई व्यक्ति को उठना चाहिए और वह किसी स्पष्ट सामाजिक वरिष्ठ व्यक्ति के आगे नहीं चल सकता। सारे सामाजिक व्यवहार और कार्य वरिष्ठता या रैंकिंग के क्रम में किए जाते हैं; जैसी कि कहावत है, ठंडा पानी पीने में भी क्रम है।

जब फ़र्स्ट ऑफ़िसर कहता है, "क्या आपको नहीं लगता कि यहाँ बारिश ज़्यादा होती है? इस इलाक़े में, यहाँ?" तो हम जानते हैं कि उसका क्या मतलब है : *कैप्टन, आपने हमें दृश्यात्मक नीति में रख दिया है, जिसकी कोई वैकल्पिक योजना नहीं है और मौसम भयंकर है। आप सोचते हैं कि हम रनवे को देखने के लिए समय पर बादलों से बाहर निकल आएँगे। लेकिन अगर ऐसा नहीं हुआ, तो क्या होगा? बाहर घुप्प अँधेरा है, बारिश हो रही है और ग्लाइड स्कोप ख़राब है।*

लेकिन वह यह बात कह नहीं सकता। वह संकेत कर सकता है और अपने मन में उसने उतना कह दिया है, जितना वह किसी वरिष्ठ व्यक्ति से कह सकता है। फ़र्स्ट ऑफ़िसर दोबारा मौसम का ज़िक्र नहीं करेगा।

उस पल के ठीक बाद विमान कुछ देर के लिए बादलों से बाहर निकलता है और दूरी पर पायलटों को बत्तियाँ दिखाई देती हैं।

"क्या यह ग्वाम है?" फ़्लाइट इंजीनियर पूछता है। फिर थोड़ा ठहरकर वह कहता है, "यह ग्वाम है, ग्वाम।"

कैप्टन दबी हँसी हँसता है। "अच्छी बात है!"

लेकिन यह अच्छी बात नहीं है। यह तो एक भ्रम है। वे एक पल के लिए बादलों से बाहर आए हैं। लेकिन वे अब भी हवाई अड्डे से बीस

मील दूर हैं और उनके आगे अब भी बहुत भारी ख़राब मौसम है। फ़्लाइट इंजीनियर यह बात जानता है, क्योंकि मौसम की निगरानी करना उसकी ज़िम्मेदारी है, इसलिए अब वह बोलने का निर्णय लेता है।

वह कहता है, "कैप्टन, वेदर रेडार ने हमारी बहुत मदद की है।"

वेदर रेडार ने हमारी बहुत मदद की है? फ़्लाइट डेक की ओर से दूसरा संकेत। इंजीनियर का मतलब वही है, जो फ़र्स्ट ऑफ़िसर का था। *यह ऐसी रात नहीं है, जहाँ आप विमान उतारने के लिए सिर्फ़ अपनी आँखों पर भरोसा कर सकते हों। ज़रा देखें तो सही कि वेदर रेडार हमें क्या बता रहा है : आगे मुश्किल है।*

पाश्चात्य कानों को यह अजीब लगता है कि फ़्लाइट इंजीनियर इस विषय पर केवल एक ही बार बात करेगा। भाषा विशेषज्ञों की राय में पाश्चात्य संवाद "प्रेषक-केंद्रित" होता है – यानी स्पष्टता से और सुस्पष्ट तरीके से विचारों को सामने वाले तक पहुँचाना वक्ता की ज़िम्मेदारी मानी जाती है। एयर फ्लोरिडा दुर्घटना के दुखद प्रसंग में भी, जहाँ फ़र्स्ट ऑफ़िसर बर्फ़ द्वारा उत्पन्न ख़तरे के बारे में संकेत देने से ज़्यादा कुछ नहीं करता है, लेकिन फिर भी वह अपने अर्थ को स्पष्ट करने के लिए *चार* बार संकेत करता है, अपनी टिप्पणियों को चार अलग-अलग तरीकों से कहता है। हो सकता है कि वह अपने और कैप्टन के बीच अधिकारों के अंतर से मजबूर हो, लेकिन इसके बावजूद वह एक पाश्चात्य सांस्कृतिक पृष्ठभूमि के भीतर काम कर रहा था, जिसका मतलब है कि अगर कोई भ्रांति है, तो यह वक्ता का दोष है।

लेकिन कई एशियाई देशों की तरह कोरिया प्राप्तकर्ता-केंद्रित है। यह *श्रोता* पर है कि वह कही गई बात का अर्थ समझे। इंजीनियर के ख़्याल से उसने बहुत कुछ कह दिया है।

सोन हमें नीचे दी बातचीत का उदाहरण देते हैं, जो एक कर्मचारी (मि. किम) और उनके विभाग प्रमुख (बॉस) के बीच होती है।

बॉस : ठंड है और मुझे भूख लग रही है।

(अर्थ : तुम मेरे लिए ड्रिंक या खाने की कोई चीज़ क्यों नहीं ख़रीदते?)

मि. किम : एक गिलास शराब कैसी रहेगी?

(अर्थ : मैं आपके लिए शराब ख़रीदूँगा।)

बॉस : यह ठीक है। परेशान मत होओ।

(अर्थ : अगर तुम इसे दोहराओगे, तो मैं तुम्हारा प्रस्ताव स्वीकार कर लूँगा।)

मि. किम : आपको भूख लग रही होगी। बाहर चलने के बारे में क्या ख़्याल है?

(अर्थ : मैं आपको खिलाने-पिलाने पर ज़ोर देता हूँ।)

बॉस : क्या मुझे ऐसा करना चाहिए?

(अर्थ : मैं स्वीकार करता हूँ।)

इस बातचीत की सूक्ष्मता में कुछ बहुत सुंदर है, क्योंकि इसमें हर पक्ष को सामने वाले की प्रेरणाओं और इच्छाओं पर ध्यान देना होता है। यह सचमुच सभ्यतापूर्ण है : यह असंवेदनशीलता या तटस्थता की अनुमति नहीं देती।

लेकिन उच्च अधिकारों के अंतर का संवाद केवल तभी काम करता है, जब श्रोता क़रीब से ध्यान दे सकता हो, और यह तभी काम करता है, जब किसी बातचीत में दोनों पक्षों के पास समय की सुविधा हो, ताकि वे एक दूसरे के अर्थों की गुत्थी को सुलझा सकें। यह किसी तूफ़ानी रात को किसी हवाई जहाज़ के कॉकपिट में काम नहीं करता है, जहाँ एक थका-मांदा पायलट टूटे हुए ग्लाइड स्कोप वाले हवाई अड्डे पर उतरने की कोशिश कर रहा हो।

13.

2000 में कोरियन एयर ने आख़िरकार क़दम उठाया और अपने उड़ान कार्यसंचालन को सँभालने के लिए डेल्टा एयरलाइंस से डेविड ग्रीनबर्ग को ले आई।

अगर आप कोरियन एयर की समस्याओं की सच्ची जड़ों को नहीं समझते हैं, तो आपको ग्रीनबर्ग के पहले क़दम में ज़रा भी समझदारी नहीं आएगी। उन्होंने एयरलाइन के सारे विमान कर्मीदलों की अँग्रेज़ी भाषा की योग्यताओं का मूल्यांकन किया। "कुछ अच्छे थे और कुछ नहीं थे," वे याद करते हैं। "इसलिए हमने उड्डयन अँग्रेज़ी में निपुण होने और बेहतर बनाने के लिए एक योजना चलाई।" उनका दूसरा क़दम एक पाश्चात्य कंपनी - एल्टियन नामक बोइंग की मातहत कंपनी - को कंपनी के प्रशिक्षण और निर्देश प्रोग्राम्स का उत्तरदायित्व सौंपना था। "एल्टियन ने अँग्रेज़ी में प्रशिक्षण दिया," ग्रीनबर्ग कहते हैं। "वे कोरियाई भाषा नहीं बोलते थे।" ग्रीनबर्ग का

नियम सरल था। कोरियन एयर की नई भाषा अँग्रेज़ी थी और अगर आप कंपनी में पायलट बने रहना चाहते थे, तो आपको उस भाषा में धाराप्रवाह होना था। "यह छँटनी नहीं थी," वे कहते हैं। "हर एक के पास समान अवसर था और जो लोग भाषा संबंधी मुद्दे को चुनौतीपूर्ण पाते थे, उन्हें बाहर जाकर अपने पैसों से अध्ययन करने की अनुमति थी। लेकिन भाषा ही छलनी थी। मैं याद नहीं कर सकता कि उड़ान में निपुणता की कमियों के लिए किसी को नौकरी से निकाला गया था।"

ग्रीनबर्ग का तर्क यह था कि अँग्रेज़ी उड्डयन संसार की भाषा थी। जब पायलट कॉकपिट में बैठकर लिखित जाँचसूचियों को देखते थे, जिनका पालन चालक दल को हर नीतिगत महत्त्वपूर्ण बिंदु पर करना था, तो वे जाँचसूचियाँ अँग्रेज़ी में थीं। जब वे संसार में कहीं भी एयर ट्रैफ़िक कंट्रोल से बात करते थे, तो वे बातचीतें अँग्रेज़ी में होंगी।'

"यदि आप व्यस्त समय में जेएफ़के पर विमान उतारने की कोशिश कर रहे हैं, तो कोई ग़ैर-शाब्दिक संवाद नहीं होता है," ग्रीनबर्ग कहते हैं। "उस समय लोग लोगों से बात करते हैं, इसलिए आपको पूरी तरह सुनिश्चित करने की ज़रूरत है कि जो हो रहा है उसे आप समझते हैं। आप कह सकते हैं कि अगल-बग़ल में बैठे दो कोरियाई व्यक्तियों को अँग्रेज़ी बोलने की ज़रूरत नहीं है। लेकिन बाहर के लोगों ने जो बात अँग्रेज़ी में कही है, अगर वे उस बारे में बहस कर रहे हैं, तो भाषा महत्त्वपूर्ण है।"

ग्रीनबर्ग अपने पायलटों को एक वैकल्पिक पहचान देना चाहते थे। उनकी समस्या यह थी कि वे उन भूमिकाओं में फँसे थे, जो उनके देश की सांस्कृतिक विरासत के भारी वज़न से निर्धारित थी। कॉकपिट में बैठते वक़्त उन्हें उन भूमिकाओं से बाहर निकलने के अवसर की ज़रूरत थी और भाषा ही उस कायाकल्प की कुंजी थी। अँग्रेज़ी में वे कोरियाई भाषा के तेज़ी से परिभाषित वर्गीकरणों से मुक्त होंगे : औपचारिक सम्मान, अनौपचारिक सम्मान, कुंद, परिचित, अंतरंग और सपाट। इसके बजाय पायलट एक बहुत अलग विरासत वाली संस्कृति और भाषा को अंगीकार कर सकते थे।

बहरहाल, ग्रीनबर्ग के सुधार का अत्यंत महत्त्वपूर्ण हिस्सा वह है, जो उन्होंने नहीं किया। उन्होंने अपने हाथ निराशा में नहीं उछाले। उन्होंने एयरलाइन के सारे पायलट्स को बाहर नहीं निकाला और कम शक्ति-दूरी की संस्कृति वाले पायलटों को नियुक्त नहीं किया। वे जानते थे कि सांस्कृतिक विरासतें मायने रखती हैं - कि वे शक्तिशाली और व्यापक होती हैं और वे

उनकी मूल उपयोगिता समाप्त होने के बाद भी जारी रहती हैं। लेकिन उन्होंने यह नहीं माना कि विरासतें हमारे स्वरूप का अमिट हिस्सा हैं। उन्हें यक़ीन था कि अगर कोरियाई लोग इस बारे में ईमानदार रहें कि वे कहाँ से आए हैं और अपनी विरासत के उन पहलुओं का सामना करने के इच्छुक रहें, जो उड्डयन जगत के लिए उपयुक्त नहीं थे, तो वे बदल सकते हैं। उन्होंने अपने पायलट्स को वही दिया, जो हॉकी खिलाड़ियों से लेकर सॉफ़्टवेअर दिग्गजों से लेकर अधिग्रहण वकीलों को सफलता की उनकी राह पर दिया गया था : काम के प्रति उनके संबंध के कायाकल्प का अवसर।

कोरियन एयर से जाने के बाद ग्रीनबर्ग ने कार्गो 360 नामक मालवाहक एयरलाइन शुरू की। वे अपने साथ कोरियन एयर के कुछ पायलट ले गए। वे सभी फ़्लाइट इंजीनियर थे, जो कोरियन एयर की मौलिक कठोर श्रेणीबद्धता में कैप्टन और फ़र्स्ट ऑफ़िसर के बाद नंबर तीन थे। "ये ऐसे लोग थे, जिन्होंने कोरियन एयर के पुराने माहौल में पंद्रह से अठारह साल तक काम किया था," उन्होंने कहा। "उन्होंने वह गौण भूमिका स्वीकार कर ली थी। वे सीढ़ी की तलहटी में थे। हमने उन्हें दोबारा प्रशिक्षित किया और उन्हें पाश्चात्य चालक दल के साथ रखा। वे बहुत सफल रहे हैं। उन सभी ने अपनी शैली बदल ली है। वे पहल करते हैं। वे अपने हिस्से का वज़न उठाते हैं। वे इस बात का इंतज़ार नहीं करते कि कोई उन्हें दिशा दे। ये पचास साल से भी ज़्यादा उम्र के वरिष्ठ लोग हैं, जिनका एक पृष्ठभूमि में लंबा इतिहास रहा है, जिन्हें दोबारा प्रशिक्षित किया गया है और अब वे एक पश्चिमी कॉकपिट में सफलतापूर्वक काम कर रहे हैं। हम उन्हें उनकी संस्कृति के बाहर ले गए और उनके मानदंडों को बदल दिया।"

यह एक असाधारण रूप से मुक्तिदायक उदाहरण है। जब हम समझ जाते हैं कि अच्छा पायलट होने का सचमुच क्या मतलब होता है - जब हम समझ जाते हैं कि व्यक्ति के बाहर की संस्कृति, इतिहास और संसार पेशेवर सफलता के लिए कितने ज़्यादा मायने रखते हैं - तो हमें अपने हाथ निराशा में उस एयरलाइन पर नहीं फेंकने होते हैं, जिसके पायलट पहाड़ों से अपने विमान टकरा रहे हैं। हमारे पास असफल को सफल बनाने का तरीका है।

लेकिन इससे पहले हमें एक ऐसे विषय के बारे में ईमानदार होना पड़ता है, जिसे हम अक्सर नज़रअंदाज़ करना चाहते हैं। 1994 में जब बोइंग ने सबसे पहले सुरक्षा डाटा प्रकाशित किए, जिसमें किसी एयरलाइन की हवाई दुर्घटनाओं और हॉफ़स्टेड्स डाइमेंशन्स पर इसके स्कोर के बीच एक स्पष्ट

संबंध दिख रहा था, तो कंपनी के शोधकर्ताओं ने बड़े जतन किए कि किसी को बुरा न लग जाए। बोइंग के विमान सुरक्षा के प्रमुख इंजीनियर ने इसे इस तरह कहा था, "हम यह नहीं कह रहे हैं कि यह वहाँ है, लेकिन हम सोचते हैं कि वहाँ कुछ न कुछ है।" हम इतनी गोल-मोल बात क्यों करते हैं? इस तथ्य को स्वीकार करना इतना मुश्किल क्यों है कि हममें से प्रत्येक एक ऐसी संस्कृति से आया है, जिसमें शक्तियों और कमज़ोरियों, प्रवृत्तियों और स्वभावों का अपना अनूठा मिश्रण होता है? हम जो हैं, उसे इससे अलग नहीं किया जा सकता कि हम कहाँ से आए हैं - और जब हम इस तथ्य को नज़रअंदाज़ कर देते हैं, तो विमान दुर्घटनाएँ होती हैं।

14.

कॉकपिट में लौटते हैं।

"कैप्टन, वेदर रेडार ने हमारी बहुत मदद की है।" अब कोई पायलट यह नहीं कहेगा। लेकिन यह 1997 की बात थी, जब कोरियन एयर ने शक्ति दूरी के मुद्दों को गंभीरता से नहीं लिया था। कैप्टन थके हुए थे, इसलिए इंजीनियर की बात का सच्चा अर्थ उनके सिर के ऊपर से गुज़र गया।

"हाँ," कैप्टन प्रतिक्रिया में कहते हैं। "वे बहुत उपयोगी होते हैं।" वे सुन ही नहीं रहे हैं।

विमान वीओआर बीकन की ओर उड़ रहा है और वीओआर पहाड़ के बग़ल में है। मौसम अभी साफ नहीं है। इसलिए पायलटों को कुछ नज़र नहीं आ सकता। कैप्टन विमान के पहियों को नीचे कर देते हैं और डैने फैला लेते हैं।

1:41:48 पर कैप्टन कहते हैं, "वाइपर ऑन," और फ़्लाइट इंजीनियर वाइपर चालू कर देता है। अब बारिश हो रही है।

1:41:59 पर फ़र्स्ट ऑफ़िसर पूछता है, "दिख नहीं रहा?" वह रनवे को खोज रहा है। वह उसे नहीं देख पाता है। कुछ समय से उसके पेट में डूबने जैसी भावना हो रही है। एक सेकेंड बाद ग्राउंड प्रॉक्ज़िमिटी वॉर्निंग सिस्टम अपनी सपाट इलेक्ट्रॉनिक आवाज़ में बताता है, "पाँच सौ (फ़ीट)।" विमान ज़मीन से पाँच सौ फ़ीट ऊपर है। इस मामले में ज़मीन का मतलब है निमिट्ज़ हिल का किनारा। लेकिन चालक दल पशोपेश में है, क्योंकि वे सोचते हैं कि ज़मीन का मतलब रनवे है और अगर उन्हें रनवे नहीं दिख रहा है, तो यह कैसे हो सकता है? फ़्लाइट इंजीनियर एक आश्चर्यचकित आवाज़

में कहता है, "अह?" आप कल्पना कर सकते हैं कि वे सभी तेज़ी से सोच रहे होंगे और विमान की स्थिति के बारे में अपने विचारों और उपकरणों द्वारा दी जाने वाली जानकारी में तालमेल बैठाने की कोशिश कर रहे होंगे।

1:42:19 पर फ़र्स्ट ऑफ़िसर कहता है, "आइए, एक बार फिर ऊपर उठकर चक्कर लगा लेते हैं।" वह आख़िरकार संकेत के बजाय विमान कर्मी सुझाव तक पायदान चढ़ गया है : वह चाहता है कि विमान उतारने का काम रोक दिया जाए। बाद में दुर्घटना की जाँच में यह तय किया गया कि अगर उस पल उसने विमान का नियंत्रण थाम लिया होता, तो जहाज़ को ऊपर उठाने और निमिट्ज़ हिल को पार करने के लिए पर्याप्त समय होता। फ़र्स्ट ऑफ़िसर्स को यही करने का प्रशिक्षण दिया जाता है, जब उनके हिसाब से कैप्टन स्पष्ट रूप से ग़लत हों। लेकिन इस बात को किसी क्लासरूम में सीखना एक बात है और हवा में इसे सचमुच करना बिलकुल अलग बात है, वह भी किसी ऐसे व्यक्ति के साथ जो ग़लती करने पर आपको अपने हाथ के पिछले हिस्से से मार सकता है।

1:42:20 फ़्लाइट इंजीनियर : दिख नहीं रहा।

विभीषिका सामने दिखने पर फ़र्स्ट ऑफ़िसर और इंजीनियर दोनों ने ही आख़िरकार बोल दिया। वे चाहते थे कि कैप्टन एक चक्कर लगाए, ऊपर पहुँचे और एक बार फिर उतरने की कोशिश करे। लेकिन तब तक बहुत देर हो चुकी थी।

1:42:21 फ़र्स्ट ऑफ़िसर : दिख नहीं रहा, असफल कोशिश।

1:42:22। फ़्लाइट इंजीनियर : चक्कर लगाएँ।

1:42:23 कैप्टन : चक्कर लगाएँ।

1:42:24:05 ग्राउंड प्रॉक्ज़िमिटी वॉर्निंग सिस्टम (जीपीडब्ल्यूएस) : एक सौ।

1:42:24:84 जीपीडब्ल्यूएस : पचास।

1:42:25:19। जीपीडब्ल्यूएस : चालीस।

1:42:25:50। जीपीडब्ल्यूएस : तीस।

1:42:25:78। जीपीडब्ल्यूएस : बीस।

1:42:25:78। (शुरुआती टक्कर की आवाज़)

1:42:28:65। जीपीडब्ल्यूएस : (टोन की आवाज़)

रिकॉर्डिंग का अंत

8

चावल के खेत और गणित के टेस्ट

"जो व्यक्ति साल में 360 दिन भोर से पहले नहीं जाग सकता, वह अपने परिवार को अमीर बनाने में असफल रहता है।"

1.

पर्ल रिवर डेल्टा की चौड़ी, हरी-भरी पट्टी दक्षिणी चीन की औद्योगिक हृदयभूमि का द्वार है। यह ज़मीन कोहरे की एक मोटी धुंध से ढँकी है। चौड़े राजमार्ग ट्रैक्टर ट्रेलर्स से भरे हुए हैं। बिजली के तार परिदृश्य पर इधर से उधर जा रहे हैं। कैमरे, कंप्यूटर, घड़ी, छाते और टी-शर्ट बनाने वाली फ़ैक्ट्रियाँ घनी बस्ती वाली अपार्टमेंट इमारतों के बहुत क़रीब बनी हैं। निर्यात होने वाले केले, आम, गन्ने, पपीता और पाइनएप्पल के खेत भी पास ही हैं। संसार में बहुत कम परिदृश्य इतने कम समय में इतने ज़्यादा बदले होंगे। एक पीढ़ी पहले आसमान साफ़ होता और सड़क दो लेन का राजमार्ग होती। और उससे एक पीढ़ी पहले आपको तो बस एक ही चीज़ दिखती - धान के खेत।

दो घंटे बाद पर्ल रिवर के उद्गम पर ग्वांगज़ो नामक शहर है और ग्वांगज़ो के बाद पुराने चीन के अवशेष देखना ज़्यादा आसान है। देहात निहायत सुंदर बन जाता है। पहाड़ियाँ नैन लिंग पर्वतों की पृष्ठभूमि में चूने के पत्थरों के ऊपर निकले अंशों से सजी नज़र आती हैं। यहाँ-वहाँ चीनी किसानों की पारंपरिक ईंट-गारे की खाकी झोंपड़ियाँ नज़र आती हैं। छोटे कस्बों में हाट जैसे बाज़ार हैं : बड़ी बाँस की डलियों में मुर्गियाँ और बतख, सब्ज़ियाँ ज़मीन पर एक क़तार में रखी हैं। टेबलों पर पोर्क और तंबाखू के बड़े ढेर बेचे जा रहे हैं। वहाँ मीलों दूर तक हर जगह धान दिखाई देती है। ठंड के मौसम में धान के खेत सूखे होते हैं और पिछले साल की फ़सल के

ठूँठ खड़े रहते हैं। जब नम हवाएँ बहने के बाद शुरुआती वसंत में फ़सल बो दी जाती है, तो खेत जादुई ढंग से हरे हो जाते हैं और पहली फ़सल के अंत तक, जब धान की बालियों के सिरों पर दाने लगते हैं, ज़मीन पीले सागर में बदल जाती है।

धान चीन में हज़ारों सालों से उगाई जा रही है। चीन से ही धान की खेती की तकनीकें पूर्वी एशिया - जापान, कोरिया, सिंगापुर और ताईवान - में फैलीं। जहाँ तक इतिहास में उल्लेख है, हर साल एशिया भर के किसान खेती की इसी निर्मम, जटिल प्रक्रिया में संलग्न रहते हैं।

गेहूँ के खेतों के विपरीत धान के खेत "खोदे नहीं" जाते, बल्कि "बनाए" जाते हैं। आप बस पेड़, झाड़-झंखाड़ और पत्थर साफ़ करके खेत नहीं जोतते हैं। धान के खेत पहाड़ों के बग़ल में सीढ़ीदार बनाए जाते हैं। या फिर इन्हें दलदली भूमि और नदी की समतल भूमि में मुश्किल तरीके से बनाया जाता है। धान के खेत को सिंचाई की बहुत ज़रूरत होती है, इसलिए खेत के चारों तरफ़ नहरों का एक जटिल तंत्र बनाना पड़ता है। सबसे नज़दीकी जल स्रोत से नहरें खोदनी होती हैं और नहरों में दरवाज़े बनाने होते हैं, ताकि पौधे को बिलकुल सही मात्रा में पानी मिले।

लेकिन खेत में चिकनी मिट्टी की कठोर फ़र्श होनी चाहिए, वरना पानी ज़मीन में रिस जाएगा। लेकिन ज़ाहिर है, धान को कठोर चिकनी मिट्टी में नहीं रोपा जा सकता, इसलिए चिकनी मिट्टी के ऊपर मिट्टी की एक मोटी, नरम परत भी होनी चाहिए। और चिकनी मिट्टी के इस तसले को, जैसा कि इसे कहा जाता है, सावधानीपूर्वक बनाना होता है, ताकि यह उचित रूप से पानी ख़ाली करे और पौधों को आदर्श स्तर पर डुबाए भी रखे। धान को बार-बार खाद देना पड़ती है, जो एक सूक्ष्म कला है। पारंपरिक तौर पर किसान "मानवीय खाद" (मल) का इस्तेमाल करते थे और इसके साथ ही जले हुए वानस्पतिक खाद, नदी के कीचड़, बीन केक और भाँग के मिश्रण का भी - और यह काम सावधानी से करना पड़ता था, क्योंकि बहुत ज़्यादा या ग़लत समय पर डाली गई खाद की सही मात्रा भी कम खाद जितनी ही बुरी हो सकती थी।

जब धान लगाने का समय आता है, तो चीनी किसान के पास धान की सैकड़ों अलग-अलग क़िस्में होती हैं, जिनमें वह चुनाव कर सकता है। हर क़िस्म का परिणाम इस मायने में थोड़ा भिन्न होता है कि यह कितनी पैदावार देगी, कितनी जल्दी उगेगी या सूखे में कितना अच्छा प्रदर्शन करेगी या ख़राब

मिट्टी में कैसी रहेगी। एक किसान एक समय में एक दर्जन या इससे ज़्यादा क़िस्म के बीज बो सकता है और फ़सल की असफलता के जोखिम से बचने के लिए मौसम दर मौसम मिश्रण को संतुलित कर सकता है।

किसान (या ज़्यादा सटीकता से कहें तो पूरा परिवार, क्योंकि धान की खेती एक पारिवारिक काम है) बीज को एक ख़ास तौर पर तैयार क्यारी में बोता है। कुछ सप्ताह बाद पौधों को खेत में एक-दूसरे से छह इंच दूर क़तारों में दोबारा लगाया जाता है, और फिर उन्हें मेहनत से पोषण दिया जाता है।

खरपतवार को मेहनत से और लगातार हाथ से उखाड़ना होता है, क्योंकि धान के पौधे दूसरे पौधों द्वारा आसानी से मर सकते हैं। कई बार धान के हर पौधे को बाँस की कंघी से तराशा जाता है, ताकि कीड़े-मकोड़ों को दूर किया जा सके। इस सबके दौरान किसानों को पानी के स्तर की बार-बार जाँच करनी होती है और यह सुनिश्चित करना होता है कि गर्मियों की धूप में पानी कहीं ज़्यादा गरम तो नहीं हो रहा है। और जब धान पक जाती है, तो किसान अपने सारे मित्रों और रिश्तेदारों को इकट्ठे करते हैं और एक संयुक्त हल्ले में इसे जल्दी से जल्दी काट लेते हैं, ताकि जाड़े का सूखा मौसम आने से पहले दूसरी फ़सल ले सकें।

दक्षिण चीन में नाश्ता, कम से कम उन लोगों के लिए जो इसका ख़र्च उठा सकते हैं, कॉन्गी है - सलाद, मछली के पेस्ट और बाँस की कोमल टहनियों के साथ सफ़ेद चावल का दलिया। लंच का मतलब और कॉन्गी। डिनर में चावल के साथ "अतिरिक्त चीज़ें।" जीवन की दूसरी आवश्यकताओं को ख़रीदने के लिए आप बाज़ार में चावल ही बेचते हैं। इसी से दौलत और ओहदे का मूल्यांकन होता है। यह हर दिन के लगभग हर कामकाजी पल को तय करता है। "चावल जीवन है," मानव-विज्ञानी गोन्कालो सैंटोज़ कहते हैं, जिन्होंने एक पारंपरिक दक्षिणी चीनी गाँव का अध्ययन किया है। "चावल के बिना आप बच नहीं सकते। अगर आप चीन के इस हिस्से में कुछ बनना चाहते हैं, तो आपके पास चावल होना ही चाहिए। यह संसार को चलाता है।"

2.

आगे दी गई संख्याओं पर एक नज़र डालें : 4, 8, 5, 3, 9, 7, 6। उन्हें ज़ोर से पढ़ें। अब दूसरी तरफ़ देखें और इस क्रम को याद करने में बीस सेकेंड बिताएँ और इसके बाद उन्हें ज़ोर से दोहराएँ।

अगर आप अँग्रेज़ीभाषी हैं, तो इस क्रम को आदर्श ढंग से याद रखने की आपकी संभावना लगभग 50 प्रतिशत है। वैसे अगर आप चीनी हैं, तो यह लगभग तय है कि आप हर बार इसे सही दोहरा देंगे। ऐसा क्यों है? क्योंकि इंसान के रूप में हम अंकों को एक मेमोरी लूप में संग्रहीत करते हैं, जो लगभग दो सेकेंड तक चलता है। हम उस चीज़ को सबसे आसानी से याद रख पाते हैं, जिसे हम दो सेकेंड की अवधि में बोल या पढ़ सकते हों। और चीनी वक्ता संख्याओं की इस सूची - 4, 8, 5, 3, 9, 7, 6 - को लगभग हर बार सही इसलिए दोहरा सकते हैं, क्योंकि अँग्रेज़ी के विपरीत, उनकी भाषा उन्हें इस बात की अनुमति देती है कि वे उन सात अंकों को दो सेकेंड में दोहरा सकें।

यह उदाहरण स्टैनिस्लास डेहैन की पुस्तक *द नंबर सेंस* से लिया गया है। जैसा डेहैन कहते हैं :

> चीनी अंकों के शब्द उल्लेखनीय रूप से संक्षिप्त हैं। उनमें से ज़्यादातर का उच्चारण एक सेकेंड के चौथाई हिस्से से भी कम समय में किया जा सकता है (मिसाल के तौर पर, 4 "सी" है और 7 "की" है)। इन अक्षरों के अँग्रेज़ी के उच्चारण - "फ़ोर," "सेवन" - ज़्यादा लंबे हैं : उनके उच्चारण में एक सेकेंड का लगभग एक तिहाई हिस्सा लग जाता है। अँग्रेज़ी और चीनी भाषा के बीच स्मृति की जो खाई है, वह स्पष्ट तौर पर लंबाई के इस अंतर के कारण ही है। वेल्श, अरबी, चीनी, अँग्रेज़ी और हिब्रू जैसी अलग-अलग भाषाओं में अंकों के उच्चारण के लिए आवश्यक समय और उस भाषा को बोलने वालों की स्मृति अवधि के बीच सीधा संबंध होता है। इस क्षेत्र में कार्यकुशलता का पुरस्कार चीनी की कैंटोनीज़ बोली को जाता है, जिसकी संक्षिप्तता से हाँगकाँग के वासियों को लगभग दस अंकों का व्यापक स्मृति विस्तार मिल जाता है।

यह पता चलता है कि पाश्चात्य और एशियाई भाषाओं में अंकों के नाम के तंत्र में भी एक बड़ा अंतर है। अँग्रेज़ी में हम फ़ोर्टी, सिक्स्टी, सेवन्टीन, एट्टीन और नाइन्टीन कहते हैं, इसलिए कोई यह उम्मीद कर सकता है कि हम वनटीन, टूटीन, थ्रीटीन और फ़ाइवटीन भी कहेंगे। लेकिन हम नहीं कहते हैं। हम एक अलग रूप का इस्तेमाल करते हैं : इलेवन, ट्वेल्व, थर्टीन और फ़िफ्टीन। इसी तरह हमारे पास फ़ोर्टी और सिक्स्टी हैं, जो उन शब्दों जैसे उच्चारित होते हैं, जिनके साथ उनका संबंध है (फ़ोर और

सिक्स)। लेकिन हम फ़िफ्टी, थर्टी और ट्वेन्टी भी कहते हैं, जो एक तरह से फ़ाइव, थ्री और टू जैसे उच्चारित होते हैं, लेकिन दरअसल ऐसा है नहीं। और इसके अलावा, बीस से ऊपर की संख्याओं के लिए हम पहले "दहाई" लगाते हैं ओर इकाई के अंक को दूसरे स्थान पर रखते हैं (ट्वेन्टी-वन, ट्वेन्टी-टू), जबकि टीन्स के लिए हम इसे उल्टे प्रकार से करते हैं (फ़ोर्टीन, सेवन्टीन, एट्टीन)। अँग्रेज़ी का अंक तंत्र बहुत ही अनियमित है। चीन, जापान और कोरिया में ऐसा नहीं है। उनका गणना तंत्र तार्किक है। इलेवन टेन-वन है। ट्वेल्व टेन-टू है। ट्वेन्टी-फ़ोर टू-टेन्सफ़ोर है आदि।

इस अंतर की वजह से एशियाई बच्चे अमेरिकी बच्चों की तुलना में ज़्यादा तेज़ गति से गिनती सीखते हैं। चार साल के चीनी बच्चे औसतन चालीस तक गिनती कर सकते हैं। उस उम्र के अमेरिकी बच्चे केवल पंद्रह तक ही गिनती कर पाते हैं और ज़्यादातर चालीस पर तब तक नहीं पहुँच पाते, जब तक कि वे पाँच साल के न हो जाएँ। दूसरे शब्दों में, पाँच साल की उम्र तक अमेरिकी बच्चे अपने एशियाई साथियों से गणित की सबसे बुनियादी योग्यताओं में एक साल पीछे रह जाते हैं।

उनकी अंक प्रणाली की नियमितता का यह मतलब भी है कि एशियाई बच्चे जोड़ने जैसे बुनियादी कार्य भी ज़्यादा आसानी से कर सकते हैं। किसी अँग्रेज़ी बोलने वाले सात साल के बच्चे से कहें कि वह अपने दिमाग़ में थर्टी-सेवन और ट्वेन्टी-टू को जोड़े। इसके लिए पहले उसे शब्दों को अंकों में बदलना होता है (37 + 22)। इसके बाद ही वह उन्हें जोड़ सकता है : 2 और 7 मिलकर 9 होते हैं, जबकि 30 और 20 मिलकर 50 होते हैं, जिससे जोड़ 59 आता है। किसी एशियाई बच्चे से थ्री-टेन्स-सेवन और टू-टेन्स-टू जोड़ने को कहें और आवश्यक समीकरण उसी वाक्य में बुना हुआ ठीक सामने रहता है। अंकों में अनुवाद की कोई ज़रूरत ही नहीं होती : जवाब फ़ाइव-टेन्स-नाइन है।

"एशियाई तंत्र पारदर्शी है," उत्तर-पश्चिमी युनिवर्सिटी के मनोवैज्ञानिक करेन फ्यूज़न कहती हैं, जिन्होंने एशियाई-पाश्चात्य भिन्नताओं का बारीकी से अध्ययन किया है। "मैं सोचती हूँ कि इससे गणित के प्रति एक बिलकुल ही अलग नज़रिया बनता है। घोंटा लगाकर सीखने के बजाय यह एक ऐसा पैटर्न है, जिसे मैं समझ सकती हूँ। एक अपेक्षा होती है कि मैं यह कर सकती हूँ। यह समझदारी भरा दिखता है। फ़्रैक्शन्स या अंशों के लिए हम कहते हैं थ्री-फ़िफ्थ्स। चीनी भाषा में यह शब्दशः 'पाँच हिस्सों में से, तीन लो' है। यह

आपको सीधे-सीधे बता रहा है कि फ़्रैक्शन क्या है। यह डिनॉमिनेटर और न्यूमरेटर को पृथक कर देता है।"

पाश्चात्य बच्चों में गणित से मोहभंग तीसरे और चौथे ग्रेड में शुरू होता है। फ्यूज़न के अनुसार इस मोहभंग का आंशिक कारण यह होता है कि गणित समझदारी भरा नहीं दिखता है; इसका भाषाई तंत्र अनगढ़ है; इसके बुनियादी नियम मनमाने और जटिल नज़र आते हैं।

इसके विपरीत, एशियाई बच्चे कभी इतनी उलझन महसूस नहीं करते हैं। वे अपने दिमाग़ में ज़्यादा संख्याएँ याद रख सकते हैं और ज़्यादा तेज़ी से हिसाब-किताब कर सकते हैं और जिस तरह फ़्रैक्शन्स उनकी भाषाओं में व्यक्त किए जाते हैं, वह उस तरीके से मेल खाता है, जो फ़्रैक्शन सचमुच होता है - शायद इससे गणित उनके लिए थोड़ा आनंददायी बन जाता है और चूँकि उन्हें गणित में थोड़ा ज़्यादा आनंद मिलता है, इसलिए वे थोड़ी ज़्यादा मेहनत करते हैं, गणित की ज़्यादा कक्षाओं में जाते हैं, अपना होमवर्क करने के ज़्यादा इच्छुक रहते हैं और इस तरह एक अच्छा चक्र चलता जाता है।

दूसरे शब्दों में, गणित के मामले में एशियाई लोगों के पास एक बना-बनाया लाभ होता है। लेकिन यह एक असामान्य प्रकार का लाभ है। बरसों से चीन, दक्षिण कोरिया और जापान के विद्यार्थियों ने - और उन देशों से हाल में आए अप्रवासियों के बच्चों ने - गणित में पाश्चात्य जगत के बच्चों से काफ़ी बेहतर प्रदर्शन किया है और आम मान्यता यह है कि इसका गणित के प्रति नैसर्गिक एशियाई रुझान से कोई संबंध है।* मनोवैज्ञानिक रिचर्ड लिन तो इस बात को इतने आगे तक ले गए कि उन्होंने एशियाइयों के ज़्यादा ऊँचे आईक्यू के कारण को स्पष्ट करने के लिए एक व्यापक विकासवादी अवधारणा दे डाली, जिसमें हिमालय, सचमुच ठंडा मौसम, प्राचीन शिकारी परंपराएँ, मस्तिष्क का आकार और विशेष स्वर ध्वनियाँ शामिल थीं।❖ हम गणित के बारे में इसी तरह सोचते हैं। हम मानते हैं कि कैलकुलस और

---

*अंतरराष्ट्रीय तुलनात्मक परीक्षणों में जापान, दक्षिण कोरिया, हाँगकाँग, सिंगापुर और ताईवान के विद्यार्थी गणित में लगभग समान स्कोर करते हैं, 98वें परसेंटाइल के आस-पास। अमेरिका, फ़्रांस, इंग्लैंड, जर्मनी और अन्य पाश्चात्य औद्योगिक राष्ट्र 26 और 16वें परसेंटाइल के बीच झुंड में रहते हैं। यह एक बड़ा अंतर है।

❖एशियाई लोगों का आईक्यू ज़्यादा ऊँचा होता है, इस बारे में लिन के दावे का खंडन किया जा चुका है। कई विशेषज्ञों द्वारा विश्वसनीय रूप से दर्शाया गया है कि उन्होंने

बीजगणित जैसी चीज़ों में अच्छा बनना इस बात का सरल सूचक है कि कोई व्यक्ति कितना बुद्धिमान है। लेकिन पूर्वी और पश्चिमी अंक प्रणालियों के बीच के अंतर किसी बिलकुल भिन्न चीज़ का सुझाव देते हैं - कि गणित में प्रवीण होने की जड़ें किसी समूह की *संस्कृति* में भी हो सकती हैं।

कोरिया के लोगों के मामले में हम देख चुके हैं कि विमान उड़ाने के बहुत आधुनिक काम के रास्ते में एक गहरी जड़ों वाली विरासत खड़ी थी। यहाँ हमारे पास एक और तरह की विरासत है, जो इक्कीसवीं सदी के कामों के लिए पूरी तरह उपयुक्त नज़र आती है। सांस्कृतिक विरासतें महत्त्वपूर्ण होती हैं और एक बार जब हम शक्ति दूरी तथा एक चौथाई बनाम एक तिहाई सेकेंड में बोली जा सकने वाले अंकों जैसी चीज़ों के आश्चर्यजनक प्रभाव को देख चुके हैं, तो यह न सोचना मुश्किल है कि हमारे इक्कीसवीं सदी के बौद्धिक कामों पर जाने कितनी अन्य सांस्कृतिक विरासतों का प्रभाव पड़ता होगा। कहीं ऐसा तो नहीं कि धान उगाने की बहुत मेहनती संस्कृति आपको गणित में भी बेहतर बनाती हो? क्या धान का खेत क्लासरूम में भी फ़र्क़ डाल सकता है?

3.

धान के खेत के बारे में सबसे असाधारण तथ्य - जिसे कभी नहीं पकड़ा जा सकता, जब तक कि आप दरअसल इसके बीच में न खड़े हों - इसका आकार है। यह *छोटा* होता है। धान का आम खेत अमूमन किसी होटल के कमरे जितना बड़ा होता है। एक आम एशियाई राइस फ़ार्म में धान के दो-तीन खेत हो सकते हैं। चीन में पंद्रह सौ लोगों का एक गाँव 450 एकड़ भूमि में अपना पेट भर सकता है, जो अमेरिकी मिडवेस्ट में एक आम फ़ैमिली

अपने तर्क को उन आईक्यू सैंपल्स पर आधारित किया था, जो असमान रूप से शहरी, उच्च आय वाले घरों से लिए गए थे। जेम्स फ्लिन ने, जो शायद आईक्यू पर विश्व के अग्रणी विशेषज्ञ हैं, एक रोचक प्रतिवाद किया। वे कहते हैं कि एशियाई लोगों का आईक्यू ऐतिहासिक दृष्टि से श्वेत लोगों के आईक्यू से थोड़ा कम रहा है, इसका अर्थ है कि गणित में वर्चस्व उनके आईक्यू की वजह से नहीं, बल्कि इसके बावजूद है। फ्लिन का तर्क उनकी पुस्तक एशियन अमेरिकन्स : *एचीवमेंट बियॉन्ड आईक्यू* (1991) में रेखांकित किया गया था।

फ़ार्म का आकार होता है। इस पैमाने पर देखें, तो जब पाँच-छह लोगों का परिवार होटल के दो कमरों के बराबर फ़ार्म पर गुज़र-बसर कर रहा हो, तो कृषि नाटकीय रूप से बदल जाती है।

ऐतिहासिक दृष्टि से, पाश्चात्य कृषि "मशीन" केंद्रित है। पश्चिम में यदि कोई किसान ज़्यादा कार्यकुशल बनना चाहता है या अपनी पैदावार बढ़ाना चाहता था, तो वह अधिकाधिक आधुनिक उपकरण ख़रीद सकता था, जो उसे मानव श्रम की जगह पर मशीनी श्रम लगाने की अनुमति देता था : थ्रेशिंग मशीन, हे बेलर, कम्बाइन हार्वेस्टर, ट्रैक्टर। वह एक और मैदान साफ़ करता था और अपना कृषि क्षेत्र बढ़ा लेता था, क्योंकि अब उसकी मशीनें उसे उतनी ही मेहनत में ज़्यादा ज़मीन पर काम करने की अनुमति देती थीं। लेकिन जापान या चीन में किसानों के पास मशीनें ख़रीदने के लिए पैसे नहीं थे - और वैसे भी कोई अतिरिक्त भूमि नहीं थी, जो आसानी से नए खेतों में बदली जा सकती हो। इसलिए धान के किसानों ने ज़्यादा चतुर बनकर, अपने समय का बेहतर प्रबंधन करके और बेहतर विकल्प चुनकर अपनी पैदावार बढ़ाई। जैसा मानव-विज्ञानी फ़्रांसेस्का ब्रे कहती हैं, धान की खेती "योग्यता प्रधान" है : यदि आप थोड़ी ज़्यादा मेहनत से खरपतवार छाँटने के इच्छुक हैं, खाद डालने में ज़्यादा कुशल बन जाते हैं, जल स्तर की निगरानी में थोड़ा ज़्यादा समय ख़र्च करते हैं, चिकनी मिट्टी के तसले को बिलकुल समतल रखने का बेहतर काम करते हैं और अपने धान के खेत के हर इंच का पूरा उपयोग करते हैं, तो आपको ज़्यादा अच्छी फ़सल मिलेगी। कोई आश्चर्य नहीं, कि जो लोग धान उगाते हैं, उन्होंने ऐतिहासिक दृष्टि से लगभग किसी भी दूसरी तरह के किसान से ज़्यादा मेहनत से काम किया है।

आख़िरी कथन थोड़ा अजीब लग सकता है, क्योंकि हममें से ज़्यादातर लोग ऐसा मानकर चलते हैं कि आधुनिक समय से पहले हर व्यक्ति दरअसल कड़ी मेहनत करता था। लेकिन यह सच नहीं है। मिसाल के तौर पर, हम सभी किसी न किसी बिंदु पर शिकारी और फल एकत्रित करने वालों के वंशज हैं और कई शिकारियों-एकत्रित करने वालों का जीवन काफ़ी आरामतलब रहा है। बोत्स्वाना के कालाहारी रेगिस्तान में द! कुंग बुशमैन, उस जीवनशैली के आख़िरी अवशेषों में से एक हैं, जो फलों, बेरियों, कंद-मूलों और नट्स के खाकर पेट भरते हैं - ख़ास तौर पर मॉन्गोंगो नट, जो भोजन का एक अविश्वसनीय रूप से प्रचुर और प्रोटीन में समृद्ध स्रोत है, जो ज़मीन पर भारी तादाद में बिखरा पड़ा रहता है। वे कोई फ़सल नहीं उगाते हैं और यह

फ़सल उगाने का काम है - तैयारी करना, बोना, खरपतवार छाँटना, फ़सल काटना, संग्रह करना - जिसमें समय लगता है। न ही वे कोई पशु पालते हैं। कभी-कभार पुरुष! कुंग शिकार करता है, लेकिन मुख्यतः दिल बहलाने के लिए। कुल मिलाकर !कुंग पुरुष और स्त्रियाँ एक सप्ताह में बारह से उन्नीस घंटे से ज़्यादा काम नहीं करते हैं। बाक़ी समय नाच-गाने, मनोरंजन और मित्रों व परिवार वालों से मिलने-जुलने में बीतता है। यानी एक साल में अधिकतम एक हज़ार घंटे काम। (जब एक बुशमैन से एक बार पूछा गया कि वे लोग खेती क्यों नहीं करते हैं, तो वह हैरान होकर बोला, "जब संसार में इतने सारे मॉन्गोंगो नट्स हैं, तो हम खेती क्यों करें?")

या अठारहवीं सदी के किसान के जीवन पर ग़ौर करें। उन दिनों स्त्री-पुरुष शायद भोर से दोपहर तक साल में दो सौ दिन मेहनत करते थे, यानी साल भर में लगभग 1,200 घंटे। फ़सल काटने या वसंत में फ़सल बोने के दौरान दिन ज़्यादा लंबा हो सकता था। ठंड में काम कम रहता था। *द डिस्कवरी ऑफ़ फ़्रांस* में इतिहासकार ग्राहम रॉब कहते हैं कि फ़्रांस जैसे देश में किसान के जीवन में, उन्नीसवीं सदी में भी काफ़ी समय तक, काम के दौर संक्षिप्त रहते थे, जिसके बाद आलस के लंबे दौर आते थे।

"(फ़्रांसीसी देहाती जीवन के) इस और अन्य वर्णनों की 99 प्रतिशत मानवीय गतिविधि," वे लिखते हैं, "वसंत में देर से और शरद ऋतु की शुरुआत में होती थी।" पायरनीज़ और आल्प्स में पूरे गाँव नवंबर में पहली बर्फ़ गिरते ही मार्च-अप्रैल तक शीतनिद्रा में चले जाते थे। फ़्रांस के अधिक समशीतोष्ण इलाकों में भी यही सिलसिला क़ायम रहता था, हालाँकि वहाँ जाड़े में तापमान शून्य से नीचे शायद ही कभी गिरता था। रॉब आगे कहते हैं :

> फ़्लैंडर्स के खेत ज़्यादातर साल सूने रहते थे। 1844 में नाएव्रे पर एक आधिकारिक रिपोर्ट ने फ़सल कटने और ठूँठ जलने के बाद बरगंडी के दिहाड़ी मज़दूर के विचित्र परिवर्तन का वर्णन किया है : "अपने औज़ारों की आवश्यक मरम्मत करने के बाद ये हट्टे-कट्टे आदमी अब अपने दिन बिस्तर में गुज़ारेंगे, अपने शरीर को कसकर कपड़ों में लपेट लेंगे, ताकि वे गर्म बने रहें और भोजन कम करें। वे जान-बूझकर खुद को कमज़ोर बनाते हैं।"
>
> मानव शीत निद्रा एक शारीरिक और आर्थिक आवश्यकता है। चयापचय दर कम करने से भूख कम लगती थी और इससे फ़सल में काटा गया अनाज देर तक चलता था... लोग पैर घसीटकर चलते थे और समय

> गँवाते थे, गर्मियों में भी... क्रांति के बाद अलसाके और पैस-डी-कैलेस में अधिकारियों ने शिकायत की कि अंगूर की बेल उगाने वाले और स्वतंत्र किसान, ज़्यादा शांत मौसम में "कोई शांतिपूर्ण और निष्क्रिय उद्योग" करने के बजाय "खुद को पूरी तरह शिथिल आलस में पहुँचा देते हैं।"

इसके विपरीत, यदि आप दक्षिणी चीन के किसान होते, तो आप ठंड में सोते नहीं थे। नवंबर से फ़रवरी तक सूखे मौसम के इस संक्षिप्त काल में आप खुद को दीगर कामों में व्यस्त रखते थे। आप बाँस की डलिया या हैट बनाते थे और उन्हें बाज़ार में बेचते थे। आप अपने धान के खेत में नहरों की मरम्मत करते थे और अपनी मिट्टी की झोंपड़ी को दोबारा बनाते थे। आप अपने एक बेटे को पड़ोसी गाँव में किसी रिश्तेदार के यहाँ काम करने भेज देते थे। आप टोफू और ड्राइड बीन कर्ड बनाते थे तथा साँप (वे एक सुस्वादु व्यंजन थे) और कीड़े-मकोड़े पकड़ते थे। जब तक वसंत का मोड़ आता था, आप सुबह होते ही दोबारा खेतों में पहुँच जाते थे। धान के खेत में काम करना उतने ही बड़े मक्के या गेहूँ के खेत में काम करने से दस या बीस गुना ज़्यादा मेहनत का काम है। कुछ का अनुमान है कि एशिया में धान का किसान एक साल में *तीन हज़ार* घंटे काम करता है।

4.

पल भर के लिए इस बारे में सोचें कि पर्ल रिवर डेल्टा में धान के किसान का जीवन कैसा रहा होगा। साल में तीन हज़ार घंटे काम करने के लिहाज़ से बहुत ज़्यादा समय है, ख़ास तौर पर अगर आपको उसमें से ज़्यादातर समय धूप में झुककर काम करना पड़े, खेत में धान बोना और खरपतवार छाँटना पड़े।

बहरहाल, जिस चीज़ ने धान के किसान के जीवन में राहत पहुँचाई, वह थी उस काम की प्रकृति। यह काफ़ी हद तक पोशाक वाले उसी काम जैसा था, जो न्यू यॉर्क में यहूदी अप्रवासियों ने किया था। यह *सार्थक* था। सबसे पहली बात, धान की खेती में प्रयास और पुरस्कार के बीच स्पष्ट संबंध होता है। आप धान के खेत में जितनी कड़ी मेहनत करते हैं, यह उतनी ही ज़्यादा फ़सल देता है। दूसरी बात, यह जटिल कार्य है। धान का किसान सिर्फ़ वसंत में बोकर शरद ऋतु में फ़सल ही नहीं काट रहा है। वह तो एक तरह से एक छोटा व्यवसाय चला रहा है, परिवार की कार्यशक्ति का उपयोग करके

प्रबंधन कर रहा है, बीज चुनकर अनिश्चितता से अपनी रक्षा कर रहा है, आधुनिक सिंचाई तंत्र बनाकर उसका प्रबंधन कर रहा है और पहली फ़सल काटने की जटिल प्रक्रिया को समन्वित करने के साथ-साथ दूसरी फ़सल बोने की तैयारी भी कर रहा है।

और सबसे बढ़कर, यह स्वायत्त है। यूरोप के किसान मूलतः किसी सामंती ज़मींदार के कम वेतन वाले दास के रूप में काम करते थे, जिनका अपनी तक़दीर पर बहुत कम नियंत्रण होता था। लेकिन चीन और जापान में ऐसी दमनकारी ज़मींदारी प्रथा कभी नहीं पनपी, क्योंकि ज़मींदारी प्रथा धान की अर्थव्यवस्था में कारगर हो ही नहीं सकती। धान उगाना इतना ज़्यादा जटिल और पेचीदा है कि इस तरह के तंत्र का असफल होना तय है, जिसमें किसानों पर हर सुबह दबाव डालकर और डरा-धमकाकर खेतों में जबरन भेजा जाए। चौदहवीं और पंद्रहवीं सदियों तक मध्य व दक्षिण चीन में ज़मींदारों के अपने पट्टेधारियों के साथ बिलकुल हस्तक्षेपरहित संबंध थे : वे एक निश्चित किराया वसूल करते थे और किसानों को अपना काम करने देते थे।

"गीली धान की खेती के बारे में बात यह है कि इसमें न केवल आपको बहुत भारी श्रम की आवश्यकता होती है, बल्कि यह बहुत सख़्त भी है," इतिहासकार केनेथ पॉमेरैंट्ज़ का दावा है। "आपको परवाह करनी होती है। यह सचमुच मायने रखता है कि पानी भरने से पहले खेत आदर्श तरीके से समतल हो। यदि यह लगभग समतल हो, लेकिन पूरा समतल न हो, तो इससे आपकी पैदावार में भारी अंतर आ सकता है। यह सचमुच मायने रखता है कि पानी खेतों में सही समय तक ही रहे। पौधों को बिलकुल सही दूरी पर क़तार में बोने और इस काम को फूहड़पन से करने में बड़ा फ़र्क़ होता है। यह वैसा नहीं है कि आप मध्य मार्च में ज़मीन में मक्का बो दें और अगर महीने के अंत तक बारिश आ जाए, तो सबकुछ ठीक रहेगा। आप बहुत ही सक्रियता से सारी चीज़ों को लगातार नियंत्रित कर रहे हैं। और किसी चीज़ में इतनी ज़्यादा परवाह की ज़रूरत हो, तो ज़मींदारी तंत्र ऐसा होना चाहिए, जो वास्तविक श्रमिक को कुछ प्रोत्साहन दे और जहाँ अच्छी फ़सल आने पर किसान को ज़्यादा बड़ा हिस्सा मिले। इसीलिए यहाँ निश्चित किराए की परिपाटी है, जहाँ ज़मींदार कहता है, मैं बीस बुशेल लूँगा, चाहे फ़सल कितनी भी हो; अगर इससे ज़्यादा फ़सल होती है, तो वह सब आपकी है। धान की फ़सल में दास प्रथा या बंधुआ मज़दूर जैसी कोई चीज़ ज़्यादा अच्छी

तरह कारगर नहीं होती है। यह बहुत आसान होता है कि आप सिंचाई के पानी का गेट कुछ सेकेंड ज़्यादा देर तक खुला छोड़ दें, जिससे सारी फ़सल का सत्यानाश हो जाए।"

इतिहासकार डेविड आर्कुश ने एक बार रूसी और चीनी किसानों की कहावतों की तुलना की थी और अंतर आश्चर्यजनक हैं। एक आम रूसी कहावत है, "यदि ईश्वर इसे नहीं लाता है, तो पृथ्वी इसे नहीं देगी।" इस तरह का भाग्यवाद और निराशावाद दमनकारी सामंती प्रणाली में आम है, जहाँ किसानों को अपनी कार्यकुशलता में विश्वास करने का कोई कारण नहीं है। दूसरी ओर, आर्कुश लिखते हैं, चीनी कहावतें अपने इस विश्वास में असाधारण हैं कि "कड़ी मेहनत, चतुर योजना और स्वावलंबन या छोटे समूह के साथ सहयोग समय के साथ लाभ देगा।"

यहाँ कुछ बातें हैं, जो चीन के ग़रीब किसान एक-दूसरे से कहते होंगे, जब वे तपती धूप और धान के खेत की नमी में साल में तीन हज़ार घंटे काम करते होंगे (जो लीचों से भरा होता है) :

"ख़ून-पसीने के बिना कोई भोजन नहीं।"

"किसान व्यस्त हैं; किसान व्यस्त हैं; अगर किसान व्यस्त न हों; तो ठंड काटने के लिए अनाज कहाँ से आएगा?"

"आलसी आदमी जाड़े में कुकड़कर मर जाता है।"

"भोजन के लिए आसमान पर निर्भर मत रहो, बल्कि अपने खुद के दो हाथों से बोझ उठाओ।"

"फ़सलों के बारे में पूछना बेकार है; सब कुछ कड़ी मेहनत और खाद पर निर्भर है।"

"यदि कोई इंसान कड़ी मेहनत करता है, तो ज़मीन आलसी नहीं होगी।"

और सबसे प्रभावी : जो व्यक्ति साल में 360 दिन भोर से पहले नहीं जाग सकता, वह अपने परिवार को अमीर बनाने में असफल रहता है। कुंग के आरामदेह तरीके से मॉन्गोंगो नट बटोरने या फ़्रांसीसी किसान के सोकर जाड़ा काटने या धान की खेती के संसार से भिन्न किसी संसार में जीने वाले व्यक्ति के बारे में यह कहावत सोची भी नहीं जा सकती।

ज़ाहिर है, यह एशियाई संस्कृति के बारे में अपरिचित अवलोकन नहीं है। किसी भी पश्चिमी देश के कॉलेज कैंपस में चले जाएँ! वहाँ आप पाएँगे

कि एशियाई विद्यार्थी हर एक के जाने के लंबे समय बाद भी लाइब्रेरी में रहते हैं। उनकी संस्कृति का इस तरह वर्णन करने पर कई बार एशियाई लोग बुरा मान जाते हैं, क्योंकि वे सोचते हैं कि रूढ़िवादी परंपरा का इस्तेमाल असम्मान दर्शाने के लिए किया जा रहा है। लेकिन मेहनत या काम तो बहुत सुंदर चीज़ है। हमने इस पुस्तक में अब तक सफलता की जो भी कहानियाँ देखी हैं, लगभग सभी में यही पाया है कि किसी व्यक्ति या समूह ने अपने साथियों से ज़्यादा कड़ी मेहनत की। बिल गेट्स को बचपन से ही कंप्यूटर की लत थी। बिल जॉय को भी। बीटल्स ने हैम्बर्ग में हज़ारों घंटे का अभ्यास किया। जो फ़्लॉम बरसों तक जूते घिसते रहे, अधिग्रहणों की कला को निखारते रहे और इसके बाद ही उन्हें अवसर मिला। सफल लोग सचमुच कड़ी मेहनत करते हैं। धान के खेतों में बनी संस्कृति का उज्ज्वल पहलू यह है कि कड़ी मेहनत ने उन खेतों में काम करने वालों को भारी अनिश्चितता और ग़रीबी के बीच अर्थ खोजने का तरीका दिया। इस सबक़ ने एशियाई लोगों को कई क्षेत्रों में लाभ पहुँचाया है, लेकिन शायद ही किसी दूसरी जगह उतने आदर्श तरीके से पहुँचाया है, जितने आदर्श तरीके से इसने गणित में पहुँचाया है।

5.

कुछ साल पहले बर्कले में गणित के एक प्रोफ़ेसर एलन स्कोनफ़ेल्ड ने रेनी नामक एक महिला का वीडियोटेप बनाया, जो गणित की एक समस्या सुलझाने की कोशिश कर रही थी। रेनी की उम्र पच्चीस के आस-पास थी, उसके लंबे काले बाल थे और वह गोल सफ़ेद चश्मा लगाए थी। टेप में वह एक सॉफ़्टवेअर प्रोग्राम के साथ खेल रही है, जिसे बीजगणित सिखाने के लिए बनाया गया है। पर्दे पर एक वाय एक्सिस है और एक एक्स एक्सिस है। प्रोग्राम उपयोग करने वाले से कहता है कि वह कोऑर्डिनेट्स का एक समूह लिखे और फिर स्क्रीन पर उन कोऑर्डिनेट्स से लाइन खींच देता है। मिसाल के तौर पर, जब उसने वाय एक्सिस पर 5 टाइप किया और एक्स एक्सिस पर 5 टाइप किया, तो कंप्यूटर ने यह किया :

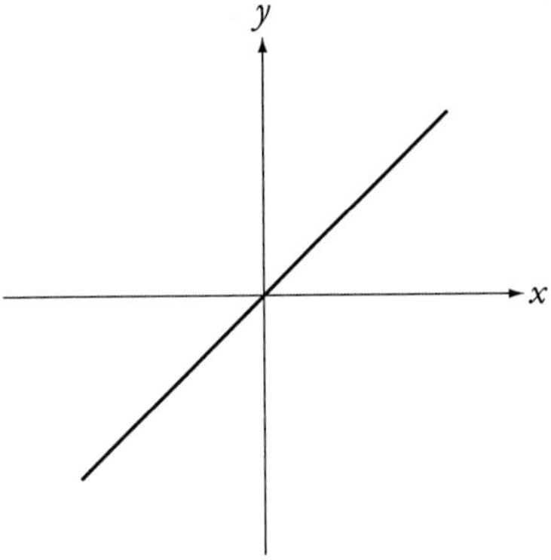

मुझे यक़ीन है कि इस बिंदु पर आपको अपने माध्यमिक स्कूल के बीजगणित की धुँधली यादें आने लगी होंगी। लेकिन तसल्ली रखें, रेनी के उदाहरण का महत्त्व समझने के लिए आपको बीजगणित को याद करने की ज़रा भी ज़रूरत नहीं है। वास्तव में, जब आप अगले कुछ पैराग्राफ्स में रेनी को बात करते सुनें, तो इस बात पर ध्यान केंद्रित न करें कि वह क्या कह रही है, बल्कि इस बात पर करें कि वह कैसे बात कर रही है और वह इस तरह बात क्यों कर रही है।

स्कोनफ़ेल्ड के बनाए कंप्यूटर प्रोग्राम का मक़सद विद्यार्थियों को यह सिखाना था कि किसी लाइन के स्लोप या ढाल की गणना कैसे की जाए। स्लोप, जैसा मुझे यक़ीन है आपको याद होगा (या, ज़्यादा सटीकता से कहें, तो मैं शर्त लगाता हूँ कि आपको याद नहीं होगा; मुझे तो निश्चित रूप से नहीं था), रन के ऊपर राइज़ है। हमारे उदाहरण में लाइन का स्लोप 1 है, क्योंकि राइज़ 5 है और रन 5 है।

तो यहाँ रेनी है। वह कीबोर्ड पर बैठी है और समझने की कोशिश कर रही है कि कौन सी संख्याएँ लिखे, ताकि वह कंप्यूटर से एक ऐसी लाइन खिंचवा दे, जो बिलकुल सीधी हो और वाय एक्सिस पर पूरी तरह से आ जाए। अब आपमें से जिन लोगों को हाई स्कूल का गणित याद है, वे जानते होंगे कि यह दरअसल असंभव है। एक खड़ी रेखा एक अपरिभाषित स्लोप है। इसका राइज़ असीमित है : कोई भी संख्या वाय एक्सिस पर ज़ीरो से शुरू होकर अनंत काल तक चलती है। यह एक्स एक्सिस पर रन है, जो ज़ीरो है। इनफ़िनिटी शून्य से विभाजित होने पर कोई संख्या नहीं होती।

लेकिन रेनी को यह पता नहीं है कि वह जो करने की कोशिश कर रही है, वह किया ही नहीं जा सकता। वह उसकी गिरफ़्त में है, जिसे स्कोनफ़ेल्ड "आनंददायक ग़लतफ़हमी" कहते हैं। स्कोनफ़ेल्ड यह ख़ास टेप दिखाना इसलिए पसंद करते हैं, क्योंकि यह एक आदर्श उदाहरण है कि यह ग़लतफ़हमी दूर कैसे हुई।

रेनी एक नर्स थी। उसका पहले कभी गणित में कोई ख़ास रुझान नहीं रहा था। लेकिन उसे जाने कैसे वह सॉफ़्टवेअर मिल गया और उसे उसमें मज़ा आने लगा।

"अब मैं जो चाहती हूँ, वह है इस फ़ॉर्मूले से सीधी लाइन बनाना, वाय एक्सिस के समानांतर," वह शुरू करती है। स्कोनफ़ेल्ड उसके बग़ल में बैठे हैं। वह उनकी ओर चिंता से देखती है। "जब मैंने आख़िरी बार यह सब किया था, तब से पाँच साल गुज़र गए हैं।"

वह प्रोग्राम के साथ खेलने लगती है और अलग-अलग अंक टाइप करती है।

"अब अगर मैं स्लोप को इस तरह बदल दूँ... माइनस 1... अब मैं यह करना चाहती हूँ कि लाइन सीधी जाए।"

जब वह संख्याएँ टाइप करती है, तो स्क्रीन पर लाइन बदल जाती है।

"ऊप्स। यह नहीं होने वाला है।"

वह हैरान दिखती है।

स्कोनफ़ेल्ड पूछते हैं, "तुम क्या करने की कोशिश कर रही हो?"

"मैं वाय एक्सिस के समानांतर एक सीधी लाइन बनाने की कोशिश कर रही हूँ। यहाँ मुझे क्या करना चाहिए? मैं सोचती हूँ कि मुझे इसे थोड़ा बदलने की ज़रूरत है।" वह उस जगह की ओर इशारा करती है, जहाँ वाय एक्सिस की संख्या है। "यह एक ऐसी चीज़ है जिसे मैंने खोजा था। कि जब आप 1 से 2 तक जाते हैं, तो यह एक बड़ा परिवर्तन था। लेकिन अगर आप वहाँ बहुत ऊपर जाते हैं, तो आपको बदलते रहना होता है।"

यह रेनी की आनंददायक ग़लतफ़हमी है। उसने ग़ौर किया है कि वह वाय एक्सिस के कोऑर्डिनेट को जितना ऊँचा बनाती है, लाइन उतनी ही ज़्यादा खड़ी होती जाती है। इसलिए वह सोचती है कि खड़ी लाइन बनाने की कुंजी यह है कि वाय एक्सिस के कोऑर्डिनेट को पर्याप्त बड़ा बना दिया जाए।

"मुझे लगता है 12 या 13 से भी काम हो सकता है। शायद 15 तक जाना पड़े।"

वह त्यौरी चढ़ाती है। वह और स्कोनफ़ेल्ड आगे-पीछे होते रहते हैं। वह उनसे सवाल पूछती है। वे उसे सही दिशा में धीमे से प्रेरित करते हैं। वह कोशिश करती रहती है, एक के बाद एक नीति आज़माती है।

एक बिंदु पर वह 20 टाइप करती है। लाइन थोड़ी ज़्यादा खड़ी हो जाती है।

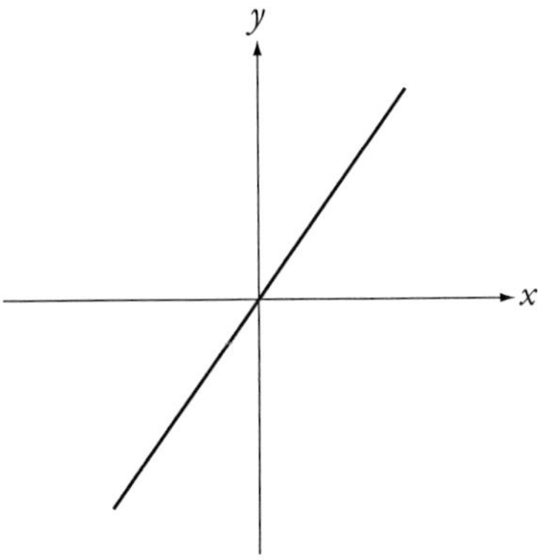

वह 40 टाइप करती है। लाइन और ज़्यादा खड़ी हो जाती है।

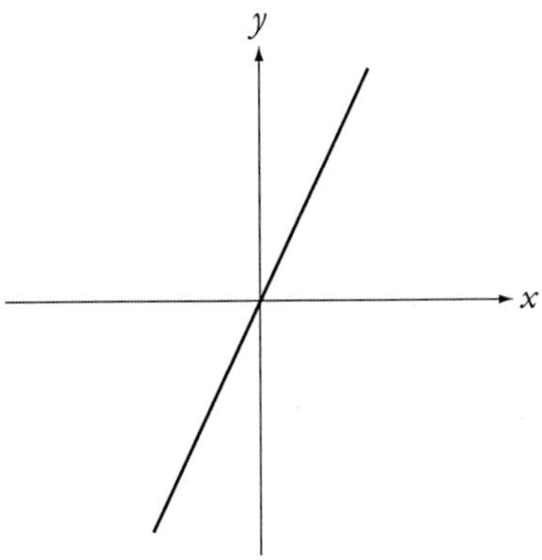

"मैं देखती हूँ कि यहाँ एक संबंध है। लेकिन ऐसा क्यों है, इसमें मुझे कुछ समझ नहीं आता है... अगर मैं 80 लिख दूँ? अगर 40 मुझे आधी दूर तक ले जाता है, तो 80 मुझे पूरी तरह वाय एक्सिस तक ले जाएगा। तो आइए देखते हैं, क्या होता है।"

वह 80 टाइप करती है। लाइन अब और ज़्यादा खड़ी हो जाती है। लेकिन यह अब भी पूरी तरह खड़ी नहीं होती है।

"ओहहह। यह इनफ़िनिटी है, है ना? यह वहाँ कभी नहीं पहुँच पाएगी।" रेनी क़रीब है। लेकिन इसके बाद वह अपनी मूल ग़लतफ़हमी पर वापस लौट आती है।"

"तो मुझे क्या करने की ज़रूरत है? 100? हर बार जब आप संख्या को दोगुना करते हैं, तो आप वाय एक्सिस के आधे रास्ते पहुँच जाते हैं। लेकिन वहाँ कभी पूरी तरह नहीं पहुँच पाते हैं..."

वह 100 टाइप करती है।

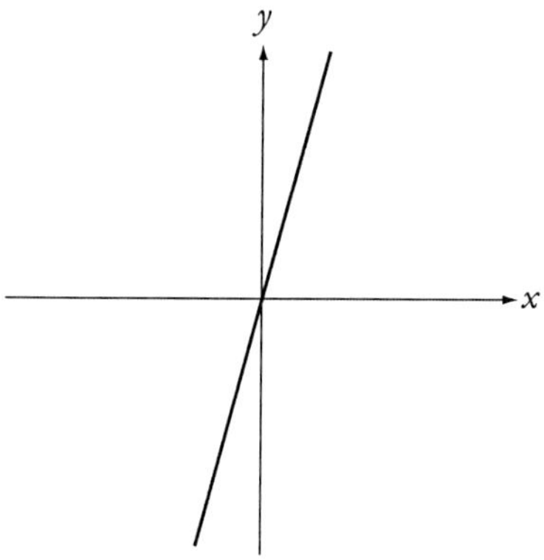

"यह ज़्यादा क़रीब है। लेकिन यह अब भी वहाँ नहीं पहुँच पाई है।"

वह बोलते-बोलते सोचना शुरू करती है। यह स्पष्ट है कि वह कोई चीज़ खोजने की कगार पर है। "अच्छा, वैसे मैं यह जानती थी... लेकिन... मैं इसे जानती थी। हर एक ऊपर जाती है, यह उतनी ही ज़्यादा पास होती जाती है। मैं अब भी दुविधा में हूँ कि ऐसा क्यों है..."

वह रुकती है और स्क्रीन को ताकती है।

"मैं उलझ रही हूँ। यह दसवाँ हिस्सा है। लेकिन मैं इसे नहीं चाहती..."

और फिर वह इसे देख लेती है।

"ओह! यह कोई भी संख्या है, जो ज़ीरो से विभाजित होती है!" उसके चेहरे पर चमक आ जाती है। "खड़ी लाइन कोई भी संख्या है, जो ज़ीरो से विभाजित हो - और यह एक अपरिभाषित संख्या है। ओहहह। ठीक है। अब मैं समझ गई। खड़ी लाइन का स्लोप अपरिभाषित है। आहहहह। अब इसका कुछ मतलब है। मैं इसे कभी नहीं भूल पाऊँगी!"

6.

अपने करियर में स्कोनफ़ेल्ड ने गणित की समस्याओं पर काम करने वाले असंख्य विद्यार्थियों का वीडियो टेप बनाया है। लेकिन रेनी का टेप उन्हें विशेष प्रिय है, क्योंकि यह सुंदरता से उस चीज़ को रेखांकित करता है, जिसे वे गणित सीखने का रहस्य मानते हैं। जिस पल रेनी कंप्यूटर प्रोग्राम के साथ खेलना शुरू करती है, उसके *बाईस मिनट बाद* जाकर वह कहती है, "आहहहह। अब इसका कुछ मतलब है।" यह एक *लंबा* समय है। "यह आठवें ग्रेड का गणित है," स्कोनफ़ेल्ड ने कहा। "अगर मैं आठवें ग्रेड के सामान्य विद्यार्थी को रेनी की स्थिति में रखूँ, तो मुझे लगता है कि पहली कुछ कोशिशों के बाद वह कहेगा, 'यह मुझे समझ में नहीं आया। आप समझा दें।' स्कोनफ़ेल्ड ने एक बार हाई स्कूल के विद्यार्थियों के समूह से पूछा था कि वे किसी होमवर्क के सवाल पर कितनी देर मेहनत करने के बाद इस नतीजे पर पहुँचेंगे कि इसे सुलझाना उनके लिए बहुत मुश्किल है। विद्यार्थियों के जवाब तीस सेकेंड से पाँच मिनट तक के थे; औसत दो मिनट था।

लेकिन रेनी जुटी रहती है। वह प्रयोग करती है। वह बार-बार उन्हीं मुद्दों पर जाती है। वह बोल-बोलकर सोचती है। वह लगी रहती है। वह हार नहीं मानती है। वह अस्पष्ट तौर पर जानती है कि खड़ी लाइन खींचने संबंधी उसके विचार में कुछ ग़लत है, लेकिन वह तब तक नहीं रुकेगी, जब तक कि उसे पूरा यक़ीन न हो जाए कि उसने इसे सही समझ लिया है।

रेनी गणित में नैसर्गिक प्रतिभा की धनी नहीं थी। "स्लोप" और "अपरिभाषित" जैसी अमूर्त अवधारणाएँ उसे स्पष्ट रूप से समझ नहीं आती हैं। लेकिन स्कोनफ़ेल्ड के लिहाज़ से रेनी बहुत प्रभावी थी।

"समझने की एक इच्छा है, जो उसे वह करने के लिए प्रेरित करती है,

जो वह करती है," स्कोनफ़ेल्ड कहते हैं। "वह कोई सतही 'हाँ, आप सही हैं' जैसी बात स्वीकार करके आगे नहीं बढ़ जाती है। वह ऐसी नहीं है। और यह दरअसल असामान्य है।" उन्होंने टेप को दोबारा पीछे किया और एक पल की ओर संकेत किया, जब रेनी वास्तविक हैरानी के साथ स्क्रीन की किसी चीज़ पर प्रतिक्रिया कर रही थी।

"देखें," उन्होंने कहा। "वह धीमी प्रतिक्रिया करती है। कई विद्यार्थी इसे बस गुज़र जाने देंगे। इसके बजाय, उसने सोचा, 'यह मेरे विचारों से मेल नहीं खाता है। मैं इसे समझ नहीं पा रही हूँ। यह महत्त्वपूर्ण है। मुझे इसका स्पष्टीकरण चाहिए।" और आख़िरकार जब उसे स्पष्टीकरण मिलता है, तो वह कहती है, "हाँ, यह फ़िट होता है।'"

बर्कले में स्कोनफ़ेल्ड समस्या सुलझाने पर एक कोर्स सिखाते हैं, जिसका पूरा मक़सद उनके अनुसार यह है कि वे विद्यार्थियों की गणित की उन आदतों को छुड़वा दें, जो उन्होंने युनिवर्सिटी आने तक सीखी थीं। "मैं एक समस्या उठाता हूँ, जिसके बारे में मैं नहीं जानता कि उसे कैसे सुलझाना है," वे कहते हैं। "मैं अपने विद्यार्थियों से कहता हूँ, 'तुम लोग दो सप्ताह की घरेलू परीक्षा देने जा रहे हो। मैं तुम्हारी आदतें जानता हूँ। तुम पहले सप्ताह कुछ नहीं करोगे और अगले सप्ताह इस पर शुरू करोगे, लेकिन मैं तुम्हें अभी चेतावनी देना चाहता हूँ : अगर तुम इस पर केवल एक सप्ताह ही लगाओगे, तो तुम इसे नहीं सुलझा पाओगे। दूसरी ओर, मैंने जिस दिन तुम्हें काम दिया है, अगर तुम उसी दिन इसे करना शुरू कर दोगे, तो तुम कुंठित हो जाओगे। तुम मेरे पास आकर कहोगे, 'यह असंभव है।' मैं तुमसे कहूँगा, काम करते रहो और दूसरे सप्ताह तक, तुम महत्त्वपूर्ण प्रगति करने लगोगे।"

हम कई बार सोचते हैं कि गणित में अच्छा होना एक नैसर्गिक योग्यता है। या तो "यह" आपके पास होती है या फिर नहीं होती। लेकिन स्कोनफ़ेल्ड के दृष्टिकोण से यह योग्यता की नहीं, *नज़रिये* की बात है। आप गणित में माहिर तभी होते हैं, जब आप कोशिश करने के इच्छुक हों। स्कोनफ़ेल्ड अपने विद्यार्थियों को यही सिखाने की कोशिश करते हैं। सफलता लगन और दृढ़ निश्चय और बाईस मिनट तक कड़ी मेहनत करने की इच्छा है, ताकि कोई ऐसी चीज़ समझ ली जाए, जिसके मामले में ज़्यादातर लोग तीस सेकेंड बाद ही हार मान लेंगे। एक क्लासरूम में रेनी जैसे विद्यार्थियों के एक समूह को रख दें और उन्हें अपने दम पर गणित का अन्वेषण करने का स्थान व समय दें। इससे आप बहुत दूर तक जा सकते हैं। या किसी ऐसे देश की कल्पना

करें, जहाँ रेनी का दृढ़ निश्चय अपवाद न होकर एक सांस्कृतिक गुण हो, जो उतनी ही गहराई में निहित हो, जितनी कि सम्मान की संस्कृति कम्बरलैंड पठार में है। ऐसे देश का गणित में अच्छा होना तय है।

7.

हर चार साल बाद शिक्षाविदों का एक अंतरराष्ट्रीय समूह संसार भर के प्राथमिक और जूनियर हाई विद्यार्थियों के लिए एक वृहद गणित और विज्ञान परीक्षण आयोजित करता है। इसे टीआईएमएसएस कहा जाता है (आप इस टेस्ट के बारे में पहले ही पढ़ चुके हैं, जब हम चौथे ग्रेड के बच्चों के बारे में इस संदर्भ में बात कर रहे थे कि स्कूल की पात्रता तिथि की शुरुआत के पास पैदा हुए बच्चे और उसके अंत के क़रीब जन्मे बच्चों में कितना फ़र्क़ होता है)। टीआईएमएसएस का मक़सद एक देश की शैक्षणिक उपलब्धि की तुलना दूसरे देश से करना है।

जब विद्यार्थी टीआईएमएसएस परीक्षा देने बैठते हैं, तो उन्हें एक प्रश्नावली भी भरनी होती है। इसमें उनसे तमाम चीज़ें पूछी जाती हैं, जैसे उनके माता-पिता की शिक्षा का स्तर क्या है, गणित के बारे में उनके विचार क्या हैं और उनके मित्र कैसे हैं। यह कोई छोटा अभ्यास नहीं है। यह 120 प्रश्नों जितनी लंबी है। वास्तव में, यह इतनी उबाऊ और मेहनत भरी होती है कि कई विद्यार्थी दस-बीस प्रश्न ख़ाली छोड़ देते हैं।

अब यहाँ रोचक पहलू देखें। जैसा पता चलता है, उस प्रश्नावली में जवाब दिए प्रश्नों की औसत संख्या हर देश के लिहाज़ से अलग होती है। दरअसल सभी हिस्सा ले रहे देशों की रैंक इसी आधार पर बताई जा सकती है कि उनके विद्यार्थियों ने प्रश्नावली के कितने प्रश्नों का जवाब दिया। अगर आप प्रश्नावली में हल किए सवालों की रैंकिंग्स की तुलना टीआईएमएसएस में गणित की रैंकिंग्स से करें, तो आपके हिसाब से कितना अंतर आएगा? ज़रा भी नहीं! *वे बिलकुल समान होती हैं।* दूसरे शब्दों में, जिन देशों के विद्यार्थी एकाग्र होने, पर्याप्त लंबे समय तक स्थिर बैठने और एक अंतहीन प्रश्नावली के हर सवाल का जवाब देने के इच्छुक होते हैं, उन्हीं देशों के विद्यार्थी गणित की समस्याओं को सुलझाने का सबसे अच्छा काम करते हैं।

जिस व्यक्ति ने यह तथ्य खोजा, वे पेनसिल्वेनिया युनिवर्सिटी के अर्लिंग बो नामक शैक्षणिक शोधकर्ता हैं और उनका ध्यान इस बात पर संयोग से

गया था। वे कहते हैं, "यह अचानक आसमान से टपका था।" बो अपने निष्कर्ष किसी वैज्ञानिक जर्नल में प्रकाशित नहीं करा पाए, क्योंकि वे कहते हैं कि यह कुछ ज़्यादा ही अजीब हैं। याद रखें, वे यह नहीं कह रहे हैं कि प्रश्नावली को पूरा करने की योग्यता और गणित टेस्ट में उत्कृष्ट होने की योग्यता का आपस में संबंध है। वे तो यह कह रहे हैं कि *वे हूबहू समान हैं* : यदि आप दोनों रैंकिंग्स की तुलना करते हैं, तो वे हूबहू समान हैं।

इस बारे में दूसरे तरीके से सोचें। कल्पना करें कि हर साल संसार के किसी शानदार शहर में गणित ओलंपिक्स हो रहा है। और संसार का हर देश आठवें ग्रेड के एक हज़ार विद्यार्थियों की अपनी टीम भेजता हो। बो का मुद्दा यह है कि हम *गणित का एक भी सवाल पूछे बिना* सटीकता से यह भविष्यवाणी कर सकते हैं कि इस गणित ओलंपिक में कौन सा देश किस नंबर पर आएगा। इसके लिए हमें तो बस यह करना होगा कि उन्हें कोई ऐसा काम दे दें, जो यह मापे कि वे कितनी कठोर मेहनत करने को तैयार हैं। दरअसल, उन्हें कोई काम देने की भी ज़रूरत नहीं है। कौन से देश गणित में सबसे अच्छे हैं, इसकी भविष्यवाणी हम सिर्फ़ यही देखकर कर सकते हैं कि कौन सी राष्ट्रीय संस्कृतियाँ प्रयास और कड़ी मेहनत पर सबसे ज़्यादा ज़ोर देती हैं।

तो कौन से देश दोनों सूचियों में शिखर पर हैं? जवाब से आपको हैरानी नहीं होनी चाहिए : सिंगापुर, दक्षिण कोरिया, चीन (ताईवान), हाँगकाँग और जापान। इन पाँचों में जो चीज़ साझी है, वह यह है कि वे सभी ऐसी संस्कृतियाँ हैं, जिन्हें धान की गीली खेती और सार्थक श्रम द्वारा आकार दिया गया है।* वे ऐसे देश हैं, जहाँ सैकड़ों सालों से ग़रीब किसान साल में तीन

---

*दो छोटे बिंदु। चीन की मुख्य भूमि इस सूची में नहीं है, क्योंकि चीन ने इस टीआईएमएसएस अध्ययन में हिस्सा नहीं लिया था। लेकिन ताईवान और हाँगकाँग इस सूची में इतने ऊँचे हैं, जिससे संकेत मिलता है कि चीन भी संभवतः अच्छा प्रदर्शन करता। दूसरी और शायद ज़्यादा महत्त्वपूर्ण बात, चीन के उत्तर में क्या होता है, जो धान की खेती वाला समाज नहीं है, बल्कि ऐतिहासिक दृष्टि से वहाँ पाश्चात्य यूरोप की तरह ही गेहूँ उगाने वाली संस्कृति है? क्या वहाँ के लोग भी गणित में अच्छे होते हैं? संक्षिप्त जवाब है कि हम नहीं जानते। मनोवैज्ञानिक जेम्स फ्लिन ने वैसे संकेत किया है कि पश्चिम आने वाले चीनी अप्रवासियों की बहुत बड़ी संख्या - वे लोग जिन्होंने यहाँ गणित में इतना अच्छा प्रदर्शन किया है - दक्षिण चीन के होते हैं। एमआईटी में अपनी क्लास के शिखर

हज़ार घंटे तक धान के खेतों में मेहनत कर रहे हैं और एक दूसरे से ऐसी बातें कह रहे हैं, "जो व्यक्ति साल में 360 दिन भोर से पहले जाग सकता है, वह कभी अपने परिवार को अमीर बनाने में असफल नहीं रहता।"❖

पर उत्तीर्ण हो रहे चीनी विद्यार्थी मुख्यतः पर्ल डेल्टा रिवर के लोगों के वंशज हैं। वे यह भी बताते हैं कि कम हासिल करने वाले चीनी अमेरिकी तथाकथित स्जे यैप लोग हैं, जो डेल्टा के कोनों से आते हैं, "जहाँ ज़मीन कम उर्वर होती है और कृषि कम गहन होती है।"

❖ एशियाई "लगन" को मापने वाला एक महत्त्वपूर्ण वैज्ञानिक साहित्य दरअसल मौजूद है। एक अध्ययन में प्रिसिला ब्लिंको ने जापानी और अमेरिकी पहले ग्रेड के बच्चों के बड़े समूहों को एक बहुत मुश्किल पहेली दी और यह नापा कि वे हार मानने से पहले उस पर कितनी देर तक मेहनत करते हैं। अमेरिकी बच्चों ने औसतन 9.47 मिनट बाद हार मानी। जापानी बच्चे 13.93 मिनट तक औसतन टिके रहे, यानी लगभग 40 प्रतिशत ज़्यादा देर तक।

9

मारिटा का बढ़िया सौदा

"अब मेरे सारे दोस्त **किप** के हैं।"

1.

1990 के दशक के मध्य में किप अकैडमी नामक एक प्रयोगशील पब्लिक स्कूल न्यू यॉर्क सिटी में लू गेहरिंग जूनियर हाई स्कूल की चौथी मंज़िल पर खुला।* लू गेहरिग सातवें स्कूल जिले में है, जिसे साउथ ब्रॉन्क्स कहा जाता है और यह न्यू यॉर्क सिटी के सबसे ग़रीब इलाकों में से एक है। यह 1960 के ज़माने की एक भूरी, छोटी इमारत है, जो स्याह दिखने वाली अट्टालिकाओं के सामने बनी है। कुछ ब्लॉक्स दूर ग्रांड कॉनकोर्स है, जो कस्बे का मुख्य मार्ग है। ये ऐसी सड़कें नहीं हैं, जहाँ आप अँधेरा होने के बाद अकेले निकलते वक़्त ख़ुश महसूस करें।

किप एक माध्यमिक स्कूल है। क्लासें बड़ी हैं : पाँचवें ग्रेड में पैंतीस-पैंतीस विद्यार्थियों के दो सेक्शन हैं। कोई प्रवेश परीक्षा या प्रवेश शर्तें नहीं हैं। विद्यार्थियों को लॉटरी से चुना जाता है, जिसमें ब्रॉन्क्स में रहने वाला चौथी ग्रेड का कोई भी बच्चा आवेदन दे सकता है। लगभग आधे विद्यार्थी अफ़्रीकी-अमेरिकी हैं; बाक़ी स्पेन के हैं। तीन चौथाई बच्चे एक-अभिभावक वाले घरों से आते हैं। नब्बे प्रतिशत "मुफ़्त या सस्ते लंच" के लिए पात्र होते हैं, जिसका मतलब है कि उनके परिवार इतना कम कमाते हैं कि संघीय सरकार बच्चों को लंच के समय सही भोजन देने के लिए अनुदान देती है।

किप अकैडमी जिस तरह के इलाक़े में है और यहाँ जिस तरह के विद्यार्थी पढ़ते हैं, उससे शिक्षाविद निराश हो जाएँगे - लेकिन अजूबा! जिस मिनट आप इमारत में दाख़िल होते हैं, यह स्पष्ट हो जाता है कि यहाँ कोई

---

*किप का मतलब है "नॉलेज इज़ पावर प्रोग्राम।"

अलग बात है। गलियारों में विद्यार्थी एक लाइन में चुपचाप चलते हैं। कक्षा में उन्हें सिखाया जाता है कि वे अपने से बात करने वाले किसी भी व्यक्ति से एक प्रोटोकॉल में बात करें :

मुस्कराओ, ठीक से बैठो, सुनो, सवाल पूछो और बात करते समय सिर हिलाओ और निगाहें मिलाओ। किप के पढ़े बच्चे बाद में कॉलेजों में गए हैं और स्कूल के गलियारों की दीवारों पर उन कॉलेजों में उनके द्वारा जीते सैकड़ों पुरस्कारों के फ़ोटो लगे हैं। पिछले साल, ब्रॉन्क्स के सैकड़ों परिवार किप्स में पाँचवें ग्रेड की दो कक्षाओं के लिए लॉटरी में शामिल हुए। यह कहना कोई अतिशयोक्ति नहीं है कि केवल दस वर्ष के जीवनकाल में ही किप न्यू यॉर्क सिटी के सबसे अभीष्ट पब्लिक स्कूलों में से एक बन गया है।

किप जिसके लिए सबसे मशहूर है, वह है गणित। साउथ ब्रॉन्क्स के सभी मिडिल स्कूल विद्यार्थियों में से केवल 16 प्रतिशत ही गणित में अपने ग्रेड स्तर पर या उसके ऊपर प्रदर्शन करते हैं। लेकिन किप में पाँचवें ग्रेड के अंत तक कई विद्यार्थी गणित को अपना सबसे प्रिय विषय कहने लगते हैं। सातवें ग्रेड में किप के विद्यार्थी *हाई स्कूल* बीजगणित शुरू करते हैं। आठवें ग्रेड तक 84 प्रतिशत विद्यार्थी अपने ग्रेड स्तर पर या उससे ऊपर प्रदर्शन करते हैं। कहने का मतलब यह है कि देश के सबसे बुरे इलाकों में से एक के गंदे अपार्टमेंट्स से आए, बिना चुने हुए, कम आमदनी वाले बच्चों का यह मिश्रित समूह - जिनके माता-पिता ने ज़्यादातर मामलों में कॉलेज में कभी क़दम नहीं रखा - गणित में उतना ही अच्छा प्रदर्शन करते हैं, जितना कि अमेरिका के संपन्न उपनगरों के आठवें ग्रेड के सौभाग्यशाली बच्चे करते हैं। "हमारे बच्चे पढ़ने में बहुत अच्छे रहते हैं," डेविड लेविन कहते हैं, जिन्होंने एक साथी शिक्षक माइकल फ़ीनबर्ग के साथ मिलकर 1994 में किप की स्थापना की थी। "वे लिखने की योग्यताओं में थोड़ा जूझते हैं। लेकिन यहाँ से जाने के बाद वे गणित में धूम मचा देते हैं।"

अब अमेरिका में पचास से ज़्यादा किप स्कूल हो चुके हैं और आगे भी खुलने वाले हैं। किप प्रोग्राम अमेरिका के सबसे संभावनाशील नए शैक्षणिक दर्शनों में से एक है। लेकिन इसकी सफलता इसके पाठ्यक्रम के संदर्भ में, इसके शिक्षकों, इसके संसाधनों या किसी तरह के संस्थागत नवाचार के संदर्भ में सबसे अच्छी तरह नहीं समझी जाती है। इसके बजाय किप एक ऐसा संगठन है, जो सांस्कृतिक विरासतों के विचार को गंभीरता से लेकर सफल हुआ है।

2.

उन्नीसवीं सदी की शुरुआत में सुधारकों का एक समूह अमेरिका में सार्वजनिक शिक्षा का तंत्र स्थापित करने निकला। उस वक़्त जिसे सरकारी या पब्लिक स्कूल माना जाता था, वह स्थानीय रूप से संचालित एक कमरे के स्कूलों का अव्यवस्थित संकलन था और भीड़ भरे शहरी क्लासरूम देश भर में बिखरे हुए थे। ग्रामीण स्कूलों में स्कूल वसंत तथा पतझड़ में बंद होते थे और पूरी गर्मियों में लगते थे, ताकि बच्चे बोने और काटने के व्यस्त मौसमों में खेत पर मदद कर सकें। कई शहरी स्कूलों ने बच्चों के कामकाजी अभिभावकों के लंबी और अस्त-व्यस्त समय-सारणी को प्रतिबिंबित किया। सुधारक यह सुनिश्चित करना चाहते थे कि सभी बच्चे स्कूल जाएँ और पब्लिक स्कूल व्यापक हो, यानी सभी बच्चों को पर्याप्त स्कूली शिक्षा मिल जाए और वे सीखें कि कैसे पढ़ा-लिखा जाता है तथा बुनियादी गणित किया जाता है और वे कर्मठ नागरिक के रूप में काम कर सकें।

लेकिन जैसा इतिहासकार केनेथ गोल्ड ने बताया है, शुरुआती शैक्षणिक सुधारक इस बारे में भी बहुत ज़्यादा चिंतित थे कि बच्चों पर स्कूली शिक्षा का *बहुत ज़्यादा* बोझ न पड़े। मिसाल के तौर पर, 1871 में अमेरिकी शिक्षा आयुक्त ने एडवर्ड जार्विस द्वारा लिखी "रिलेशन ऑफ़ एज्युकेशन टु इनसेनिटी" रिपोर्ट प्रकाशित की। जार्विस ने विक्षिप्तता के 1,741 प्रकरणों का अध्ययन करके यह निष्कर्ष दिया था कि उनमें से 205 के लिए "अति-अध्ययन" ज़िम्मेदार था। जार्विस ने लिखा था, "शिक्षा मानसिक विकारों का एक बहुत बड़ा कारण है।" इसी तरह, मैसेच्यूसेट्स में सार्वजनिक शिक्षा के प्रवर्तक होरेस मान का मानना था कि विद्यार्थियों से बहुत ज़्यादा मेहनत कराने से उनके "चरित्र और आदतों पर सबसे ज़्यादा हानिकारक असर होगा... मस्तिष्क को अति सक्रिय करने से अक्सर स्वास्थ्य भी नष्ट हो जाता है।" उस युग के शिक्षा जर्नल्स में इस बारे में लगातार चिंताएँ जताई जा रही थीं कि विद्यार्थियों पर ज़्यादा बोझ न लादा जाए या बहुत ज़्यादा स्कूली पढ़ाई से उनकी नैसर्गिक योग्यताएँ भोंथरी न हों।

सुधारक गोल्ड लिखते हैं :

> सुधारक अध्ययन के समय को कम करने के तरीके तलाश रहे थे, क्योंकि आराम की लंबी अवधियाँ दिमाग़ को नुक़सान से बचा सकती थीं। इसीलिए शनिवार की कक्षाएँ ख़त्म की गईं, स्कूल का समय कम किया गया और

> वैकेशन की अवधि बढ़ाई गई - ये सभी चीज़ें उन्नीसवीं सदी में हुईं। शिक्षकों को सावधान किया गया कि “जब विद्यार्थियों से अध्ययन कराया जाए, तो उनके शरीर लंबे समय तक रोकने से थके नहीं होने चाहिए, न ही उनके दिमाग़ लंबे इस्तेमाल से चकराने चाहिए।” विचार यह था कि आराम संज्ञानात्मक और विश्लेषणात्मक योग्यताओं को मज़बूत करने के ख़ास अवसर देता था। जैसा *मैसेच्यूसेट्स* टीचर के एक लेखक ने सुझाव दिया, “वास्तविक अध्ययन से होने वाले तनाव की अवस्था से जब राहत मिलती है, तभी लड़के-लड़कियाँ और स्त्री-पुरुष विचार व चिंतन की आदत डालते हैं और अपने खुद के निष्कर्ष पर पहुँचने की भी, जो इससे स्वतंत्र होता है कि उन्हें क्या पढ़ाया जाता है और यह दूसरों की सत्ता से भी स्वतंत्र होता है।”

ज़ाहिर है, मेहनत को आराम से संतुलित करने का यह विचार अध्ययन और काम संबंधी एशियाई धारणाओं के बिलकुल विपरीत था। लेकिन एक बार फिर, एशियाई दृष्टिकोण धान के खेत से बना था। पर्ल रिवर डेल्टा में धान का किसान साल में दो बार, कई बार तो तीन बार भी फ़सल बोता था। ज़मीन बहुत कम समय ख़ाली रहती थी। दरअसल, धान की खेती की एक महत्त्वपूर्ण बात यह है कि सिंचाई के पानी द्वारा लाए पोषक तत्वों की वजह से ज़मीन पर जितनी ज़्यादा खेती होती है, यह उतनी ही ज़्यादा उपजाऊ बनती है।

लेकिन पाश्चात्य कृषि में इसका उल्टा सच है। अगर गेहूँ या मक्के के खेत को हर कुछ साल बाद ख़ाली न छोड़ा जाए, ज़मीन थक जाती है। हर जाड़े में खेत ख़ाली रहते हैं। वसंत में बोने और शरद में काटने के कठोर श्रम के बाद घड़ी की सुइयों की तरह गर्मी और जाड़े की ज़्यादा धीमी गति आती है। यही तर्क सुधारकों ने युवा मस्तिष्कों के विकास पर लागू किया। हम उपमा द्वारा नए विचार सोचते हैं। हम जो जानते हैं, उससे हम अज्ञात की ओर यात्रा करते हैं और सुधारक जिसे जानते थे, वह कृषि के मौसमों की लय थी। मस्तिष्क को विकसित किया जाना चाहिए। लेकिन बहुत ज़्यादा नहीं, वरना यह थक जाएगा। और थकान के ख़तरों का इलाज क्या था? गर्मी की लंबी छुट्टियाँ - एक विचित्र और ख़ास अमेरिकी विरासत, जिसके विद्यार्थियों के सीखने पर आज तक गहरे प्रभाव पड़ रहे हैं।

3.

गर्मी की छुट्टी एक ऐसा विषय है, जिस पर अमेरिकी शिक्षाविद् शायद ही कभी बहस करते हैं। इसे स्कूली जीवन में हाई स्कूल फुटबॉल या वार्षिक समारोह जैसी स्थायी और अक्षत विशेषता माना जाता है। लेकिन प्रारंभिक स्कूल के टेस्ट-स्कोर परिणामों के नीचे दिए समूहों पर नज़र डालें और देखें कि क्या गर्मी की लंबी छुट्टियों के महत्त्व में आपकी आस्था गहराई से नहीं हिल जाती है।

ये आँकड़े जॉन्स हॉपकिन्स युनिवर्सिटी के समाजविज्ञानी कार्ल अलैक्ज़ेंडर के नेतृत्व वाले शोध से आए हैं। अलैक्ज़ेंडर ने बाल्टिमोर पब्लिक स्कूल सिस्टम के पहले ग्रेड के 650 बच्चों की प्रगति की निगरानी की और देखा कि वे कैलिफ़ोर्निया एचीवमेंट टेस्ट नामक गणित व पढ़ने की योग्यताओं वाली व्यापक परीक्षा में कैसा स्कोर करते हैं। ये प्रारंभिक स्कूल के पहले पाँच सालों के पढ़ने के स्कोर हैं, जो सामाजिक-आर्थिक वर्गों - निम्न, मध्य और उच्च - के हिसाब से श्रेणीबद्ध हैं।

वर्ग	**ग्रेड 1**	**ग्रेड 2**	**ग्रेड 3**	**ग्रेड 4**	**ग्रेड 5**
निम्न	329	375	397	433	461
मध्य	348	388	425	467	497
उच्च	361	418	460	506	534

पहले कॉलम को देखें। पहले ग्रेड में आने वाले विद्यार्थियों के ज्ञान और योग्यता में थोड़ा फ़र्क़ तो है, लेकिन बहुत ज़्यादा नहीं। सबसे संपन्न परिवारों से आने वाले पहले ग्रेड के विद्यार्थियों के पास सबसे ग़रीब घरों से आए विद्यार्थियों के मुक़ाबले 32 पॉइंट का लाभ होता है - और बाल्टिमोर में ग़रीब घरों से आने वाले लड़के *सचमुच* ग़रीब होते हैं। अब ग्रेड 5 के कॉलम को देखें। चार साल बाद उस बिंदु पर ग़रीब और अमीर लड़कों की शुरुआती छोटी खाई दोगुनी से ज़्यादा हो गई है।

"उपलब्धि की खाई" एक ऐसा लक्षण है, जिसे बार-बार देखा गया है और इससे आम तौर पर दो में से एक प्रतिक्रिया उत्पन्न होती है। पहली प्रतिक्रिया यह है कि ग़रीब लड़कों में सीखने की वह आंतरिक योग्यता ही नहीं होती है, जो ज़्यादा संपन्न घरों से आने वाले लड़कों में होती है; वे उतने बुद्धिमान नहीं होते हैं। दूसरा, ज़्यादा आशावादी निष्कर्ष यह है कि न

जाने क्यों हमारे स्कूल ग़रीब बच्चों को लाभ नहीं पहुँचा पा रहे हैं : हम उन्हें वे योग्यताएँ सिखाने का पर्याप्त अच्छा काम नहीं कर रहे हैं, जिनकी उन्हें ज़रूरत है। लेकिन यहाँ पर अलैक्ज़ेंडर का अध्ययन रोचक हो जाता है, क्योंकि यह पता चलता है कि इन दोनों ही स्पष्टीकरणों में से कोई भी सच नहीं है।

बाल्टिमोर शहर अपने लड़कों का कैलिफ़ोर्निया एचीवमेंट टेस्ट हर स्कूली वर्ष के अंत में यानी जून में ही नहीं लेता है। यह इस टेस्ट को सितंबर में भी लेता है, जब गर्मी की छुट्टियाँ ख़त्म होती हैं। अलैक्ज़ेंडर को यह अहसास हुआ कि टेस्ट परिणामों के दूसरे समूह से वे थोड़ा अलग विश्लेषण कर सकते हैं। जब विद्यार्थी स्कूली वर्ष के शुरू में यानी सितंबर में आता है, तब के स्कोर से अगर उसे अगले जून में मिले स्कोर की तुलना की जाए, तो उन्हें सटीकता से पता चल सकता है कि विद्यार्थी ने साल भर स्कूल में कितना सीखा। और अगर वे किसी विद्यार्थी के जून के स्कोर और फिर अगले सितंबर में उसके स्कोर को देखते थे, तो उनके फ़र्क़ से वे जान सकते थे कि विद्यार्थी ने गर्मियों में कितना सीखा। दूसरे शब्दों में, वे पता लगा सकते थे - कम से कम आंशिक रूप से - कि उपलब्धि की खाई उन चीज़ों का कितना परिणाम है जो स्कूली वर्ष के दौरान हुईं और इसका लेना-देना उस बात से कितना था, जो गर्मी की छुट्टियों के दौरान हुआ।

आइए स्कूली वर्ष के लाभों से शुरुआत करते हैं। यह टेबल दिखाती है कि जब विद्यार्थियों ने सितंबर में स्कूल शुरू किया, तब से जून में स्कूल की पढ़ाई ख़त्म होने तक उनके टेस्ट स्कोर में कितने पॉइंट बढ़े। "कुल" वाला कॉलम प्रारंभिक स्कूल के सभी पाँच सालों में क्लासरूम में सीखने का योग बताता है।

वर्ग	ग्रेड 1	ग्रेड 2	ग्रेड 3	ग्रेड 4	ग्रेड 5	कुल
निम्न	55	46	30	33	25	189
मध्य	69	43	34	41	27	214
उच्च	60	39	34	28	23	184

यह टेबल पिछली टेबल से बिलकुल ही अलग कहानी बयां करती है। पहले टेस्ट परिणामों से ऐसा लगता था, जैसे कम आमदनी वाले लड़के क्लासरूम में पिछड़ रहे थे। लेकिन यहाँ हम स्पष्टता से देखते हैं कि यह

सच नहीं है। "कुल" वाले कॉलम को देखें। पाँच साल के प्राथमिक स्कूल के दौरान ग़रीब बच्चों ने संपन्न बच्चों की तुलना में "ज़्यादा सीखा", क्योंकि ग़रीब बच्चों के 189 पॉइंट थे और अमीर बच्चों के 184 पॉइंट। वे बस मध्य वर्गीय बच्चों के ज़रा सा ही पीछे हैं और दरअसल एक साल में, ग्रेड 2 में, उन्होंने मध्य या उच्च वर्ग के बच्चों से ज़्यादा सीखा।

इसके बाद, आइए देखते हैं कि गर्मी की छुट्टियों के दौरान पढ़ने के स्कोर किस तरह बदलते हैं।

वर्ग	ग्रेड 1 के बाद	ग्रेड 2 के बाद	ग्रेड 3 के बाद	ग्रेड 4 के बाद	कुल
निम्न	−3.67	−1.70	2.74	2.89	0.26
मध्य	−3.11	4.18	3.68	2.34	7.09
उच्च	15.38	9.22	14.51	13.38	52.49

क्या आपको फ़र्क़ नज़र आया? पहले कॉलम की ओर देखें, जो इस बात को नापता है कि ग्रेड 1 के बाद गर्मी की छुट्टियों में क्या होता है। जब सबसे संपन्न बच्चे सितंबर में लौटते हैं, तो उनके पढ़ने के स्कोर 15 पॉइंट से भी ज़्यादा ऊपर हो जाते हैं। दूसरी ओर, जब सबसे ग़रीब बच्चे छुट्टियों से लौटते हैं, तो उनके पढ़ने के स्कोर लगभग 4 पॉइंट कम हो जाते हैं। हो सकता है कि ग़रीब बच्चे स्कूली साल में संपन्न बच्चों से ज़्यादा सीख लें, लेकिन गर्मियों में वे बहुत पिछड़ जाते हैं।

अब आख़िरी कॉलम पर नज़र डालें, जो ग्रेड 1 से लेकर ग्रेड 5 तक के गर्मियों के सारे लाभों का योग है। ग़रीब बच्चों के पढ़ने का स्कोर .26 ऊपर होता है। *जब पढ़ने की योग्यताओं की बात आती है, तो स्कूल बंद होने पर ग़रीब बच्चे कुछ नहीं सीखते हैं।* इसके विपरीत, अमीर बच्चों के पढ़ने के स्कोर में 52.49 पॉइंट का भारी उछाल दिखाता है। अमीर बच्चों को ग़रीब बच्चों के मुक़ाबले जो लगभग सारा लाभ हासिल होता है, वह अमीर बच्चों को तब सीखने की वजह से मिलता है, जब वे स्कूल में *नहीं* होते हैं।

हम यहाँ क्या देख रहे हैं? एक बहुत असली संभावना यह है कि ये परवरिश की शैलियों में फ़र्क़ के शैक्षणिक परिणाम हैं, जिनके बारे में हमने क्रिस लैंगन वाले अध्याय में बात की थी। नौ साल के ऐलेक्स विलियम्स को याद करें, जिसका एनेट लोराऊ ने अध्ययन किया था। उसके माता-पिता संयुक्त विकास में यक़ीन करते हैं। उसे म्यूज़ियम्स में ले जाया जाता है और

विशेष प्रोग्राम्स में दाख़िल कराया जाता है और वह समर कैंप में प्रशिक्षण लेता है। जब वह घर पर बोर होता है, तो वहाँ पढ़ने के लिए पर्याप्त पुस्तकें हैं और उसके माता-पिता इसे अपनी ज़िम्मेदारी समझते हैं कि वे उसे उसके आस-पास के संसार में सक्रियता से आकर्षित रखें। यह देखना मुश्किल नहीं है कि ऐलेक्स गर्मियों में पढ़ने और गणित में बेहतर कैसे बनेगा।

लेकिन केटी ब्रिंडल नहीं, जो निम्न वर्ग की छोटी लड़की है। उसे समर कैंप भेजने के लिए कोई पैसा नहीं है। उसकी माँ उसे कार से विशेष कक्षाओं में नहीं ले जा रही है और बोर होने पर पढ़ने के लिए उसके घर में पुस्तकें नहीं रखी हैं। शायद बस एक टेलीविज़न रहता है। उसकी छुट्टियाँ अद्भुत हो सकती हैं, वह नए दोस्त बना सकती है, बाहर खेल सकती है, फ़िल्म देखने जा सकती है, उस तरह की बेफ़िक्र गर्मियों की छुट्टियाँ गुज़ार सकती है, जिनके हम सपने देखते हैं। वैसे इनमें से कोई चीज़ गणित और पढ़ने की उसकी योग्यताओं को बेहतर नहीं बनाएगी। वह गर्मी का जो भी बेफ़िक्र दिन गुजारती है, वह हर दिन उसे ऐलेक्स से और पीछे पहुँचा देता है। ज़रूरी नहीं है कि ऐलेक्स केटी से ज़्यादा बुद्धिमान हो। वह तो बस उससे ज़्यादा सीख रहा है। वह गर्मियों के दौरान सीखने में कुछ ठोस महीने लगा रहा है, जबकि वह टी.वी. देख रही है और बाहर खेल रही है।

अलैक्ज़ेंडर का शोध बताता है कि अमेरिका में शिक्षा पर जिस तरह बात होती है, वह पीछे ले जाने वाला तरीका है। कक्षा के आकार को कम करने, नया पाठ्यक्रम बनाने, हर विद्यार्थी को नया लैपटॉप देने और स्कूलों की धनराशि बढ़ाने के बारे में बात करने में काफ़ी ज़्यादा समय लगाया जाता है - जिस सबके पीछे मान लिया जाता है कि स्कूल जो काम कर रहे हैं, उसमें कोई मूलभूत गड़बड़ी है। लेकिन ज़रा पीछे जाकर दूसरी टेबल की ओर देखें, जो दिखाती है कि सितंबर और जून के बीच क्या होता है। स्कूल *कारगर* हैं। जो बच्चे बेहतर प्रदर्शन नहीं कर रहे हैं, उनके मामले में इकलौती समस्या यह है कि वे पर्याप्त दिन स्कूल नहीं जाते।

वास्तव में अलैक्ज़ेंडर ने यह दर्शाने के लिए बहुत सरल गणना की है कि अगर बाल्टिमोर के बच्चे पूरे साल स्कूल जाएँ, तो क्या होगा। जवाब यह है कि प्राथमिक स्कूल के अंत तक ग़रीब बच्चे और अमीर बच्चे लगभग समान स्तर पर गणित कर रहे होंगे और पढ़ रहे होंगे।

अचानक एशियाई लोगों की गणित में श्रेष्ठता के कारण ज़्यादा स्पष्ट हो जाते हैं। एशियाई स्कूलों में विद्यार्थियों के पास गर्मी की लंबी छुट्टियाँ

नहीं होती हैं। और हों भी क्यों? जो संस्कृतियाँ यक़ीन करती हैं कि सफलता का मार्ग साल में 360 दिन भोर से पहले उठना है, वे शायद ही कभी अपने बच्चों को गर्मियों में तीन महीने की छुट्टी देंगी। अमेरिका में स्कूली वर्ष औसतन 180 दिन लंबा होता है। दक्षिण कोरिया में स्कूली वर्ष 220 दिन लंबा होता है। जापान में स्कूली वर्ष 243 दिन लंबा होता है।

हाल के एक गणित टेस्ट में, जो संसार भर के विद्यार्थियों से लिया गया, विद्यार्थियों से पूछा गया कि बीजगणित, कैलकुलस और ज्योमेट्री के सवालों में से कितने उस विषय सामग्री के थे, जो उन्होंने पहले क्लास में सीखी थी। जापानी बारहवें ग्रेड वालों का जवाब था 92 प्रतिशत। यही साल में 243 दिन स्कूल जाने का लाभ है। आपके पास ज़रूरत की हर चीज़ सीखने का समय होता है - और आपको उसे भूलने का कम समय मिलता है। अमेरिकी बारहवीं ग्रेड वालों के मामले में यह आँकड़ा 54 प्रतिशत था। सबसे ग़रीब विद्यार्थियों के लिए अमेरिका में स्कूल की समस्या नहीं है। इसके पास तो गर्मी की छुट्टियों की समस्या है और यही वह समस्या है, जिसे किप स्कूल सुलझाने निकला था। उन्होंने धान के खेत के सबक़ अमेरिका के ज़्यादा ग़रीब इलाकों में लाने का निर्णय लिया।

4.

"वे सुबह 7.25 पर स्कूल शुरू कर देते हैं," डेविड लेविन ब्रॉन्क्स किप अकैडमी के विद्यार्थियों के बारे में कहते हैं। "सात पचपन तक वे सभी एक कोर्स करते हैं, जिसका नाम है सोचने की क़ाबिलियत। वे हर दिन डेढ़ घंटे अँग्रेज़ी पढ़ते हैं, डेढ़ घंटे गणित पढ़ते हैं, सिवाय ग्रेड 5 के, जहाँ वे इसे हर दिन दो घंटे पढ़ते हैं। एक घंटा विज्ञान, एक घंटा समाज विज्ञान, सप्ताह में कम से कम दो दिन एक घंटा संगीत और फिर उसके बाद सवा घंटे का ऑर्केस्ट्रा। हर कोई ऑर्केस्ट्रा में जाता है। दिन सुबह 7.25 से शुरू होकर शाम को 5 बजे ख़त्म होता है। पाँच के बाद होमवर्क क्लब्स, सुधारात्मक सज़ा, खेल टीमों की बारी आती है। बच्चे स्कूल में सुबह 7.25 से शाम 7 बजे तक रहते हैं। यदि आप औसत दिन लें और लंच तथा रेसेस को निकाल दें, तो हमारे बच्चे पारंपरिक सरकारी स्कूलों के विद्यार्थी से पचास-साठ प्रतिशत ज़्यादा समय सीख रहे हैं।"

लेविन स्कूल के मुख्य गलियारे में खड़े थे। लंच का समय चल रहा

था और विद्यार्थी लाइन बनाकर शांति से जा रहे थे; वे सभी किप अकैडमी की शर्ट पहने थे। लेविन ने एक लड़की को रोका, जिसकी शर्ट का पीछे का हिस्सा बाहर था। “जब भी मौक़ा मिले, इसे ठीक कर लेना,” उन्होंने कहा और अंदर खोंसने की हरकत की नक़ल की। उन्होंने आगे कहा : “शनिवार वे नौ से एक आते हैं। गर्मियों में समय आठ से दो होता है।” लेविन इस तथ्य का ज़िक्र कर रहे थे कि किप के विद्यार्थी जुलाई में स्कूल में तीन अतिरिक्त सप्ताह पढ़ते हैं। आख़िर, ये वही कम आमदनी वाले बच्चे हैं, जिनके बारे में अलैक्ज़ेंडर ने पहचाना था कि वे गर्मी की लंबी छुट्टियों में पिछड़ रहे थे, इसलिए किप लंबी गर्मी की छुट्टियाँ नहीं रखता है।

“शुरुआत मुश्किल होती है,” उन्होंने आगे कहा। “दिन के अंत तक वे बेचैन हो जाते हैं। इसका एक हिस्सा सहनशक्ति है, एक हिस्सा प्रोत्साहन है। एक हिस्सा पुरस्कार और मज़ेदार चीज़ें हैं। इसका एक हिस्सा पुरातनपंथी अनुशासन भी है। आप इस सबको एक कटोरे में डाल देते हैं। हम यहाँ दृढ़ता और आत्म-नियंत्रण के बारे में बहुत बात करते हैं। बच्चे इन शब्दों का मतलब जानते हैं।”

लेविन हॉल के पार आठवें ग्रेड की गणित क्लास में गए और पीछे जाकर चुपचाप खड़े हो गए। आरोन नाम का एक विद्यार्थी कक्षा के सामने खड़ा था और सोचने की योग्यताओं वाले अभ्यास की एक समस्या पर काम कर रहा था, जिसे सभी किप विद्यार्थियों को हर सुबह करना ज़रूरी होता है। टीचर तीस के पार के फ्रैंक कोरकोरन हैं, जिनके बाल चोटी में बँधे हैं। वे बग़ल में एक कुर्सी पर बैठे थे और कभी-कभार बातचीत का मार्गदर्शन करने के लिए आगे आते थे। यह इस तरह का दृश्य था, जो हर दिन अमेरिकी क्लासरूम्स में दोहराया जाता था - बस एक फ़र्क़ रहता था। आरोन क्लास के सामने खड़ा था, एक समस्या पर काम कर रहा था, बीस मिनट से - क्रमबद्ध ढंग से, सावधानी से, क्लास के सहयोग से। वह न सिर्फ़ जवाब खोजने के लिए काम कर रहा था, बल्कि इस पर भी कि क्या जवाब पाने के एक से ज़्यादा तरीके थे। एक तरह से देखें, तो यह रेनी थी, जो कष्टकारी तरीके से बार-बार अपरिभाषित स्लोप की अवधारणा को समझ रही थी।

“यह अतिरिक्त समय जो करता है, वह यह है कि इससे माहौल तनावरहित हो जाता है,” कोरकोरन ने क्लास ख़त्म होने पर कहा। “मैं पाता हूँ कि गणित की शिक्षा के साथ समस्या डूबो-या-तैरो की नीति है। सामान्य स्कूलों में हर चीज़ फटाफट होती है और जो बच्चे इसे सबसे पहले ग्रहण

कर लेते हैं, उन्हीं को सबसे ज़्यादा पुरस्कृत किया जाता है। इसलिए इस तरह की भावना बन जाती है कि ऐसे लोग होते हैं, जो गणित कर सकते हैं और ऐसे लोग होते हैं, जो गणित वाले नहीं होते। मैं सोचता हूँ कि ज़्यादा समय होने पर आपको शिक्षक के रूप में चीज़ें समझाने का मौक़ा मिलता है और इससे बच्चों को हर चीज़ पचाने का - समीक्षा करने, चीज़ों को कहीं ज़्यादा धीमी गति से करने का - ज़्यादा समय मिलता है। यह सहज बोध के विपरीत नज़र आता है, लेकिन हम चीज़ों को ज़्यादा धीमी गति से करते हैं और परिणाम यह होता है कि हम ज़्यादा कर लेते हैं। दिमाग़ में बहुत ज़्यादा याद रहता है, सामग्री ज़्यादा अच्छी तरह समझ में आती है। इससे मैं थोड़ा ज़्यादा तनावरहित रहता हूँ। हमारे पास खेल खेलने का समय होता है। बच्चे जो चाहे सवाल पूछ सकते हैं और अगर मैं कोई चीज़ समझा रहा हूँ, तो मुझे समय की कमी महसूस नहीं होती है। मैं दोबारा सवाल समझा सकता हूँ और समय का दबाव महसूस नहीं करता हूँ।" अतिरिक्त समय की वजह से कोरकोरन को गणित को *सार्थक* बनाने का अवसर मिला : इसने विद्यार्थियों को प्रयास और पुरस्कार के बीच के स्पष्ट संबंध को देखने की अनुमति दी।

क्लासरूम की दीवारों पर न्यू यॉर्क स्टेट रीजेंट्स एग्ज़ाम के दर्जनों प्रमाणपत्र लगे थे, जो कोरकोरन के विद्यार्थियों के आला सम्मानों का सबूत थे। "हमारे यहाँ इस क्लास में एक लड़की थी," कोरकोरन ने कहा। "वह पाँचवें ग्रेड की भयंकर गणित विद्यार्थी थी। जब हम कमज़ोर बच्चों पर काम करते थे, तो वह हर शनिवार रोती थी। बड़े-बड़े आँसू बहाती थी।" इस याद पर कोरकोरन ख़ुद थोड़े जज़्बाती हो गए। वे नीचे देखने लगे। "उसने कुछ सप्ताह पहले हमें ई-मेल किया। अब वह कॉलेज में है। वह अकाउंटिंग विषय लेकर पढ़ रही है।"

5.

ज़ाहिर है, पराजितों को विजेताओं में बदलने वाले चमत्कारी स्कूल की कहानी बहुत ज़्यादा जानी-पहचानी है। यह सोच प्रेरक पुस्तकों और भावुक हॉलीवुड फ़िल्मों का नतीजा है। लेकिन किप जैसी जगहों की वास्तविकता इससे बहुत कम ग्लैमरस है। 50-60 प्रतिशत सीखने के अधिक समय का क्या मतलब होता है, यह अहसास करने के लिए किप में पढ़ने वाले विद्यार्थी के एक आम दिन के बारे में सुनें।

विद्यार्थी का नाम मारिटा है। वह एक इकलौती संतान है, जो एकल-अभिभावक घर में रहती है। उसकी माँ कभी कॉलेज नहीं गई थीं। वे दोनों ब्रॉन्क्स के एक बेडरूम वाले अपार्टमेंट में रहती थीं। मारिटा अपने घर से सड़क पर बने एक प्रांतीय स्कूल जाती थी, जब तक कि उसकी माँ ने किप के बारे में नहीं सुना। "जब मैं चौथे ग्रेड में थी, तो मैंने और मेरी एक सहेली तान्या दोनों ने किप के लिए आवेदन दिया," मारिटा ने कहा। "मुझे मिस ओवन्स याद हैं। उन्होंने मेरा इंटरव्यू लिया था और उनकी बातें सुनकर मुझे यह इतना मुश्किल लगा, मानो मैं जेल जा रही हूँ। मैं लगभग रोने लगी। और वे इस तरह की बातें कह रही थीं, अगर तुम इस पर साइन नहीं करना चाहतीं, तो तुम्हें साइन करने की ज़रूरत नहीं है। लेकिन मेरी माँ वहीं खड़ी थीं, इसलिए मैंने साइन कर दिया।"

इसके साथ ही उसका जीवन बदल गया। (आगे आने वाली बातें पढ़ते समय यह ध्यान रखें कि मारिटा सिर्फ़ बारह साल की है।)

"मैं सुबह पौने छह बजे उठ जाती हूँ, ताकि जल्दी शुरू कर सकूँ," वह कहती है। "मैं ब्रश करती हूँ, नहाती हूँ। अगर मुझे देर हो जाती है, तो स्कूल में थोड़ा नाश्ता मिल जाता है। आम तौर पर मुझ पर चिल्लाया जाता है, क्योंकि मुझे बहुत ज़्यादा समय लगता है। मैं अपने मित्रों डायना और स्टीवन से बस स्टॉप पर मिलती हूँ और हम एक नंबर की बस पकड़ लेते हैं।"

5.45 पर जागना किप के विद्यार्थियों के लिए काफ़ी आम बात है, ख़ास तौर पर लंबी बस और सबवे यात्राओं को देखते हुए, जिनसे कई विद्यार्थी स्कूल जाते हैं। एक बिंदु पर लेविन ग्रेड सेवन के 70 विद्यार्थियों की संगीत क्लास में गए और उनसे हाथ उठवाकर पूछा कि वे कब जागते थे। कुछ ने हाथ उठाकर बताया कि वे छह बजे के बाद जागे थे। तीन चौथाई ने कहा कि वे छह से पहले जागे थे। और लगभग आधों ने कहा कि वे 5.30 से पहले जागे थे। मारिटा के एक सहपाठी जोस ने कहा कि वह कई बार तीन-चार बजे सुबह जाग जाता है, पिछली रात का होमवर्क निबटाता है और फिर "थोड़ा सोने चला जाता है।"

मारिटा ने आगे बताया :

> मैं स्कूल से पाँच बजे निकलती थी और अगर मैं आस-पास नहीं डोलती रहती थी, तो साढ़े पाँच बजे घर पहुँच जाती थी। फिर मैं अपनी माँ से बहुत जल्दी हाय कहती थी और अपना होमवर्क शुरू कर देती थी। अगर

> उस दिन ज़्यादा होमवर्क नहीं होता है, तो इसमें मुझे दो-तीन घंटे लगेंगे और मेरा काम नौ बजे रात तक पूरा हो जाएगा। दूसरी तरफ़, अगर निबंध लिखने हुए, तो रात को दस या साढ़े दस बज जाएँगे।
>
> कई बार मेरी माँ डिनर के लिए मुझे बीच में उठा देती हैं। मैं उनसे कहती हूँ कि मैं लगातार पढ़ना चाहती हूँ, लेकिन वे कहती हैं कि मुझे खाने की ज़रूरत है। इसलिए आठ बजे के आस-पास वे डिनर के लिए मुझे बीच में उठा देती हैं और लगभग आधा घंटे बाद मुझे फिर से पढ़ाई में जुटना होता है। आम तौर पर उसके बाद, मेरी माँ स्कूल के हाल-चाल जानना चाहती हैं, लेकिन मुझे यह काम जल्दी-जल्दी करना पड़ता है, क्योंकि मुझे ग्यारह बजे तक सोना होता है। इसलिए मैं अपना सारा सामान तैयार करती हूँ और फिर सोने चली जाती हूँ। मैं उन्हें अपने दिन और इसमें हुई घटनाओं के बारे में बताती हूँ और जब तक हमारी बात ख़त्म होती है, वे सोने की कगार पर होती हैं। उस समय तक शायद सवा ग्यारह बजे बज जाते हैं। फिर मैं सो जाती हूँ और अगली सुबह हम यही सिलसिला दोबारा दोहराते हैं। हम एक ही कमरे में रहते हैं। लेकिन बेडरूम बड़ा है और आप इसे दो हिस्सों में बाँट सकते हैं और हमारे पास दूसरी तरफ़ बिस्तर हैं। मैं और मेरी माँ बहुत क़रीब हैं।

वह बच्चों के सामान्य अंदाज़ में बोल रही थी, जिससे यह समझ नहीं आ सकता था कि उसकी स्थिति कितनी असामान्य है। वह किसी मेडिकल रेसिडेंट या वकील जितनी मेहनत कर रही थी, जो पार्टनर बनाने की कोशिश कर रहा हो। बस उसकी आँखों के नीचे काले निशान और गरम कॉफ़ी का कप ही नहीं थे, लेकिन उनके लिहाज़ से वह बहुत छोटी थी।

"कई बार मैं तय समय पर नहीं सो पाती हूँ," मारिटा ने कहा। "अगर सोते-सोते बारह बज जाएँ, तो अगली दोपहर नींद मुझ पर हावी हो जाएगी। और मैं क्लास में झपकी लेने लगूँगी। लेकिन मुझे जागना रहता है, क्योंकि मुझे सीखना है। मुझे याद है कि मैं एक क्लास में ऊँघ रही थी और टीचर ने मुझे देखकर कहा, 'क्या मैं क्लास के बाद तुमसे बात कर सकता हूँ?' उन्होंने मुझसे पूछा, 'तुम ऊँघ क्यों रही थीं?' मैंने उन्हें बताया कि मैं देर से सोई थी। इस पर उन्होंने कहा, 'तुम्हें जल्दी सोना चाहिए।'"

6.

मारिटा का जीवन बारह साल की सामान्य लड़की का जीवन नहीं है। न ही यह वह है, जिसे हम बारह साल के बच्चे के लिए हमेशा चाहेंगे। हम यह यक़ीन करना पसंद करते हैं कि बच्चों के पास खेलने, सपने देखने और सोने का समय होना चाहिए। मारिटा के पास ज़िम्मेदारियाँ हैं। उससे जो करने को कहा जा रहा है, वह वही है जो कोरिया के पायलटों से कहा गया था। वे जो करते थे, उसमें सफल बनने के लिए उन्हें अपनी पहचान का कुछ हिस्सा कम करना था, क्योंकि कोरियाई संस्कृति में सत्ता के प्रति जो गहरा सम्मान व्याप्त है, वह कॉकपिट में काम नहीं आता है। मारिटा को भी यही करना पड़ा, क्योंकि उसे जो सांस्कृतिक विरासत दी गई थी, वह उसकी भी परिस्थितियों से मेल नहीं खाती है - तब नहीं, जब मध्य और उच्च-मध्य वर्ग के परिवार वीकएंड और समर वैकेशन का इस्तेमाल करके अपने बच्चों को ऊपर धकेल रहे हैं। उसका समुदाय उसे वह नहीं देता है, जिसकी उसे ज़रूरत है। तो उसे क्या करना होगा? उसे अपनी शामें और वीकएंड और मित्र - उसके पुराने संसार के सभी तत्व - छोड़ने होंगे और उनकी जगह पर किप को रखना होगा।

यहाँ मारिटा की कही बात है, जो दिल को छू जाती है :

> देखिए, जब हमने पाँचवाँ ग्रेड शुरू किया, तो मैं पहले अपने पुराने स्कूल की एक लड़की के संपर्क में रहा करती थी। मैं शुक्रवार को स्कूल से सीधे उसके घर चली जाती थी और जब तक मेरी माँ काम से घर नहीं लौटती थीं, वहीं रहती थी। उसके घर पर भी मैं अपना होमवर्क करती रहती थी। उसके पास कभी कोई होमवर्क नहीं रहता था। और वह कहती थी, "हे भगवान, तुम वहाँ इतनी देर तक रहती हो।" फिर उसने कहा कि वह किप जाना चाहती थी, लेकिन किप बहुत सख़्त है और वह यह सब नहीं करना चाहती थी। और मैंने कहा, "हर कोई कहता है कि किप सख़्त है, लेकिन एक बार जब आपको इसकी आदत पड़ जाती है, तो यह दरअसल उतना मुश्किल नहीं है।" उसने मुझे बताया, "ऐसा इसलिए है, क्योंकि तुम बुद्धिमान हो।" और मैंने कहा, "नहीं, हममें से हर विद्यार्थी बुद्धिमान है।" और वह इस बात को लेकर बहुत हताश थी, क्योंकि हम पाँच बजे तक रुकते थे और हमें बहुत सारा होमवर्क करना होता था। इस पर मैंने उसे बताया कि बहुत सारा होमवर्क करने से हम क्लास में बेहतर प्रदर्शन कर

पाते थे। इस पर उसने मुझे बताया कि वह पूरा भाषण नहीं सुनना चाहती। अब मेरे सभी मित्र किप के हैं।

क्या किसी बच्चे से यह सब माँगना बहुत ज़्यादा है? यह है। लेकिन चीज़ों के बारे में मारिटा के दृष्टिकोण से सोचें। उसने अपने स्कूल के साथ एक समझौता किया है। वह सुबह पौने छह बजे उठेगी, शनिवार को भी स्कूल जाएगी और रात को ग्यारह बजे तक होमवर्क करेगी। इसके बदले में किप वादा करता है कि यह उसके जैसे ग़रीबी में अटके बच्चों को लेगा और उन्हें उससे बाहर निकलने का एक मौक़ा देगा। यह उनमें से 84 प्रतिशत को गणित में उनके ग्रेड लेवल या उससे भी ऊपर पहुँचा देगा। इस प्रदर्शन की वजह से किप के 90 प्रतिशत विद्यार्थियों को निजी या प्रांतीय हाई स्कूलों में स्कॉलरशिप्स मिल जाती हैं और उन्हें ब्रॉन्क्स के कमज़ोर स्कूलों में नहीं जाना पड़ता। और उस हाई स्कूल अनुभव की शक्ति पर 80 प्रतिशत से ज़्यादा कॉलेज जाते हैं, कई मामलों में तो वे कॉलेज जाने वाले परिवार के पहले व्यक्ति होते हैं।

यह बुरा समझौता कैसे हो सकता है? *आउटलायर्स* में हमने जो सीखा है, वह हर चीज़ कहती है कि सफलता एक अनुमानयोग्य दिशा का अनुसरण करती है। सबसे प्रतिभाशाली व्यक्ति सफल नहीं होता है। अगर ऐसा होता, तो क्रिस लैंगन आइंस्टाइन के साथ होते। न ही सफलता सिर्फ़ हमारे ख़ुद के निर्णयों और प्रयासों का योग होती है। इसके बजाय यह एक उपहार है। आउटलायर्स वे हैं, जिन्हें अवसर दिए गए - और जिनमें इतनी शक्ति तथा प्रत्युत्पन्नमति थी कि उन्होंने उन्हें जकड़ लिया। जनवरी में पैदा हॉकी और फुटबॉल खिलाड़ियों के लिए ऑल-स्टार टीम में चुने जाने की बेहतर संभावना होती है। बीटल्स को हैम्बर्ग का अवसर मिला था। बिल गेट्स के लिए ख़ुशक़िस्मती का अवसर सही समय पर पैदा होना और जूनियर हाई स्कूल में कंप्यूटर टर्मिनल का उपहार पाना था। जो फ़्लॉम और वाकटेल के संस्थापकों लिप्टन, रोज़ेन व काट्ज़ को बहुत से अवसर मिले। वे सही समय पर सही माता-पिता के यहाँ और सही प्रजाति में पैदा हुए थे, जिससे उन्हें बाक़ी के क़ानूनी संसार की रुचि जागने से पहले बीस साल तक अधिग्रहण क़ानून का अभ्यास करने की अनुमति मिली। और अपने कार्यसंचालन का हुलिया बदलकर कोरियन एयर ने अपने पायलटों को उनकी सांस्कृतिक विरासत के बंधनों से मुक्त होने का अवसर दिया।

यहाँ सबक़ बहुत आसान है। लेकिन यह आश्चर्यजनक है कि इसे कितनी ज़्यादा बार नज़रअंदाज़ किया जाता है। हम सर्वश्रेष्ठ, सबसे प्रतिभाशाली और स्व-निर्मित के मिथकों में इतने फँस चुके हैं कि हम सोचते हैं कि आउटलायर्स धरती से नैसर्गिक रूप से उगते हैं। हम युवा बिल गेट्स को देखते हैं और ताज्जुब करते हैं कि हमारे संसार ने किस तरह उस तेरह साल के लड़के को इतना शानदार सफल उद्यमी बनने की अनुमति दी। लेकिन यह ग़लत सबक़ है। हमारे संसार ने तेरह साल के एक लड़के को 1968 में एक टाइम-शेयरिंग टर्मिनल पर असीमित पहुँच दी थी। यदि दस लाख किशोरों को वही अवसर दिया जाता, तो आज हमारे पास जाने कितने माइक्रोसॉफ़्ट होते? एक बेहतर संसार बनाने के लिए हमें सफलता तय करने वाले सौभाग्यशाली अवसरों और आकस्मिक लाभों के पैबंदों - ख़ुशक़िस्मत जन्मतिथियाँ और इतिहास के सुखद संयोग - की जगह कुछ और रखने की ज़रूरत है। हमें एक ऐसा समाज बनाना होगा, जो सभी को अवसर प्रदान करे। यदि कैनेडा में साल के आख़िरी आधे हिस्से में पैदा हुए लोगों के लिए दूसरी हॉकी लीग होती, तो आज इसके पास दोगुने वयस्क हॉकी स्टार होते। अब हर क्षेत्र और पेशे में प्रतिभा के अचानक पुष्पित होने को कई गुना कर दें। यह संसार उस संसार से बहुत समृद्ध हो सकता है, जिसे हमने आज स्वीकार कर लिया है।

मारिटा को एक नए-नवेले स्कूल की ज़रूरत नहीं है, जिसकी इमारतें चमचमाती हों और जहाँ खेलने के लिए कई एकड़ का मैदान हो। उसे लैपटॉप, कम विद्यार्थियों वाली कक्षा, पीएचडी शिक्षक या ज़्यादा बड़े अपार्टमेंट की ज़रूरत नहीं है। उसे ज़्यादा ऊँचे आईक्यू या क्रिस लैंगन जैसे फुर्तीले दिमाग़ की ज़रूरत भी नहीं है। ज़ाहिर है, ये सारी चीज़ें अच्छी रहेंगी। लेकिन वे असल मुद्‌दे को चूक जाती हैं। मारिटा को तो बस एक *अवसर* की ज़रूरत थी। और उस अवसर को देखें, जो उसे दिया गया था! कोई धान के छोटे से खेत को साउथ ब्रॉन्क्स में ले आया और उसे सार्थक काम का चमत्कार समझाया।

उपसंहार

एक कहानी जमेका की

"यदि अश्वेत और श्वेत के मिलन से हल्के रंग वाली संतानें पैदा की जाएँ, तो ऐसी संतानें स्वतंत्र रहेंगी।"

1.

9 सितंबर 1931 को डेज़ी नैशन नामक एक युवा महिला ने दो जुड़वाँ लड़कियों को जन्म दिया। वे और उनके पति डोनाल्ड हेअरवुड नामक छोटे से गाँव में स्कूल टीचर थे। यह गाँव जमेका की केंद्रीय बस्ती सेंट कैथरीन्स में था। उन्होंने अपनी बेटियों के नाम फ़ेथ और जॉइस रखे। जब डोनाल्ड को बताया गया कि उनके यहाँ जुड़वाँ लड़कियाँ हुई हैं, तो वे घुटनों के बल बैठे और उनके जीवन की ज़िम्मेदारी ईश्वर को समर्पित कर दी।

नैशन दंपत्ति हेअरवुड के एंग्लिकन चर्च की ज़मीन पर एक छोटे कॉटेज में रहते थे। अगली ही इमारत में स्कूल लगता था। यह एक कमरे की खलिहान जैसी लंबी इमारत थी, जिसे कंक्रीट के खंभों पर उठाया गया था। कुछ दिन वहाँ कमरे में तीन सौ बच्चे तक हो सकते थे और बाक़ी दिनों दो दर्जन से भी कम। बच्चे ज़ोर-ज़ोर से पढ़ते थे या अपने टाइम टेबल सुनाते थे। लिखने का काम स्लेटों पर होता था। जब भी संभव होता था, कक्षाओं को आम के पेड़ों के नीचे बाहर लगाया जाता था। यदि बच्चे नियंत्रण के बाहर हो जाते थे, तो डोनाल्ड कमरे के एक छोर से दूसरे छोर तक चहलक़दमी करते थे और चमड़े के पट्टे को दाएँ-बाएँ लहराते थे, जिससे बच्चे वापस अपनी जगह पहुँच जाते थे।

वे एक रौबीले इंसान थे और शांत, प्रतिष्ठित तथा पुस्तकों के बड़े प्रेमी थे। उनकी छोटी लाइब्रेरी में कविता और दर्शन की पुस्तकें थीं तथा सॉमरसेट मॉम जैसे लेखकों के उपन्यास भी थे। हर दिन वे ग़ौर से अख़बार पढ़ते थे और संसार की घटनाओं की जानकारी लेते थे। एंग्लिकन पादरी आर्कडीकन हे उनके सबसे अच्छे मित्र थे और वे पहाड़ी के दूसरे सिरे पर रहते थे।

शाम को वे आकर डोनाल्ड के बरामदे में बैठ जाते थे और दोनों मिलकर जमेका की समस्याओं पर बातचीत करते थे। डोनाल्ड की पत्नी डेज़ी सेंट एलिज़ाबेथ प्रांत से आई थीं। उनका विवाह से पहले का नाम फ़ोर्ड था और उनके पिता एक छोटी किराना दुकान चलाते थे। वे तीन बहनों में से एक थीं और अपनी सुंदरता के लिए मशहूर थीं।

ग्यारह साल की उम्र में दोनों जुड़वाँ बहनों ने उत्तरी तट के क़रीब सेंट हिल्डाज़ नामक बोर्डिंग स्कूल की स्कॉलरशिप्स जीतीं। यह एक पुराना एंग्लिकन प्राइवेट स्कूल था, जो ब्रिटिश पुरोहित वर्ग, जायदाद मालिकों और ओवरसियर्स की बेटियों के लिए बनाया गया था। सेंट हिल्डाज़ से आवेदन करने पर उन्हें लंदन में युनिवर्सिटी कॉलेज में दाख़िला मिल गया। कुछ समय बाद जॉइस ग्राहम नामक एक युवा ब्रिटिश गणितज्ञ की 21वीं सालगिरह की पार्टी में गईं। ग्राहम एक कविता सुनाने खड़े हुए और उसकी पंक्तियाँ भूल गए। जॉइस को उनकी इस हालत पर अफ़सोस हुआ - हालाँकि अफ़सोस की वजह समझ नहीं आती है, क्योंकि वे तो ग्राहम को जानती भी नहीं थीं। जॉइस और ग्राहम को एक दूसरे से प्रेम हो गया तथा उनकी शादी हो गई। वे कैनेडा चले गए। ग्राहम गणित के प्रोफ़ेसर थे। जॉइस एक सफल लेखिका और पारिवारिक मनोचिकित्सक बन गईं। उनके तीन बेटे थे और उन्होंने देहात में सुदूर पहाड़ी पर एक सुंदर मकान बनाया। ग्राहम का सरनेम ग्लैडवेल है। वे मेरे पिता हैं और जॉइस ग्लैडवेल मेरी माँ हैं।

2.

यह सफलता की राह पर मेरी माँ की कहानी है - लेकिन यह सच नहीं है। देखिए, यह इस संदर्भ में झूठ नहीं है कि तथ्य मनगढ़ंत हैं। लेकिन यह उसी तरह सच है, जिस तरह से बिल गेट्स की कहानी को लेकसाइड के कंप्यूटर के बिना बताना झूठ है या धान के खेतों का ज़िक्र किए बिना एशियाई गणित कौशल का ज़िक्र झूठा है। यह कहानी मेरी माँ के कई अवसरों और उनकी सांस्कृतिक विरासत के महत्त्व को नहीं बताती है।

मिसाल के तौर पर, 1935 में जब मेरी माँ और उनकी बहन चार साल की थीं, तो विलियम एम. मैकमिलन नामक एक इतिहासकार ने जमेका की यात्रा की। वे जोहान्सबर्ग, दक्षिण अफ़्रीका की विटवाटरस्ट्रैंड युनिवर्सिटी में प्रोफ़ेसर थे। मैकमिलन अपने युग से आगे चलते थे : वे दक्षिण अफ़्रीका

की अश्वेत जनसंख्या की सामाजिक समस्याओं के बारे में गंभीरता से चिंतित थे और वे वही तर्क देने के लिए कैरिबियन आए थे, जो उन्होंने दक्षिण अफ़्रीका में दिया था।

जमेका की शिक्षा प्रणाली से मैकमिलन बहुत चिंतित थे। औपचारिक स्कूली शिक्षा - अगर आप उसे "औपचारिक स्कूली शिक्षा" कहें, जो मेरे नानाजी के मकान के बग़ल वाले लकड़ी के बाड़े में दी जाती थी - सिर्फ़ चौदह साल की उम्र तक ही चलती थी। जमेका में कोई सरकारी हाई स्कूल या युनिवर्सिटी नहीं थी। शैक्षणिक प्रवृत्तियों वाले लोग किशोरावस्था में हेड टीचर से अतिरिक्त कक्षाएँ पढ़ते थे और क़िस्मत के सहारे टीचर्स कॉलेज में दाख़िला पा लेते थे। ज़्यादा बड़ी महत्त्वाकांक्षाओं वाले लोगों को किसी तरह किसी निजी स्कूल में और वहाँ से अमेरिका या इंग्लैंड की किसी युनिवर्सिटी में अपना रास्ता बनाना होता था।

लेकिन स्कॉलरशिप्स बहुत कम थीं और निजी स्कूली शिक्षा का ख़र्च उठाना चंद अमीर लोगों को छोड़कर बाक़ी लोगों के लिए संभव नहीं था। मैकमिलन ने बाद में *वॉर्निंग फ्रॉम द वेस्ट इंडीज़* में इंग्लैंड द्वारा अपने उपनिवेशों के साथ किए जाने वाले व्यवहार की कटु आलोचना की थी। उन्होंने लिखा था, "प्राइमरी स्कूलों से हाई स्कूलों का पुल सँकरा और असुरक्षित है।" स्कूली तंत्र ने "सबसे निचले" वर्गों के लिए कुछ नहीं किया था। उन्होंने आगे कहा : "ये स्कूल सामाजिक पृथकता को गहरा और पैना कर रहे हैं।" उन्होंने चेतावनी दी कि यदि सरकार ने अपने लोगों को अवसर नहीं दिया, तो समस्या खड़ी होगी।

मैकमिलन की पुस्तक प्रकाशित होने के एक साल बाद दंगों और अशांति की लहर पूरे कैरिबियन में फैल गई। त्रिनिदाद में 14 लोग मारे गए और 59 घायल हुए। बारबैडॉस में 14 मारे गए और 47 घायल हुए। जमेका में हिंसक आंदोलनों ने देश को बंद कर दिया और आपातकाल की घोषणा कर दी गई। दहशत में ब्रिटिश सरकार ने मैकमिलन की अनुशंसाओं को स्वीकार किया और दूसरे सुधारों के अलावा "ऑल-आईलैंड" स्कॉलरशिप्स का प्रस्ताव रखा, जो शैक्षणिक प्रवृत्ति वाले विद्यार्थियों को निजी हाई स्कूलों में पढ़ने के लिए दी जाएँगी। स्कॉलरशिप्स 1941 में शुरू हुईं। मेरी माँ और उनकी जुड़वाँ बहन इसके एक साल बाद परीक्षा में बैठीं। इस तरह उन्हें हाई स्कूल की शिक्षा मिलना संभव हुआ; अगर वे दो या तीन या चार साल पहले पैदा हुई होतीं, तो हो सकता है कि उन्हें पूरी शिक्षा का अवसर नहीं मिल

पाता। मेरी माँ के जीवन की दिशा का श्रेय उनके जन्म के समय, 1937 के दंगाइयों और डब्ल्यू. एम. मैकमिलन को जाता है।

मैंने अपनी नानी डेज़ी नैशन के बारे में कहा था कि वे "अपनी सुंदरता के लिए मशहूर थीं।" लेकिन सच्चाई यह है कि यह उनका वर्णन करने का एक लापरवाही भरा और न्यून तरीका था। वे दरअसल एक शक्ति थीं। मेरी माँ और उनकी बहन हेअरवुड छोड़कर सेंट हिल्डाज़ गईं, तो मेरी नानी की बदौलत। मेरे नानाजी एक रौबीले और ज्ञानी व्यक्ति भले ही हों, लेकिन वे एक आदर्शवादी और स्वप्नदर्शी थे। वे हमेशा अपनी किताबों में डूबे रहते थे। यदि उनके मन में अपनी बेटियों के लिए महत्त्वाकांक्षाएँ थीं, तो उनमें उन्हें वास्तविक बनाने के लिए आवश्यक दूरदर्शिता और ऊर्जा नहीं थी। मेरी नानी में थी। सेंट हिल्डाज़ उन्हीं का विचार था : उस इलाक़े के कुछ ज़्यादा संपन्न परिवारों ने अपनी बेटियों को वहाँ भेजा था और उन्होंने देखा कि एक अच्छे स्कूल का क्या मतलब होता है। नानी की बेटियाँ गाँव के दूसरे बच्चों के साथ नहीं खेलती थीं। वे पढ़ती थीं। हाई स्कूल के लिए लैटिन और बीजगणित ज़रूरी थे, इसलिए वे आर्कडीकन हे से अपनी बेटियों को ट्यूशन पढ़वाती थीं।

"यदि आप उनसे उनकी संतानों के बारे में लक्ष्य पूछते, तो उन्होंने कहा होता कि वे हमें वहाँ से बाहर देखना चाहती थीं," मेरी माँ याद करती हैं। "वे यह महसूस नहीं करती थीं कि जमेका की पृष्ठभूमि पर्याप्त अवसर प्रदान करती थी। अगर आगे बढ़ने का अवसर वहाँ था और आप उसे ले सकते थे, तो फिर उनके लिए आसमान ही सीमा थी।"

जब स्कॉलरशिप की परीक्षा के परिणाम आए, तो केवल मेरी मौसी को ही स्कॉलरशिप मिली। माँ को नहीं मिल पाई। यह एक और तथ्य है, जिसे मैंने पहले नहीं बताया था। मेरी माँ को याद है कि उनके माता-पिता दरवाज़े पर खड़े होकर आपस में बातें कर रहे थे। "हमारे पास और ज़्यादा पैसा नहीं है।" उन्होंने पहले टर्म की ट्यूशन फ़ीस भर दी थी और युनिफॉर्म ख़रीद दी थी। इसमें उनकी बचत ख़त्म हो गई थी। जब मेरी माँ की दूसरे टर्म की फ़ीस भरने का वक़्त आएगा, तो वे क्या करेंगे? लेकिन यह बात तो तय थी कि उन्हें एक बेटी को भेजना गवारा नहीं था। मेरी नानी अडिग थीं। उन्होंने दोनों को भेज दिया - और प्रार्थना की - और पहले टर्म के अंत में यह पता चला कि स्कूल में एक लड़की ने दो स्कॉलरशिप्स जीत ली थीं, इसलिए उसकी दूसरी स्कॉलरशिप मेरी माँ को मिल गई।

जब युनिवर्सिटी जाने का समय आया, तो मेरी पढ़ाकू मौसी ने सेंटेनरी स्कॉलरशिप जीती। "सेंटेनरी" इस तथ्य की ओर संकेत था कि यह स्कॉलरशिप जमेका में दास प्रथा के ख़त्म होने के सौ साल बाद स्थापित की गई थी। यह पब्लिक एलीमेंट्री स्कूलों से पास होने वाले बच्चों को मिलती थी। ब्रिटेन के दिल में दासप्रथा की याद का कितना गहरा सम्मान था, इस बात के सबूत में पूरे टापू में हर साल सिर्फ़ एक सेंटेनरी स्कॉलरशिप प्रदान की जाती थी, जिसका पुरस्कार एक साल शीर्ष लड़की को दिया जाता था और दूसरे साल शीर्ष लड़के को। जिस साल मेरी मौसी ने आवेदन दिया, वह "लड़की" वाला साल था। वे ख़ुशक़िस्मत थीं। मेरी माँ नहीं थीं। मेरी माँ को इंग्लैंड की यात्रा का ख़र्च उठाना था, कमरे, रहने और जीवन-यापन के ख़र्च उठाने थे और लंदन युनिवर्सिटी की ट्यूशन फ़ीस भी भरनी थी। यह आँकड़ा कितना डरावना था, इसका अहसास पाने के लिए बता दूँ कि मेरी मौसी ने जो सेंटेनरी स्कॉलरशिप जीती थी, वह शायद मेरे नाना-नानी की सालाना तनख़्वाह के बराबर होगी। उस समय कोई विद्यार्थी ऋण योजनाएँ नहीं थीं, कोई बैंक नहीं थे, जो देहाती स्कूल टीचर्स को लोन देने को तैयार हों। मेरी माँ कहती हैं, "अगर मैंने अपने पिता से पूछा होता, तो उनका जवाब होता, 'हमारे पास पैसा नहीं है।'"

तो डेज़ी ने क्या किया? वे पड़ोसी कस्बे के एक चीनी दुकानदार के पास गईं। जमेका में चीनी जनसंख्या बहुत ज़्यादा है, जिसने उन्नीसवीं सदी से ही टापू के वाणिज्यिक जीवन पर वर्चस्व बना रखा है। जमेका की भाषा में स्टोर को स्टोर नहीं कहा जाता, इसे तो "चाइनी-शॉप" कहा जाता है। डेज़ी मि. चांस की "चाइनी-शॉप" गईं और पैसे उधार ले आईं। कोई नहीं जानता कि उन्होंने कितना उधार लिया था, हालाँकि यह भारी रक़म रही होगी। और कोई नहीं जानता कि मि. चांस ने डेज़ी को उधार क्यों दिया, सिवाय इसके कि वे डेज़ी नैशन थीं, वे अपने बिल तुरंत चुकाती थीं और उन्होंने हेअरवुड स्कूल में चांस के बच्चों को पढ़ाया था। जमेका के स्कूल में चीनी बच्चा होना हमेशा आसान अनुभव नहीं था। जमेका के बच्चे चीनी बच्चों को चिढ़ाते थे। "कुत्ता खाओ।" डेज़ी उस शत्रुता के बीच एक नखलिस्तान, एक दयालु और प्रिय व्यक्ति थीं। मि. चांस उनके ऋणी महसूस करते होंगे।

"क्या उन्होंने मुझे बताया कि वे क्या कर रही थीं? मैंने उनसे पूछा भी नहीं," मेरी माँ याद करती हैं। "मैं तो बस समझ गई। मैंने युनिवर्सिटी में आवेदन दिया और अंदर चली गई। मैंने पूरी तरह इस विश्वास पर काम

किया कि मैं अपनी माँ पर निर्भर रह सकती थी और मुझे इस बात का अहसास भी नहीं था कि मैं अपनी माँ पर पहले से ही निर्भर थी।"

जॉइस ग्लैडवेल अपनी कॉलेज शिक्षा का श्रेय पहले डब्ल्यू. मैकमिलन को, फिर सेंट हिल्डाज़ की स्कॉलरशिप छोड़ने वाली विद्यार्थी को, फिर मि. चांस को और सबसे बढ़कर, डेज़ी नैशन को देती हैं।

3.

डेज़ी नैशन जमेका के उत्तर-पश्चिमी छोर से आई थीं। उनके परदादा विलियम फ़ोर्ड थे। वे आयरलैंड से आए थे और एक कॉफ़ी प्लांटेशन ख़रीदने के बाद 1784 में जमेका आए थे। आने के कुछ समय बाद ही उन्होंने एक दास महिला को ख़रीदकर उसे अपनी रखैल बना लिया। उन्होंने उसे एलिगेटर पॉन्ड के घाट पर देखा था, जो दक्षिणी किनारे पर मछुआरों का गाँव है। वह पश्चिम अफ़्रीका की एक इग्बो आदिवासी थीं। उनका एक बेटा था, जिसका नाम उन्होंने जॉन रखा। उस युग की भाषा में वह एक "मुलाटो" यानी श्वेत-अश्वेत वर्णसंकर था; वह मिश्रित रंग वाला था - और उस समय के बाद सारे फ़ोर्ड जमेका की मिश्रित रंग वाली श्रेणी में आने लगे।

उसी अवधि के दौरान अमेरिकन साउथ में यह बहुत असामान्य होता कि कोई श्वेत भूस्वामी किसी गुलाम के साथ ऐसा सार्वजनिक संबंध रखे। श्वेतों और अश्वेतों के बीच के यौन संबंधों को नैतिक रूप से घिनौना माना जाता था। दूसरे रंग के व्यक्ति से विवाह को रोकने वाले क़ानून पारित किए गए थे, जिनमें से आख़िरी को अमेरिकी सर्वोच्च न्यायालय ने 1967 में अवैध घोषित किया था। किसी दास महिला के साथ खुलेआम रहने वाले प्लांटेशन स्वामी का सामाजिक बहिष्कार किया जाएगा और अश्वेत तथा श्वेत के समागम से उत्पन्न संतान को दासता में छोड़ दिया जाएगा।

जमेका में दृष्टिकोण बहुत अलग थे। उन बरसों में कैरिबियन दासों के विशाल उपनिवेश से ज़्यादा कुछ नहीं था। वहाँ अश्वेतों की संख्या श्वेतों से दस गुना थी। विवाह योग्य श्वेत महिलाएँ बहुत कम थीं। परिणाम यह होता था कि वेस्ट इंडीज़ में ज़्यादातर श्वेत पुरुषों की अश्वेत या साँवली रखैलें होती थीं। जमेका में एक ब्रिटिश प्लांटेशन मालिक था, जिसने अपने यौन पराक्रमों की डायरी रखी थी। इसमें उसने बताया कि वह टापू पर अपने सैंतीस सालों में 138 अलग-अलग महिलाओं के साथ हमबिस्तर हुआ,

लगभग सभी दास थीं और शायद सभी इच्छुक सहयोगी नहीं रही होंगी। और श्वेत लोग वर्णसंकरों को - ऐसे संबंधों की संतानों को - संभावित समर्थकों के रूप में देखते थे। उन्हें लगता था कि वे उनके तथा टापू के बहुसंख्यक दासों के बीच कड़ी का काम करेंगे। वर्णसंकर महिलाओं को रखैलों के रूप में महत्त्व दिया जाता था और उनके बच्चे, जो एक परत ज़्यादा हल्के रंग के होते थे, सामाजिक और आर्थिक सीढ़ी पर एक पायदान ऊपर पहुँच जाते थे। वर्णसंकर महिलाएँ शायद ही कभी खेतों में काम करती थीं। वे "घर" में काम करने का ज़्यादा आसान जीवन जीती थीं। उनके ही स्वतंत्र किए जाने की सबसे ज़्यादा संभावना होती थी। श्वेत जायदाद मालिक इतनी सारी वर्णसंकर रखैलों को वसीयतों में भारी संपत्ति छोड़ने लगे कि जमेका की विधानसभा ने एक क़ानून पारित किया कि इस तरह की वसीयतें 2,000 पौंड से अधिक नहीं होंगी (जो उस वक़्त भारी राशि थी)।

"जब कोई यूरोपीय व्यक्ति वेस्ट इंडीज़ जाकर बसता था या वहाँ लंबे समय तक रहता था, तो उसे किसी हाउसकीपर या रखैल की व्यवस्था करना आवश्यक लगता है," अठारहवीं सदी के एक लेखक ने लिखा था। "उसके पास बहुत से चुनाव करने का अवसर रहता है, अश्वेत, वर्णसंकर या और कोई, जिसमें से कोई भी 100 से 150 स्टर्लिंग में ख़रीदी जा सकती है... यदि हल्के रंग वाले बच्चों को जन्म दिया जाता है, तो इन्हें स्वतंत्र कर दिया जाता है और ज़्यादातर को उन पिताओं द्वारा तीन-चार साल की उम्र में इंग्लैंड शिक्षा लेने भेज दिया जाता है, जो इसका ख़र्च उठा सकते हैं।"

यही वह संसार था, जिसमें डेज़ी के दादाजी जॉन पैदा हुए थे। वे दास जहाज़ से एक पीढ़ी दूर थे, एक ऐसे देश में रह रहे थे, जिसका सबसे अच्छा वर्णन एक दंडात्मक अफ़्रीकी उपनिवेश के रूप में किया जा सकता था और वे एक स्वतंत्र इंसान थे, जिनके पास शिक्षा का हर लाभ था। उन्होंने एक वर्णसंकर महिला से शादी की, जो आधी यूरोपियन और आधी जमेका की मूल जनजाति अरावाक थी, और उनके सात बच्चे थे।

"मिश्रित रंग वाले लोगों में बहुत रुतबा चलता था," जमेका के समाजविज्ञानी ओरलैंडो पैटरसन कहते हैं। "1826 तक उनके पास पूर्ण नागरिक स्वतंत्रताएँ थीं। वास्तव में, उन्हें पूर्ण नागरिक स्वतंत्रताएँ उसी समय हासिल हो गईं, जब यहूदी जमेका आए। वे वोट दे सकते थे। वे वह सब कुछ कर सकते थे, जो एक श्वेत व्यक्ति कर सकता था - और यह उसकी पृष्ठभूमि में था, जो अब भी एक दास समाज था।

"आदर्श रूप से वे कारीगर बनने की कोशिश करते थे। याद रखें, जमेका में गन्ने के बागान हैं, जो अमेरिकन साउथ के कपास खेतों से बहुत अलग हैं। कपास मूलतः कृषि उत्पाद है। आप कपास को चुनते हैं और लगभग सारी कपास की प्रोसेसिंग लैंकाशायर या उत्तर में की जाती है। दूसरी ओर, शकर कृषि - औद्योगिक मिश्रण है। आपको वहीं पर फ़ैक्ट्री बनानी होती है, क्योंकि गन्ना तोड़ने के कुछ घंटों के भीतर ही शकर का शुक्रोज़ कम होने लगता है। आपके पास वहीं पर शकर मिल लगाने के अलावा कोई विकल्प नहीं रहता है और शकर मिल के लिए बहुत से पेशेवर लोगों की ज़रूरत होती है। पीपे बनाने वाले। बॉइलर मेन। कारपेंटर - और इनमें से बहुत से पद मिश्रित रंग वाले लोगों द्वारा भरे जाते थे।"

यह बात भी थी कि अमेरिका के कुलीनों के विपरीत जमेका के अँग्रेज़ कुलीनों की राष्ट्र निर्माण के भव्य प्रोजेक्ट में बहुत कम रुचि थी। वे अपना पैसा बनाकर इंग्लैंड लौट जाना चाहते थे। उनकी उस जगह रुकने की कोई इच्छा नहीं थी, जिसे वे एक शत्रुतापूर्ण भूमि मानते थे। इसलिए बहुत से अवसरों वाला एक नया समाज बनाने का काम भी मिश्रित रंग वाले लोगों के कंधों पर आ गया।

"1850 तक किंग्स्टन (जमेका की राजधानी) के मेयर मिश्रित रंग वाले व्यक्ति थे," पैटरसन ने आगे कहा। "और *डेली ग्लीनर* (जमेका के प्रमुख समाचारपत्र) के संस्थापक भी मिश्रित रंग वाले थे। ये मिश्रित रंग वाले लोग बहुत शुरुआत से ही पेशेवर वर्गों में वर्चस्व बनाने लगे। श्वेत लोग व्यवसाय या प्लांटेशन में संलग्न थे। जो लोग डॉक्टर और वकील बने, वे यही मिश्रित रंग वाले लोग थे। यही लोग थे, जो स्कूल चला रहे थे। किंग्स्टन का बिशप एक आदर्श साँवला व्यक्ति था। वे आर्थिक कुलीन नहीं थे। लेकिन वे सांस्कृतिक कुलीन थे।"

नीचे दिया चार्ट 1950 के दशक की शुरुआत में जमेका के पेशेवरों की दो श्रेणियों - वकील और संसद सदस्यों - का विश्लेषण दिखाता है। वर्गीकरण त्वचा की रंगत के आधार पर किया गया है। "श्वेत और हल्का" उन लोगों के लिए प्रयुक्त किया गया है, जो या तो पूरी तरह से श्वेत हैं, या अधिक संभव यह है कि उनकी कोई अश्वेत विरासत तुरंत नज़र नहीं आती है। "जैतूनी" उसके एक पायदान नीचे है और "हल्का बादामी" जैतूनी से एक पायदान नीचे है (हालाँकि हो सकता है कि इन दोनों रंगतों के बीच का फ़र्क़ जमेका वासी को छोड़कर किसी दूसरे को स्पष्ट नज़र न

आए)। दिमाग़ में रखने वाली बात यह है कि 1950 में "अश्वेत" जमेका की जनसंख्या का लगभग 80 प्रतिशत हिस्सा थे और मिश्रित रंग वाले लोगों से पाँच गुना ज़्यादा थे।

प्रजाति	वकील (प्रतिशत)	संसद सदस्य (प्रतिशत)
चीनी	3.1	
ईस्ट इंडियन्स	–	
यहूदी	7.1	
सीरियाई	–	
श्वेत और हल्के	38.8	10
जैतूनी	10.2	13
हल्के बादामी	17.3	19
गहरे बादामी	10.2	39
अश्वेत	5.1	10
अज्ञात	8.2	

उस असाधारण लाभ को देखें, जो उनकी थोड़ी सी सफ़ेदी से मिश्रित रंग वाले अल्पसंख्यकों को मिला। एक ऐसा पूर्वज होने की बदौलत, जो खेतों के बजाय घर में काम करता था, जिसे 1826 में ही पूर्ण नागरिक अधिकार मिल गए थे, जो दास नहीं बल्कि मूल्यवान था, जो गन्ने के खेतों में काम करने के बजाय सार्थक काम कर सकता था, इस सबने दो-तीन पीढ़ी बाद पेशेवर सफलता में सारा फ़र्क़ पैदा कर दिया।

दूसरे शब्दों में, अपनी बेटियों के लिए डेज़ी फ़ोर्ड की महत्त्वाकांक्षा यूँ ही कहीं से नहीं आई थी। यह विशेषाधिकार की विरासत थी। उनके बड़े भाई र्‌यूफस, जिनके साथ वे बचपन में रहने गई थीं, शिक्षक और ज्ञानी व्यक्ति थे। उनके भाई कार्लोस क्यूबा गए थे और फिर जमेका लौटकर उन्होंने एक पोशाक फ़ैक्ट्री खोली थी। उनके पिता चार्ल्स फ़ोर्ड अनाज के थोक व्यापारी थे। उनकी माँ पॉवेल थीं, जो एक और शिक्षित, ऊर्ध्वगामी मिश्रित रंग वाला परिवार था - वही पॉवेल, जो दो पीढ़ी बाद कॉलिन पॉवेल को उत्पन्न करने वाले थे। उनके अंकल हेनरी जायदाद के मालिक थे। विलियम फ़ोर्ड और उनकी अफ़्रीकी रखैल के बेटे उनके दादा जॉन उपदेशक बन गए। विस्तृत फ़ोर्ड परिवार के तीन लोगों ने रोड्स स्कॉलरशिप जीतीं। यदि मेरी माँ को डब्ल्यू. एम. मैकमिलन और 1937 के दंगाइयों और मि. चांस और अपनी

माँ डेज़ी फ़ोर्ड को श्रेय देना था, तो डेज़ी को र्‍यूफस और कार्लोस और एन और चार्ल्स और जॉन को श्रेय देना था।

4.

मेरी नानी एक उल्लेखनीय महिला थीं। लेकिन यह याद रखना महत्त्वपूर्ण है कि वह ऊपर जाने वाला मार्ग, जिस पर फ़ोर्ड परिवार के सदस्य चलने लगे थे, एक नैतिक रूप से जटिल कार्य से शुरू हुआ था : विलियम फ़ोर्ड ने मेरी पर-पर-परनानी को एलिगेटर पॉन्ड के दास बाज़ार में हसरत से देखा था और ख़रीद लिया था।

जिन दासों को इस तरह नहीं चुना गया था, उनका जीवन छोटा और दुखद होता था। जमेका के बागान मालिक महसूस करते थे कि अपनी मानवीय जायदाद की जवानी में ही उससे अधिकतम संभव मेहनत कराने में सबसे ज़्यादा समझदारी है - अपने दासों से तब तक मेहनत कराओ, जब तक कि वे या तो बेकार न हो जाएँ या फिर मर न जाएँ - और फिर बाज़ार से जाकर दूसरा दास ख़रीद लाओ। उन्हें दासी से पैदा हुए बच्चों को प्यार करने और साथ ही दासियों को जायदाद मानने के दार्शनिक विरोधाभास में कोई मुश्किल नहीं थी। विलियम थिसलवुड, वे बागान मालिक जिन्होंने अपने यौन पराक्रमों का वर्णन किया है, का फ़िब्बा नामक एक दासी से आजीवन संबंध था, जिसके बारे में कहा जाता है कि वे उसे बहुत पसंद करते थे और जिससे उन्हें एक बेटा हुआ। लेकिन उनके "खेत" के गुलामों के लिए वे एक राक्षस थे। जो लोग भागने की कोशिश करते थे, उनके लिए उनकी प्रिय सज़ा वह थी, जिसे वे "डर्बी की ख़ुराक" कहते थे। भागने वाले को बेरहमी से पीटा जाता था और उसके खुले घावों में नमक वाला अचार, नींबू का रस और मिर्च मली जाती थी। एक दूसरा दास उस भगोड़े के मुँह में मलत्याग करता था, जिसके बाद उसे चार-पाँच घंटे तक मुँह पर कपड़ा बाँधकर रखा जाता था।

ऐसे में यह आश्चर्यजनक नहीं है कि जमेका के बादामी त्वचा वाले वर्ग अपने हल्केपन को आकर्षक समझने लगे। यह उनका भारी लाभ था। वे एक दूसरे की त्वचा की रंगत की जाँच करते थे और रंग का खेल उतनी ही निर्ममता से खेलते थे, जितना श्वेतों ने किया था। "यदि, जैसा अक्सर होता है, किसी परिवार में अलग-अलग मिश्रित रंग के बच्चे हों," जमेका के

समाज विज्ञानी फ़रनैंडो हेनरिक्स ने एक बार लिखा था :

> तो बाक़ी की तुलना में सबसे हल्के रंग वाले को सबसे ज़्यादा पसंद किया जाएगा। जब परिवार के गोरे या ज़्यादा गोरे सदस्यों के मित्र मिलने आते थे, तो किशोरावस्था में और शादी तक परिवार के ज़्यादा साँवले सदस्यों को रास्ते से अलग रखा जाता था। गोरी संतान को परिवार के रंग को ऊँचा उठाने वाला माना जाता था और उसकी सफलता के रास्ते में कोई बाधा नहीं आने दी जाती थी। यहाँ सफलता का अर्थ एक ऐसा विवाह है, जो परिवार के रंग के दर्जे को और भी ऊँचा उठा दे। गोरा व्यक्ति ज़्यादा स्याह रिश्तेदारों के साथ सामाजिक संबंध तोड़ने की कोशिश भी कर सकता है... किसी नीग्रो परिवार के ज़्यादा स्याह सदस्य किसी बहुत गोरे रिश्तेदार के श्वेत के रूप में "चलने" को प्रोत्साहित करेंगे। परिवार के आंतरिक संबंधों की परंपराओं ने रंग पूर्वाग्रह के सार्वजनिक प्रकटीकरण की नींव डाल दी।

मेरा परिवार भी इससे अछूता नहीं था। डेज़ी को इस तथ्य पर बहुत गर्व था कि उनके पति का रंग उनसे हल्का था। लेकिन इस बात का इस्तेमाल उनके ख़िलाफ़ भी हुआ : उनकी सास कहती थीं, "डेज़ी अच्छी है, लेकिन जानते हो, वह कुछ ज़्यादा काली है।"

मेरी माँ की एक रिश्तेदार (मैं उन्हें जोन आंटी कहूँगा) भी रंग श्रेणी में काफ़ी ऊपर थीं। वे "श्वेत और हल्की" थीं। लेकिन उनके पति वे थे, जिन्हें जमेका में "इंजन" कहा जाता है - काले रंग वाले आदमी, जिनके खड़े, काले बाल थे - और उनकी बेटियाँ भी पिता जितनी ही काली थीं। जब उनके पति की मृत्यु हो गई, तो एक दिन वे एक ट्रेन में अपनी बेटी के साथ यात्रा कर रही थीं। वे उसी डिब्बे में बैठे एक हल्की रंगत वाले व्यक्ति से मिलीं और उसमें रुचि लेने लगीं। इसके बाद जो हुआ, उसे जोन आंटी ने मेरी माँ को बरसों बाद भारी शर्म के साथ बताया। जब वे ट्रेन से उतरीं, तो वे अपनी बेटी के बग़ल से इस तरह गुज़र गईं, मानो वह कोई अजनबी हो। उन्होंने अपने जिगर के टुकड़े को अस्वीकार कर दिया, क्योंकि वे नहीं चाहती थीं कि इतनी हल्की रंगत वाला और इतना आकर्षक पुरुष यह जाने कि उन्होंने इतनी काली बेटी को जन्म दिया है।

1960 के दशक में मेरी माँ ने अपने अनुभवों के बारे में एक पुस्तक लिखी। इसका शीर्षक था *ब्राउन फ़ेस, बिग मास्टर*। "ब्राउन फ़ेस" वे खुद थीं और "बिग मास्टर" का मतलब जमेका में ईश्वर होता था। इसमें वे एक ऐसे

समय का वर्णन करती हैं, जब मेरे माता-पिता का विवाह हुआ ही था, जब वे लंदन में रह रहे थे और मेरे बड़े भाई अभी शिशु थे। वे एक अपार्टमेंट की तलाश कर रहे थे और लंबी खोज के बाद लंदन के एक उपनगर में मेरे पिताजी को एक अपार्टमेंट मिल गया। लेकिन जब वे मकान में रहने गए, उसके एक दिन बाद मकान मालकिन ने उन्हें मकान ख़ाली करने को कहा। "आपने मुझे यह नहीं बताया था कि आपकी पत्नी जमेका की है," उन्होंने मेरे पिता से गुस्से में कहा।

अपनी पुस्तक में मेरी माँ इस अपमान को समझने के अपने लंबे संघर्ष का वर्णन करती हैं और अपने अनुभव का अपनी आस्था से तालमेल बैठाने की कोशिश करती हैं। अंत में उन्हें यह स्वीकार करने के लिए विवश होना पड़ा कि क्रोध कोई विकल्प नहीं था और मिश्रित रंग वाले जमेकावासी के रूप में, जिसके परिवार को प्रजाति के श्रेणीक्रम से पीढ़ियों तक लाभ मिला था, वे लोग किसी दूसरे की आलोचना नहीं कर सकते, जिसमें त्वचा के रंग के आधार पर लोगों को विभाजित करने की प्रवृत्ति हो :

> मैंने ईश्वर से शिकायत की : "यहाँ मैं नीग्रो जाति की घायल प्रतिनिधि थी और दबंग श्वेतों के साथ स्वतंत्रता और समानता का संघर्ष कर रही थी!" ईश्वर इस पर मुस्कराए; मेरी प्रार्थना उन्हें सच्ची नहीं लगी। मैंने दोबारा कोशिश की। और फिर ईश्वर ने कहा, "क्या तुमने भी यही चीज़ नहीं की है? इसे याद करो और उसे याद करो, जिन लोगों का तुमने तिरस्कार किया है, या जिनसे कतराई हो या जिनके साथ दूसरों से कम विचारशील व्यवहार किया है, क्योंकि उनकी त्वचा का रंग अलग और तुम्हें उनके साथ अपना नाम जोड़ने में शर्म आ रही थी। क्या तुम खुश नहीं थीं कि तुम जितनी हो, उससे ज़्यादा मिश्रित रंग वाली नहीं हो? कृतज्ञ नहीं थीं कि तुम अश्वेत नहीं हो?" मकान मालकिन के प्रति मेरा क्रोध और नफ़रत घुल गई। मैं उससे बेहतर नहीं थी, हालाँकि बदतर भी नहीं थी... हम दोनों ही आत्मसम्मान, गर्व और चुनिंदा वर्ग के पाप के दोषी थे, जिसके द्वारा हम कुछ लोगों को खुद से काट देते हैं।

हम कहाँ से आए हैं, इस बारे में ईमानदार होना आसान नहीं है। यह मेरी माँ के लिए ज़्यादा आसान होता कि वे अपनी सफलता को जातीय भेदभाव पर सीधी विजय के रूप में चित्रित करतीं, जिस तरह कि जो फ़्लॉम को देखकर उन्हें सबसे महान वकील कहना ज़्यादा आसान होता - हालाँकि

उनकी व्यक्तिगत उपलब्धियाँ उनकी प्रजाति, उनकी पीढ़ी, पोशाक उद्योग और डाउनटाउन क़ानूनी फ़र्म्स के विचित्र पूर्वाग्रहों से बुरी तरह गुँथी हुई हैं। बिल गेट्स जीनियस की उपाधि को स्वीकार करके बात ख़त्म कर सकते थे। इसमें बहुत विनम्रता की ज़रूरत होती है कि वे अपने जीवन को पलटकर देखें और कहें, "मैं बहुत खुशक़िस्मत हूँ।" और वे थे। द मदर्स क्लब ऑफ़ लेकसाइड अकैडमी ने 1968 में उनके लिए एक कंप्यूटर ख़रीदा था। यह किसी हॉकी खिलाड़ी या बिल जॉय या रॉबर्ट ओपेनहाइमर या किसी भी अन्य आउटलायर के लिए असंभव है कि वह अपने ऊँचाई पर बने घोंसले से नीचे देखे और ईमानदारी से कहे, "मैंने यह सब अपने दम पर किया था।" सुपरस्टार वकील, गणित की बाल प्रतिभाएँ और सॉफ़्टवेअर उद्यमी पहली नज़र में साधारण अनुभव के बाहर नज़र आते हैं। लेकिन वे नहीं हैं। वे इतिहास और समुदाय, अवसर और विरासत के शिशु हैं। उनकी सफलता अपवाद या रहस्यमय नहीं है। इसकी जड़ें उन लाभों और विरासतों में है, जिनमें से कुछ के वे हक़दार थे, कुछ के नहीं थे, कुछ अर्जित थीं, कुछ खुशक़िस्मती थीं - लेकिन वे सभी उन्हें वह बनाने के लिए अत्यंत महत्त्वपूर्ण थीं, जो वे हैं। अंततः आउटलायर दरअसल आउटलायर है ही नहीं।

मेरी पर-पर-पर-परदादी को एलिगेटर पॉन्ड पर ख़रीदा गया था। इस घटना ने उनके बेटे जॉन फ़ोर्ड को त्वचा के एक ऐसे रंग का विशेषाधिकार दिया, जिससे वे दासता के जीवन से बच गए। डेज़ी फ़ोर्ड ने संभावना की जिस संस्कृति को अंगीकार किया और अपनी बेटियों के लिए इतनी अच्छी तरह उसका उपयोग किया, वह वेस्ट इंडियन सामाजिक तंत्र की विचित्रताओं द्वारा उन्हें हस्तांतरित की गई थी। और मेरी माँ की शिक्षा 1937 के दंगों और मि. चांस की मेहनत का परिणाम थी। ये मेरे परिवार को इतिहास के उपहार थे - और अगर उस किराने वाले के संसाधन, उन दंगों के फल, उस संस्कृति की संभावनाएँ और त्वचा की उस रंगत के विशेषाधिकार दूसरों को भी दिए जाते, तो कितने ज़्यादा लोग इस वक़्त पहाड़ी पर एक सुंदर मकान में पूर्णता का जीवन जी रहे होते?

आभार

मुझे यह कहते हुए खुशी हो रही है कि *आउटलायर्स* पुस्तक अपनी अवधारणा की पुष्टि करती है। यह बेहद सामूहिक प्रयास है। मैं रिचर्ड निस्बेट के कार्य से प्रेरित था, जैसा हमेशा होता हूँ। *कल्चर ऑफ़ ओनर* पढ़ने के बाद विचारों का जो सिलसिला दिमाग़ में शुरू हुआ, वही इस पुस्तक की ओर ले गया। प्रोफ़ेसर निस्बेट, आपको धन्यवाद।

हमेशा की तरह ही मैंने अपने मित्रों से पांडुलिपि के कई ड्राफ्ट्स की समीक्षा करने का आग्रह किया। उन्होंने खुशी-खुशी ऐसा कर दिया और इसकी वजह से *आउटलायर्स* बहुत बेहतर बनी है। जैकब वाइज़बर्ग, टेरी मार्टिन, रॉबर्ट मैकक्रम, सारा ल्याल, चार्ल्स रैंडोल्फ़, टाली फ़रहाडियान, जो रोज़ेनफ़ेल्ड और ब्रूस हेडलैम को बहुत-बहुत धन्यवाद। स्टेसी कालिश और सारा केस्लर ने शोध और तथ्यों की कड़ी मेहनत से जाँच की। सूज़ी हैंसन ने अपना संपादकीय जादू बिखेरा, जैसा कि वे हमेशा करती हैं। डेविड रेमनिक ने इस पुस्तक को पूरा करने के लिए *द न्यू यॉर्कर* के मेरे कर्तव्यों से मुझे कृपापूर्वक मुक्त रखा। डेविड, हमेशा की तरह आपको धन्यवाद। *द न्यू यॉर्कर* में मेरे संपादक हेनरी फ़ाइंडर ने मुझे खुद से बचाया और मुझे याद दिलाया कि कैसे सोचा जाए, जैसा वे हमेशा करते हैं। मैंने हेनरी के साथ इतने लंबे समय तक काम किया है कि अब मेरे पास वह है, जिसे मैं अपना "आंतरिक खोजी" कहता हूँ, जो मेरे दिमाग़ के भीतर खुद को सुधारने वाली आवाज़ है और जो मुझे हेनरी की बुद्धिमत्ता का लाभ तब भी देती है, जब वे आस-पास नहीं होते हैं। आंतरिक और बाहरी - दोनों खोजी अमूल्य थे।

बिल फ़िलिप्स और मैं अब तक दो पर दो थे और मैं बहुत कृतज्ञ हूँ कि मैं उनके पारस पत्थर के स्पर्श को एक बार फिर ले पाया। आपको धन्यवाद, बिल। यहाँ उम्मीद करता हूँ कि हम तीन पर तीन होंगे। पेंग्विन इंग्लैंड के विल गुडलैड और स्टीफ़ैन मैकग्राथ और लिटिल, ब्राउन के माइकल पीटस्क और - ख़ास तौर पर - जियॉफ़ शैंडलर ने इस पांडुलिपि को शुरू से अंत तक पूरा देखा। लिटिल ब्राउन की बाक़ी टीम को भी धन्यवाद : हेदर फ़ैन और हेदर रिज्जो और जूनी डैन। मेरी साथी कैनेडाई पामेला मार्शल

शब्दों की जादूगर हैं। मैं उनके बिना कोई पुस्तक प्रकाशित करने की कल्पना भी नहीं कर सकता।

प्रशंसा के दो अंतिम शब्द। मेरी एजेंट टीना बेनेट बिलकुल शुरुआत से ही मेरे साथ रही हैं। वे जानकार, विचारपूर्ण, उत्साहवर्धक और हमेशा बुद्धिमान हैं। जब मैं सोचता हूँ कि उन्होंने मेरे लिए कितना कुछ किया है, तो मैं खुद को 1 जनवरी को पैदा हुए हॉकी खिलाड़ी जितना ख़ुशक़िस्मत महसूस करता हूँ।

सबसे बढ़कर मैं अपने पिता ग्राहम और माँ जॉइस को धन्यवाद देना चाहता हूँ। यह पुस्तक काम के अर्थ के बारे में है और मैंने अपने पिता से सीखा कि काम सार्थक हो सकता है। वे जो भी करते थे - सबसे जटिल अकादमिक गणित से लेकर बागवानी तक - हर चीज़ ख़ुशी, संकल्प और उत्साह से करते थे। मेरे पिता की सबसे शुरुआती यादें उन्हें उनकी डेस्क पर ख़ुशी-ख़ुशी काम करते देखना था। मैं तब यह बात नहीं जानता था, लेकिन यह उन सबसे क़ीमती तोहफ़ों में से एक है, जो कोई पिता अपने बच्चे को दे सकता है। मेरी माँ ने मुझे सिखाया कि ख़ुद को कैसे व्यक्त करना है; उन्होंने मुझे सिखाया कि किसी चीज़ को स्पष्टता और सरलता से कहने में सुंदरता होती है। उन्होंने इस पुस्तक का हर शब्द पढ़ा और मुझे मेरे ही पैमाने पर तौला। मेरी नानी डेज़ी ने, जिनके प्रति आउटलायर्स समर्पित है, मेरी माँ को अवसर का उपहार दिया था। मेरी माँ ने ऐसा ही मेरे साथ किया है।

डॉ. सुधीर दीक्षित *टाइम मैनेजमेंट, सफलता के सूत्र, 101 मशहूर ब्रांड्स* और *अमीरों के पाँच नियम* सहित सात लोकप्रिय पुस्तकों के लेखक हैं, जिनमें से कुछ के मराठी व गुजराती भाषाओं में अनुवाद हो चुके हैं। इसके अलावा उन्होंने हैरी पॉटर सीरीज़, चिकन सूप सीरीज़ तथा मिल्स ऐंड बून सीरीज़ सहित 150 से भी अधिक अंतर्राष्ट्रीय बेस्टसेलर्स का हिंदी अनुवाद किया है, जिनमें रॉन्डा बर्न, डेल कारनेगी, नॉर्मन विन्सेन्ट पील, स्टीफ़न कवी, रॉबर्ट कियोसाकी, जोसेफ़ मर्फ़ी, ब्रायन ट्रेसी आदि बेस्टसेलिंग लेखक शामिल हैं। उन्होंने मशहूर भारतीय क्रिकेट खिलाड़ी सचिन तेंदुलकर की आत्मकथा का हिंदी अनुवाद भी किया है।

हिन्दी साहित्य और अँग्रेजी साहित्य में स्नातक की उपाधि प्राप्त करने वाले डॉ. दीक्षित अँग्रेजी साहित्य में एम.ए. तथा पीएच.डी. भी हैं। उनकी साहित्यिक अभिरुचि की शुरुआत हिंदी जासूसी उपन्यासों से हुई, जिसके बाद उन्होंने अँग्रेजी के सभी उपलब्ध जासूसी उपन्यास पढ़े। कॉलेज के दिनों में डेल कारनेगी की पुस्तकों का उन पर गहरा प्रभाव पड़ा। कॉलेज की शिक्षा पूरी करने के बाद डॉ. दीक्षित ने दैनिक भास्कर, नई दुनिया, फ़्री प्रेस जर्नल, क्रॉनिकल, नैशनल मेल आदि समाचार पत्रों में कला, नाटक एवं फ़िल्म समीक्षक के रूप में शौकिया पत्रकारिता की। उन्हें म.प्र. फ़िल्म विकास निगम द्वारा फ़िल्म समीक्षा के लिए पुरस्कृत भी किया गया। चेतन भगत और डैन ब्राउन उनके प्रिय लेखक हैं। डॉ. दीक्षित को पाठक sdixit123@gmail.com पर फ़ीडबैक प्रदान कर सकते हैं।

डॉ. सुधीर दीक्षित *टाइम मैनेजमेंट, सफलता के सूत्र, 101 मशहूर ब्रांड्स* और *अमीरों के पाँच नियम* सहित सात लोकप्रिय पुस्तकों के लेखक हैं, जिनमें से कुछ के मराठी व गुजराती भाषाओं में अनुवाद हो चुके हैं। इसके अलावा उन्होंने हैरी पॉटर सीरीज़, चिकन सूप सीरीज़ तथा मिल्स ऐंड बून सीरीज़ सहित 150 से भी अधिक अंतर्राष्ट्रीय बेस्टसेलर्स का हिंदी अनुवाद किया है, जिनमें रॉन्डा बर्न, डेल कारनेगी, नॉर्मन विन्सेन्ट पील, स्टीफ़न कवी, रॉबर्ट कियोसाकी, जोसेफ़ मर्फ़ी, ब्रायन ट्रेसी आदि बेस्टसेलिंग लेखक शामिल हैं। उन्होंने मशहूर भारतीय क्रिकेट खिलाड़ी सचिन तेंदुलकर की आत्मकथा का हिंदी अनुवाद भी किया है।

हिन्दी साहित्य और अँग्रेजी साहित्य में स्नातक की उपाधि प्राप्त करने वाले डॉ. दीक्षित अँग्रेजी साहित्य में एम.ए. तथा पीएच.डी. भी हैं। उनकी साहित्यिक अभिरुचि की शुरुआत हिंदी जासूसी उपन्यासों से हुई, जिसके बाद उन्होंने अँग्रेजी के सभी उपलब्ध जासूसी उपन्यास पढ़े। कॉलेज के दिनों में डेल कारनेगी की पुस्तकों का उन पर गहरा प्रभाव पड़ा। कॉलेज की शिक्षा पूरी करने के बाद डॉ. दीक्षित ने दैनिक भास्कर, नई दुनिया, फ़्री प्रेस जर्नल, क्रॉनिकल, नैशनल मेल आदि समाचार पत्रों में कला, नाटक एवं फ़िल्म समीक्षक के रूप में शौकिया पत्रकारिता की। उन्हें म.प्र. फ़िल्म विकास निगम द्वारा फ़िल्म समीक्षा के लिए पुरस्कृत भी किया गया। चेतन भगत और डैन ब्राउन उनके प्रिय लेखक हैं। डॉ. दीक्षित को पाठक sdixit123@gmail.com पर फ़ीडबैक प्रदान कर सकते हैं।